其实最开始没有多强烈的
情绪、只是第一眼觉得他有点
特别、那个时候我也没想到
自己会像现在这样、
可能这就是别人说的、每一
刻有每一刻的想法、那么既
然这样也挺好、
十月八号、又是新的一天、
今天的我也超级喜欢他、

云拿月

KUWEI
酷威文化
图书 影视

小清欢

Xiao Qinghuan

云拿月 著

江苏凤凰文艺出版社
JIANGSU PHOENIX LITERATURE AND ART PUBLISHING

小清欢
Xiao
Qinghuan
从第一次见面乔欢就觉得，
她和陈让之间
一定会有很多故事。

Every once in a while,
ou find someone
d when you do,
will ever compare.

Xiao Qinghuan
电影不是爱情，我们才是。

CONTENTS

Xiao
Qinghuan

这世上，很多东西都很好。
唯独和乔欢有关的，格外好。
——于陈让而言，最最好。

第一章

青春碰撞的声音

齐欢朝学校狂奔的时候，已经是七点十分了。穿梭在一众蓝白色校服中，她那身浅棕色显得格格不入。脚踩在下过雨的地面上，溅起朵朵小水花。

忽地，响起一道惊促尖叫的女声。

齐欢抬眼，还未反应，一辆小绵羊自行车急飕飕向她冲来。

“哐啷”一声，两人在地上摔作一团。

正是上学时间，人来人往的都是学生，一些好事的驻足打量。骑车的女生站起来涨红了脸，扫了眼齐欢身上的校服，不满地开口：“你走路不看路啊？挡路害人摔伤你赔呀！真倒霉……”

平白被撞摔一跤也就算了，还被人倒打一耙，刚站定正拍衣摆水迹的齐欢动作一顿，抬起头来。还没来得及说话，女生理也不理就骑上自行车走人了，急速擦身时有声嘀咕，齐欢只听清了几个字——

“怪不得是隔壁的……”

蔑视的语气隐隐约约传来。

因为赶时间没空计较，齐欢不得不憋回气，捡起弄脏的书再度拔足狂奔。跑过人流汇集的大门时下意识侧头一看，校门上是大大的几个字——禾城第一中学。

一中，本地赫赫有名的重点高中，全城所有会读书的优秀苗子几乎都在这里。

只看了一眼她就收回目光，她的目的地并非这儿，而是再往前十几米，目前和一中处于同一条街上但口碑却天差地别的另一处——敏学私立高中。

齐欢今天值守校门，来迟了，顾不上核对出勤状况，匆忙在值日簿上签下名字就飞奔进去。

进了教室，班上压根没人背书。玩手机的玩手机，聊天的聊天，全都做着别的事。庄慕扯着椅子靠近齐欢，把走道占了：“你怎么才来？哇，你书怎么湿了，还有你的袖子……”

齐欢把书往旁边一撂，声音很淡：“旁边学校的，骑车把我撞了。”

庄慕琢磨了一下，先是怒，见她脸上没多少愠色遂很快熄了火，但还是不爽：“隔壁那些人一个个假正经得要死，鼻孔都快长到头顶上去了。

以为进了一中了不起，单拎出来赢得过你的有几个？”

齐欢没接茬，庄慕见她脸色还是不好，问：“就为这事坏了心情，不值当吧？”

“我本来就心情不好。”齐欢说。

“怎么？”

“我妈训了我一早上。”

“……为什么？”

“鬼知道。我爸这几天不在家，今早一起床她就开始念。”齐欢随手从抽屉里拿出一本书，朝庄慕抬眸，眼睛黑黝黝的，“一边骂我一边夸石珊珊。”

庄慕一愣：“石珊珊？”

齐欢低头摊开书本，没再说话。

下午放学，铃一响，敏学的学生鱼贯而出，经过操场，庄慕吸了吸鼻子：“一股旧味儿。”

齐欢道：“嫌这学校破就直接说，拐什么弯？”

“我还真就嫌这儿破。”庄慕一脸厌烦，瞥向北边，瞧见远处矗立的一中教学楼，感觉更甚。

敏学私立高中作为禾城第一私立中学，硬件条件绝对是全城最好的，但他们原本的高中校区正在整个翻新重建，没法进人。脚下踩着的这地儿和一中只隔着一条巷子，原先是禾城师范，去年师范迁到了省会，敏学正好搬进来暂用。

这一个学期甚至一整个学年，怕是都要在这个地方过了。

“我不是怪你啊。”庄慕瞥了齐欢一眼，赶紧解释，“重建学校是好事，坏的是这破学校没选好。”

齐欢没吭声。

到了校门口，他们往左拐，右边小卖部里人太多挤得慌，左边人稍少些，缺点是和一中的小卖部连在了一起。

齐欢和庄慕各买了杯奶茶站在树下，一行几个穿着一中校服的女生突然走过来，本是要朝着他们面前的小卖部去，被拢在中间的女生忽然停住脚：“齐欢？”

映入眼帘的是石珊珊那张脸。娴雅、温柔，五官不算太出众，但称得上清秀可人，是容易让人心生好感的类型。齐欢扯了扯嘴角，弧度小到几乎看不出来。

她跟石珊珊是不同的类型，五官每一分都出众得恰到好处，但清清冷冷，不说话的时候看着不太好亲近，很有几分威严。

“你出来买东西？”石珊珊笑得温婉，齐欢依然没说话，象征性点了下头，对她摆明敷衍的态度。石珊珊丝毫不往心里去，闲说了两句，才笑吟吟道别，和身边几个女生进了小卖部。

齐欢喝着水，垂下眼睫，听到簇拥石珊珊往里走的几个女生压低声音嘀咕：“她眼神好凶啊……”

石珊珊用一贯温柔的语气笑答：“没有啦，她人其实挺好的。”

而后是那几个女生渐远渐小的议论——

“珊珊，你怎么会认识敏学的？”

“那些人好糟糕的，仗着有钱……”

庄慕用胳膊肘撞了撞齐欢：“回去不？”

齐欢一言不发，捏瘪没喝完的奶茶杯扔进路边的垃圾桶。走到校门口，碰上了高二（3）班那帮“刺头”。

“去哪儿？”她悠悠一声，叫几个人急刹停住，想跑又不好跑。为首的那人的脸纠结到一块儿，开腔讨饶道：“哎哟，姑奶奶！行行好！今天就别折腾我们了，昨天迟到欠的明天还成不成？明天我们几个哪儿都不去……”

他一个劲儿地喋喋不休，显然怕极了齐欢。

“你这头发真难看。”齐欢颇有闲心地朝他的刘海打量。

高二（3）班的“刺头”们哪有空和她聊这些，火急火燎地恨不得当场就走。

“说真的，明天想怎样就怎样，今天我们真赶时间……还有这头发，我晚上铁定给它咔嚓了！你就让我们走成不成？”

齐欢不松口：“去哪儿？”

一帮人不说话了，眼神互递，没一个开口。

“不说就耗着。”

“啧，别呀！”为首的男生瞧向庄慕，庄慕摇头表示爱莫能助。他只好道：“我们……”后半句声音略小。

齐欢皱眉：“什么东西？”

他心虚，尴尬重复一遍：“我们跟一中的人，起了点儿冲突。”

一中和暂居于此的敏学，两校校门都在东边，同处于文弄路上，一中的南墙和敏学的北墙中间就隔了一条巷子。

两校成为“邻居”后，学生之间的矛盾无法避免。前天晚上敏学高二（3）班那群人晚自习下课，去附近的球场打球，那边是私人的地，主人家立起篮框弄出几块简易球场，平常收收来这里打球的人的时长费。

他们到的时候只剩最后一块空地，已经订出去了，篮框下却只有一个人在那儿不知等什么，半天也不见人来打。

他们见对方占着地方不打球，一来二去和对方起了冲突。那人是一中的，还挺有脾气，呛声说："谁稀罕那仨瓜俩枣？"

敏学这几个嚣张惯了，哪容得挑衅，呛声回去，差点动起手来。

都说进了一中等于一只脚就踏进了一流大学，这当然只是夸张说法。一中每年录取新生，有一百个特长类名额，这一百人的入学方式本质上和私立高中的赞助费制度差不多。

齐欢问清事情，归根结底是他们敏学理亏。等他们两边约好谈谈的地方时，一中已经到了十多个人，大概跟他们一样都是高二的。

"带个女的来算什么意思？你们还要啦啦队啊？"

一中打头站着的男生斜来一眼，视线在齐欢身上扫了两遍，移开后没忍住又倒回来多看了一眼。

齐欢未语，在他面前站住，勾手让高二（3）班的人过来。

一中的人死死盯着看他们要搞什么。不想，几个男生围上来，不等他们反应便齐刷刷来了句——"对不住！"

整齐有力的一声，震得一中的人都愣了。

高二（3）班的人心里其实憋屈得不行，脖子和锁骨都憋得泛了红，然而没办法，瞥一眼齐欢……得，还是先认了㞞，到时候再说。

"前天的事，我们学校的人有不对的地方，该承担的我们会负责。"齐欢不怵，一脸平静地开口。

打头的男生没想到局面会突然变成和平解决，愣了几秒。

"哐——"的一声重响，一个矿泉水瓶猛地砸进旁边的垃圾桶里，惊得他和站在他面前的齐欢都是一震。

一群人齐齐回首，侧身正好空出了一条道，打头的朝树下看去，顿了下："陈让……"

后边是树，靠树站着的男生个头很高，穿着校服裤，晃眼的蓝白色，上边校服外套拉链敞着，里面一件简单的T恤。袖子微微挽起，一截手腕露在外面，十指修长，指节分明。

齐欢蓦地滞了一瞬。

安静间，那男生将手插入兜，不紧不慢地走过来。旁边的人分开，打头的把位置让给他。他一步步走到齐欢面前站定，他比她高得多，垂着眼睑看她，目光全无起伏，平静无波。

对视似乎过了很长时间，其实不过短短两秒。她张了张口，下意识后退些许。

“管什么闲事？”他低声问。

齐欢怔住。

他漫不经心扫了她一眼。

齐欢什么都还没来得及说，不远处蓦地响起一中教导主任突兀的大嗓门：“在那边！”他领着一帮保安过来逮人，朝这边跑，口哨吹得哔哔响，“你们几个——”

齐欢抬眸看了面前的男生一眼，没说话，带着自己学校的人撤退。高二（3）班的人不是太想走，她皱眉：“敏学的！”一帮人这才不情不愿地跟上。

巷子跑过一半，齐欢回头看了眼。一中的人原地没动，他们教导主任正红着脸训话。那个男生懒散地站着，依旧是手插兜的姿势，满脸无所谓。

嫩绿枝丫间透下斑驳阳光，影影绰绰。

他远比光影更晃眼，只一个注目，就让人难以错开视线。

晚上要上自习，他们晚饭都没吃就回了教室。庄慕还是气不过：“你刚才干吗拦我？他了不起，我们难道就好欺负？”

半天没听到回答，庄慕一瞧，就见齐欢盯着空气出神。

“你怎么了？”他抬手在她面前晃了晃。

齐欢回神，问：“那人是谁？”

“哪个？”

“刚才那个。”

庄慕一愣：“他，陈让啊！你不知道他是谁？开玩笑的吧？”

齐欢不解：“我应该知道他是谁？”

“你不废话吗？”庄慕说，“上个学期全城统考，就是所有高中包括咱们私立全部统一考卷，出分数后统一排名的那次。你是咱们敏学高一年段第一，也是全市第二。”

作为敏学私立高中的一员，齐欢简直是一股清流。她初中从另一所私立转来敏学的时候，学校就差放鞭炮外加倒给她发奖金以示欢迎。

提起这件事，齐欢点头：“记得。”她当然没忘。

庄慕说：“那你应该有印象啊，第一就是陈让啊！”

齐欢怔愣。

“我跟你讲，陈让他们那群人是出了名的不安生，他好像惹到了人，隔三岔五就有人找他麻烦……就这样还次次考第一。一中那些‘书呆子’真是读傻了，连他都考不过！”庄慕撇嘴，说着看她，“你不会一点都不知道吧？”

齐欢摇头。

庄慕顿了顿，又莫名笑出来，暗觉痛快：“那小子好歹压了你一头，结果到你这儿，压根没把他看在眼里，你真厉害！”

“笑个鬼。”齐欢踢了他一脚。

庄慕还在说，齐欢的心思却不知飞到了哪儿。想到庄慕的话，她不由得压低了嘴角。

她没把陈让看在眼里？那又怎样？陈让不也是一样。

庄慕从来不知道自己还有立 flag 的本事，刚乐完齐欢不把陈让放在眼里，谁知隔天她就上了心。

齐欢把不知从哪翻出来的上学期全城统考排名纸揣在兜里，站在两所学校相对的两面墙之间，抬头看去，里面就是一中。

巷子狭长，又显逼仄。看着她不知打哪儿弄来的一中校服，庄慕着急上火：“你真要去一中？”

“不真还能假？”

“你混进去要干吗？还借了隔壁的衣服！”庄慕知道她一向不喜欢一中校服，更加不爽。

敏学私高的学生大多家里条件极好，再不济家里也是中等商户，有钱腰杆硬，一帮不规矩惯了的富二代们谁肯规规矩矩？是以，大多数人都不穿校服。

尤其齐欢，她家是禾城第一富，不仅敏学所有校董，其实走到哪都有人卖她爸面子，她不穿校服没谁敢多说一个字。然而她作为纪律委员，大概是有种责任感，就她一个人把那套浅棕色校服穿在身上。

齐欢把脱下来的敏学校服塞到庄慕怀里，连同包和一些零散东西。

“出来电话联系你，等我消息。”

齐欢进入一中后，躲在教学楼后蹲了半晌才往里走。听说每周四晚自习之前，陈让会在多媒体楼的广播室。

混进陌生校园多少还是有点心虚，她一路低着头。

多媒体楼在高一和高二两栋教学楼中间，上到第三层，走廊左手边最靠里的就是。广播室门没关，里面没人，静悄悄一片。

齐欢小心探头，虚掩上门进去。

都是学校，广播室这种地方相差无几，齐欢转悠一圈看了看桌上的稿子和摆设，正琢磨陈让什么时候会来，忽然听到外边传来脚步声。她一个激灵，四下打量，慌忙躲到了靠墙的旧桌下。

漆红色的办公桌，大概是刚换下来还没处理掉，桌脚是实的。随着门被打开，光线亮了几秒。齐欢探出些许脑袋悄摸偷看，进来的正是她等的陈让。

把带来的书随意一扔，陈让还没走到椅子前，不知为何忽然一顿。停了几秒，他拧开矿泉水瓶盖，喝了两口后旋紧，往桌上一放，发出轻微声响。

“出来。”他转了个身，倚着桌沿懒懒站着，朝着她躲的方向。

齐欢的心怦怦跳起来，他视线淡淡，却令人觉得无所遁形。

该来的躲不了，她只好走出去，不敢靠他太近。干笑两声，正琢磨怎么开口，他睨她，眉头蹙了一下：“你是谁？”

齐欢在他完全陌生的眼神中，憋出一句：“我是昨天那个，啦啦队的。”说完自己也愣了，不知道怎么会脱口而出加上后几个字。

陈让挑眉，除此之外没有别的反应。

齐欢尴尬，转移话题：“上个学期全城统考我比你低两分，你在我上面。”她搬出庄慕的话，从口袋里掏出皱了的排名纸，展平亮给他看，希望他多少有点印象。

陈让扫了一眼，似是勾唇，笑意却未及眼底：“我排在你上面？”

齐欢没多想，点头。

他将视线移到她脸上，微微倾身，轻咬字音：“哪天的事，我怎么不知道？”

齐欢一顿。敏学的人压根没人敢这样口头开涮。

陈让敛神换了个站姿，有点不耐烦：“你来干什么？”

“我来，想——”齐欢轻咳了声，抬眸直视他，伸出手，“交个朋友？”

陈让眯了眯眼，打量的目光越发莫测。

齐欢很紧张。天地良心，她真的头一次做这种事，就连自己也觉得荒谬。一秒，两秒，静默一点一滴淌过，伸出去的手没人搭理，她收回来，无尽忐忑。

等了许久陈让也没回答。他看了她一会儿，转身走回凳子前，慢条斯理地整了整桌面的东西，之后才重新看向她。

“你再说一遍。”

见事情似是有可商量的余地，齐欢眼一亮，挺认真地道：“我叫齐欢，隔壁学校的。陈让，我想和你交个朋友，可以吗？”她的声音清脆爽朗，一字一句极为清楚。

齐欢说完后静静等着他的答复，却久久不见他有反应。

很快，外面似是传来一阵匆忙逼近的脚步声，她隐约觉得不太对劲。

陈让噙着懒散笑意，把桌面上被书挡住底座的广播话筒扯出来让她看清——红色指示灯亮着，说明机器正在运行。

抬手关上电源，他漫不经心道：“不好意思啊，刚刚不小心打开了。”

齐欢脑海里“轰”的一声炸开，伴随着门被一群人大力推开的动静，脸烧灼红了个透。

在上晚自习之前，所有到校的一中学生都听到了广播里的那两句话。

“你再说一遍。”

“我叫齐欢，隔壁学校的。陈让，我想和你交个朋友，可以吗？”

教学楼走廊上，每一层都挤着围观的学生，还在操场上的不少学生停下脚步，议论声不停。

原本在班上跷着二郎腿玩手机的左俊昊听到广播，第一时间跑去多媒体楼找陈让。

“哎哟！”和陈让一块儿站在广播室外走廊上，看着操场上被围着往外走的女生，左俊昊乐不可支，“够胆儿啊！”

陈让瞥了他一眼，没理他。

在广播室被逮到，从多媒体楼出来，一中教导主任和几个保安围着齐欢朝外走。齐欢捂着脸，心里已经快念了一百遍“丢人”。

陈让绝对是故意的，哪有那么巧，在那当口就“不小心”开了电源。

一口气在胸口百转千回，最后还是长舒出去。事已至此，多说无用，她放下挡脸的手，脚步蓦地一顿。

教导主任毫无防备，在几乎整个一中学生的注目下，齐欢突然一个转身，冲着几栋教学楼各层趴在栏杆围观的所有学生，两指斜斜抵在额头，一挥，做了个潇洒的手势。

“大家不用送了！”

爽朗的一声，她做完这个动作，笑着转身，头也不回大步走出一中校园。

四下静了几秒后，各个楼层里一些人的起哄声和口哨声，在偌大的操场上空炸开。

“哈哈哈！”看着教导主任跳脚，左俊昊乐得根本停不下来，笑得整个脸都僵了。好半天，他笑够了，手搭到陈让肩上挤眉弄眼。“啧，放眼咱们整个一中，包括周围一片学校，胆子这么大的女生有几个？这位真是牛了！”

陈让微微蹙了蹙眉，收回目光。他侧头拨开肩上的手：“想挨揍就直说。”

齐欢在一中丢脸的事第二天就传回了敏学。从高一到高三，几乎成了全校的谈资。爱惹是生非的同学们笑完更是拍手乐见其成，平时他们干什么事情都怕太出格会被齐欢盯上，现在齐欢转移了注意力，应该没有时间再管他们。

“我说欢姐，你真的跑去一中了？”严书龙在高二（3）班待不住，憋了几节课跑来高二（10）班和庄慕一起坐在齐欢前座的课桌上，将前一天的事嘚啵来嘚啵去，说个没完，“找陈让可以在校门口，你何必这么猛是不是？”

平时都是挨她的训，难得调侃她一次，严书龙不免有些得意忘形。

齐欢打断他的嘚瑟：“你跟一中那些人的事解决了吗？”

严书龙一顿，“呃”了半天没说出个所以然。

她就一句话：“不准再找他们。”

“这事儿——”严书龙一听，急了，“纪律委员你这可不行，才见了陈让几回，胳膊肘就拐到他们那边去了。不找他们事情怎么解决？好好好，不找，他们要是找我们麻烦怎么搞？”

齐欢抬眸瞥他：“你以多欺少还有理？”

“可是那天在球场，一中那个说得那叫一个难听，谁能忍得住？”

齐欢皱眉，问：“那天在球场的人是谁？”

“左俊昊。”

“他跟陈让？”

“他俩好哥们儿，关系铁，要不陈让也不会替他出头。”

齐欢若有所思，严书龙见她神色，纠结道：“你去找陈让干什么？”他“啧”了一声，“他那要命的样子，一看就不是什么好人。你就看他那张脸，围着他转的人肯定不少。我觉得你没必要主动认识他。”

齐欢抓起本书扔了过去。

严书龙敏捷地躲开，书被庄慕接住。这回庄慕也是站在严书龙这边的：“严书龙说得对，那陈让有什么好的？昨天我就不同意你去，你非要去。”

“就是。”严书龙接茬，“有什么好的？”

他俩你一句我一句说个不停，齐欢抓起书一连扔了好几本，砸得两个人左闪右躲。

“滚吧你们，吵得我脑仁疼！”

上午第二节课课间有二十分钟休息时间，齐欢和庄慕几个一道出去买吃的，特意选了靠近一中校门那侧的小卖部。

她的醉翁之意，庄慕都不想吐槽，沉着张脸一个字也懒得说。好巧不巧，还真让她碰上了想见的人。

陈让一群人在第二家小卖部里，他身边有个一直和他说话的男生，不用猜，铁定是左俊昊。齐欢兴冲冲过去。

庄慕和严书龙几个跟在她后头，两边人一打照面，各自都沉下脸，小店里的气氛霎时变得微妙。就齐欢一个人脸上挂着笑，直奔陈让面前，眼弯如月："陈让，好久不见。"

从昨天广播室那一出到这会儿，满打满算也不过十个小时。

左俊昊"扑哧"笑出声："可真是够久的。"

陈让一脸平平，眼里半分多余的情绪都没有。

齐欢不介意，看向左俊昊："你是左俊昊？前两天的事不好意思，我叫齐欢，是……"她瞄了陈让一眼，笑吟吟地说，"是陈让的朋友。"

严书龙撇嘴别开了头，左俊昊虽然笑着，但也没有接她对于前两天一事的话，只说和陈让有关的："巧了，我也是他朋友。"

陈让忽地从他们中间走过，径直去了货架前拿了瓶绿茶。他走到店外喝，将面面相觑的齐欢和左俊昊当成空气。

齐欢顿了几秒，到他身边没话找话，试探性地问："你喜欢喝绿茶？"

陈让说："没什么喜欢的。"他旋紧饮料瓶盖，将才喝了一点的绿茶抛进树下的垃圾桶，侧眸睨她。

齐欢怔了怔，左俊昊反应过来后却也来不及说什么，连忙去追他。

庄慕回神，立即怒了："他——"

严书龙也不爽，冲齐欢道："欢姐，就这你都能忍？"

齐欢神色平静，没有生气。她盯着他们离开的方向，蓦然勾了勾唇。

庄慕拧眉："你别是被气傻了吧？"

"有什么好气的？"齐欢耸肩，转头看向庄慕，眼里盈亮，笑着露出一排贝齿，"长得好看的人，就应该有点脾气嘛。"

"那个齐欢我打听过了，在敏学很有名。敏学一堆富二代里她是佼佼者，而且成绩一直很好，很会读书。

"她一开始是在别的私立学校读初中，她爸嫌学校不够高级给她转到敏学。她跟那个庄慕当时在初中部就挺出名，后来升到高中之后换了校区，有高三的看他们两个不顺眼去找麻烦，她跟那个庄慕，就他们俩，半点也没怵，闹过一通后，再也没人敢去触他们霉头。

"她爸还挺护短，谁欺负他闺女他就跟谁算账。齐欢平时不惹事，听说很规矩，还帮着老师管不安分的学生，他们学校老师都很喜欢她。她跟敏学其他学生不一样，没在混，但不是个怕事的，怎么讲……就是，就是那种很特殊的好学生。”

左俊昊把打听到的消息全盘说给陈让听，边说边瞥了陈让一眼。

齐欢跟陈让，从某种角度来说挺像——齐欢是个不一样的好学生，而陈让，坏得比较独特，让老师、校长崩溃头疼的事没少干，分数上又甩别人一大截。

这让人还真不知道怎么说。

左俊昊讲了一堆，陈让看着书，眼皮都没抬一下。

“我跟你说话，你听到没？”左俊昊忍不住用胳膊肘撞他。

陈让这才抬眸，慢条斯理地合上书：“你今天废话很多。”

“你不想知道？她都主动来找你了，人还挺有意思。”

左俊昊回想上午在小卖部和齐欢说话的场景。啧，那张脸是真好看。性格如何尚不知，暂且先不提，光看长相，不笑的时候冷然，眉眼都是气质，难说的是笑起来，唇角一弯，刹那间让人眼前都亮了。

陈让淡淡回答：“没兴趣，别烦我看书。”说是这么说，手上却是把书一扔，起身离开座位，插兜走出了教室。

左俊昊看着他离开的背影，“啧”了声：“出去玩的时候没见这么惦记书本，不看书月考不也考第一，说什么屁话？”

下午放学，陈让一出校门就见齐欢笑吟吟地等在树下，瞧见他们连忙挥手。陈让没反应，左俊昊顿了顿，笑起来。行啊，越挫越勇。

他快步走上去和她打招呼：“你怎么在这儿？”又明知故问一句，“等谁呢？不会是等我吧？”

齐欢说：“是啊。”眼里带笑，目光却直直朝向陈让。

陈让一步未停，当没看到他们说话一样从他们旁边径直走过。左俊昊“哎”了声，他头也不回，知道叫不住他，干脆邀齐欢：“一起去玩不？”

齐欢本来就是来找陈让的，当然不会拒绝。和左俊昊一起赶上去，不多时，跟他们一帮人你一句我一句聊了起来。

他们这帮人有成绩好的，比如陈让，站在一中顶端笑傲百名榜，还有左俊昊，其实读书也不赖，只是行为带着一股子什么都不怕的痞气，容易让人觉得是问题学生。另一些便是实打实成绩不好的，齐欢也不区别对待，态度平和，笑脸朝着谁都是一样的。

没和他们聊多久，齐欢就走到了最前头默然不语的陈让身边。她一个劲儿地和他说话，不知在问些什么，陈让一句都没有回。

季冰搭上左俊昊的肩，两人落在一群人后面。季冰抬下巴朝最前面两个身影一指："你把她叫来干什么？"

左俊昊笑着挑了挑眉，指了指陈让："你看，一中第一。"再指了指齐欢，"敏学第一。有意思没？"

季冰不懂他的恶趣味，左俊昊却乐得不行。

一群人说说笑笑到了台球馆，要了个包间。齐欢从他们话里听着，这是他们中某个人家里开的，难怪一副轻车熟路的样子。包间在二楼最里面，一路未语的陈让一进去便在沙发角落坐下，玩起了手机游戏。

别人都在桌前拿起杆开球热身，就齐欢和他坐在沙发上。稍微待了几秒，齐欢挪到他旁边："你在玩什么？"

陈让眼皮都没抬一下。

她正要再开口，门突然被人猛地推开。

"吓我一跳——"台球桌前的几个被惊了一下，不爽抱怨。

齐欢抬眸一看，是个女的。长得我见犹怜，但看她推门的气势，还有精致的妆容，明显不是柔弱性格。

左俊昊张嘴正要说话，女生直接朝齐欢走来——准确地说，应该是走到了陈让面前。

"我今天找你，你为什么不来？"

齐欢看看她，又瞅瞅陈让，后者专注打着游戏，别说抬眸，像是根本不觉得面前有个人。

见陈让不理她，女生激动地说："你为什么不能看我一眼？"

好半晌，陈让才慢悠悠停下游戏看她，微勾唇角："是你啊。"下一秒唇边蓦地增添了些许讽刺意味，"你有什么好看的？"

室内静了一秒。

陈让懒洋洋地换了个坐姿，似笑非笑的样子衬得眼里寒意更加深重。

没人说话。

忽地，一旁的齐欢颇有兴趣地出声："确实没有。"

齐欢起哄的话说完，一帮人呆愣了几秒，"扑哧"笑出声，连陈让也侧眸扫了她一眼。

女生憋红了脸，矛头一转，对准齐欢。她指着齐欢冲陈让道："你不搭理我，她就能在这里了？"

"那可能是因为我没那么招人讨厌吧。"齐欢贱兮兮歪头，答得毫不害臊。

"你——"女生气急，一下说不出话来，恨恨地把目光重新投回陈让身上，非要他讲个所以然，"你说啊，陈让！"

陈让靠着沙发背垫，意外没有反驳，笑了下："说什么？"

他似是没兴趣再跟这个女生浪费时间，拿起手机继续玩游戏。几秒后，他皱了下眉，朝左俊昊道："你手机给我，我的没电了。"

左俊昊二话不说拿给他。

见他打开游戏又低下眼睑，女生不满他忽视自己，伸手去抢："陈让！"

他没拿稳，一个脱手，手机"哐啷"一声摔在地上。

陈让脸一沉，左俊昊过去捡起来，不爽："郭媛，你发什么疯？"

这个郭媛找陈让已经很多次了，他们一帮人和她相处不来。长得虽然还可以，但脾性不投，久了就觉得有点烦。

"我，我只是……"

郭媛没说完，左俊昊检查手机有没有摔坏，又是擦又是点。不知戳到哪儿，突然点开了视频。

几个男生围到左俊昊身边，看到是之前他们几个去游泳的视频。不让他关，你一句我一句笑着调侃起来。

郭媛的脸红一阵白一阵，一半是臊的，一半是被陈让冷淡的眼神吓的，半晌，愤愤转身冲出包间。

"行了行了，这还有女的在呢。"左俊昊强行关了视频，拨开他们。

其他人扫兴道："啧，郭媛不是走了吗？"

左俊昊瞪他们一眼，瞥了瞥还坐在沙发上的齐欢。她明显不如刚才气郭媛时放松，拘谨着，脸上神情略有点不自在。

陈让忽然道："脸红了？"他坐直身，声音低沉，"就这点本事，你还在这逞什么能？"

包间里一如既往地热闹，每回陈让都坐在沙发上玩游戏不动弹，其他人早就习惯了。

左俊昊打了一会儿桌球，撂下杆子坐到陈让身边："你刚才干吗把人气走？"

陈让玩着游戏，淡淡说："她脸皮薄，自己撑不住走的。"仿佛与他无关。

左俊昊说："人家好歹帮你把郭媛弄走了……"

"没人让她管。"陈让暂停，黑沉沉的眼直视左俊昊，"我最讨厌多管闲事的人。"

左俊昊一愣，无奈起身："行行行，我说不过你……你爱怎么就怎么好吧！"他重新拿起球杆加入战局。

门口忽然响起三下敲门声，齐欢从外推开门，拎着袋子出现。她看着陈让抿了抿唇，而后走进来把一大袋奶茶放到男生们的球桌上："都是一样的口味。"

男生们起哄，纷纷伸手拿喝的，没忘给她道谢。

齐欢把单独装在另一个袋子里的绿茶味饮品放到陈让面前：“不知道你喜欢什么，所以随便买了一个。”

陈让眼里没什么情绪。

左俊昊喝着齐欢买来的奶茶，问陈让：“她怎么又走了？你也不留一下。”

陈让用眼角瞥他，不语。

“我不是看你跟她说完话就发呆了嘛……”

“我没发呆。”

“你明明……”

左俊昊话没说完，陈让已经没了耐心，站起身朝外走：“你们玩，我回去了。”

“哎哎！”左俊昊看了眼桌上，“你不喝？那我替你喝了啊。”

也不知是哪家奶茶店的奶茶，味道极好，齐欢品味还真行。

左俊昊伸手，只是还没碰到桌上的东西，陈让便返身过来，捏着热饮微软的塑料瓶身，一把扔进垃圾桶里，而后转身扬长而去。

左俊昊看得目瞪口呆。

“不要的东西别人都不能碰，陈让这脾气，他要是想要什么，那还得了！”

一中办了场校内数学竞赛，各班抽调几名成绩领先的代表去多媒体大堂参加，除高三的不参加，高一、高二的学生各占一边场地，时间在下午第三节课结束后。

齐欢找人借来校服，趁放学的空当又去了一中。

出发前庄慕斜眼看了她好久，不满地问：“第二次了，又是哪里弄来的衣服？”

她道：“我还不能有个把朋友了？”多余的内容没说，一溜烟奔来了一中。

多媒体大堂满场人坐定，齐欢装作稍微来迟一步的样子，夹着书从后门进去。

陈让坐在靠近门的最后一排。

“嗨。”她缩着身子坐到他旁边，低声打招呼。陈让斜她一眼，皱了皱眉，没说话，默默转着手里的笔。

挺好挺好。

齐欢悄摸笑起来，按他在广播室的行事风格，他没当场举报她偷混进来已经很不错了。

考试时考卷都会多备，剩余的就传回老师手里，加上并不会仔细点人数，所以齐欢手里也有一张卷子。她从口袋里掏出笔，班级和名字空着，装模作样在答题卡上写了两题。

陈让姿态悠然，走笔随意，笔尖字体似人，清瘦俊逸。

齐欢见状，二话不说也开始认真做题。

读书对她来说不难，课后她是闹腾了点儿、不安分，但课上老师讲的知识点她都有好好听。

陈让在做题期间往旁边看了一眼。齐欢做题的时候比平时安静多了，表情看着很是严肃认真。

离结束还有四十分钟，陈让便把笔揣进衬衫胸前的小口袋，到大堂最前方交卷，头也不回地从前门离开。

齐欢眼睁睁地看着他离场，想叫又不敢张口，眼睛瞪了几回，喉头的话只能强咽了下去。她抓紧写完最后一道大题，急匆匆地交卷，跑出去追陈让。

齐欢从多媒体大堂出来，陈让还没走远，齐欢立马追上前，问道："最后一道大题好难，幸好我之前做过。"齐欢炫耀地和陈让说着自己的解法。

陈让停住脚步，嘴角撇了下："写那么累赘，你不累？"

"呃……"

"算了。"陈让收了表情，懒得再多说，继续往前走。

齐欢一声长叹，蹲下在原地怅然半天。

出了一中的门，庄慕在门口臭着脸等她。

"开心了吧，陈让呢？"他翻白眼。

齐欢尴尬地笑了两声，冲过去拍他的背："哎呀，走走，带你去吃好吃的！"

齐欢请客吃烧烤，严书龙一帮人全都来了。护城河边的小吃一条街，红色帐篷里坐着一桌一桌客人，夜色下亮起灯，像错落安置在地上的红色大灯笼。

敏学一行人独占一个帐篷，吃着吃着，严书龙没忘说："今天可是齐欢带我们出来的，明天不能找我们麻烦。"

"对对，千万不能！"

"你可得给我们兜着……"

高二（3）班的人纷纷附和，点头如捣蒜。

齐欢撇嘴："吃你们的，有的吃还堵不住嘴。"

庄慕笑起来，往她的盘子里夹了块脆骨：“喏，你喜欢这个。”

气氛大好，众人你一句我一句说着趣事，严书龙一扬手：“老板，来点儿雪碧。”

庄慕打断：“齐欢不喜欢碳酸汽水，喝点果汁。”

严书龙想说话，看看齐欢，便没再坚持：“行，果汁就果汁。”

立式大冰柜里有颜色鲜艳的果汁软饮，庄慕拿了个桃子口味的给齐欢。

齐欢情绪其实不高，下午被陈让丢在多媒体大堂，想想都不得劲儿。闷头喝果汁，没多久，她的脸开始泛红。

众人注意到的时候都差点呛到，严书龙吐槽：“不是吧，果汁也能醉？”

庄慕皱了下眉，认真看了一眼手中果汁软饮的外壳包装，成分配料表里包含茶多酚，齐欢对这东西过敏，他拿饮料的时候没仔细看。

庄慕拿掉她手里的易拉罐，拉她起身，说：“我们出去吹吹风。”

其他人摆了摆手继续吃。

庄慕和齐欢到河堤吹风。坐在石板上，齐欢忽地指着前边一棵树问：“那什么东西？怎么长得那么奇怪？”

“那个啊，就是棵枝丫长歪了的老树，两根枝丫看起来像个心形，不知道什么时候传了乱七八糟的话，一些女生就跑来在树上刻字，树皮都快秃噜了。”

齐欢盯着树看了一会儿，朝庄慕伸手。

“干吗？”

“给我纸和笔。”

“……我哪有纸和笔？”

她就伸着手。

庄慕没办法，返身去摊子找老板借了支笔和一个小本子给她。齐欢唰唰写下一行字。

庄慕皱眉：“你到底看陈让顺眼还是不顺眼啊？”

她写了一句话：

陈让垃圾，齐欢最棒。

齐欢头也没抬，她把那页撕下来折成小小一块，又撕了几张纸把它包起：“我就是觉得，得好好挫一挫他的锐气。”

庄慕无语：“你就不能换个表达方式吗？”

换别人来看这张字条，怕是要以为她找陈让、总往他面前凑，纯粹是因为不服气陈让不搭理她，为了把丢掉的面子和场子找回来而已。

齐欢走到树下用脚开始刨土，庄慕看不下去："行了行了，我来。"

他找了块石头，蹲下刨出个小坑，把地方让给她。齐欢把那团纸扔进去，用脚把土堆上去。她盯着树看了几秒，又双手并拢，说："顺便也保佑我和陈让越来越熟，谢了。"

看她表情认真，庄慕忍不住："有必要吗？陈让有什么好？"

齐欢抬眸看他，摇头："你不懂。有的人和有的人，就是注定会有牵扯，我能感觉到。"她顿了一下，笑起来，"就像，我和陈让。"

齐欢欣赏陈让的理由让人不知该说什么好，或者可以说，她压根就没有什么理由。

庄慕板着脸问第三遍的时候，齐欢终于认认真真想了一会儿，结果还是没正形，抬头笑嘻嘻地说："可能因为他好看吧。"

"好看？那你多照几次镜子，是不是也要爱上自己？"

她扑哧乐了："你要不要这样夸我……"

"我没跟你闹。"庄慕抿着唇，"长得好看的人，又不止他陈让一个。"

齐欢抬眸看他，对上庄慕难得严肃的脸，慢慢敛了笑意。

河风吹来，带着些许腥味。

"我也不知道。"她说，"你问我我也讲不清楚。"

在舒缓凉风中，齐欢耸了耸肩，那双眼睛像舀了两汪河水盛在其中，泛着粼粼亮光。

"可就是他啊，就是陈让。"她双手背在身后，脚下轻碾踩着沙子，轻轻笑，"我就是看到他就觉得高兴，我也没办法。"

校内竞赛的试卷，一堆老师一起批阅，隔天下午就批改好排出名次，分发回各个班级。

陈让又是第一。

不仅高二（8）班的人习惯了，整个一中的学生都习惯了。他在高一，高一所有考试的榜首是他；他在高二，高二的第一名自然也是他。在各种考试排行榜最显眼的位置看到他的名字，已经成了一种常态。

数学老师简单点评了几句，无外乎是些表扬的话。陈让这个学生，虽然总是惹事，在校内校外捅出的篓子不少，但那是教导主任头疼的问题，除去那些，他在学习上的表现无可指摘。一众老师的心态都很纠结，既喜欢他，又不太敢喜欢他。同去参加竞赛的还有几人，数学老师以陈让的答卷为范例，也点评了几句，让他们再加把劲。

班上学生百无聊赖地听着，数学老师说道：“现在我们花五分钟时间来讲解一下最后一道题目。”

很有意思同样也很有难度的题，对于他们这种尖子班来说，当然不能错过。

一直没抬头的陈让终于朝黑板看来。老师把题目抄出来，将陈让的答案抄写了一遍。

“上一回我们讲到的内容里，大家看，陈让解答这道题的方法就相当简洁……”老师一边说一边在黑板上解题。

陈让靠在椅背上，手搭在桌上转笔。他等老师写，脸上照样没有多少表情。

数学老师讲完，拍拍手：“好了，大家做个笔记记一下。”顿了顿目光又扫向陈让，“我这里还有另一张答题卡，班级填的是我们高二（8）班，但是人……

“齐欢，是哪位同学？”

高二（8）班的学生们一愣，在左俊昊拍桌并“扑哧”一声的带动下，响起了一阵轻笑。

“安静！”数学老师呵斥一声，看向班上，“我们班没有这个人，齐欢是哪个班的？”

左俊昊咳了咳，貌似正经地道：“老师，齐欢去旁边学校上课了。”

班上又是心知肚明的一阵爆笑。倒是陈让，一脸的平静。他起身走到讲台前，拿过自己的答题卡。

“老师，那一张也给我吧。”

“给你干什么？”

他懒得解释，拿过答题卡：“研究。”就说了这么一句，转身回座位。

数学老师拿他没办法，摇了摇头开始讲课。

陈让盯着课桌，目光落在面前两张答题卡上，眼睫颤了颤。

放学，不出意外又在校门口看到齐欢。左俊昊热情回应她的挥手，知道陈让肯定又要视若无睹不理她，打算至少和她说两句话，让她不那么丢脸。

“齐……”刚到她面前，身旁突然站过来一个人，左俊昊一看，话音一顿，“陈让你……”

齐欢眨了眨眼。她都做好了陈让会直接擦身而过的准备，谁想他竟然站到了自己面前。

陈让斜左俊昊一眼，左俊昊无奈，往旁边让：“你来你来。”

齐欢脸上已经挂上笑，满脸期待。

陈让从口袋里拿出皱巴巴的答题卡扔给她："你的。"就两个字，说完转身就走。

齐欢愣愣打开，是昨天在一中多媒体大堂做的答题卡，她花了二十分钟填完。

齐欢小跑追上陈让，在他旁边问："我厉不厉害，题答得好吧？"

陈让插兜走着："凑合。"

"有没有搞错？我在我们学校年年排第一，OK？"

"那是你们学校的人蠢。"

她不服："全城统考的时候我的分数只比你低一点点，你们学校能考赢我的也只有你一个！"

陈让看她一眼，懒洋洋道："我们学校的人，也蠢。"

齐欢："……"

被陈让说蠢，齐欢很郁闷，她嫌庄慕几个聒噪，没跟他们待多久就去找别的朋友消磨时间。

这学期才开始，敏学刚搬到一中旁边，按理说和一中的人熟不到哪去，尤其他们敏学恶名在外。不过刚搬来的时候，齐欢倒是认识一个挺有趣的一中小姑娘。

人长得白白净净，看上去说是初中生都有人信，偏偏也是高二的。

齐欢那天心血来潮在校外早点摊吃早点，和那个女生坐同一桌。等餐上桌的时候，见那个女生竟然还在抽空做练习册，无聊瞄了一眼。名字俩字儿：纪茉。

——寂寞。

她一个没忍住笑出声，惹得人家脸红，默默往旁边挪了挪。然后她吃着面，随手指了个地方告诉那个"寂寞"小姑娘："这题错了。"

小姑娘怯生生看了她很久，她无所谓，自顾自吃早点。好半天对方才下定决心，红着脸，把练习册往她的方向推了点，声音像随风轻晃的银铃："请问……能不能告诉我……怎么做……"

按照严书龙的说法，一顿早餐的工夫，齐欢就认识了一个妹妹。

后来走在路上碰到过纪茉，齐欢特地嘱咐身边一帮敏学的人说："看清楚了啊，这小姑娘是我朋友，你们别欺负到她头上，不然我逮一个抽一个。"

齐欢的乌鸦嘴还真灵了一半。没过多久，某天下晚自习纪茉就遇上了一帮校外的混混，她慌得不行，一张比巴掌小的脸被吓得白到没了半点血色。正巧敏学的人路过，顺手解了个围。一来二去，就更熟了。

把敏学的一帮人甩开，齐欢给纪茉打电话，纪茉的爸妈都在单位上班，碰巧今天一起加班，于是二人约了去纪茉家里玩。

小区在禾城还可以的位置，两室一厅，居室面积足够。齐欢进门，稍微打量两眼就收了视线。

经过卫生间，齐欢问："你帮我借的那两次衣服都还给人家了吗？"

纪茉笑得眼睛弯弯的："还了。你洗过的对吧？我同学说特别干净，味道也特别香。"

到纪茉的卧室转了一圈，有个粉色的带锁小日记本，齐欢来之前纪茉大概是在写什么，日记本翻开放着。齐欢作势要探头，纪茉连忙合上，红着脸塞进抽屉里。

"逗你的。"齐欢乐不可支，在她脸颊上轻轻捏了下，纪茉的脸更红了。

喝完饮料，两个人盘腿在客厅的竹床上玩五子棋。纪茉端了一盘香瓜，去皮切成块儿，你一口我一口吃得开心。

两个人玩五子棋的技术差不多，输赢轮流，正说说笑笑，门突然开了。

"茉茉，妈妈给你买了饭，你自己吃，我等会儿还要去单位……"

留着长发的女人拎着外卖进来，和纪茉有三分像。纪茉一愣，仓皇从竹床上下来站好，肩头绷得有点紧。

"妈妈……"

门"啪嗒"一声关上，纪妈妈抬头见家里还有人在，视线微凝："带同学回来了？"

纪茉声音低了："是。"

主人家母女俩对话，齐欢不可能大大咧咧坐在竹床上干看，跟在纪茉身后也下地："阿姨好。"

纪妈妈笑也没笑，换鞋走进客厅，看见竹床上的东西脸色有点不大好："茉茉，你作业做了吗？"

"已经做完了。"

"预习呢？明天上课要学的东西提前看过没有？"

纪茉抿了抿唇。

齐欢忙解围："阿姨，我来就是要跟纪茉一起看书的。想先放松一下，再把书都看了。"

蹩脚的烂理由。

纪妈妈打量她几秒，目光流转，最后还是没说什么。

那态度实在不算好，回了纪茉的房间，纪茉扯齐欢的袖子，小声说："对不起。"

齐欢失笑："你道什么歉哪？"

没说两句，纪妈妈端了两杯温水进来，齐欢翻着纪茉塞给她的书，假装在预习。纪妈妈放下水没走，目光在她俩头顶盘旋。

她问："茉茉，你这个同学怎么我没见过？也是你们班的？"

齐欢抬头看她，顿了一下，说："阿姨，我不是一中的，我是敏学私立高中的。"

纪妈妈的脸一下变了。

"齐欢成绩很好的，真的！"纪茉急忙开口，"上次全城统考齐欢是全市第二，就比我们学校第一名的分数低一点点。她很厉害，妈妈你可以看那张排名表，上面就有她的名字。"

纪妈妈将信将疑，脸色慢慢缓和下来，笑着说了句："……是吗？那是很厉害。"

纪妈妈走出房间，气氛一时降到冰点。谁都没心情说话了。没两分钟，纪妈妈又走进来，这回脸上堆满了笑容，要多慈祥有多慈祥。她端了满满一盘水果给她俩："你们好好看书，齐欢同学多教教我们茉茉。"

"妈妈……"

纪妈妈没理纪茉，说了好几句才看她："你呀，就应该多跟这种同学一起玩。"

大概是看过了那张收起的排名表，确认齐欢成绩好这件事不是假的。

很奇怪，刚才纪妈妈冷脸对她，齐欢感觉还行，并没有难以接受，毕竟她从小到大都不是什么讨家长喜欢的小孩。现在纪妈妈一脸亲切恨不得把她夸上天，这转变……却让她觉得不自在极了。

说了一通话，纪妈妈笑吟吟地把空间留给她们两个看书，还顺手帮忙关门。

只剩她们两个人。纪茉垂头，左手捏住衣袖边缘，右手松松握笔，不知为什么，眼睛酸酸的。

"对不起……"

这是她今天第二次道歉。

齐欢抬手，拍她的头顶："你道什么歉啊？至少你妈妈对我改观了，对吧？挺好的。"

纪茉还要说什么，齐欢让她专注看书，没有继续话题。

待了近一个小时，陪纪茉把下一个课程全预习完齐欢才走。纪妈妈送她到门口，热情招呼让她下次再来。她笑着说好，一直到走出楼道，走到天边的夕阳余晖渐渐淡去，才没了笑意。

齐欢一时不知道该去哪里，站着半天没动。

被认可了，是好事，至少比无论怎样也得不到认可要强得多。

面前跑过第三个玩闹的小孩时，齐欢抬眸，长睫在眼睑上投下的阴影散去。她抬脚踢了下面前的小碎石，笑得一脸无所谓。

第二章

一首轻快的歌

陈让家是独栋两层。一开大门，他拧眉，在红地毯上站了站。鞋柜前没有换下来的鞋，但大理石地板反光，从客厅一路到楼梯，有两对蒙灰的脚印。

他趿着拖鞋，紧紧抿唇一步一步走上楼。经过拐角第一间房，想忽略径直走过去，还是在听到里面传来的一阵阵声音时，停住了脚。

陈让站了十秒，提步走回自己房间，重重摔门，震得门框都颤了一下。

把书包扔在床上，他坐到书桌前随便抽了一本书翻开，眼前的字像一行行蚯蚓，一个都入不了眼。

陈让握着笔，半天没有写一个字。忍了又忍，他猛地起身，拖着椅子开门冲到那间房前——

“砰——”的一声，椅子重重地砸在门上。

如果不是门的质量好，早就砸出窟窿来。

里面的动静停了两秒，一个男人的怒吼响起来：“陈让，你滚到房间去！”

陈让狠狠踹了下门：“你把这当哪里？！能不能去外面！”说完陈让又一次回房摔门。或许是耳朵经受几声重响，这次彻底隔绝了不想听到的声音。

他躺倒在床上，用手盖着眼睛，耳朵里血管突突地响。

十分钟左右，门外响起一阵“嘭嘭嘭”的捶门声，还有一声暴喝。

“滚出来——”

门一开，门外的男人和他个头差不多，有几分相似的脸正对他的怒目。

他并不想叫爸的男人。

陈让理也不理，直接从陈健戎身边走过。陈健戎一把拽住他：“给我站住！”

陈让比他爸高一点，看陈健戎的时候视线向下，显出一种冷淡的不屑。

陈健戎气极，一巴掌重重地扇在陈让脸上。

齐欢从纪茉家出来，无聊地到处晃。走到不知第几条街，天渐沉，她正准备回家，忽地瞥见前面有个熟悉的身影。

顿了一下，她扬声喊："陈让！"

那道高个背影滞了一刹，没有停，保持着同样的步调继续往前——还略微更快了些。

齐欢提步追上去，小幅喘气，笑着拍了下他的胳膊："没想到能在这碰到你，我……"话音在看到他脸上的冷淡表情以及脸上的伤痕时戛然而止。

"你……"她慢慢收了笑意。

陈让低垂的眼睫投下一片阴影，眼里黑沉沉涌动着暴戾，语气带着一丝厌烦和倦躁："滚。"

一时没反应过来的齐欢被甩在原地，那道前行的身影，拒人于千里之外的感觉比以往更浓更甚。

齐欢站了两秒，拔腿跟上。

跟了许久发现他没有目的地，一路走到哪算哪。她脚步不停，却禁不住出神，满脑子都是他脸上的伤。陈让忽然止步，齐欢差点撞上他。他停在巷子中段，前后都没有人，什么时候走进来的，她自己也想不起来。

他站着，慢慢转身，眼神凝在她身上，让齐欢一时有些僵滞，更不敢动。

风从脚下穿过，贴着巷子的老旧石板地，吹起一股青苔的味道。

"陈让……"

齐欢看着他走近，微微往后退了一点。

陈让步步逼近，她却不能一直往后，他站在她面前。齐欢能感受到他的呼吸，她感觉自己头皮发麻，脖颈和背脊快要烧起来。

陈让抬脚，踩住齐欢的鞋面，没有用多少力，但他比她大的男性鞋底结结实实覆在她鞋上。

"我说滚，你听不明白是吗？"

她一怔："陈……"

"还要我说多少遍难听的话？"陈让阴沉地看着她，随后，鞋底离开她的鞋面，作势要转身。

他的样子太反常，齐欢下意识跟上，伸出去的手还没碰到他，被他条件反射般推开。

齐欢脚下踉跄，一个不稳，肩膀撞上巷壁。巷壁上凸出来的坚硬石头划破她肩头的衣服，她轻呼出声，痛得眼角泛泪。

陈让一愣，顿了两秒，别开了眼。

空气突然静了下来。

齐欢倚墙，扯着肩膀划开的那道小口。陈让站在那，竟也没有走。

“我今天本来很不开心。”齐欢攥着衣服先开了口，她垂着眼睑，脸上褪去因疼痛生出的潮红，开始泛起浅浅的白。“可是刚刚看到你，一下子，就很高兴了。”

陈让看着她。几秒后，他道：“那你现在可以不用高兴了。”

他不再理会她，像什么都没发生过，转身继续向巷子出口走。

齐欢背靠墙缓缓蹲下，抱膝蹲在原地，后背蹭了一片灰。巷子不长，又有些长。亮起的路灯下，开始有飞蛾在盘旋。

他的身影朝着黑夜而去。齐欢突然站起来，往他的方向拔足奔跑。

“陈让——”

他停下，她追上了他。

齐欢对着他的背影说：“我知道你不是故意的。”

“我是故意的。”陈让半晌才出声，他转过身，脸上表情有些嘲讽，“被人暴力被人骂也能给对方开脱，你是天真还是蠢？”

“刚刚你推我的时候没用力，是我没站稳。

“你只是吓唬我，我知道。”

她眼睛泛起红。

“我今天真的很不开心，可是看到你，看到你……”她有点说不出话，“我只是想看看你脸上的伤，没有别的……意……”喉间被哽咽卡住，她抬手捂住眼睛，突然说不下去。

路灯下，还有飞蛾在扑虚假的火光，仿佛永远不知疲倦。快要入秋，夏天只剩下尾巴，潜藏在角落的虫鸣声中。

静谧间，不知过了多久，齐欢眼前暗下来，光线全被罩在外。

她揭开被抛到头上的他的外套，眼睫还挂着泪。

不管是披是穿，都足够盖住她肩膀处衣服被划开的那道口子。

脱了外套扔到齐欢头上的陈让还是一副冷淡的表情，只是微微偏开了视线，不完全看她。

“洗干净还我。”

他转身前扫了眼她的脸，那双眼睛里水汽若隐若现，怔怔朝他看。陈让迈着步子，不由得蹙眉。唇瓣抿紧，忽然有点说不清的烦躁。

陈让走出巷子，外头是哪条街他不清楚，也懒得去想。找了个靠墙的公共长凳坐下，头向后抵着冰凉的墙面，他阖目靠了一会儿，缓缓睁开眼，侧过头。

齐欢没走，期期艾艾站在不远处。她穿上了他扔给她的外套，有些大，罩在她身上，显得整个人小小的。犹豫地站了一会儿，她忽地跑向路边。

她跑得很急，像是害怕他会走掉，半分钟不到就提着一袋子药站到他面前。

“药店的店员说，这种对伤口最好，不会留疤。”两三下拆了包装，她用棉签蘸浸紫红药水，要给他擦药，陈让偏头避开。她顿了一下，又伸过去，这一回，他没有再抗拒，没有别开头。

齐欢捏着棉签，抿紧唇，专注他脸上的伤口。

夜风微凉，马路上来往人迹，无论纷扰与否，这片刻都与他们无关。

齐欢把用过的棉签扔进不远处的垃圾桶：“这些你带回去，留疤不好。”塑料袋里剩下的药，全塞给了陈让。

齐欢笑了下：“跟到这里就差不多了，我也该走啦。”

不等他说什么，她挥了挥手，转身跑向另一个方向。陈让坐在长凳上没动。她走远十几步，像是突然想起来什么似的，停下回头看他，弯起眉眼唇角，又明朗了起来。

“你都不跟我说再见的啊？”

陈让顶着脸上没能全消的伤去学校，左俊昊一看就火了：“哪个不长眼的敢打你，反了天了？”

季冰没那么大反应，脸色也不好看，皱着眉猜测：“不会是敏学的干的吧？”

左俊昊立刻反驳：“不可能。敏学十个人都不是陈让一个人的对手。”

季冰无语：“这你就有点夸张了吧。”

“不小心撞的。”陈让从书桌抽出书往桌上一甩，平静地终结这个话题。

左俊昊和季冰对视一眼：“真的？”

陈让“嗯”了一声，低头翻起书，不再理会他们。

恰好铃声响，季冰是隔壁班的，拍了拍左俊昊的肩膀，踩着铃声走人。

左俊昊回了座位，一上午的工夫，跟陈让讲话，他就没吭过几回声，倦懒的模样，仿佛抬一下眼多说一个字都会要他的命。他就是这样，高兴的时候笑啊说话啊都行，没兴致的时候，任你是天王老子也别想让他开金口。

上午的课结束，人群都往楼梯口走，左俊昊和陈让拐道去了厕所。站在陈让旁边，左俊昊挤眉弄眼问：“齐欢肯定又要来找你，欸，说真的，你心里怎么想的？”

“关你什么事？”陈让一脸平平，拉上裤链，头也不回地出去。

“喂——你等等我。”左俊昊赶忙追出去。

放学后在小卖部逗留是种习惯，陈让他们几个去常去的店里买喝的，才站了没一会儿，一个女生忽然跑到面前堵路。

“陈让。”嗓音细嫩，但和齐欢略带爽朗气的声线不一样。

周诗宁很紧张，她想认识陈让很久了，她们班在高二（8）班隔壁，每天都能看到陈让从教室窗外走过。

他有的时候是一个人，表情散漫，长腿迈开步子，一截走廊转瞬就在他脚下踩尽。有的时候他和一帮人一起，在说笑玩闹的嘈杂中，他沉默而平和，带着一丝对外界的冷淡，余光从不向不相干的地方驻足。

周诗宁和他一起做一中代表时参加过几次校外比赛，说过的话不多，但好歹有过交流。

“这周的模拟卷，我有些地方不太懂，可不可以请教你？”她问。

她知道陈让这个人不好相处，有一次，她借问问题的名义鼓起勇气去找他，他只是扫了眼题，转头就把她的练习册给了斜前方的男生——他们（8）班的班长，一个戴着眼镜、潜心钻研题目、两耳不闻窗外事的正统好学生。

从头到尾陈让只说了四个字：“问他，他懂。”

原本是不敢再找他了，可是……可是敏学的那个齐欢让她改变了想法。

周诗宁微微用力握了握掌心，直视陈让，努力不让自己移开视线，又问了一遍：“可以吗？”

左俊昊和季冰以及一帮人在旁边看热闹，静等着陈让表态。陈让默然不言，仰头喝了口绿茶，被艳艳日头照得眯了眯眼。

等待的时间越长越是忐忑，但周诗宁又生出了些希望，以往他拒绝都是直接开口，没有说不，那么……

“不好意思。”一道女声突然横插进来，打断了周诗宁的心理活动。

齐欢穿着敏学的校服不知什么时候从那边跑了过来，脸上挂着一贯欠揍的笑容，站到陈让身旁。

她冲周诗宁挑眉，笑嘻嘻地说：“同学，你有哪些地方不懂，我可以替陈让教你啊！”

陈让旋瓶盖的动作，因她的突然出现顿了一顿，没过一秒又若无其事接上。

周诗宁被突然出现的齐欢杀得措手不及，看见她站在陈让旁边，脸色微变。一秒、两秒，始终不见陈让出言说什么，脸慢慢由红到白，心也沉下去。

“你，你……”周诗宁看了无动于衷的陈让一眼，红着眼跑了。

齐欢瞧着人家跑走的背影，又看了一眼陈让那张没表情的脸，“啧”了一声：“你还真冷淡，怎么对谁都这样？”

他道：“人是你赶跑的。”

“我好心教她写作业，哪有赶她？”齐欢撇嘴。心理素质还是不行啊，反正换作是她，她才不会跑。

顿了顿，齐欢又说：“人跟人还是不一样，她那种就是脸皮太薄了。又要来请教吧，别人说上两句就受不了了，抗打击能力太差。”

陈让睨她：“她是那种，你又是哪种？”

“我？我和你一种的啊。”齐欢蓦地止言，笑了笑，“算了不说了，我回去了。”

她刚转身，被左俊昊叫住。

“你这就走？”

“是啊，刚刚看到这边有情况就跑过来了。”

齐欢转眼跑没影了。左俊昊擦干净嘴巴笑着跟陈让说：“她……”话音一顿，他愣了下。

——刚刚那一瞬，陈让似乎勾了勾唇。

再定睛看去，哪有笑意，那张刻板脸上明明一副平淡神色。

“走了。”

怔愣间，陈让已经出了小卖部。左俊昊回过神，和一群人一起大步跟上，扔了喝完的空奶茶杯，抬手用力搓了下眼睛。

今天的太阳真毒，照得他都眼花了。

去纪茉家留下了不太美好的记忆，对于这一点，纪茉甚至比齐欢还在意。

下午上课之前，齐欢收到纪茉发来的消息：“对不起，我不该没问清楚我妈什么时候回来就带你回家，很抱歉让你不高兴了。”

措辞有些拘谨，一看文字，脑海里马上能勾勒出她趁着午休这点时间，偷偷摸摸编辑文字的小心模样。

还没回过去，马上接着来了第二条：“别生气。”

齐欢一笑，觉得这姑娘真的超级可爱，干脆一个电话打过去。

纪茉的声音很低，微微沙哑：“喂。”

齐欢取笑：“你偷偷给我发消息啊？”

“不是……”她说，“我一个人在家。”

“你怎么在家？”

“今天请假了，早上起来有点发烧。”

齐欢一个皱眉："没事吧？"

纪茉咳了两声，说："没事，吃过药已经好多了。下午在家休息，晚上去上自习。"

齐欢对她的上进不满："病了就老实在家躺着，自习不上也没关系。"

纪茉笑了两声，顿了顿，说："我放学之前来，你想不想吃饺子？上个礼拜我跟我妈妈一起包的。"

齐欢说："好啊。"

"那我给你带一盒。韭菜的还是瘦肉的？"

"瘦肉的。"

"好。"

听她又咳了，齐欢让她赶紧休息，没再往下说。

几节课过得快，等老师走了，庄慕过来问她："晚上吃什么？"

"你们去吃吧，我今天不去了。"纪茉说要给她带饺子。

她不去庄慕也不去，让严书龙帮忙打包外带，然后大大咧咧往齐欢身边一坐。

齐欢玩着手机等，最后一堂课过半时纪茉发来消息说出门了，估摸差不多该到了。

十分钟过去了，又过了五分钟，纪茉还没来。齐欢觉得不对劲，给纪茉打电话，拨号声一声接着一声，始终没人接。

时间越久，齐欢的眉皱得越紧。最后，"嘟——"的忙音到底，挂了。

晚自习。

高二（8）班秩序良好，"唰唰唰"一片做作业的声音。陈让坐在最后，写题写得随意，只拣有难度的题目做。

第一节自习结束，铃声一响半数人起身，有的去洗手间，有的去走廊上吹风。

"左俊昊——"门口有人喊，趴桌上睡觉的左俊昊抬头，眯瞪着眼往外边看。叫他的人是个不认识的，正纳闷，视线往喊人的旁边一扫，愣了。他赶紧拍隔着条过道的陈让："欸，齐欢来找……"

陈让抬眸，左俊昊的话没说完，门口的人又喊了声："左俊昊你出来一下，有人找。"帮忙喊话的人旁边就是穿着一中校服的齐欢，她微低头，挡了小半张脸。

两句话都只叫他，摆明了就是来找他的。左俊昊手怔愣着停在陈让身上，摸不着头脑，还是起身出去了。

陈让手顿了顿，笔尖在练习册上洇开一个墨点。

齐欢和左俊昊到拐角说话。

“你怎么在我们学校？”

齐欢没空和他废话：“我找你有事。”

“你说。”他换了个站姿，左右看了眼。

“你认不认识你们年级有个叫林江路的？”

“林江路？”左俊昊琢磨了几秒，“哦，那个吊儿郎当的……知道他，怎么？”

齐欢满眼沉色：“把他带出来。”

左俊昊一顿。

“算我欠你一个人情。下回你来敏学，找谁都行，我不拦。”

左俊昊手缓缓插进兜里：“他惹到你了？”

齐欢顿了几秒，脸色冷凝：“他欺负我朋友，女生。”

左俊昊回教室，沾着凳子没几秒，第二节自习前又出了教室。

陈让破天荒问了句：“去哪儿？”

他头都没回：“有点事，我去找季冰他们。”

“等下有人来。”

“随便，不差挨这两句骂。”他的身影很快消失在后门外。

齐欢下午没等到纪茉，放心不下，出校门沿着她家的方向找，没走太久，在一中附近的巷子里找到了人。

她蹲在角落，饭盒里的饺子撒了一地，手忙脚乱地想弄回盒里，一个个白胖饺子全沾了泥，手指上也沾到泥，白皙手腕上的红痕醒目无比。

齐欢跑过去，喊了她一声，她往后缩，看清来人后眼泪断线一样掉。

纪茉本来该到的，只是走路慢，怕齐欢久等抄了小路。哪知道遇上一帮人。是他们一中的，同为高二生，但是和他们班不在一个楼层。

纪茉匆匆想走，被他们一帮人缠住。或许是见她被吓得白脸的样子很有趣，林江路拽着她的手腕，半开玩笑半认真地要动手。饭盒掉在地上，饺子撒了一地，纪茉怕得要命，边哭边挣扎。

以林江路为首的捉弄够了，见她掉眼泪，嘁了声，甩开手，还说：“这么玩不起？真没劲。”

这么一遭，才耽搁了。

纪茉在齐欢怀里哭得停不下来：“本来应该早就到了……饺子也没有了……”

齐欢哪还有心思吃什么饺子，气得快炸了，连纪茉这种女生都欺负，这群人真的够渣。

庄慕和齐欢一块跑出来找人，他不认识纪茉，但也气得不行，一个电话打给严书龙，让他赶紧过来。

纪茉胆子小，碰上这种事哪还有心思上自习课，齐欢送她回家，看着她睡着了才出来。

庄慕一帮人准备好了，齐欢让他们等着，自己去了一中。

左俊昊和齐欢交情不深，来往都是同陈让有关，见面说两句话而已。人和人相处看气场，齐欢的脾气他喜欢，况且这几次接触下来渐渐也熟了，就因为她，不然他和严书龙那帮人在篮球场的矛盾也不会不了了之。这件事他应下了，就当是卖她个面子。毕竟林江路这种人他也挺看不上的，只会欺负女生，算什么本事。他跟季冰几个说了一下，一群人去找林江路。

别的人早在铃响后就进教室了，他们一行漫不经心地走过走廊，惹得所经班级里的人纷纷朝窗外看。

林江路在座位上和周围几个人玩游戏。

门被“叩叩”敲了两下，引得全班人抬头看，只有后边几个玩游戏的头也不抬。

“林江路，出来。”

被点名的林江路抬头张嘴就不耐烦：“谁……”看清门口的人，话音顿住。

左俊昊靠着门，身后跟着一帮人，都盯着他。整个班静下来，鸦雀无声。

高二（8）班的左俊昊，跟陈让一起的。他们一帮人，别说一中，整个禾城的中学，包括几个职高都没人搞得赢。

左俊昊沉沉地盯着他，歪了下头：“你，出来。”

周四晚上，没有谁知道具体发生了什么，唯一清楚的是林江路第二天下午脸上挂彩来学校，一下子变得老实了很多。

陈让知道这件事，同样是第二天。左俊昊没瞒着，该说的都说了。

“齐欢一个女生，我们不好让她多掺和。不过最后她撂话说以后林江路再敢欺负女生，她绝对不会让林江路好过。”

陈让淡淡扫他一眼：“她跟你很熟？”

“不是很熟，我跟她说话的时候你不是都在？你都看到了啊。”左俊昊抖腿道，“跟熟不熟无关，这事本身就是林江路的错，我们这群人要是谁做这种恶心事，我肯定头一个站出来！”

“而且——”左俊昊嘚瑟笑起来，“齐欢主动来找我帮忙，我能拒绝吗？”说着，外头有人找，左俊昊应了一声起身出去。

陈让眉眼低敛，面前摊着一本书，笔在草稿纸上无意识画了几道线。

他提笔，打了个叉。

数学课，数学老师一进教室就对准左俊昊发难。左俊昊前一晚的自习课不在，性质格外恶劣，数学老师作为班主任，想不找他的碴都忍不住。

“你来讲一下第56页的这道题。”

左俊昊光顾着跟陈让说前一天的事，没记得写作业，脸上发慌，拼命给陈让使眼色。不知道搞什么，往常都会甩手把练习册丢给他的陈让今天没有半点反应。

左俊昊压低声音叫他。

“陈让——

“让哥！”

人理都不理。

“我让你讲题，你嘀嘀咕咕什么！”数学老师重重地拍讲桌。

左俊昊的脸拧成一团，没办法，只能认命：“老师，我没做。”

数学老师等的就是他这句话，当场暴怒：“那你还在这废话？到外面去写！！”

男厕所的设计有点独特，陈让一般占最里面一排最后一个位，地理优势，一不留神看不到那个角落。

小解完正准备走，有人进来，说话声一句接一句。

“左俊昊跟敏学的人也太过分了，咱们要不要做点什么？”

“你嫌我还不够丢人？！”

陈让一脸平平，准备出去，忽听那俩人话锋一转，提起齐欢。

“这事是够憋屈的，不过，隔壁那齐欢长得是不错，要是通过这事能认识她，我也认了。”

跟林江路说话的人没想到他想法这么跳脱：“哥你……”

“我这么着？”林江路哼哼唧唧笑起来，“找机会先去跟齐欢赔礼道歉，时间一长就熟了，还说别的？”

“可是，听说齐欢总是去找陈让……”

“那又怎么样？”林江路不在意，他讲，“陈让理她吗？”

陈让从里面走出去。林江路还在笑，旁边那人眼尖瞄到陈让，吓得脸都白了，赶紧用胳膊肘戳他。

“你干什……”切断电源一般，噤声的瞬间差点咬到自己舌头。

陈让没搭理他们，连个眼角余光都没瞥过去，径直走了出去。

背后安静了一瞬，传来松气的声音。

“吓死我了……”

学校人多，球场打球都是一半一半占场地。陈让和左俊昊、季冰一群人在左边第一块位置，另一半好巧不巧，林江路那伙人在用。

季冰拍着球嗤笑：“那小子，平时还挺装，见了我们连气都不敢喘。”

左俊昊咧嘴：“病病，你别这么说，多伤人家的心。”

季冰拿球直接朝左俊昊脸上砸：“离我远点——”

他名字的谐音听起来不好，调不准就像是在喊“疾病”“疾病”，别人都不敢拿这个打趣他，就左俊昊，成天没完没了的“冰冰”“病病”交叉着喊。

他俩互相闹，陈让接过球，自顾自投篮。

他们一群人开始打球，林江路那边小心翼翼半天，见他们没有要过来做什么的意思，也开始打。两边都热火朝天，突然一下——

“嘭”的一声，球直直地朝林江路脑袋砸去。

两帮人都停下。左俊昊几个全都看着陈让，林江路他们自然也猜到球是从陈让手里飞过来的。陈让甩着手腕，没有半点歉意，连句不好意思都没说。

“脱手了？”林江路呵呵笑着，自己打圆场，把球扔还给他们。

脑袋好疼！

左俊昊抢到球，传给陈让。局势火热，然而没等到陈让投中，球又飞出去，又一次砸到了对面，不偏不倚正好又是林江路的头。

这一下砸得林江路眼冒金星，差点没忍住飙脏话。转身就见陈让站在那儿，没什么表情，就是让人心里发毛。

他咬着牙挤出笑：“……又脱手了？可得拿稳啊。”

球回到他们那边。

说实话林江路已经没心情再往下打了，谁知道什么时候又飞来……当球再一次落到他脑袋上，他说什么都忍不住了。

忍不了也还是得忍。林江路压下火气，牙缝里挤出声音：“陈让，你不是故意的吧？投篮都没有你这么准。”

这次他没有把球扔回去，球自己骨碌碌滚到陈让脚边。陈让捡起球，五指托着，看了林江路一会儿。左俊昊正要说话，就见陈让眼一沉，抬手当着所有人的面把球砸向了林江路。

“嘭”的一声闷响，林江路摔坐在地上。

“我就是故意的，怎么？”

那边人冲上来，左俊昊虽然没反应过来是什么情况，但他们也不是吃素的，谁会怵？两边对上，林江路的人想动不敢动，气氛看似剑拔弩张，实际心理上就被压了一大头。

别的球场的人都朝这边看。陈让走到林江路面前，后者挣扎着爬起来，往后退了两步。

捏着球顶住林江路的左肩，陈让冷眼，垂眸睨他，什么都没说。

齐欢知道陈让他们在篮球场发生的事情以后，放学后立刻去找他。

“你跟那个林江路也有过节？你不早说，你要早说我那天就一块儿帮你报仇了！”

陈让坐在树荫下喝水，她就蹲在旁边侧头看。她进一中进得越来越勤，就跟串邻居家门似的。

陈让旋紧矿泉水瓶盖，说：“没过节。”

他瞥她。

见他不愿多说，齐欢抱膝，话题一转：“左俊昊帮我忙，我欠他人情，周末去玩，你会去吧？”

陈让看着前方球场上来往的人影，没正眼瞧她，眼睫颤了下：“不去。”

“我请他吃饭，你也一起来啊。”

“不吃。”

“那去打篮球，或者玩别的……”

“不玩。”

齐欢被噎得语塞，下巴抵住膝盖，叹气：“不要吧，你也太扫兴了。”她瞅了他半天，“真的不去？”

他不语，懒得再回答。

“行吧。”齐欢揪了两根草，不勉强他，起身拍了拍裤腿，“那我走了啊，我学校还有事。”走了两步停住，盯着他，“……真的不去？”没等陈让回答，她马上又说，“算了！当我没问。不想去就不去，你高兴怎么都行。”

这回真走了。

陈让捏着矿泉水瓶坐在那儿，眉头拧了下，喉头动了动，将卡着没能说出的话，缓慢咽回去。

严书龙最近和高一的一个学妹走得很近，成天把学妹挂在嘴上不算完，还老在齐欢面前嘚瑟。

“你看，人家这颜文字用得，多萌！

“哎哟，小表情贼可爱了！”

严书龙是什么人大家早都清楚，干什么都只图个新鲜，劲头过了立马抛到脑后想都想不起你是谁。当下这行径只惹来一片“滚蛋”的回应。

齐欢当然不可能“嫉妒”，只是忽然想起来——认识有段时间了，她连陈让的联系方式都没有，越想越不得劲儿。

周末有人过生日，严书龙借机把学妹叫出来一起玩，齐欢自然也会去。请左俊昊吃饭的事情得往后推，找他说的时候一道提了联系方式的事。

“陈让的电话多少，号码能不能发我一个？”

左俊昊二话不说给了，不过提醒她：“陈让那人你知道，我平时跟他打电话，除非他有事，就没有一次能说超过十句话的。你悠着点。”

“行。”齐欢谢过他。

晚上，齐欢洗完澡在被窝里滚了几圈，对着手机里存的号码看了半个多小时，终于下定决心拨号。漫长的嘟音像猫爪一样，挠得她心里又痒又慌。

“喂，哪位？”

三个清爽又有点低沉的字音飘进耳里，齐欢紧张得捏紧了被角。

“那个，是我，齐欢。”

那边默了默：“有事？”

“就……”齐欢难得结巴，初中开始就没少在升旗台上当着全校的学生发言，也从没有过像现在这样紧张。她咽了咽口水，扯了个理由：“我有道题……呃，不会做，想问你。”

他没出声。

她小心翼翼：“会不会吵到你？你在忙吗？”

“忙。”

一点都不客套的回答，她怔住：“啊？忙……忙什么？”

“看电影。”

齐欢背靠着床头坐着，一时不知该怎么接话。棉被盖得好像厚了些。心里却在默数，好像快超过十句话了……

她尴尬地憋出一句：“我打扰你了哈。”

他声音优哉，没继续，只说：“题。”

“什么？”

“题目。”

齐欢顿了顿，手忙脚乱下床，翻开书桌上的练习册："等等，我翻……翻一下，就是……这个……"找到一道有点难度的题，她报给他听，报了三遍才讲明白。

"知道了。"陈让说，"我念步骤，你写。"

"哦哦，好。"

他条理清晰，没几句就把解答过程报了一遍。

齐欢其实会做，为了跟他多讲几句话，假模假样地夸赞："你好厉害啊，这么难的题目这么快就解出来了！"

陈让把她做作的语气听在耳里，默了两秒："你的年排第一，路上捡来的？"

齐欢："……"

"没事就挂了。"他不废话。

"等等——"齐欢激动起来，"先别挂先别挂！等一下！"

"有事？"

"那什么，我……"她飞快转动脑筋，想掰扯个理由，半天也没想出好的，只能说，"大晚上吵你很不好意思，找空我请你吃饭怎么样？多亏了你我才能解开这么难的题……"

那边没声音。

"陈让？"

"嗯。"他不咸不淡应了句。

"还在？"

"你说呢。"

齐欢咳了声："你觉得成吗？"

他说："再说吧。"

谈到这里差不多要挂电话了，再拖下去也拖不了多久，齐欢见好就收，赶紧道了几声谢，说："那，时间不早了你早点休息，明天有不会做的题我再打电话给你……晚安！"

不等他说什么，齐欢"啪"的一下把电话挂了。

陈让穿着一身睡衣，倚着书桌桌沿站着，头发半湿。他把手机随手往桌上一丢，压在草稿纸上。

那道齐欢打来问的题目，演算过程简略而明了，纸上的笔迹墨水还没全干。

喝了杯水，窗开了一半，夜风吹进来，淡薄的灯光好似也跟着晃。

手机嗡嗡振动，他瞥一眼，是左俊昊。

“喂。”

他微微垂头，被额前发丝撩得眯了眯眼。

那边左俊昊没有半个字废话，声音焦急：“李明启他们找上季冰了，你赶紧来！”

齐欢听说陈让他们和社会上的人又闹了矛盾，闹得还挺大。

他们学校的人知道得不多，白天在学校只听了个大概，又因为有事好几天没能去一中门口找陈让，她一直心神不宁。

晚上，齐欢洗完澡披着湿的头发趴在床上，随便翻了翻书，一个字都看不进去。她翻来覆去，仰面躺着，看着天花板，手机握在手里，拿起又放下。

齐欢把手机举过头顶，放在眼前看，纠结许久，终于拨通那个早已背熟的电话号码。

第一次没人接。她不死心，又重新拨了一遍。正当她做好拨第三遍的准备时，那边终于接了起来。

陈让略低的嗓音响起来，有点烦躁，带些淡淡的倦意：“喂？”

“陈让！是我是我。”齐欢很欢喜。

那边没说话。齐欢听不到声音，以为信号不好。她把手机从耳边拿下来，看了看，信号满格。

她重新把手机放回耳边，手指无意识抠着被单：“陈让，你怎么不说话？”

“说什么？”

“你刚刚在干吗？”

“睡觉。”

齐欢顿了下：“我把你吵醒了？”

他那边有窸窸窣窣的声音，响起一阵。

黑暗的房间里，陈让把床头柜的灯打开，背靠着墙，随手拿起玻璃杯，仰头喝了点水。凉凉的水入喉，混沌的精神稍微清醒了一些。

“我听说你前两天出了点事情。”齐欢试探性地问。

陈让不置可否，从鼻音里淡淡地“嗯”了一声。

“为什么？发生什么了？是你们惹到谁了，还是——”

“齐欢。”他喊她的名字。

齐欢话头被打住，她应：“嗯？”

“你很闲吗？”陈让问。

齐欢：“……”

陈让懒得和别人说话，更不喜欢说废话。然而到这个份上，却破天荒地没挂齐欢电话，就让气氛这么僵着。

齐欢被噎了半晌，知道自己从他那问不出什么，但想和他多说说话，她只能绞尽脑汁地转移话题："对了，我请左俊昊吃饭，你真的不来吗？"他不说话，她就自言自语，"应该是下周，这周天我一个朋友过生日，我们去新开的那家皇朝湾唱歌，所以只能推后……"

"跟我有什么关系？"

"……我就是想问你到时候吃饭去不去。"

陈让声音没有什么起伏："你请他吃饭，我去干什么？"

"我好久没去一中找你们了，你不见一见啊？"齐欢不正经地跟他打诨。

陈让说："不见。"

她笑："我想见你们啊！"

陈让："……"

下一秒，电话就被挂断了。

课间铃声一响，教室里又开始躁动起来。大课间，季冰一群人来高二（8）班，围在陈让和左俊昊座位周围。说起周末去哪儿玩，意见不一。

"去打篮球？"

"有什么意思？天天打天天打，看到都要吐了。"

"要不去唱歌？"有人提议。

季冰下巴一抬指向陈让："他不喜欢。"

说的也是，虽然陈让对什么都没有太大兴趣，但如果周围环境太吵，待久了他容易暴躁。

"去……"话还没说完，一直不出声的陈让忽然开口："我没关系。"

"什么？"

他翻着书，随意道："唱歌也行。"

几个人怔了下，不过也没往心里去，斟酌："那就去龙港？"

刚有人要附和，陈让淡淡地说："太远。"

远也不行，提议的人摸了摸后脑，想说龙港环境不错，到底还是没有讲。

季冰道："哎对，我想起来我叔叔新开了家KTV，叫什么皇朝湾？龙港远了可以去那儿试试。"

一帮人瞥陈让，他没反应，不拒绝不点头。不表态就是默许，于是就此拍板。

“行，周末皇朝湾。”左俊昊行动派，当即订包间。

齐欢见到了严书龙口中的学妹，挺可爱的一个女生，在她面前乖乖巧巧的。

她给寿星公的礼物送出去之后，就一个人窝在角落看他们热闹。

“来唱个歌？”声音透过音响传遍整个包间，说话的把另一个话筒递给她。

“不了。”齐欢摇头，“我嗓子不舒服，你们唱。”

除了庄慕和严书龙，一帮人也不太敢开她玩笑。见她懒洋洋地笑着，靠着沙发不太想动弹的样子，便没坚持。

齐欢无聊，端起桌上的饮料，喝了一杯下肚。

严书龙出去打电话，转了几圈，回来的时候说：“欸，那边，一中的好像也在这里。”

齐欢听到，问：“一中的？”

“对，就陈让和左俊昊他们。”

这么巧，齐欢一下来了精神：“哪个包间？”

严书龙回忆了一下，报了个数。齐欢当场站起来。

“你去哪……”

“你们玩！”她头也不回，推门走了。

齐欢在门口站了一会儿，透过门上的玻璃往里瞧，左俊昊那帮人在里头热闹，玩得正嗨。除了他们一群男生，也有女生。

多人走动，里面的光线又暗，她看了半天也没看清陈让在哪儿。只能把门推开，慢慢探头进去，眯着眼找了半天，终于找到陈让处于角落的身影，还没多看两眼，下一秒她就被人发现了。

“这谁啊？伸个——哎，齐欢？”

这一声把左俊昊招来了。齐欢干脆大方进门：“好巧啊，你们也在这边玩？”

左俊昊笑：“是哦，巧了。你朋友在这过生日？”

她点头。

“来来来，赶早不如赶巧，一起坐。”左俊昊赶忙招呼她。

齐欢也不扭捏，应下了。

见她眼睛朝角落瞟，左俊昊心知肚明，弯唇凑近她小声说：“那人啊，从一进门坐到现在，除了去洗手间就没见他动弹过。”

左俊昊不拉着她多废话，挂着一脸笑去了别处。齐欢直奔角落，凑到陈让身边坐下。陈让眼皮一颤，没抬眸。

“好巧，你们今天也来这里玩啊？”齐欢笑得见牙不见眼。

陈让没应声，手机屏幕五花缭乱，正在游戏界面。

“你一直坐在这里玩游戏？”她问。

“嗯。”

“不无聊啊？”

他不理会。

齐欢盯着他，又盯他的屏幕，视线来回。她一直在旁边瞟，很干扰人。陈让暂停游戏，侧头：“有事就说。”

“我没什么事……”她一顿，笑起来，“就是想跟你讲讲话。”

陈让收了目光，继续打游戏。

齐欢看他玩了一会儿，又说：“我给你唱首歌？”

他理也不理。

“陈让？”她喊他，“你别玩了哎。”

陈让手指不停，仿佛没听到。齐欢只能闭嘴。

他不跟她讲话，游戏她又不感兴趣，在他旁边干坐着无聊极了，她闷闷地端起桌上的杯子喝了半杯饮料。味道有点甜，齐欢喝完重新倒满，又喝了一杯。

她抱着手臂倚着沙发靠背，唱歌声和说话玩乐声在包间里交织，有点吵，也有点别样的寂静。

包间里的温度有些高，脸开始热了，齐欢用手扇风，起身去另一边点歌台。

“喔，齐欢啊，要唱什么？”点歌台边坐着的人一见她，热情地问。

左俊昊这一帮人都认识她，她来一中来得勤，算起来也是熟人。

齐欢报了个名字，在唱的歌正好结束，点歌的人帮她把曲目顶到最上面，帮忙探身到人群里要了话筒给她。

“不用了。”齐欢摆手没接，转身跳到点歌台对面。

一个立麦，还有一张高脚凳。她坐在那儿，没什么人注意。大家都在各玩各的。

前奏响起，齐欢脚尖在地上轻轻打节拍。她声音微低，不像一般女孩子的娇柔嗓音，反而有些小沙哑。昏暗的灯光下，一片嘈杂，她优哉地转动高脚凳的坐垫，认真地唱。

是一首轻快的暗恋歌曲。

或许是知道大家专心玩游戏没空听，她一点都不紧张，更别提害臊。唱到最后一段，副歌还剩一大半，齐欢兜里的手机忽然振动。

庄慕打来电话找她。她从高脚凳上下来，给点歌台的人比手势，一边往外走接电话一边示意他可以切歌。

“你是不是掉线了啊？怎么突然就退了！这都半天了还没重联？”坐在陈让身边和他一起打游戏的男生独力难支，被“杀”得心力交瘁，忍不住伸脖子看了眼——陈让的手机屏幕一直停在退出后的大厅界面。他不知道在干什么，有点出神。

男生没敢多问。

“嗯。”陈让应了声，收了目光，把手机光亮摁熄，“不玩了，你打吧。”

包间墙上的大屏放映的还是齐欢没唱完的那首歌，人都挤在正中玻璃茶几边闲聊，没人顾得上唱歌，所以没人切。

字体颜色渐变，掠过整首歌的最后一句。

只剩下伴奏。

陈让眼睑低垂，默了一会儿，黑屏的手机重新被摁亮。

每天删一次的通话记录很干净，但架不住齐欢不厌其烦有空就找他，和她最近一次通话是中午。她给他打电话讲了一堆废话，这一通他还没来得及删。

视线停在那个没有备注的号码上，陈让抿了下唇角，抬指，点击编辑，随手备注了一个数字“7”，而后没再多看，收起手机。

齐欢那一串没着没落的号码，被加进了他的联系人里。

第三章

光影下的怦然心动

齐欢回了敏学的包间。

庄慕没好气：“一天到晚就知道往那边跑，用不用我把你种到一中去扎根？”

严书龙站出来打圆场：“嗨呀，年轻人，躁动一点很正常。”

齐欢没说话，往沙发上一坐。

“怎么个情况，出师不利？”严书龙见她兴致不高，凑过去八卦地追问，“陈让又给你甩脸色了？”

“甩脸？”齐欢侧头，“他连正脸都没对着我。”

严书龙一时语塞：“……你这也太惨了吧。”说着皱起眉打量她。

“看什么？”

“不是，我就看，你怎么瞧也不磕碜，不应该啊——”

庄慕不爽，打断他们：“要不我走？你们俩好好交流交流心得？”

“哎呀慕哥——”

严书龙过去搂他肩膀，笑嘻嘻让他别冲动，话题一转没再说一中的事。

几个人坐下聊天，齐欢伸手去拿杯子，立马被庄慕拿掉：“这是碳酸饮料，你不爱喝。”说着换了杯果饮给她。

齐欢接过，没说什么。

很快，到切蛋糕环节，一帮人围着寿星公喷彩带、拉小礼炮，起哄声不绝于耳。寿星公站到立麦前，假模假式故意开始说场面话。台下一帮人拿小东西扔他。

“恶不恶心！”

“吐了，还让不让吃蛋糕啊？”

“齐欢在哪儿？赶紧为民除害——”

被点到名的齐欢，端着寿星公给切的一块巨大无比的蛋糕站在旁边笑。

包间里众人打闹起来，说说笑笑，齐欢没去中间。她窝到角落，手里还端着没动一口的蛋糕。

灯光昏黄，角落比别处更暗。齐欢拿出手机对着手里纸盘上的蛋糕拍了一张，发短信给陈让。

“吃完蛋糕我们就去吃饭了。”她顿了顿，加一句，“你们也早点回家休息哦。”

想再说点什么，又怕说多了惹他烦，齐欢叹了声气，克制着收起手机。

包间里鬼哭狼嚎的唱歌声重新响起。陈让在角落的厕所外透气，懒散地靠墙站着，头顶昏黄的灯光照下来，在地上打出一团影子。

拿出手机刷网页，突然跳出新消息提示。齐欢给他发了一张图片，老大一块蛋糕，奶油看着就腻。

他没什么表情，刚要收起手机，又来了新消息。一条说要走，一条让他早点回家。

自己活动多得不行，一局结束又一局，该早点回家的也不知道是谁。

陈让撇了下嘴角，手机摁到待机状态，揣回兜里。

下午唱歌，晚上吃饭，流程很简单。

过生日的男生叫张哲，到常去的饭店订了个大桌的包间，一群人从皇朝湾出来，分几辆车打的过去。齐欢一直低头玩手机，凉菜开始上桌，她头也没抬。

庄慕看不下去：“你搞什么？饭也不吃？”

齐欢应声，这才收了手机。只是动了动筷子，又低头去看手机。陈让没给她回消息，一个字都没有，手指滑动屏幕，把那几条消息上下划拉看了好几遍。

在庄慕第二次不爽之前，她拿起筷子，安分进食。菜上着上着，没到餐后甜点就来了一盘饼，绿油油的颜色。

严书龙说：“这什么玩意？”

服务员退出去前回答：“这是绿茶饼。”

严书龙脸拧巴成一团：“绿茶饼是什么东西？张哲你口味有点迷啊？”

众人接话开始吐槽。

齐欢看了眼，忽地说：“转到我这儿来。”

他们依言转动玻璃圆盘，绿色的饼到了齐欢面前。她抬头看一眼：“都没人吃吧？”见大家纷纷摆手，端到自己旁边，“那就放我这儿。”

庄慕偏头问她：“你吃啊？”

齐欢含糊“嗯”了声，拿起手机对着盘里的饼拍了张照。趁别人都在吃东西，她把照片给陈让发过去，文字斟酌了一会儿。

“你看，这个饼是绿茶味道的，厉不厉害！

“我记得你好像经常喝绿茶。

“下回我们一起吃？”

一口气发了三条，齐欢用手指戳着屏幕点了点，不自觉地扬唇笑。

左俊昊一帮人找饭店吃饭，刚选定地方坐下。还没上菜，大家都在闲聊。

陈让没加入他们，坐在一边小沙发上玩手机，没表情。

几个人聊着聊着，说到陈让身上。

“我说，陈让整天拿着个手机，可要找他的时候也没见他接电话特别快。”

季冰笑：“你看他在玩手机，那只是他在打发时间，真当他喜欢玩手机啊？”

“啊，出来玩陈让觉得这么没意思？”

“何止出来玩，他干什么觉得有意思了？”

提到这个，左俊昊很有话说：“他这个人，我跟你们讲，他的通话记录都是定时清光，短消息收到看完也是当场删掉，服不服？我问过他为什么删那么勤快，你们猜他说什么？他就说了一个字——烦。”

“你都还好。”季冰撇嘴，“那次我们打赌你记不记得？你给他发的短信在他手机留了多久，一上午？我的一节课就被删了！”

“哈哈哈！他——”左俊昊拍掌笑起来，跟其他人讲，“就是那次，季冰这傻子输给我一个礼拜的早点。”

季冰踢了他一脚。

左俊昊晃着腿嘚瑟：“我这纪录怕是没人破得了了。一上午，啧，一上午啊，同志们，在陈让那这四舍五入就是一辈子有没有！”

大家哄笑。

笑了一会儿，有人问：“陈让看我们也烦？”

“烦。”

“看左哥也烦？”

左俊昊露出一个“你很天真”的笑容，勾唇不以为耻反以为荣，哼笑一声：“他看我哪里是烦，是——烦、死、了！”

一群人又是一阵爆笑，乐不可支。

陈让玩着手机，大概听到动静，眼皮抬也没抬一下，手机突然跳出消息。还是齐欢，一张图三句话，那饼绿油油的，看起来就很难吃。

陈让划了划屏幕，习惯性点开编辑，想删除内容，动作一顿。连前面的内容，有七条消息，吃着饭也要给他发消息。

啧，麻烦。

陈让抿了下唇角，摁灭亮光把手机放回口袋，起身去左俊昊他们那边。

齐欢发来的没什么营养的短消息，没得到回复，也没被删除。

就那么，静静躺在他手机的收件箱里。

周一由大清早的升旗仪式开始，一天转瞬过去。晚自习后到家时间不早了，陈让洗完澡从浴室出来，刚进房间，桌上的手机就嗡嗡振动。

齐欢打来的电话。

他端起杯子喝水，连“喂”都懒得讲：“有事就说。”

“我有几个题目想问……”

“哦。”

“不是不是！”她听出了他的不以为意，忙道，“这回我是真的有题不太会做。”

陈让沉默片刻。

她在那头叹气：“我们老师拿回来隔壁市的测试卷，一大摞，非要我都做了，有几张好头疼啊，我真的郁闷死了——”一向嘻嘻哈哈不正经的声音里，带上了些许烦恼。

陈让倚着桌沿站了一会儿，拉开凳子坐下。

“念。”他言简意赅，一个多余的字都不说。

齐欢把题目报给他，念了两遍：“这题你听清了吗？你帮我解一下，我先算后面的。”

陈让没吭声，拿起笔，动作随意。

那边顿了一下，齐欢似是意识到什么，犹豫着说：“时间不早了，我这个点打来有没有吵到你睡觉？”

没休息好，明天上课难免会困倦。

听到她问，他不咸不淡应了声：“嗯。”

她忐忑：“‘嗯’是什么意思？”

“还没睡。”他皱眉加重了语气，“做题，别吵。”

齐欢不再废话。

题干要点在她念题目的时候就写下来了，手机开了免提放在桌上，陈让眉眼微敛，在纸上走笔，一步一步演算解答。电话两端相对无言，能听到她那边有翻动纸页的声音。

“好了。”三分钟后，齐欢说，“我这题写完了，你解完了吗？”

陈让落下最后一笔，念给她，声线轻缓。

“慢点慢点——”她着急忙慌，“我翻过去……翻过去一下……”

他顿住等她，懒懒地靠着椅背，两指夹着笔，笔帽一下一下敲在桌上，笃笃作响。

解决完难点，齐欢心情轻快了，恢复一贯不正经的模样。

“周末请你吃饭啊？来嘛来嘛，做题目多费脑子，我哪能白占你便宜。”

陈让淡淡回：“你不是请左俊昊吃饭？”

“可以一起啊——”她忽地雀跃，“或者这样，分开请，请两次！请左俊昊那回大家一块去，然后我们再单独吃一次，好不好？”

他又不说话了，齐欢喊他：“陈让？”她想不通，跟她讲话真有这么无聊？

“嗯。”

“我请你吃饭啊，好吗？”

他略不耐烦地啧了一声，然而齐欢没等到他回答，外头突然响起敲门声。她连忙捂住手机，回头扬声朝外喊：“马上洗马上洗！邹婶你不用管我——”

外头阿姨连说了好几句，说放好了水，说时间不早了。

她迭声应着，赶紧拿起手机对电话另一边道：“我得洗澡去了，你早点睡。这个礼拜我可能没空来找你了啊，我们老师那儿还有一大摞测试卷等着我写，我真的头疼死了。晚安陈让！”连珠炮似的说完，她“啪”的一下把电话挂了。

不给他反应时间，多少也是有些怕被他嫌烦的忐忑在。

齐欢被卷子淹没，连续三天都没出去找事，课间几乎不离开座位。

又一天，下午的课结束，班里人陆续收拾东西走，留下要去食堂吃饭的在闲聊，身处这样轻松的氛围她显得格格不入。

“还在做题目啊？”来找她的严书龙吊儿郎当地进来，在旁边瞧热闹。啧啧，好学生就是事多，像这种被“重点关照”的事，永远都轮不到他头上。

齐欢烦躁地把笔一扔：“不写了，头疼。”一道道题目搅得她眼花。

“那走吧，去哪儿吃饭？”严书龙问。

“哪儿都不去，没空！”

见她兴致不高，严书龙道：“烦就不做了呗，又没人拿刀架在脖子上非逼你做完，你真不想写老师能说什么？”

齐欢白他一眼，还是那句话：“不去。”

严书龙摸摸后脑勺，停了一会儿又问：“吃饭不去……隔壁也不去？

你这几天忙着写卷子，都没去一中转悠。”

提到这个，齐欢的脸更沉了。

“陈让他们这几天放学都在球场打球，打得那叫一个热火朝天。”

齐欢一下站起来，把卷子和笔一股脑收进包里，背起包转身就走。

“你去哪儿？”严书龙在背后笑着明知故问，“卷子不做了？”

她头也没回：“我带去一中做！”

一中篮球场上，左俊昊一帮人默契十足地在打配合，篮板下抢球，远传助攻，球一个接一个地进。齐欢到的时候正好左俊昊休息下场，见到她愣了一下，马上笑道：“今天来了啊。”往后别了别头，“陈让正打着，还得一会儿才能下来。”

她笑了笑，没说话。

在台阶上找了块干净的地方坐下，旁边有瓶水和一件校服，齐欢一看，猛地拍掌：“我忘给他带喝的了。”

左俊昊仰脖喝水，指着她旁边说：“那就是陈让的。”

“啊？”她侧头又多瞧了几眼。顿了下，然后默默朝他的衣服挪近，挨着坐。左俊昊看着笑，没说什么，喝完水转身上场，继续加入比赛。

树荫下，傍晚的光不刺眼，齐欢抽出本书放在自己腿上做垫底的，一边看球场上的局势，一边开始写试卷。

陈让的身影在场上奔跑穿梭，她有一搭没一搭地看几眼，抑制不住地勾起嘴角。

比赛进行过半，左俊昊一群人打得轻松，比分几乎是一边倒，完全没压力。季冰趁空和陈让说闲话，朝场外抬了抬下巴：“你看。”顺着他指的方向看去，齐欢坐在台阶上，就着自己的腿在写什么。

“她现在不穿我们的校服都能混进来了，厉害啊。”季冰调侃，挤眉弄眼。

陈让没吭声，一把拍掉他手里的球，运球走开。

十分钟，比赛结束。众人各自到场边，拿东西、喝水。

齐欢抬头，见陈让走近，扬唇就是一个笑：“你打完啦。”手里的笔指了指和他衣服放在一块的矿泉水，“我一直帮你看着，没有人动过它。”

陈让俯身拿起，默然喝水，喉间滚动。齐欢仰着脑袋看他。

他拧紧瓶盖，垂下眸来，淡淡一句：“你不是要做试卷？”

她指了指腿上：“是啊，所以我把试卷一起带来了！”

陈让不语，默默扫过卷面，看了十几秒，忽地开口：“这题。”

“啊？”齐欢一愣，顺着他的视线，才发现他在看自己腿上的试卷。

“画掉第二步，从……”

她有些愣愣的，听他突然慢条斯理开始给她讲题目，好半晌才回神，提笔忙不迭边应边写。

傍晚的风吹动头顶枝丫，树叶飒飒作响。

“那这一题呢……”

“看第二、三个条件。”

“可以这样吗？”

“写就是了。”

“哦……”

两个人一坐一站，就这么在树下一题一题解起来。

左俊昊和季冰在不远处看着，季冰皱眉：“陈让干吗呢？”

“这你不知道？学渣做题是折磨，人家学霸做题是乐趣。”左俊昊挑眉说。

季冰：“……”

除了左俊昊和季冰，球场另一边还有人也在看着陈让和齐欢。

“她怎么又进来了？保卫科的人不拦吗？”

“就是啊。我看她整天往这跑，脸皮真厚。”

几个女生凑在一起，小声嘀咕。

周诗宁的脸绷得紧紧的，看着对面一坐一站的两人，眼挪不开，心里一大堆东西搅动不停。

“陈让在干什么？”她视线一瞬不移，问身旁的人。

“啊？”她们中一个刚刚从那边教学楼走过来的女生冷不防被问，顿了下，说，“好像，陈让在教她做题目……”

周诗宁面色一沉，霎时黯淡。

陈让在和她说话，在和那个齐欢说话，还站在一旁教她做题。他从来没有过这种耐心。当初她鼓起勇气拿着练习册去找他，他连正眼都没看她。

知道其中曲折的几个安慰周诗宁：“没什么啊，你不要乱想，陈让肯定是嫌她烦才搭理她的，你也知道她有多厚脸皮，就她这样，陈让肯定瞧不上她。”

周诗宁没说话，在她们的簇拥下，闷闷地回了教学楼。

上晚自习之前，周诗宁去老师办公室抱作业本。老师们都开会去了，办公室空无一人。

语文老师办公桌对面就是陈让他们班主任的座位。

周诗宁朝门口看了眼。犹豫几秒，她咬了下嘴唇，绕过长桌走到对面。

在桌上翻找了一会儿，找到了联系簿，陈让的资料里有一串电话号码。

她听人说过，陈让家里人都不怎么管他。以前他犯错老师还会打电话联系他家长，但是每次打过去都是他本人接的，才知道他留的根本就是自己的号码。

周诗宁拿起笔，迅速把陈让的电话号码抄在手掌心，在办公室进来人之前，快步出去。

下午在篮球场边给齐欢讲了几道题目，她又借机说要请客吃饭。她提了不止一次，几次三番，陈让这回终于松了口。不过应得很模棱两可，还是没有给准话，只说看有没有空。

齐欢一听差点蹦起来，抱着试卷和书，眼神都在发光。

洗完澡从浴室出来，陈让头发半干，靠在桌边拿起手机。

没有电话。

随意瞥了几眼，轻扔回原位。

“嗡——”的几声，手机忽然振起来。目光落在来电显示上，接听动作却顿了顿。

没有备注的陌生号码。

陈让看了两秒，接通，那头传来一道略显拘谨小心的女声。

“是……陈让吗？”

“你是谁？”

“我……我是周诗宁。”那边很紧张，“今天，今天老师讲的知识点，我有些没听懂，有几个题目不会做，能不能请教你一下……”

陈让眉眼浮现一贯的疏淡，想也没想：“太晚了，我没空。”直接挂了电话，把手机扔在桌上。

才走两步，手机又响。陈让不耐烦，见来电是左俊昊，拧眉还是接了。

“干吗？”

左俊昊找他有事，但废话太多，啰嗦了好一通时间，陈让途中没说一个字。

“你有没有在听我说话？”左俊昊说完，问了句。

“知道了。”

“那你……”

“以后别把我的号码给别人。”陈让忽地打断他，挂断前留下最后一句，“很烦。”

左俊昊看着结束通话的手机界面，一脸无言。

“这，谁又惹他了？”

盯着亮光慢慢暗下去的屏幕，想到陈让最后说的那句话，一个激灵。该不会是因为把他的号码给了齐欢，齐欢有事没事总打给他，惹他烦了？

左俊昊纠结半晌，没办法，发条消息给齐欢：“你别打电话给陈让了。”

半分钟左右，齐欢很快回过来：“为什么？”

十几秒钟时间又是一条：“我刚忙完准备打电话给他。他跟你说什么了？”

左俊昊坐在床边长长叹了口气：“就你电话打太多他烦了呗，刚喊我以后不许把他的号码给别人，语气那叫一个冲，我都吓死了。”

他摇着头，发完一条，马上又飞快编辑文字：“你行个好，他不爽了我肯定没好日子过。可怜可怜我，你真别打了啊。”

齐欢对着手机一阵蒙，折腾一晚上才把卷子处理完，刚准备打电话给陈让，左俊昊这时忽然来短信说这些……把左俊昊的信息内容反复看了好几遍，没再回过去。

她躺倒在床上，盯着天花板发怔。

陈让烦她？她这段时间晚上打电话给他让他觉得烦？不高兴？有意见了？他为什么不跟她说？齐欢翻了个身把脸闷在被子里，心里也发闷。

许久，长叹一口气，给左俊昊回了一条，简短的三个字：“知道了。”

他又发来什么，之后的内容齐欢没再看。

洗完澡后的沐浴乳味道飘满鼻尖，她趴在被子上一动不动，慢慢睡了过去。

大课间，季冰来高二（8）班找陈让和左俊昊。他挨着左俊昊的课桌站着闲聊。

“这快周末了，去哪儿玩啊？”

“你想呗。”左俊昊手里转笔。

季冰看向另一边：“陈让，你说呢？”

陈让一贯的平淡：“哪里都行。”

季冰看他翻书百无聊赖的样子，忽然想到什么，笑道：“欸，最近那个谁，齐欢这几天好像都没来？”

话音一落，脚被左俊昊踢了一下。季冰猛地朝他看，张嘴要说话，左俊昊无言用口型对他道：“闭嘴。”

他不解，愣了下。

陈让起身，没说话从后门出去，大概是去卫生间。

人走了，两个人光明正大议论。

“你干吗踢我？”

左俊昊又给他一脚：“你没看他不太爽，还惹他？你活腻了别带上我！”

季冰摸不着头脑：“这几天没什么事儿啊，他又干吗了？”

“鬼知道。八成和齐欢有关。”

“哈？”

“前几天我打电话给他，他阴沉沉地跟我说让我别把他号码给别人。”左俊昊想起来都头疼，“我没给谁啊，就之前齐欢来问说了一次。陈让都这样讲了，那肯定就是齐欢呗。”

季冰“哦”了一声：“所以刚才我提到齐欢的时候你踹我……不对，就这么大点事，至于不爽这么久？”

“你问我我问谁？”

陈让从卫生间出来，在拐角站了会儿。手机屏幕很干净，没有一条消息、一个未接电话。他看了有一会儿，点进短信界面，编辑了一条文字消息：“我的外套。”

“正在发送”的标志前有个小圆圈在转，绕啊绕，十几秒的时间，最后变成一个红红的小感叹号。

发送失败。

陈让皱眉，拇指摁在屏幕上，移到拨号位置，摁下。“拨号中”三个字上是一个“7”，没多久就自行结束，跳转回到主界面。他看了两眼，收起手机。

回到班上，左俊昊和季冰还在聊。

季冰见陈让那样，看不过去，实在忍不住大着胆子劝：“不就接几个电话吗？有什么？”

左俊昊在课桌下疯狂伸脚踹他。

“你别踹了！”季冰踢回去，对陈让直说，“左俊昊不就是把你号码给齐欢了吗？不高兴归不高兴，气一会儿得了，这都几天了？齐欢打电话给你能怎么？你应付两句，实在不行就不接挂掉，她又不能一直打一直打。再说了，左俊昊已经跟齐欢交代过了，让她别再打电话烦你，她肯定不会再吵你了，你有什么好不高兴的？”

季冰一个劲儿说着，陈让突然抬眸。

“……我说错了？”季冰见他眼神不对，下意识往后缩。

陈让没理他，看向左俊昊：“你跟齐欢说了什么？”

“没说什么啊，就……”左俊昊一脸小心，“你不是说我给别人你的号码，你觉得很烦吗？我就让齐欢别烦你，她之前来找我要你的号码，我就给了她……”

陈让半晌没说话，最后烦躁地皱了皱眉，伸手："手机。"

"嗯？"左俊昊愣了下，反应过来，马上掏给他。

"你打谁电话？我这……"

话没说完，电话就通了："我陈让。"语气有点干巴巴的。

左俊昊和季冰互相看了眼。

季冰无声做口型："谁啊？"

左俊昊瞪眼，用口型撑回去："我哪知道！"

他俩不明所以，双双噤声瞧着陈让。

陈让的第二句话也很简略："我的外套。"不知道那边说了什么。

他道："下午拿来还我。"这么一句以后没再多说，"啪"的一下就把电话挂了，手机扔还给左俊昊。

陈让又出去了，走之前一个眼神，让左俊昊又紧张又摸不着头脑。

"他干吗那样看我……"

季冰看了左俊昊一眼，一本正经地猜测："可能，你今天比较讨人嫌吧。"

齐欢原本打算在学校附近解决午饭，临时改变主意，火急火燎回了趟家，庄慕几个拦都拦不住。下午在教室看到她，桌肚里塞了件衣服。

男款外套。

严书龙伸手扯出衣服的一个角，被齐欢一笔杆敲到手背上："别碰。"

"谁的啊？"

她没答。

上课铃响，一帮人散了各自回教室。

齐欢安安静静上完课，放学时候什么书都没拿，拎着桌肚里的衣服就往外走。

陈让在左边的小卖部，平时常去的那家，就他一个人，左俊昊和季冰都没在旁边。齐欢拎了个纸袋，他的外套就装在里面，东西递给他："你的外套。"和平时有点不同，没那么活泼，显得略闷，声音也低了几分，"之前一直忘记了，已经洗干净，你看看。"

陈让接过，随意扫了一眼。

"没什么事我就走了。"她说着就要提步。

"你落枕了？"他淡淡问。

齐欢一个抬头，对上他的视线，很快又移开："没啊。"

陈让瞥她。

"你拉黑了我的号码？"

齐欢看他，顿住，不知道该怎么说。

“意思是以后免得打扰对吧？”

“我……”

他似是笑了下，但眼里没有笑意，拎着东西就走。

“不是——”齐欢着急，立即解释道，“我只是怕我不拉黑你，就会忍不住打扰你……”

陈让转回身，睇着她的表情。看了半晌，他伸手，略不爽：“手机。”

齐欢微愣，从口袋拿出来给他，他没接：“解锁。”

她依言解开，然后他拿过去，点进联系人，在设置里找到黑名单，把自己的号码放出来。齐欢后知后觉反应过来。

那串号码之上，她给陈让打的备注是——香草奶茶。

相对无言。

不知道陈让看到这四个字是什么感觉。他没表情，齐欢也就撑着，极力忽略，假装没有这回事。

怪只怪严书龙，她在考虑留什么备注比较好的时候，他一个劲地在旁边说学妹。她莫名生出了股较劲的意思，于是一个头脑发热，她就备注了这四个字。

陈让把手机还给她：“问题目十二点之前打。”

齐欢叫住他：“你不是嫌我打电话烦你……”

他打断：“说的不是你，烦不烦我自己会讲。”然后就头也不回走出去了。

齐欢还拿着手机怔然。

“你的意思是，我可以给你打电话喽？”齐欢冲着他的背影发问，没得到回答。

齐欢看着他走远，眼角眉梢缓慢翘起，就那么一点一点全都快活了起来。

就放学后这么一段时间，齐欢的心情多云转晴，那脸上止不住地笑，日头晴朗得有些晒人。严书龙瞧准时机，过来问之前被打回去的问题：“这周末去哪儿玩啊？”

“不玩。”

“……为什么？”

“周末我请左俊昊吃饭，你们有别的活动都给我往后推。”

“吃饭……”严书龙琢磨，“那咱们周六晚上请他吃就行了，周日去玩，不妨碍啊！”

齐欢抿唇，礼貌地笑了笑。

“周日我要和陈让吃饭。”

“哈？”严书龙吓得瞪大眼，还好没在喝水，不然铁定呛到，“陈让？你说动陈让了？”

齐欢就一个劲光笑不语。

严书龙缓了缓受惊的小心脏：“那……”他无奈道，“成吧，你说是什么就是什么。周六我们陪你和左俊昊吃饭，周日再陪你跟陈让吃。”

“不了。”

“嗯？”

“周末你们该干吗干吗去。”齐欢勾唇，“我跟陈让吃。”

严书龙算是看透了。

晚自习开始，严书龙回他们班上。走道另一边的庄慕低头打游戏，齐欢翻书做题，姿态悠闲。

题目写完，她寻摸事情解闷，手机各个网页刷了一遍，都没什么劲。后排两个男生在说话。

“贴吧看了没？高一的在选级花，那帖子笑死我了！”

“哪儿啊？什么级花？”

“就我们学校贴吧，你点开看——”

齐欢回头：“你们在聊什么？”

“啊。我们聊学校贴吧的事。”男生说，“就下面，他们高一的有人开帖搞级花评选，好多人凑热闹。”

齐欢听他们说了一堆，转回头打开贴吧，搜索学校名字，找到了那个选级花的帖。剩下的一节自习就靠这个打发了。

齐欢笑点不高，看个贴吧把自己乐得不行，主要还是心情好。闲着没事用手机号注册了个账号。

齐欢注册完贴吧号，刷了好长一段时间的帖子。回家后倒腾电脑，一鼓作气，赶时髦学别人申请创建了个贴吧。

日记本太逊，现在流行在个人贴吧叨叨。

我超喜欢。

她建贴吧是为了记录，本身也喜欢絮叨，这名字起得挺贴切。不过不光是记录喜欢的，讨厌的烦闷的，什么都能写。

一玩起来就没完没了。

严书龙发觉一连几天，齐欢玩手机的频率比平时高，瞄到几眼，好几回都是贴吧界面。忍不住问：“哪个吧啊？我们学校吗？你也看之前那个选级花的帖子？”

“不是。”

“那是哪个？”他伸头要看。

齐欢收起手机，避开他的视线：“你管我玩什么？”

哪能给他看？跟潮流创建的个人吧里，没什么有营养的帖子，刚发的内容全是跟陈让有关的。没带他的大名，好比公开对空气讲心事，有种暗爽的感觉。她一个人开心开心就行了，昭告什么天下。

“喊。”严书龙觉得扫兴。

齐欢说：“你有这工夫不如多看点书成吗？上次考试还没出够洋相？”

“我……我哪……”严书龙结舌，不服地从课桌上跳下地，“凭良心讲，我的成绩过得去了好吗？”

她哼笑。

“我这才哪跟哪啊，我朋友的朋友他们那圈的人成绩才叫烂，我跟他们比都算学习好的了。”严书龙说，“真的！你别不信，人家他们考 12 分的都有，照样过得好好的，照样玩照样过日子，也没见怎么样啊。”

“……12 分？”

“对啊，就临市的。”

“临市？那不是在隔壁省？都跨省了。”

“我以前朋友在那边读，上回放假我去玩了两天。”

齐欢白他一眼：“一天到晚只知道看别人怎么玩，能不能学点好的？”

他说不赢她。

“哦对了，那个男生……”严书龙看她不感兴趣的模样，故意停顿了一会儿才说，“和陈让有一点关系。”

齐欢视线移到他脸上：“什么关系？”

“我也不是很清楚了，听别人说的，貌似他们认识。高一的时候陈让有事，那个男生还找人帮过他。”严书龙看她表情，啧一声，“看看看，一提到陈让你就来劲。”

齐欢皱眉：“那也不对啊，不在一个地儿，陈让怎么和那些人认识？”

严书龙笑出声：“姐姐，咱能不能别把陈让想太好了，你以为他很乖啊？再说了，家里都是做生意的，大人常打交道的话，认识不是正常？你和庄慕不也是？”

“不过按我猜测——”他话锋一转，故作正经地点头，“他们大概是看到对方惺惺相惜吧。”

齐欢：“……”

“啧，你别不信啊。”严书龙把手机拿出来，“我给你找找那男生的照片。”

齐欢在书上画重点预习，严书龙闷头捣鼓手机。半晌，严书龙一拍掌。

“我找到了，就是这个，他们学校的旧帖子。”他递到齐欢面前，“就这个。”

齐欢瞄了一眼——“那些年让我们疯狂过的男生”。

什么鬼名字？

严书龙随意指了帖子里的一张照片，应该是张偷拍照。光线昏暗迷离，男生侧着脸跟旁边的人讲话。他穿着黑色短袖，脸长得挺好的，又颓又精致的那种。

齐欢看了一眼就移开了视线。

“考 12 分的就是他，谢辞。”

齐欢勾唇笑：“你就惦记跟人家比成绩，扬长避短发挥得不错啊，怎么不跟人家比比脸呢？”

严书龙：“……”

她掉转视线继续看书。严书龙躁动的心不肯就此罢休，碰了碰她的胳膊。

他不怀好意地看着她：“你觉得是这个谢辞帅，还是陈让帅？”

齐欢哪会让他得逞：“反正都比你帅。”说着她又瞥了眼照片里男生的脸，“而且这话你问得好傻。谁帅？喜欢谁谁帅呗。喜欢他的人就觉得他好看，喜欢陈让的人就觉得陈让好看。”她指自己，“你问我还想问出什么？”

周六晚上一中放假，敏学一帮人也没去上晚自习，在齐欢的监督下，特意走流程跟各自老师说了，都正正经经地请了假。

请左俊昊吃饭，是为答谢他前些天帮助纪茉时二话不说出力。原本也想叫纪茉去，但是她爸妈晚上不加班，她得早回家。

齐欢和纪茉好几天没见，她们约好在一中校旁小卖部和左俊昊他们碰面，看到纪茉刚好出来，齐欢把她抱了个满怀。左俊昊瞧了半天，搭话：“这就是……”齐欢点了下头。

他笑笑，考虑到女孩子的心情，没往下说。

“这是左俊昊，我跟你讲过的。”齐欢给纪茉介绍。

纪茉抿唇冲左俊昊笑了下，只是一眼，没多看他，也没多看他们任何人。

“多亏了他，你以后在学校遇到什么麻烦就找他。”

齐欢回头看左俊昊，挑眉：“你看成吗？”

“你都发话了，那必须成啊。”左俊昊笑得没心没肺。

“没开玩笑啊，你说的我可记住了。”

“行行行……”

齐欢和他说话，边讲边随意握起纪茉的手。纪茉习惯性低头，头发乖巧地遮住脸，视线落在和齐欢牵着的手上，眼里褪去面对左俊昊等人时潜藏的冷淡，有了点真切的温度。

“茉茉……

“茉茉！”

“啊？”纪茉抬头。

“喊你好几声，想什么呢？”

纪茉摇头，小声说：“没什么。”

“那我们走了，你早点回家……”齐欢顿了下，“不然还是我送你？”

纪茉浅浅笑：“不用了。你去玩吧，我没事。”

齐欢一帮人走了，有认识的同学凑过来。

“纪茉，你认识他们那些人啊？”

“你说的是……”

“陈让！左俊昊和陈让啊！我看他们跟你说话，你认识他们？什么时候认识的啊？”说话的女生翘首，满眼都是他们的背影。

纪茉摇头：“不认识。”

“不是吧，那左俊昊跟你讲话哎。”几个女生明显不信。

纪茉低头。几个女生自顾自议论。

说着，她们想起纪茉：“你不认识左俊昊他们，那就是认识站在你面前那个齐欢？”

纪茉还没开口。旁边一个说：“那个就是隔壁敏学的齐欢？她啊，听说人不怎么样，整天跟男生们混在一起。而且她……”

“才不是——”一声打断，几个人一顿。

侧头，纪茉正看着她们，眼里黑白分明，让人莫名有点怔。默了默，她垂头，突然暴起的气势一霎缓下去，似乎只是错觉。

“齐欢人很好……”

几个女生回神，暗暗嘁了声：“说就说，这么大声干什么？”

纪茉不再言语，敛眸走出小卖部，动了动五指。手指和掌心，还残留着齐欢握过的温热。

两个学校的人待在同一个饭店包间里，还是曾经起过冲突的两群人，换作刚开学的时候，谁都不会信有这一天。

大家一起经历了一些事情，勉强算有那么一点友谊，齐欢调侃两句，气氛不多时就活络了起来。

等上菜的时间，一包间人找事消遣。有玩电子游戏的，有聊天的，齐欢和左俊昊几个凑在茶几边玩桌游。左俊昊和季冰一家，她和陈让一家，庄慕跟严书龙在她背后看。

“不要。”

“得。”

“这是什么？”

全是左俊昊的废话。季冰忍不住：“能不能好好打？你吵得我都不会出了。”

“技术烂怪我？”

“滚！”

齐欢笑看他俩斗嘴：“要不要？不要我出了。”

他俩没有能出的牌，齐欢把手里剩的几张扔出去，加二十分。

还剩陈让。左俊昊和季冰打起了精神对付，奈何还是不敌陈让。陈让满脸平静，三圈，牌全出了个干净。

输赢毫无争议。

左俊昊看齐欢：“挺厉害啊。”玩桌游赢不了陈让，他们早就习惯了，没想到齐欢也玩得这么厉害。

严书龙说：“我们齐欢玩这些一向厉害，只要费脑子的她都在行。”

“真的假的？”左俊昊笑问。

又来了三局，全是齐欢和陈让赢。严书龙看了一会儿去另一边跟敏学的人说话。

陈让一直没出声，齐欢玩游戏的时候也莫名沉稳，总共没说几个字。倒是左俊昊和季冰，打着打着差点吵起来。

开始新的一局，齐欢渴了，伸手拿茶几上的果饮易拉罐。还没能碰到，易拉罐先被人拿走了。

她抬头。

“这个含酒精。”庄慕换了个别的喝的给她，说，“喝这个。”

齐欢点头，接过他打开拉环的饮料。她没看刚刚要拿的是什么东西，既然庄慕这样说了，那肯定就是她不能喝的。

玩完一把，严书龙那边喊他们：“庄慕、齐欢，来来来——”

齐欢回头看一眼，放下牌对左俊昊几个笑笑：“你们先玩。”

她和庄慕走到敏学几人旁边：“怎么了？”

“这不知道谁发的帖子，选高二级花。”

“我们学校？”

“是啊。你看这儿，看这儿！”

庄慕先皱眉：“谁把她照片放上去的？欠揍呢吧。”

齐欢也看到了自己，眉头一挑。

“没事儿，谁敢说不好听的？都说好看呢。”严书龙乐滋滋的，“你下回守校门的时候别那么严，帖里都说你要是不那么严，票肯定给你投。”

“就她？”庄慕抬手，拍了齐欢一下。

齐欢瞪庄慕，又跟严书龙说：“喊我来就看这个，无不无聊？”说完没理他们，往洗手间走。

“你等着，我这就注册十个八个小号给你投票！”

“说定了，我们去楼梯口堵着，看谁敢不投你……”

几个人插科打诨，难得拿她调侃，笑个不停。

菜还没上，牌打了十几局没意思，三个人都停下。陈让去包间外透气，靠墙刚站没多久，齐欢就出来找他。她挪到他旁边，一副想跟他说话的样子。

“我准备订明天吃饭的地方了，你要来哦。”她瞅他一眼，试探着说，“你不来，明天我一个人多尴尬，晚饭就毁了。”

“我不来你不能吃？”陈让瞥她，“你又不是找不到吃饭的人。”

“是能找到。”齐欢顿了一下，担心强求惹他不高兴，犹豫说，“你要是真的不能去或者不想去也没什么，我……”

“你订地方就是了。”他留下一句，转身回包间。

齐欢剩半截话，卡在喉咙里。

齐欢在创建的贴吧里，盖起了一个楼。里面都是齐欢的日常记录，已经记录了好几页。和陈让吃饭出门前她还发了好几条，激动地打了好几个感叹号，像是要把帖子戳穿。

她特意提前半个小时到，玩着手机等陈让。

严书龙打来电话八卦：“情况怎么样？吃得开心不？”

她嗯哼应了声。

“在哪儿啊？用不用我们过来撑场子？我们到外面守着，他要是不给你面子，我们就冲进去。一帮人我们不一定能赢，但今天左俊昊和季冰都不在，难得陈让落单……”

“滚！谁都别来打扰我。”

严书龙嘿嘿地笑。

陈让出现在视野里，齐欢赶忙挂断：“不跟你废话了，我告诉你别再打电话来，不准吵我！”

陈让踩着点，一分不早一分不晚，正正好准时。

齐欢笑得一脸灿烂："我订好了地方，店在那边，走两条街就到了。"

陈让无所谓，一只手插在兜里，姿态随意。一路走，齐欢说个不停，话题数不完。陈让偶尔点头，或者喉咙里嗯一声，敷衍地应付。

到了吃饭的地方，服务生领路带他们到包间前。

齐欢订的是两人座的小包，环境挺好。进门面对面坐下，灯光橙黄，照得桌椅摆设都有种朦胧柔和的美感。换作一般人铁定尴尬，齐欢不一般，找不到半点不自在，手撑在桌上，托着下巴瞧着陈让就开始乐。

"我脸上有钱？"陈让靠住椅背，懒散地睇着她。

"没啊。"她眼眯眯笑，"但是你比钱好看。"

陈让懒得理她，低头看手机。

"我点的几个菜都是招牌菜。"齐欢翻起旁边的菜单，换新话题。

"你能吃辣吧？喜欢甜的还是咸的？"她问。

"都行。"

"那我都点了，不行的话再加。"

"嗯。"

"哦对，我还点了绿茶饼！"她想起这个，突然兴奋。

陈让就看着手机，眼也不抬。

齐欢顿了顿，伏在桌上看他："你别玩手机了，面前这么大一个活人呢，你也不看看！"

陈让慢慢抬起眼皮，目光很淡："你有什么好看的？"

"我不好看？"齐欢指自己的脸，一副吃惊的表情，"我超好看的好不好！"

陈让："……"

"不信——"她笑着挑眉，"你多看看啊，多看几次就知道我有多好看。"

陈让说："没空。"

齐欢的手枕在桌上，往前凑了点："那，你觉得谁好看？"

他的视线从手机移到她脸上，停了半晌，说："这个问题很无聊。"

齐欢闹够了也不追问，一个劲地乐。逗他说话真不容易。坐了会儿，齐欢去洗手间。出来时手机有消息，浏览完刚揣兜里，才抬眸，"噔"的一下视野里全黑了。她下意识挪了一步，脚撞到旁边的沙发底座，一绊。

惊呼还没出口，摔坐下去，触感温热。两秒，马上弹起来——

"对不起！"

"你最好别乱动。"

外面有吵闹的声音，黑暗里陈让的声音格外沉稳：“摔了的话你自己负责。”

齐欢站着不敢动：“你……怎么到沙发上来了？”

陈让打开手机的手电筒功能，亮起一圈光。

“换地方休息。”他随口答，朝门的方向瞥，皱眉，“不知道是停电还是电路出问题。”

齐欢视线飘忽。

敲门声急促响了两下，店里员工推开门，拿着手电筒。

“不好意思两位客人，我们电路出问题了，发电机在送过来的路上。很抱歉——”

“要修多久？”陈让问。

“这个，今天不一定，暂时先用发电机供电，修好了马上就恢复。”

陈让站起身。

“去哪儿？”齐欢愣愣地问。

“你吃得下？”他道，“发电机很吵。”

说得有点道理。

齐欢跟他出去，问店员：“点的菜能退吗？”

店员满脸歉意：“可以的。不过今天可能忙不过来，没电我们菜单系统也用不了。您看……”

齐欢不为难她：“那我明天或者过几天找个时间过来。”

走廊和一楼大厅很多客人往外走，都是还没开始吃的，在吃的就一边点着蜡烛夹菜一边抱怨。

走出店门，外面马路上比里面亮多了。陈让要走，齐欢立马叫住他。

“别走别走！”

“干吗？”

“难得出来一次，别就这么走了啊。吃点东西，就吃一点——”她皱着眉头，可怜兮兮的，“那边有条小吃街，还有很多别的店，我们去看一下，吃什么都行。你什么都没吃不饿啊……”

陈让看她一会儿，视线下移，落在齐欢的手上。

“好不好……求你了。”她合掌抵在鼻尖前。

陈让没说话。她保持这个姿势，一直盯着他看。良久，他蹙了蹙眉，还是什么都没说，提步走向右边。齐欢开心了，笑嘻嘻跟上。

天黑得透，路灯点点，光影踩在脚下，树下石凳旁有一群老人围在一起下棋。初秋已临，没有人摇扇子，都穿长袖，两个人下，其他人弓着背低头围观。路过的时候齐欢拉着陈让凑热闹，看得起劲，半天不肯走。

她问他："你会不会下象棋？"

陈让懒得答："你还吃不吃？"

"哦哦，吃吃吃。"她连连点头，这才重新往前走。

过马路，有衣衫破旧的老人家在道旁乞讨。齐欢从小挎包里掏出一把零钱，十块五块的，好几张。操着口音的老人家说了好多句谢谢。

走开十几步远，陈让疏懒地看着前方，视线没有具体落脚点，忽地说："你一直这么爱管闲事吗？"

"这不叫闲事吧，一点零钱而已。"齐欢说，"虽然和我是没什么关系，但是……"她一时找不到合适的词，顿了下，摆手，"哪有那么多但是，管了就管了呗。想管的事就不叫闲事。"

他的目光在面前飘了很久，松散，没有着落。

"多管闲事……"

"什么？"他说得很轻，她没听清。

陈让没有再开口。手插在兜里，步伐散漫，将她甩在身后。

最后他俩在路边找了家店坐下吃，点了三菜一汤，都是家常小炒，好在店里环境还不错。

进店前的一路，齐欢买了不少东西，各种小吃，手上拎了不知多少袋。吃完饭，没走两分钟，齐欢又去奶茶店买了两杯喝的。

一杯要给陈让，他道："太甜。"

"哎呀不会，你试——"话没说完蓦地停下，齐欢抬头，"我把吃的全落在刚刚那家饭店了！"对上陈让的视线，她小小地尴尬，"倒回去？"

沿路折返，还好不是太远。走到店门口，手机突然响了。齐欢拿出来看了眼来电，没办法，瞧他："你进去拿一下？"

陈让一句话不说，进店。齐欢侧身，接通电话。

"干什么？"

"我有事要你帮忙！"那边咋咋呼呼的，"你在哪儿？我们过来找你！"

"滚蛋。"齐欢斥道，"我现在很忙，别来给我捣乱。有事明天学校说。"

"不是——我急啊！你在哪儿……"

"张友玉你皮痒是吧？老实点别烦我，就这样。"齐欢不给她再废话的机会，果断挂掉。

"喂？喂？"张友玉听着嘟音，拿到面前一看，通话已经结束。

"真挂啦？"旁边几个女生问。

张友玉皱眉："搞什么？连我话都没听完就挂了，她干吗呢？"

张友玉头疼，低头看了眼自己的领口，又看向周围来往的车辆，随手扯了下衣领。

“该死的，要不是那傻子，我至于这么烦吗？”

“嗨呀，你干吗这么在意？”

“就是，换件衣服穿呗。”

张友玉斜她们一眼。

“咳。”几个人略尴尬，她们也很无奈。

“齐欢不理我们，能怎么办？明天再问呗。”

张友玉烦得想揉头发。忽地，其中一个女生猛拍她的肩：“对面对面！看对面，齐欢在对面！”

齐欢挂完张友玉的电话，严书龙又打来，好不容易把他也训完，刚要进店去找陈让，一道声音差点劈裂她的耳膜。

“齐欢——！”

以张友玉为首的几个女生从马路对面冲过来，直奔她面前。一个熊抱勒得她喘不过气。

“你快告诉我身材变好的方法！”

陈让一踏出店门，听到的就是这句话。他脚步一顿，又听抱着齐欢的女生兴奋地说：

“快快！全年级就你身材最好！快把秘诀告诉我！！”

第四章

懂你的独与孤

“滚蛋！”齐欢费力地从张友玉怀里挣脱出来，恨不能给她头上来一下。

张友玉拽着她不松手：“我还想找你呢，结果你就在马路对面，这么巧就是缘分啊！你快说快说——”

“你问这个干什么？”

“我朋友嫌我穿这身衣服不好看。”

“换衣服。”

张友玉张口要说话，忽地愣住了，瞄到后面站着的陈让。

“他……”

齐欢回头看了眼，马上转头拍掉张友玉抬起来的手指。

“快走！”

张友玉和几个女生看着陈让，有点怔愣。再看向齐欢，他们明显不是在这儿遇上的，顿时目光中满是佩服。

齐欢一点也不想被她们这样看。一双双眼睛，惊诧又佩服，分明写满了——厉害啊，连跟陈让都能这么熟。

齐欢才不想当着陈让的面和她们讨论这些有的没的，连推了几把，压低声音警告：“赶紧给我走人，再在这碍事明天全都去给我扫厕所！”她抬手戳了下张友玉的脑门，“尤其是你，大马路上咋呼什么？”

她们还有点回不过神，一步三回头，被齐欢瞪了几眼，才缩着脖子快步跑了。

齐欢冲陈让干笑。

尴尬。

陈让把拿回来的小吃递给她。

“谢谢。”她小声，收敛了些。

两人并排走，相对无言。

齐欢想起还拎着奶茶，递了一杯给他，他接了。走了几步忽地反应过来，拿的是她要喝的。她喜欢甜，糖度加得重，他刚说不喜欢太甜。她抬头张口想说拿错了，动了动唇没出声。

陈让已经喝了，他面色平静，一本正经。好像没发现喝的是特浓的超甜奶茶。

齐欢摸了摸头发，把话咽了回去。

亮着路灯的篮球场，聚了一帮人。

“陈让哪去了，怎么没看到人？”关思宇坐在水泥管上，问正投篮的左俊昊。

“不知道，有事吧。”

球投进篮圈，左俊昊拍着球走到场边，把球扔给季冰，季冰扔了瓶水给他。

“打电话问他他没说。”左俊昊喝完水，抹了把额头，“在过来的路上，等会儿就到了。”

关思宇问：“前段时间你们又碰上李明启了？”

“嗯。季冰碰上的。”

“他们还找陈让麻烦呢？”

左俊昊点头。

“这都两年了吧，我记得从高一开始李明启那些人就跟他过不去，怎么老揪着他不放？什么矛盾值得惦记这么久？”

“不知道。”左俊昊脸微沉，坐下，“我们没问。管他呢，反正谁找陈让的碴儿，我们就找谁的碴儿，不需要知道那么多。”

关思宇啧声：“陈让刚升高一的时候我第一回碰见他，是真没想到他那么厉害。”

左俊昊嗤笑：“你和你那帮职校的自己要来一中找事，还挑上陈让，活该吧你就。”

“兄弟这么说可不厚道。”关思宇给他递了瓶饮料，想想也觉得好笑，“也是，当时只觉得他不声不响的看着说不定好欺负，谁知道啊。”关思宇又说，“陈让初中哪个学校的？初中的时候我都没听过他。”

“十四中的？我记得是。”

“以前没听说十四中有这么号人物啊……”

“我也不清楚。”左俊昊喝了口饮料，“他对初中的事没兴趣，我们也不怎么问。”

都是升学考，考进一中念高中才认识的。禾城这地方，说大算不上太大，说小却也不小。

聊了几句，停在不远处的车开了车门，有女生从车里下来。

“思宇——”娇滴滴的声音。

关思宇把空饮料瓶一扔：“来了。”

他跟左俊昊几个招呼：“我过去一会儿，你们聊。”

一帮男生纷纷调侃。

说笑间，有人走进篮球场。

“陈让来了。”

眼尖的瞄见，喊了一声。左俊昊把手里的饮料喝完了，抱着球过去。看他手里拿着杯东西，惊讶。

“粉色的，你怎么喝这个，不甜啊？”

陈让的睫毛颤了一下，“嗯”了声，把手里还剩一半的奶茶捏瘪，丢进旁边的绿色大垃圾桶。

“刚忘记扔了。”

左俊昊问：“你晚上去哪儿了？”

“没去哪儿。”

陈让拍掉他手里的球，随口答了句，运球往场内走。几个坐着的也都起身，一帮人在灯下打球。有一中的，有职校的。关思宇是他们职业学校打头的，却没在场上。

打了一会儿，有人想起缺席的：“关思宇怎么还没过来，在搞什么？”

“谁知道啊——”

陈让没什么表情：“关思宇也来了？”

“是啊。”左俊昊挑下巴，“车里呢。”

他们都看那边的热闹，陈让不感兴趣，重新运球。

左俊昊揣兜，看他还是那副万事不管的样子，玩味说：“你见过关思宇带来的那个女生没？那衣服搭配得真不怎么样，得亏了她能撑起那一身，不然可真不好看。”

季冰道：“你还懂搭配？”

左俊昊冲他说了个“滚”，继续说：“还是得看人，有的人穿什么都撑得起来。”

又是季冰先接话：“真是埋没你了，大搭配家。”

左俊昊忍不住上脚踹他：“我跟陈让说话有你什么事？”

左俊昊张嘴还要说话，季冰打断：“得了，你当陈让跟你一样？整天盯着别人看，你再叨破天，他也还是一句没兴趣。”

左俊昊一噎：“也是。”顿了顿，左俊昊想起什么，笑说，“我差点忘了……”话没说完，一颗篮球朝他砸了过来。

“我——”左俊昊猛地躲开。

陈让站在三分线外，眉眼在灯光下略低暗，淡淡睨他。

“要打球就打球，别一堆废话。”

张友玉她们离开后，齐欢和陈让逛了会儿。他接到电话，左俊昊他们找他，她和陈让回家方向不同，两个人在路口分开打车走。

齐欢开开心心哼着歌，满脸笑意兜不住。

“姑娘——”进门时邹婶叫住她，停下擦柜子灰的工作，眼神朝里面示意，“太太回来了。”

齐欢脸上的笑意缓慢往回敛。

“什么时候回来的？”

“下午。”

齐欢低头看了眼玄关，这才注意到，有双和她尺码差不多的鞋子。

“石珊珊也来了？”她问。

邹婶说是。

“知道了。”齐欢低下头，换上拖鞋进去。

里面客厅，有阵阵说笑声。齐欢路过没停，径直走。

“站住！”略带呵斥的声音。

齐欢停住脚步。

“你去哪儿了？大晚上的不见人，回来也不吭一声，像话吗？”

转身投去视线，方秋蘅坐在沙发上，满目不悦。旁边是手叠放在腿上的石珊珊，穿一身连衣过膝裙，是温和的浅色，和满脸乖巧正相称。

齐欢懒懒答：“出去有事。”

“你一天到晚在外面跑，有没有一点女孩子的样儿？大晚上的不回家也不跟家里人说一声，就仗着你爸爸不骂你是吧？”

“我倒是想说啊。”齐欢嗤笑，“你在家吗？”

“你……”

“还有，她——”齐欢冲石珊珊抬下巴，“她不也大晚上的不回家跑别人家吗？有什么好说的。”

石珊珊脸色微变，垂下头。

“你说的这是什么话！”方秋蘅生气，“你一天到晚就知道玩，惹是生非不学好，我带珊珊回来，珊珊陪我聊聊天，你就这种态度，你知道说珊珊，怎么不知道反省？你看看你哪一点像女孩子？你现在就学会顶嘴了……”

“秋蘅阿姨。”石珊珊轻轻喊了一句，伸手扯了扯方秋蘅的衣袖。方秋蘅停了话，胸口还是有点起伏。

齐欢看着她们，咧开嘴笑：“我又不是第一天顶嘴。”她站在那，眼里一片淡薄，讽刺和冷漠都很平静，“先管好你们自己吧。”

回房以后，所有声音全都隔绝在外。方秋蘅的大声斥责、石珊珊在旁边劝解宽慰的小声言语，彻底听不到了。

邹婶来敲门，问她有没有事。

齐欢光脚蹲在凳子上，两手横在膝上发呆，好半晌才朝外回了句：“我没事，邹婶你去忙吧。”

书桌上放的书没翻开一本，她视线飘散，自己也不知道在看什么。拿起手机拨出熟悉的号码，等了很久很久。久到拨号声直接停止，没有人接。她又打了一遍，没通。再一遍，还是忙音。

过会儿，手机振动，收到短信：“在谈生意，饭桌上不方便。”

她看了两遍，低头，额头抵住膝盖。

呆坐很久，齐欢把腿放下，有些发麻。在通话记录里找到另一个号码，她看了十多秒，打过去。嘟声到一半，那边接了。

略带起伏的气息，有一点点磁性：“喂。”

齐欢手指在桌上划，声音很低：“陈让。”

“干吗？”

她听到他在喝水，那边有说话声、走路跑动声、鞋底碾过沙砾的动静。

“你到家了吗？”她问。

他说：“在打篮球。”

“和左俊昊？”

“嗯。”

齐欢扯嘴角：“这样啊。”

他没说话。

安静好一会儿，谁都没出声。

齐欢突然开口：“你是不是也觉得我很烦？”

陈让默不作声，好久都没听到他回答。

“你不说话，我要挂电话啦。”她轻轻说。

时间嘀嗒嘀嗒走，缓慢而滞重。

她呵出一口气，喉头发热，手机贴着脸颊下移。

“……没有。”

手机听筒离开耳朵有些距离，但她还是听清了。

清清楚楚。

陈让的语气很平淡，浅浅两个字，听不出半点起伏情绪，可是却让她眼眶发热，鼻子酸酸的，像泛起了柠檬的味道。

“陈让。”齐欢说，“我能不能来找你？”

那边有风吹过的低啸。他没有说好，也没有说不好。停了一会儿，然后她听到他开口。

"卉宁路 75 号，旁边篮球场。"

球场边间隔一段就有一柱路灯，离地远，灯光落到底下，明亮递减，变得淡薄。

齐欢打车过去，踏进球场范围，就听一群人聊天说话，伴着单一的运球的节奏声。

"欸，齐欢？"

左俊昊和人说着话，最先注意到她，一怔。齐欢抿唇角，像笑又不像笑，算打招呼。她心情不好，没了往常的情绪和他插科打诨。

"谁啊？"职校的发问。

左俊昊没答，看着她："你怎么来了？你……"话音停顿，看向球场上的陈让，有些犹疑。

陈让停了投篮的动作，手里放慢速度，一下一下拍球，站在那儿，目光很平静，像是在等她。齐欢径直走过去，没和其他人说话。

"那个女生是……"看她走向陈让，旁边几个按捺不住追问。

季冰没说话。

几个人踢他和左俊昊的脚尖："什么情况，以前没见过啊？她来找陈让干吗？"

季冰把手一摊："我们也不知道。"

"这样就没意思了……"

"没骗你们。"左俊昊开口，和季冰对视一眼，都无奈，"我们确实不知道。"

齐欢来了他们才看到，鬼知道什么事。

球场中。

走到陈让面前，齐欢突然不知说什么好。出来找他，然后呢？她也没想，只是烦躁，闷得慌，不想再待在家里。

陈让视线低下来，睨她。手里的球没停，又拍了两下，弹给她。

齐欢退了一步，下意识接住，抬头看。

"打不打？"他问。

齐欢顿了顿。他口吻平静，没有多余的语气，似乎只是随意的一句。她点头，没有多想。

两个人在场上打起球。齐欢当然不会是陈让的对手，打得不严谨也不正规，但他同样没有放水的意思。

球在齐欢手里，一到陈让面前，她要绕过他的时候就会被他截下。

齐欢跟庄慕、严书龙他们玩过篮球，但女孩子不可能真的混在男生队伍里，他们认真想玩一场的时候，她从来只能在旁边看。只有打着玩，他们才会跟她较量。她不是菜鸟，但那一点点了解还是派不上用场。陈让抢齐欢的球就跟玩儿似的，随随便便的事。

每到篮下球就被他截断，然后他或是利落地运球去另一边投篮，或是干脆原地投。

齐欢是不服输的性子，越是较上劲，越是不肯轻易罢休。一次球被抢、两次球被抢、三次、四次、五次……十次，她在偌大的球场上来回跑，满额头都出了汗。

关思宇和刚才的同学说了会儿话后，回到场边，一见场上多了个人，还是女的，顿时惊奇。

“谁啊这是，面子这么大，陈让还陪打球呢？”

“你不认识。”左俊昊几个盯着场上看，一时连调侃他都跳过了。

“我当然知道我不认识，你们不是废话吗？认识我还问？”关思宇笑着坐下。

瞧了一会儿，他脸拧巴起来：“陈让干吗呢？把人一女生弄得没半点还手的余地。”

这个问题没人回答。

齐欢和陈让还在继续打球。她都记不清自己手里的球是第多少次被陈让抢了，一股气积到胸口，越来越忍不住。

又一次，陈让抢了她的球要绕过她，她不知是太在意还是别的，竟然跟上了他的动作，在他绕开之前挡住路，重重一拍把球截到自己手里。

不只球，还打到了他的手。

她的力度有点大，“啪”的一声，连同拍球的声音一起，他的手背泛起红。齐欢没管，带球运了两步就投篮，狠狠地把球投向该投的地方。她不管不顾，用的是蛮力，像是要把全身的力都发泄般砸出去。

“哐——”

球砸得篮框都发颤，声音震得耳膜也发颤。

没中。

颤动的耳膜慢慢恢复。齐欢垂头，汗滑下来，又微微仰头喘气。球落回地上，自由弹跳几下，最后骨碌滚动。

“痛快了吗？”站了半晌听到陈让的声音，她回头。

他不知道什么时候到场边又回来，扔给她一瓶水。她接住，气息缓和，稍有起伏。

他说：“痛快了就回家。”

堵在胸口的郁气随着砸到篮框的那一下，烟消云散。

齐欢抹了抹额头的汗，没说什么。她抬眸看他，想说话，一直没有开口。良久，她恢复正常，说："好，我回去了。"

没把矿泉水拧开，她拿在手里，冲左俊昊和季冰颔首，朝路口走。快要离开球场尾部路灯的笼罩时，身后传来脚步声。她回头一愣："你……"

陈让穿上外套，手插兜，是最初见时下巴微抬和一贯散漫的模样。

"走。"只有一个字。

她怔然，他等也不等她，已经越过她身边自己往前走。反应过来，她马上跟上。

从球场出去，到路边，陈让拦下的士，齐欢愣愣地跟着坐进去。

他说："地址。"

"什么？"

"你家。"

她明白过来，报给司机。车门关上，齐欢侧头盯着他："我们……"

他拿出手机玩："别跟我说话。"

"为什么……"

"打球累。"

齐欢很想问，现在是什么情况，问他为什么跟她打球，还有很多很多，自己也讲不清的问题。因为他这句"别和他说话"，全都闷在肚子里没法开口。

车一路开，景致越来越熟悉，司机把车停在她每天出入的路口。

陈让头也没抬，玩着游戏："你可以下去了。"

"那你去哪儿？回家吗？"齐欢问。

"不然呢？"他仿佛觉得她问的是个白痴问题。

她"哦"了声，没再废话，乖乖下车，跟他挥挥手，说过再见才关车门，转身往家门走。

这一片都是独栋小楼，环境安保都是一等一的。

齐欢进了大门，回头看，那辆出租车还停在那儿没走。再往前，等她快到家门口时，才听到外面引擎发动，车轮碾过地面，慢慢驶离。

声音渐小，渐远。

齐欢回到房间，收到一条短信。不是陈让，而是左俊昊。

"你到家没？"

她正编辑文字打算回过去，他很快又发来一条："我看你跟陈让一块走出去，他那臭脾气肯定把你扔在路口了是不是？"

顿了一下，她删掉编辑好的内容，摁了一个"没"字，不等一句话打完发出去，左俊昊又发来："我都领教过几百回了。

“唉。

“你在哪儿？我们过来送你回去吧，大晚上你一个女孩子。”

她的手停住。

窗外天有些黑，乌漆漆的，但暗是暗，还是能看到云层里隐约的熠熠亮光。

好半天，齐欢回过去：“谢谢。不过不用啦，我已经到家了。”

陈让没有把她扔在那里。

十五分钟的的士，由那一边的篮球场开到这一边。他陪她途经了禾城的一小片，从不知名的街道，一直到她家门前。不耐的冷言冷语，甚至一贯地不愿多说几个字，却一直和计程车等在路口，确保她踏进家门，无恙平安。

齐欢和陈让单独吃饭这事，一中的人知不知道她不清楚，对严书龙他们，她一开始就没藏着掖着。

庄慕不爽，当然不会主动和她聊，倒是严书龙，全身的八卦因子控制不住，大课间跑来问东问西。换作往常她还有心思和他掰扯两句，但那顿饭回家后坏了心情，齐欢一点也不想再提。

冗长的一周一如既往，和平常没有不同。不上课的空隙她就去一中转，看陈让他们打打球，跟他们聊两句。

又是周日，一上午，严书龙盘算下午和晚上不上课去哪儿玩，齐欢懒得想这些问题，全凭他自己。

一群人出校门到分开各回各家，没讨论出个结果，约好了下午出来碰面再说。

邹婶厨艺很好，特别练了几道齐欢爱吃的菜，非常拿手。一进门，闻到飘出来的香味，说不上好坏的心情因为饥饿感，增添了一丝期待的愉悦。

“邹婶，今天吃什么？我……”

齐欢趿着拖鞋进去，鞋底在木地板上嗒嗒作响，脸上的笑意却在看到餐厅里坐着的人时慢慢僵住。

“欢欢，你……回来了。”

石珊珊坐在白色大理石餐桌边，和她打招呼，笑容闪过一丝短暂的拘谨。

“你怎么又来了？”齐欢倚住餐厅门框。

“齐欢！”下一秒，方秋蘅斥责的语气如期而至，她端了盘菜出来——当然不是她炒的，她从来十指不沾阳春水——正站在厨房门口，不悦地皱眉，“珊珊来家里吃个饭，你又在说什么！”

“我能说什么？”齐欢懒懒地笑。

石珊珊站起来，想过来拉齐欢，动了动手臂还是站在原地。

“该吃饭了，欢欢你过来坐。”她说。声音温温柔柔的，和纪茉很像，但齐欢听纪茉说话从来不会觉得烦。

邹婶从厨房出来，手里也端着一盘菜，见齐欢站在那儿，顿了一下，赶忙放下，说：“姑娘想吃什么，我马上去做……”

方秋蘅把手里的盘子放到桌上，打断：“还做什么？这么多菜还不够？”

邹婶在围裙上擦手的动作尴尬地停了停。

齐欢噙着笑站在那儿，扫过桌上五菜一汤，目光无波无澜。

“我不吃韭菜。

“酸甜的菜不碰。

“也不喜欢吃鸭肉。”

很随意的几句话，语气随意，姿态更无所谓。

方秋蘅却微微变了脸色，因她这样漫不经心的眼神和这几句话。

“你……”

“我知道。”齐欢轻笑，“是啊，我挑食，你想说的我都知道。”她无趣地收了目光，“你们慢慢吃，吃得开心。”

不再跟她们废话，齐欢转身趿着拖鞋走回房里。背后方秋蘅说什么她已经没去听。石珊珊柔柔弱弱的声音夹杂其中，还有邹婶在劝着什么。

齐欢进卧室，门关得有点重。往床上一躺，仰面看天花板，抬手捂在眼睛上，无言阖目。

她不吃的东西并非第一天不吃，石珊珊的口味也不是第一天和她相反。她说那几句话，不是在针对谁，更不是故意找麻烦，只是事实。

而事实便是，那满桌子菜，全是石珊珊爱吃的。

没有一道是她的喜好。

迷蒙睡了个短暂的觉，十几分钟时间。邹婶来敲过门叫她吃午饭，齐欢呢喃应了两句，没出去。严书龙和庄慕给她发消息，问她什么时候出门。

齐欢兴致缺缺，回复说：“你们去吧，我懒得去。”

从房间出去，石珊珊还在。由拐角走过来，似是想来叫齐欢，离着几步远期期艾艾。齐欢经过石珊珊身边，不看她一眼，半点多余眼光都没有分给她。

“欢欢……”她挡住齐欢的路。

齐欢不耐：“让开，没事别烦我。”

“你没吃中午饭，饿久了对胃不好，还是去吃一点吧。”

齐欢懒得说话，绕开就走。

“我知道你不高兴看到我。”石珊珊还拦她，“但是秋蘅阿姨叫我来只是想让家里更热闹一点，你……”

齐欢嗤笑：“家里？你还真不客气。”

“我……”

“你妈现在躺在医院的病床上，你还有心情在这儿陪别人的妈聊天解闷。就这方面，比起来我是不如你。”

轻飘飘的一句话，说得石珊珊脸色猛变。齐欢睨她，笑得玩味：“真孝顺。”不再浪费时间，齐欢收了表情，越过她走了。

“——你还是收收吧，我不吃你那套。”

齐欢捧着杯温奶茶在街上闲逛，漫无目的地走到哪里算哪里。

没去找严书龙和庄慕，她着实没有玩的心情，沿街随意逛，累了就在街边石凳坐下休息，消磨着，一下午工夫没多久便过去了。尽管填了一肚子小吃，但不管饱，傍晚饿得厉害。

齐欢正琢磨找地方吃饭，突然看见前面有个熟悉的身影。以为是错觉，她眯眼认真看了半天，确定没认错，当即扬起笑跑过去。

“陈让——”

陈让插兜站在路边，闻声转头朝她看来。

“陈让陈让陈让！”

齐欢冲到他身边，仰头笑：“好巧，你要去哪儿啊？”

陈让淡淡答：“没去哪儿。”

“我无聊死了，正好碰上你，一起逛街？”

“不逛。”

“你吃饭没有，去吃饭？”

“不去。”

“啊，为什么？”

他看着斑马线对面的灯，眼也没转：“回家。”

灯变成绿色，陈让提步，齐欢跟在旁边。到马路对面，走了几步，他停下。

“你跟着我干吗？”

她理由充分：“顺路啊。”

陈让没再吭声。

齐欢一路也没说话，只是偶尔侧眸打量他。

他又高又挺拔，穿蓝色和白色格外好看。本来她很不喜欢一中的校服，见过他穿之后，莫名觉得那身抢眼的颜色，竟然意外的好看。

像他这种冷淡性格，严谨的一面却似乎只体现在和成绩、智商有关的方面，就像之前许多次找他问题目领教过的那样。其余时候，总有种难言的痞气。

就好比现在。

他手插兜、步伐随意、眉目疏淡，显得尤为散漫。五官好看得像画，但俊秀的面庞清清冷冷，眼角眉梢又有些平静的躁意，好像什么都不会放在心上。

齐欢慢了脚步，稍稍落后他一些，视线停在他那一截手腕上。不会过于纤瘦，稳重而有力，握笔能写出一个又一个俊逸隽永的字。

他的手腕，戴红手绳一定非常非常好看。

专注走神，他什么时候停下了齐欢也不知道，一个抬眸，人就撞上了他。

"——呃。"踉跄一下，她往后退了小半步，"对不起。"

陈让瞥她，辨不出情绪，只有两个字："红灯。"

齐欢摸了摸鼻子，脸撞到他胳膊，不怎么疼。动作顿了一下，她抬头："你都用的什么沐浴乳？"

"不知道。"

"哦。"

她和他隔了一点距离，隐约还留有刚才撞到他身上盈满鼻端的气息。齐欢吸了吸鼻子，往他身边挪过去一点，笑吟吟抬眸。

"这个沐浴乳闻起来好香。"她笑得眉眼都弯了起来。

陈让盯着前方，眼睫颤了颤。走了小几十分钟，陈让突然在某个路口停下。

齐欢不明所以地发问："怎么了？"

他有些无语："我到家了，你别再跟着我。"

抬头看，不知不觉已经身处一片独栋别墅区，每家每户周围都立着一圈高大护院，错落间隔开。

"你到家啦？"齐欢愣了下，意外地没有继续纠缠，"那你回去吧。"她笑着，很是活泼地冲他摆手，"拜拜。"

陈让眉头蹙了一下，到底没说什么，提步往前走。

他渐远，齐欢站在原地没有跟上去，也没有即刻走人。夕阳把她的影子拉得细长。看着他进家门，视线里彻底隔绝他的身影，她随手摸了摸脑后的头发，才转身迈开大步。

家里一片寂静，大门在身后关上的声音滞缓闷重。陈让趿着拖鞋上楼，二楼光线比楼下亮，静倒是一样的静。他倒了杯水，端着杯子回房。打开通信软件，手机振动不停，几个人咋呼着约打游戏。陈让没什么事，放下杯子便也加入。

陈让打游戏跟做作业一样，快狠准，没有多余的操作。连打三把，再抬眼，窗外天黑了。

陈让靠坐在床头，不打算再玩，在对话框编辑消息，“不玩了”三个字还没发送出去，突然加入个人。

“喂喂，听得到我说话吗？”

聊天框里顿时炸了。

“声音大得要吓死人。”

“左俊昊你有毛病吧，开语音干什么！”

陈让表情平平，点叉正要退出，又听开语音的左俊昊说：“别吵别吵，带齐欢上一把，我拉她进来。”

一帮人顿了顿，纷纷开始质疑左俊昊，屏幕刷得更快了：

“你这人！”

“就你殷勤，人情全让你卖了。”

“齐欢来了没？齐欢啊，你听我一句劝，赶紧离这个人远一点儿，他铁定没安好心。”

“就是，要打游戏喊我啊，我带你也成……”

左俊昊没说话，很快，语音沙沙响了几下，又一个账号进来。

“喂？”齐欢清爽的声音响起，“听得到吗？”

屏幕一溜烟“听得到”“听得到”。

左俊昊说：“她不会玩，都让着点儿，等下听我指挥。”

一句话引得众人都在骂他。

陈让一直没说话，打好的三个字也没发出去。

左俊昊嘚啵了一堆废话，想起什么：“陈让呢？”

陈让抿了下唇角，横在屏幕右上角半天的手指正要摁下叉，清爽的女声紧接着响起：“陈让？他也在啊？”

她那边背景音略大，不是在室内，似乎是在街上。这句话只是短短几秒，其他人没注意，陈让却听得一顿。

大家你一句我一句打字回齐欢：

“当然在啊，我们组团打游戏怎么能少了他？”

“陈让技术厉害到飞起，少了他还玩什么？”

“就是，齐欢你别被左俊昊骗了，你喊陈让带你就行，离他那个人远点！”

……

他们后边说了什么，陈让没往下看，把那句“不玩了”发了出去。点下叉退出游戏，同一时间，齐欢又说了句话，背景音夹杂在后，是很熟悉的声响，很熟悉的地方。

陈让越发皱眉。抿唇几秒，他抓过扔在一旁的外套，起身出了家门。

外边的天已经黑透，路灯亮起。拐过两个路口，走过三条街，不到十分钟的步行距离，老远就听到那条美食小街上人来人往的声音，空气里都是食物的香味。

陈让逆着街上人流漫步穿行，没多久，停下脚步。在街口过去一些的位置，大花丛旁围了一圈长凳，齐欢就坐在那儿，面朝右边街道，正对着卖煎饼果子的门店。

头顶漆黑的天幕挂满繁星，鳞次栉比的店铺将整条街照得灯火通明。

嘈杂的人群里，橙暖光线、诱人香气和热闹氛围融汇在一起。

她漫不经心，安静地坐在那儿玩游戏。

孤身一人。

齐欢作为一个新人，得到了他们最大程度的保护。这一把打得特别痛快，乐得晃荡起了腿。

左俊昊发来语音：“再打一把？”

她刚想说“好啊”，面前光线忽然暗下去大半。

“你在这儿干什么？”

抬眸一看蓦地怔住，齐欢的手按在语音录制的键上，因几秒没有半点声响，操作失败功能主动跳开。

“……陈让？”她眨眨眼，看看左边，又看看右边，有半晌反应不及，“你怎么在这里？”

他的视线紧紧盯住了她。

“这里离我家不到十分钟，这话应该我问你。”

陈让退出游戏退得突然，但大家都没放在心上，当时就有好几个人跳出来解释，说他可能是玩累了去休息。

没法跟他一起玩游戏，齐欢有点小小遗憾，不过倒是没多想。她进去才说了几句话，哪可能惹到陈让，他退游戏估计和她没什么关系。于是点好“准备”静等他们开始，没再说话。

跟他们一块打游戏是个临时决定，傍晚在陈让家附近和他告别，齐欢逛了一会儿，就近找了个长椅坐下。

这是一条美食小街，她坐在路口，对面开了家卖煎饼果子的店。门边的音响每隔几秒就不停重复：“煎饼果子，正宗山东老郑家煎饼果子——”还有好些流动小摊摆在道旁，各种香味飘来散去。

她刚坐下的时候看到某家店门口有个用来招揽顾客的立牌特别逗，顺手拍下发给了左俊昊调侃。结果说着说着，不知怎么扯到游戏，然后就被他拉了进去带着玩。

此刻陈让突然出现在面前，她愣着，忘了游戏，左俊昊连发几条语音。

“准备开始了。

“齐欢？开始了，你准备一下。

“人呢？齐欢你还在不在？齐欢？”

她赶忙回过神，回他：“我不玩了，你们玩吧。谢谢你们带我！下次有机会再一起。”

不等他们说什么，点叉从组队里退出来。

把转回屏保界面的手机揣进兜里，齐欢站起来，想说话，一时不知道该说什么。

陈让目光莫测：“你不回家在这儿晃什么？”

“不想太早回去。”她低了低头，很快又含着笑抬头，“你无聊出来解闷吗？我陪你逛街啊！”

“没兴趣。”

她撇了下嘴：“要不要拒绝得这么快？”

一阵沉默。

“煎饼果子，正宗山东老郑家煎饼果子——”对面的广告声插进无言的两人之间。

齐欢瞄了那边一眼，又瞄他：“我请你吃煎饼果子？”

陈让毫无表情：“不吃。”

她暗暗叹气，无奈地退了一步在长凳上重新坐下，微仰头看他：“那你有事就去忙吧，我不吵你了。”

虽然不知道他出来有什么事，但估计总归是有事的。预备等他走了再重新拿出手机玩游戏，不想，他一直没动。

“陈让？”齐欢打量，后半句“你怎么还没走”忍了忍没有说出来。

他不太高兴的样子，闭了闭眼，而后眉头拧着看她。她有点紧张，不知道哪里得罪了他。

“上次你请我，今天还你。”陈让忽然说。

“啥？”

“跟上。”他不废话，转身就走。

齐欢坐在椅子上没动，不明所以。他走了几步停下，回头瞥过来。她指自己，满脸疑问。

他重复一遍："叫你跟上。"

齐欢连忙蹦起来，小跑着赶上他。

走出美食小街，齐欢在他旁边，不住地问："我们去哪儿啊，陈让？"

"吃饭。"

"你要请我吃饭吗？"她又问。

他看着前方，勉强应了一句。

她雀跃起来："那我们吃什么？"

他不理。

齐欢左看右看，四处张望。

"川菜哎，吃这个？"

陈让："……"

"不然吃这个，湘菜也不错。"

陈让："……"

"哇！那家的招牌汤看上去很好喝，要不要去那儿……"

她一路走一路指，看到哪家都想进去。陈让被烦得不行，忍不住："哪都不去，别吵。"

齐欢不解："那我们吃什么？"

"跟着就是。"他还是那句话，额外又重复一句，"别吵。"

她只好闭嘴。

路越走越熟，虽然只走过一次，齐欢还是有印象。

"这……去你家？"

下午她跟在他身后，走过一遍。

陈让不置可否，只一句："怕就别来。"

怕？齐欢不服气，有什么好怕的？跟着他去了他家，进门时齐欢还有点拘谨，而后发现没有人，松了口气。

二楼格局和楼下不同，相同的是那一份毫无区别的安静。

陈让第一件事就是回房把外套脱了扔下，齐欢跟到一半，没过去。他出来，两人迎面对上。齐欢有点尴尬，瞥见旁边还有间房，扯开话题："这间房间是谁住的啊？你爸妈吗？"

他眼睫颤了下，淡淡道："我爸。"

"哦……"她转头看了眼四周，"你家，现在就你一个人在家？"

"就我一个。"

她想到他之前说的话，"扑哧"笑了一下："所以你才说让我怕就别来？这有什么……”

陈让将她的表情看在眼里，没有多余情绪。

“你旁边这间房间，是我爸的卧室。”他说，“每次回家他都会带女人回来，每一回都是不同的人。”

齐欢听得微微怔住。好半晌，她抿唇：“对不起。”

“对不起什么？”

“我问的问题……”

“无所谓。”陈让提步朝厨房走，和她错肩，“你问不问都是事实。”

齐欢还站在那儿。

“发什么呆？来厨房帮忙。”他的声音传来。她回过神，连忙应了两声跟过去。

进了厨房，陈让家的冰箱一看就是常用的，里面塞得满满当当，井井有条。

齐欢问：“你要做饭啊？”

陈让对她的明知故问一个字都不想答。

齐欢手忙脚乱地接过他拿出来的食材，见他开始处理，半天没眨眼。

“你会做菜？”

他的架势，洗菜、切菜、剐蹭刀刃边缘，动作分明很熟练。在看到这一幕之前，齐欢是完全一点都不敢想。哪怕直到刚才，她也只是想着他大概要随便应付一下煮两个菜填肚子，煮熟就算不错了。

陈让懒得理她，将一兜蔬菜递过去：“洗干净。”

齐欢在水池里洗菜，手里不停，眼睛却一直盯着旁边的他。

“你平时都是自己做饭吃？”她忍不住问出口。

“除了我这里还有别人？”

她一句话都说不出来。

别说煮饭做菜，她连扫地都扫不好，除了在学校参加过集体劳动，在家里基本十指不沾阳春水。和他比，这方面差得不是一丁半点儿。

厨房里的事齐欢帮不上忙，站在旁边看，陈让嫌她碍事，菜下锅前就赶人：“出去。”

她暗暗吐舌头，老实离开不属于她的地盘。踮着脚在厨房门口看，闲着没事的齐欢左转转右转转，在客厅里转悠几圈，最后停在餐厅饭桌边。

十多分钟，陈让弄好了两个菜。见他出来，玩手机的齐欢问：“都好啦？”

“没。”陈让脚步没停，直接进了房间。

她踮脚瞧了一眼，厨房锅里似乎还在煮什么。齐欢吸鼻子，味道闻起来香得让人想哭。

她拿出手机，点开贴吧，在自己创建的帖子里回帖。

一串毫无意义的感叹号，只能表达她浅层次的心情。

她长舒了口气，打下两句："真的，又一个瞬间，我感觉他真的超级超级好。"

看着新回复的两个帖子，齐欢觉得还有一股无法言说的心情闷在胸口。

"你还在玩什么？"

她吓了一跳，捂着手机猛地转身。

陈让在背后睨她，也不知看了多久，瞥她一眼，进厨房前扔下一句："过来把茭白弄干净。"

"哦……"她应了一声，低头看着黑屏的手机，没敢按亮。

齐欢听吩咐去把茭白处理了，后边的事交给陈让，再度回到餐厅。

这回没玩手机。她站在饭桌边，撑着凳子靠背，看他，看着看着就出了神。

陈让的袖子被捋到手肘，脸上的表情还是那样漫不经心，疏淡无谓的眉目中，似乎不带任何情绪。只是穿梭在厨房这样的地方，做着每个平凡家庭都会做的事，那抹淡漠，这一刻也沾染上了烟火气息。

温暖而平和。

齐欢看了半天，不知从哪儿扒拉出一张小凳子，搬着小板凳往厨房门前一坐。

陈让不经意瞥见，皱眉："你干吗？"

"看你做菜啊！"她两手支在腿上，托下巴的模样，像是捧着脸。

陈让不再理她，专心做自己的事。

齐欢定定坐在那儿，目光随着他而动。

他的手，那双写字很漂亮的手，处理油盐酱醋，依然姿态怡然。她禁不住，无声长叹。

"陈让。"她的声音里有自己都察觉不到的柔和。

陈让没回头："说。"

"你回个头嘛，回头看我一下。"

那道身影没有应答，几秒后，却还是转过头来，尽管目光平平，齐欢迎上他的视线。

头顶灯光，这刹那，仿佛也是万家灯火中的一盏。

"陈让。"

他看到她弯唇，那双眼里可能偷了窗外繁星，满满都是熠熠柔光。

“你做菜的样子，真好看。”

陈让和她对视几秒，未置言辞，平静地转回头去。他做什么都有条不紊，哪怕被齐欢盯着，也一点都没出错。

三菜一个汤，热气腾腾溢着香味。

落座时齐欢“咦”了一声：“一副碗筷？”

“我吃过了。”陈让说。

傍晚她跟了他一路，那之前他就在外面吃了，结果回来还是要进厨房。

他在桌对面坐下，靠住椅背，低眸玩手机。齐欢执筷，摸着碗边缘，边吃边看他。一时间，只有她进食的细小动静和他玩游戏发出的音效声。

抱着期待和怀疑尝了第一口，齐欢对陈让的厨艺立刻有了概念。看来他真的经常下厨，她不是行家说不出什么点评的话，简单粗暴的一句，就是好吃。

把饭吃得差不多，他游戏也玩到第三把。无言许久，齐欢端起杯子喝水，打破安静，夸他：“这道菜好好吃，那道也是，还有茭白，都超好吃！”

陈让不咸不淡：“嗯。”

她夸到底：“没想到你厨艺这么棒！”顿了下，笑得越发明媚。

手机里传出一阵缭乱音效，陈让手指在屏幕上飞快移动，他抬眸看她一眼：“吃完把碗洗了。”

齐欢第一次来陈让家，终于知道他房间长什么样子。

干干净净，没有多余的装饰和布置，书柜上陈列着各类书籍，不是很新的样子，他大概都看过。书桌上堆了一沓练习册，虽然一中是公立，敏学是私立，但同是禾城的学校，用的教学材料相差无几，好几本她都有。

陈让靠坐在床头玩游戏，齐欢晃悠着看了会儿，坐也不是，站也不是。

“你晃得我眼晕。”他头也没抬。

齐欢很想说，你哪看我一眼了？腹诽完，还是在他书桌前坐下。

她侧坐，手枕在椅背上，下巴压住手臂盯着他看。

房间里很安静，除了他玩游戏的声音，再无动静，他也没有要跟她说话的意思。

是时候该回家了，齐欢待了几分钟，见他似是打完一局游戏，正要开口说走，外头传来脚步声。有人上楼，还有说话声。

她一顿：“是你爸……”

陈让脸色一沉，蓦地变了，没等她把话说完，扔下手机起身朝外走。

“你待着别出来。”

他出去，甩门甩得有点重，齐欢站起来，有些发怔。

很快，外面传来争吵声，陈让的声音，还有一道男人的声音，其中夹杂着女人的声线，不过没多久就消失，只剩男人的厚沉嗓音。

越吵越激烈。

齐欢愣愣地站着，想出去看看是什么情况。陈让说让她待在这里。

时间漫长，因为未知变得更加难熬。

在她快要忍不住的时候，门猛地打开，脸色青寒的陈让进来，摔门的动作比出去时更重。

“陈让……”齐欢惶惶喊了声。

他看了她一眼，没有多少好转，唇瓣紧抿。

“你……”

“我现在不想说话。”他在床沿坐下，闭了闭眼。

齐欢只好噤声。

外面的人不知道是谁，不知道现在是什么情况，他一个字也不说。齐欢不知道是该走还是该留。

默了默，她鼓起勇气出声：“很晚了，我想回家……外面怎么了？”

这当口回家只是托词，她更想问清什么事。

陈让抬眸，眼里沉沉。没等他回答，门外传来“嘭嘭”的砸门声。

“陈让！你给我滚出来！”

齐欢因这粗暴不客气的语气变了脸色，看向陈让。

陈让起身过去猛地打开门：“该滚的是你——”

陈健戎醉醺醺发难，伸手就要朝陈让动起手来。他俩推搡，陈健戎神志不清醒地越推搡越靠近齐欢，齐欢下意识往后退，一不留神撞上了书桌，吃痛得轻呼了声。

齐欢还没完全缓过神来，陈让已经护着她快步出了房间。陈让扯着她一路下楼，她小跑，有些跟不上他的步伐。

到一楼大门前，陈让放开她：“你走吧，很晚了。”

“陈让……”齐欢看着他，想说话，喉咙像卡着一样。

楼上没有人追下来，没有动静，也不知道陈让要是再上去，会不会发生什么。

他站在门边，昏暗夜色下，没有表情。

“走吧。”

“那……我走了。”齐欢抿唇，好半晌才转动脚尖。

她一步步朝院门走，不知为何觉得步伐格外沉重，短短一段路，像是怎么也走不到头。

快到门边，她停住，回头看了他一眼。

陈让没了往常的懒散姿态，并未靠门框站立。齐欢深吸一口气，忽然折返跑回他面前。

“没事的，陈让。”她抬头看着他，“我们明天见。”

说完，她转身小跑出院门，这一次没有回头。

钩月高悬，挂于天际。

或许是被浓重夜色衬的，亮光尤为惨白。

院门缓慢关上，她的身影消失，脚步声渐远。

陈让一直站着，站了许久许久。

第五章

一种很奇怪的感觉

齐欢到家，心里一直惦记着晚上的事。

犹豫半天给左俊昊发消息：“你知不知道陈让家里的事？他爸妈都是干什么的？”

左俊昊回得很快，但没什么用：“不太清楚，他很少说这些，怎么了？”

看着他发的内容，齐欢丧气：“没事，随便问的。”发了一条，马上补充，“别跟陈让说。”

左俊昊很厚道地应承说好，就着这个话题跟她闲聊，她没了再往下说的兴趣。

齐欢蹲在书桌前的凳子上，抱着膝盖发了好久的呆。脑子里混混沌沌、乱糟糟的一团。试着给陈让打电话，那边没人接，她心里悬得更紧。

她忍不住给他发消息：“睡了吗？”

好几分钟，那边回过来一个简洁的“嗯”。

他不想接电话。齐欢能理解，他现在大概没有心情。

又在凳子上蹲了好久，齐欢回到床上。在被窝闷了半天，掀起一角，探出头，翻身在枕上怅然叹气。

没有开灯，黑漆漆一片中，她点开手机软件。

贴吧里，那条记录的帖子从她开始盖楼后，已经有很多很多内容。指尖在屏幕上一划，划到底，翻到末页。齐欢盯着看了很久，屏幕白光照在她脸上。

她抬指，在回复框里打下内容。

“今晚吃到了他做的菜。

“可是我一点都不开心。”

两句话，两层楼回复。

齐欢发完，把手机摁到待机，盖在脸上，默然长叹一声。

在他家大门口和他告别的瞬间，她觉得，他很难过。就在那一瞬间，她突然也毫无理由地，因他的难过而难过起来。

一夜过去，白天在学校，齐欢有些难以集中精神。她不知道该怎么面对陈让，不知道看到他的时候该说什么好，该做什么表情比较妥当。

怀着这种心理，齐欢下午放学在小卖部见到陈让一群人，脸上的笑容有点拧巴不自在。

“陈让。”

她像往常一样和他打招呼，努力让自己看起来正常。思来想去昨天的事还是不要提，她觉得他也不会想谈。

“嗯。”陈让倒是没什么异样，面色平淡一如往常，不同的是破天荒应了声。

“咳咳咳——”旁边的左俊昊正喝水，猛地呛到。

什么什么？陈让应了？以前齐欢打招呼他从来不应的！

左俊昊刚抹干净下巴的水，面前的陈让突然从口袋里掏出一样东西。

一串亮闪闪的东西，好像是手链，似乎断开了，是一整条并未连起来的状态。

他递给齐欢：“昨天晚上你落下的。”

“噗——”这回季冰也呛到了，喷出去一大口饮料，“咳咳咳！咳咳咳咳——”

比左俊昊呛得还狠，咳得快要背过气去。

齐欢这才发现手腕上空空如也，昨天心事太重，没察觉手链不见了。她从陈让手中接过手链，听旁边的左俊昊和季冰咳得上气不接下气，不解地看了他们一眼。

感受到他们边咳嗽边直直投过来的眼神，她愣了一下。震惊、内涵又难以言喻，满眼都写着几个字——你们怎么回事？

左俊昊和季冰明显是误会了。齐欢看陈让没有半点要解释的意思，不知是觉得没必要，还是懒得跟他们费口舌。他不说齐欢更不好开口，将手链握在掌心，她尴尬半天挤出个笑，赶紧走了。

乌龙就这么成了乌龙。

对于在陈让家发生的那一遭，齐欢一直惦记着，耿耿于怀。看得出来他的家境不错，但那个像是他亲人的男人给人的感觉却十分糟糕。

傍晚上自习课前，齐欢和纪茉约了在奶茶店见，点了一堆水饺、三鲜粉之类的吃食，聊起那天的事。

“真的吗？”纪茉略惊讶。

“是啊。”齐欢叹气，“我总觉得他家里氛围很奇怪，但是我又不清楚，具体情况怎么样说不好，就……唉，反正就挺别扭的。”

那天发生的事齐欢没有说，毕竟这是陈让的隐私，她不能随便对外讲。纪茉给不了什么建议，这个话题随便扯了扯就过去了。

夹起一筷子粉放进勺子里，纪茉没往口中送，顿了顿，忽然说：“你真的很想和陈让做朋友啊？”

齐欢没否认。

“为什么呢？我觉得他和你不是一样的人。”纪茉把勺子又放回了碗里。

“我是哪样？”

“就是，就是……”她讲不出来。

齐欢道：“完全一样的人待在一起，有什么意思？”

纪茉不语。

“我和他啊，有很多地方其实……”齐欢说到一半停住，没把话说完。她顿了下笑着说：“不一样有什么关系？这些都不重要。我也讲不明白为什么，但是从第一次看到他开始，就有种很奇怪的感觉。”在纪茉半带询问的默然中，齐欢道，“从第一次见面我就觉得，我和他之间一定会有很多故事。”

纪茉半天没应答，良久，很浅很浅地轻笑了下：“好文艺哦……”

齐欢“扑哧”笑出声：“好了好了，不说这个了，你不许心里笑我啊。”岔开话题，顿了两秒，又敛神自己承认，“我平时不这样。”

她对陈让确实不一样，很不一样。这种特殊，不仅是她自己知道，纪茉知道，敏学、一中，几乎所有人都知道。

纪茉垂下眼，目光像是落在汤粉上，又像是没有，低声感慨：“这就是缘分吧……”

想不清不去想了，齐欢揉了把脸。

她一筷子戳进饺子肚里，笑得明朗：“是啊，这就是一种很奇妙的缘分。”

左俊昊发现，陈让今天课间摆弄手机的次数有点多。虽然陈让平时也不太出去走动，但大多都在划拉练习册上的题目，像这样玩手机还是比较少的。

早上问了一次，陈让不仅没答，还直接别开屏幕把手机装兜里，理都没理他。跑完操回来，陈让已经坐在位子上，左俊昊进门的步子微顿。

陈让又在玩手机。

心下一动，左俊昊故意放轻脚步，极慢极慢地从陈让背后悄悄走过。怕被发觉，离他最近的时候紧张得汗毛都立了起来。左俊昊抓紧匆匆瞥了一眼，然后赶紧回自己座位，佯装什么都没发生，手忙脚乱翻出书来掩饰。

离上课还有些时间，左想右想，左俊昊忍不住问：“陈让，你看手机看了一上午，都在看什么啊？”

陈让瞥他。

左俊昊喉咙发紧，咽了咽口水：“就关心你……问一下。”

陈让淡淡地收回目光：“没看什么。”

手机也一并收了，摆明不想跟他聊。

问不出来，左俊昊只好悻悻作罢。之后一节课，陈让很平静地凝神听讲，他却一句都听不进去。下课铃一响，他立刻就起身，直奔季冰的教室。

季冰在和人闲聊，看左俊昊冲进来，懒懒散散：“你怎么下来了？”

“走走走，跟我走。”左俊昊二话不说把他拉出去，扯到拐角。

“我给你看样东西！”他着急翻手机。

他打开贴吧，飞快输入名字，搜索进了一个贴吧。贴吧里就一个帖子，写的像是日常，像是记录，有点云里雾里不明所以。但大致看起来，似乎是一堆和心事有关的内容。

季冰皱眉：“什么东西？神神道道的。”

“陈让他今天一直在看这个！”

“……真的假的？”

“当然是真的，我骗你有钱花？”

季冰怀疑：“你怎么知道？”

“我看到的。”左俊昊啧声，“问他一直看手机在干吗，他不说，还把手机拿开，我偷偷到他背后瞄到的！我记得清清楚楚，就是这个贴吧名，回帖的也是这个 ID。”

从陈让背后偷瞄的时候，瞄到的内容，他看着就有点奇怪。

季冰一听，和他认真研究起来。两个人把帖子看了一遍，透过回帖的蛛丝马迹，很快得出一个结论。

“这个什么 ID……该不会是齐欢吧？”

左俊昊没回答，但脸上的表情说得很明白，他也这么认为。

“那这个帖子里的‘他’，就都是陈让？等等等等，搞错了吧？这里……”季冰指着，“‘吃到了他做的饭’？谁？陈让做饭？”

完全想象不了。

左俊昊拉到底下：“可这里，‘手链断了也没注意，要不是他拿给我，我还没发现’，手链，陈让是不是当着我们的面给齐欢手链了？这帖里提到手链，陈让今天一天又都在看这个帖子，哪有这么巧的事？”

季冰想到那让他俩呛到咳嗽的场景，无法反驳。

两人对视，双双无言。

陈让这是……在搞什么？

别人怎么想不管，对他们这帮朋友来说，这就是个爆炸消息！

“我天！”季冰靠住围栏，揪了下头发，一下子有点无法接受。左俊昊看帖看得头都没抬，手指停留在屏幕上，始终都停在一个位置。半分多钟，这处安静拐角响起他的声音。

“我估计……”

“什么？”

他抬眸，正经看着季冰，脸上的神色不言而喻。

“陈让那副冷死人不偿命的冰块相，怕是要绷不住了。”

陈让今天一上午，看这个贴吧看了多久？

“她真的……”左俊昊叹气，“我必须说，齐欢她真的挺有一套，就这一天天的在面前晃，面对陈让这样的也一点不气馁，这程度换作是我，我肯定撑不住……”

整个帖子里，最让左俊昊记忆犹新的，是屏幕正中间，在数条琐事之上的某一层。齐欢写了这么一些话：

“其实最开始没有多强烈的情绪。那个时候我也没想到自己会像现在这样。

“可能这就是别人说的，每一刻都有每一刻的缘分。那么既然这样也挺好。

“十月八号，又是新的一天。

“——今天的我也很想再靠近一点。”

全城突然进行设备检修，一众学校临时取消当天除高三外的晚自习。

陈让在小卖部，齐欢晚出校门，慢一些到。

“晚上不上课，去看电影吗？”她买了瓶水，走到陈让身边。

他旋紧矿泉水瓶盖，两个字：“不去。”

“为什么？”

“不喜欢。”

被拒绝，齐欢也不难受，反而说他：“你别这么扫兴嘛。”

陈让不置可否，还是那个态度。

左俊昊和季冰一群人在外面聊天，时不时往里边看。齐欢和陈让闲扯半天，话题中心围绕着看电影进行。聊了几分钟，敏学的人到齐，来这边找她。陈让他们是往另一个方向走的，两边不顺路。

齐欢忙说：“晚上看电影哦，就这么说定了。”

陈让皱眉：“谁跟你说定了？”

她自动过滤，嘿嘿笑：“六点四十城中心禾佳电影院门口，不见不散。”说罢她拔腿就跑。

小跑到店门口，她忽地停下，回头加了句：“等你啊。”

六点二十，齐欢到禾佳影院，买了六点四十的电影票。

时间嘀嗒走，她不急不慌，坐在大门外的长凳上静候。面前是一片广场，有住在这附近的人出来散步，大多是老人带着小孩，玩遥控玩具，踩滑板车。

天渐黑，六点四十，齐欢从解闷的游戏里退出来。抬头一看，在一众无关者中，视线只是晃了一圈，便准确找到那道熟悉身影。

“陈让！”她站起来冲他挥手。

陈让走得很慢，她笑吟吟地跑过去，跑到他面前：“我就知道你会来。”

他抿唇：“……我刚好路过。”

齐欢挑眉：“是哦，这么巧。你家和这里两个方向，路过得有点近啊。”

陈让沉着脸，垂眸看她。

她马上认㞞：“好好好，不说了，来都来了，难得你路过一趟，我们去看电影。”

齐欢总算是把板着张死人脸的他拉进电影院。她选的不是什么大热片，又不是节假日，全场就四个人，除了他们，只有角落有两个女生。

齐欢买了爆米花和冰果汁，电影开始放，坐下后不过十多分钟，她就看得昏沉。

角落的两个女生受不了无趣剧情，骂了两句，直接离场。影厅里就剩他们，没了顾忌，齐欢干脆跟他聊天。

“你中午回家了，在家吃的饭？”

“嗯。”

“吃的什么？”

“随便炒的菜。”

她知道他会下厨，没什么好藏着掖着的。

“是上次炒的那道？”齐欢问。

“是。”

“那个啊，味道是很好。”她说，“就是有点美中不足……啧，要是再辣一点就好了。”

他看着大屏幕，脸都不转，淡淡道：“也不知道是谁说从没吃过那么好吃的菜。”

齐欢一噎：“好吃是好吃啊，有点瑕疵又不妨碍它总体还是好吃的……”她换话题，“晚上想吃什么？等会儿电影结束可以出去吃东西。你来之前应该没来得及吃什么，会饿的吧？我们……”

“啧。”他终于转头看她，“你能不能不这么聒噪？”

她无奈：“电影不好看嘛……”

“是你要来的。”

“我就是很久没看电影了嘛，谁知道这么……”她瞥了眼屏幕，都找不到形容词，嘀咕，“难怪整个厅里都没人。”

陈让见她褪了兴冲冲的神色，心中懊恼，若有似无地扯了下嘴角。

“我还以为，你就喜欢这种类型的电影。”

“我才不喜欢。”

“是吗？你的智商，看起来像是会很喜欢这种片子。”

齐欢气得噎住。

陈让噙着笑，优哉地看屏幕上的画面。齐欢抿了抿唇，没动，就着侧身姿势一直看他。她不说话，在黑漆漆的光线下看了他半分多钟。

陈让微微将视线移过来：“你看我干吗？”

她别头指了指正在播放的剧情：“你看了这么久，知道那是什么片子吧。”

齐欢直勾勾地盯着他，眼里亮起光。

“这个片子啊，太糟糕了。拍的这什么？这根本都不是爱情。”她狡黠地说，“不过……”

陈让瞥她一眼，下一秒，她突然拿起旁边的冰饮料，轻轻贴在他的胳膊上。

整部电影播放到现在，唯一称得上唯美的画面，只有那个雪地里女主角抓起一团雪轻碰男主角脸颊的场景。

电影院里灯光很暗，房顶像一片漆黑的天穹，齐欢得逞似的冲他笑了下，杯壁在他胳膊上触碰得很轻，只几瞬就被她拿走。

那冰凉的感觉一逝而过，却又好似残留了很久很久。

从电影院出来，天彻底黑了，广场上人影稀拉，消食遛弯的都回了家。

齐欢和陈让去吃东西，在影院附近找了家店坐下。她嗜辣，陈让的喜好则偏清淡。吃完八点多，她没半点要回家的意思。

陈让捺着性子陪她轧马路。途经奶茶店，是齐欢最喜欢光顾的那家的分店，在街边，一个小小窗口，无店面无座，买完即走。

齐欢买了两杯喝的，递给陈让，他不接。

“太甜。”他视线低下，扫一眼杯身 logo，皱眉。

“不喝啊？”她觉得可惜，“超好喝的。”

“我不要。”

齐欢不强迫他，把塑料袋挂在手腕上，拿出一杯，吸管尖戳破塑料封膜。

陈让忽然说：“你形容词总是用得这么夸张吗？”

“啊？”她一下没听懂，两秒后理解过来，“夸张？我哪有？它是超好喝啊，不好喝我也不会这样说，我又不是什么都这样讲。”

他听着，不知在想什么，没继续这个话题。

齐欢喝了一大口奶茶，甜得心情都好了，问他：“找地方玩啊？”

陈让兴致缺缺：“有什么好玩的？”

她四处看，开始琢磨。半晌，眼睛一亮：“去那儿——”

她指着广场斜对角的位置，有家台球馆，看名字，是上次陈让朋友家开的那间台球馆的分店。

陈让不说好也不说不好，到底挨不过她劲头十足，被迫跟着走了半路，索性半推半就由她去。

打台球莫名变成了陈让和左俊昊他们的日常消遣之一，朋友家开的这家台球馆生意好，分店一间接一间，他们就经常被拉去捧场。他玩这种竞技运动都是消磨时间，偶尔玩两把。

齐欢要了一个小包间，在二楼角落。

开打前，她拿着奶茶说：“如果我赢，你要把那杯奶茶喝了啊。”

“要是你输？”

“那杯奶茶我喝。”

完全不知道意义何在的比赛，她喜欢甜，多喝一杯也不是事。陈让不置可否。

齐欢摩拳擦掌，给球杆上巧粉有模有样，让他先打。陈让慢吞吞拿起杆，懒散得没什么所谓。他俯下身，一起架势，动作却精准有力。

轮到齐欢，她把杆拉到全满，用了最大力气。

“砰——”的一下，动静不小。聚在一起的几颗球散开，往四处滚，有一颗滚进了网兜——进的是陈让的球。

“你真的会打吗？”陈让再次把杆撑在地上。

“之前打过一次，明明打得很准。”齐欢扯头发，“……虽然是电脑游戏。”

陈让：“……”

搞了半天，原来是个连真正的球杆都才第一次摸的选手。

陈让放下杆，往沙发一坐：“你练吧。”

“你不打啦？”

“和菜鸟玩没意思。”

她技术太糟糕，一把暴露了水平，根本不好意思开口要他继续陪自己玩，齐欢只能自己一个人围着台球桌转来转去。陈让玩了会儿手机，起身拿了瓶矿泉水，拧开喝。

她在他对面，认认真真地练着，俯身瞄准球。犹豫半天没下手，抬眸就见陈让正看着自己。

“怎么了，我姿势不对吗？”

“姿势错了。”

“什……”

他拿过球杆，俯身，用极其专业的姿势打了一球，白球骨碌骨碌碰到台面上的一个全色球，全色球入洞。

“像这样。”说着站起身，顺手调整她拿杆的姿势。

再次起杆击球，发现她心不在焉，陈让瞥她：“你走神想什么？”

“没，没想……”

陈让睇她两秒：“专心。”

她哪里专心得了？

球又准确进洞，陈让站直：“就这样，自己试试。”

齐欢胡乱点头。

他回到沙发，像每次和左俊昊他们出来活动一样，玩起了手机游戏。感受到视线，他抬眸，发现齐欢正怔怔地看着他。

陈让平静敛眸。

他玩游戏厉害，一上线就被一中在线的几个拉进队伍。才几分钟，开局大顺，气势如虹。

局势过半时，胜负基础已定，再没悬念。屏幕下角的对话框跳出己方队友的话：“陈让今天心情看来是很好了，打得这么行云流水，厉害，这一波大家跟着躺赢。”

齐欢练了好几把，准头还是不够。陈让没兴趣跟她玩，差不多时候便结束此次活动。

踏出台球馆大门，齐欢动动肩膀，顾不上酸，先心疼起奶茶：“都凉了……”

陈让睨一眼：“扔了吧。”

“别啊，多浪费。”她说，“愿赌服输，两杯我都喝了。”

已经戳破的那杯装在塑料袋里，挂在她手腕上。她拿出那杯原本买给他的，持着吸管戳破。还没送到嘴边，陈让伸手，从她手里接过去。

“你干吗？”她微愣。

陈让没言语，略带嫌弃地尝了一口，皱起眉。

“甜得要死。”

“你不喜欢就别强迫自己……”

他撇嘴，很快适应那个味道，就那么带着淡淡的不爽喝起奶茶。喝了三分之一，他拧着眉，说：“马马虎虎。”

真的假的？齐欢总觉得，他快甜齁过去了。

并肩而行，齐欢拿出先前那杯奶茶，两个人静静的，一人捧一杯，一时没了声音。路灯把他们的影子拉得很长。

“陈让。”

“嗯。”

“很甜哦。”

“我知道。”

“我说的，不只是奶茶。”

脚踩在地上，细小的沙砾和鞋底摩擦，沙沙作响。

好安静的夜晚街道，静得连彼此的呼吸，都能听得到。

广场西南方向，有一片消遣去处，两条面对面的街上，全是诸如奶茶店、电玩店之类的地方。因为大多是学生去玩，久而久之就多了个别名——学生街。

难得不用上晚自习，临时放个假，左俊昊和季冰却闲得发慌在轧马路。先前打电话给陈让，他说不出门。他们去密室玩了一会儿，嫌无聊，两个人出来逛，打发时间。

走着走着，左俊昊突然说：“你说陈让在干吗呢？”

“我哪知道？”季冰道。

下午放学，齐欢在小卖部和陈让说的话，他们虽然站得远，但听到了一些。

心里有点猜测，他俩现在是越来越熟了，说不准又扔下他们，悄悄去玩了。

走过冰激凌店，季冰突地停下脚，倒回去：“要个原味。”

老板在窗口应声，下单。

“都降温了，你还吃冰的。”左俊昊吐槽他，扭头道，“我要抹茶味的。”

季冰懒得骂他。

两人一手一个冰激凌，没走两步，迎面走来一个人影——比他们矮得多，留着乖乖的齐肩短发，怀里抱着新买的书和本子，走路也是稍稍低头的姿态。

季冰往旁边让了点，却见左俊昊拿着冰激凌就迎上去，故意往人家面前挡。

“撞人了嘿——”

纪茉猛地抬头，往后退。

左俊昊居高临下地看她，挺帅的一张脸，噙着笑，薄唇勾得十分好看：“这位同学，走路怎么不看路呢？”

季冰：“……”

明明是你自己挡人家的路。

纪茉是出来买资料书的，平时只能抽空去逛书店，正好遇上今天临时不上晚自习，干脆利用这个时间把预备要买的书都买了。碰上左俊昊，完全在意料之外。

“对不起。”抬眸后看清人，她低声抱歉，当即就要提步绕过他走。

左俊昊往旁边迈，又挡过去：“先别走啊。”

她不得已停下：“有事？”

季冰不知道左俊昊要作什么幺蛾子，管不着，彻底懒得管他，站在旁边默默做一个吃冰激凌的围观群众。

“你是齐欢的朋友对吧？那天我们在校门口小卖部见过。”左俊昊说。

纪茉“嗯”了声。

“这么走路不行啊，好在今天撞的是我，换成别人那就不好了。”

“……我下次会注意。”她又致歉，“对不起。”

左俊昊睨她。

在学校的时候，他碰见过她好几次，斯斯文文没什么太引人注目的地方，但一低头，就像现在这副模样，看起来莫名就让人觉得太好欺负了。

好几回他想着看在齐欢的面子上，打个招呼，怎么着也是齐欢托给他照看的人，可每次没等他张嘴，她总是一刻也不停就走了。有的时候明明看到他，迎面相对，她也当他是空气。

想一想，还真有点不爽。

“没有事我就先走了。”

“哎，等等——”

纪茉被拦住，抿唇。

“这样碰上也是缘分，既然你撞了我，赶早不如赶巧，我请你吃个冰激凌吧。”左俊昊随口扯了个理由。

没别的，她越是避他如蛇蝎，他越是想在她面前碍眼。

季冰在旁边店门屋檐下听得一清二楚，白眼一翻，默默在心里骂了句:“傻玩意儿。”

纪茉白皙的脸上没什么情绪，微微垂头，刘海挡住了眉眼间闪过的隐隐不耐。

“不用了。”她轻声拒绝，语调平平，“我不喜欢吃。”

她拔腿就走，这回不给他拦路的机会，几步将他甩在身后。

季冰刚想上去吐槽左俊昊，这出横看竖看都像是当街耍流氓，还没笑呢，就听一道声响起:“茉茉？”耳熟的女声顿了顿，又接上，“……左俊昊、季冰？”

被点名的俩人回头一看——齐欢和陈让。

得，这可真巧了。

陈让和齐欢两个人刚从广场那边闲逛过来。齐欢正和陈让叨叨说晚上不上课，竟然没碰到几个认识的学生，太不科学。结果拐个弯，一下就遇见三个。

纪茉原本急着要走，被齐欢叫了声，抬头愣住，紧接着就被一个大力拥进怀里。齐欢身上的味道是淡淡的，类似柠檬香味的那种，像晒过太阳，沁着暖意。

她眉眼间缓慢透出隐约的笑，还是轻轻柔柔的嗓音，齐欢问什么，便答什么。

那边两个女生说话，左俊昊和季冰也没闲着。一看陈让跟齐欢在一块，心里齐齐暗啐。

“你不是说你不出门吗？”左俊昊质问。

陈让道:“你管那么多？”

五个人才打照面，马路斜对面忽然有俩人指他们，说着什么。定睛一看，熟人。

庄慕和严书龙从那边过来，他们先和齐欢说话，然后跟他们三个一中的打了个随意的招呼。

季冰搭上左俊昊的肩，低声吐槽道:“得，这下全凑作一堆了。”

九点出头，对于他们这群难得不用上晚自习的高中生来说，时间还早。在街上傻站着不像话，干脆找了家奶茶店一起坐下。

纪茉比较乖，平时很少出来玩，被齐欢拉去，还惦记门禁:“我十点半要回家。”

齐欢打包票:“行，到点我准时送你。”

奶茶店总共三层，他们要了个中包，在顶楼，带小天台的一间。

七个人能玩什么，算来算去只有桌游。

一中三个坐一侧，敏学三个坐一侧，纪茉跟在齐欢身边。

已经点了单，奶茶制作需要时间，齐欢口渴，用胳膊肘撞了撞庄慕。

“我想喝水。”旁边小桌上有一托盘罐装饮料。

庄慕让严书龙帮忙拿，严书龙拿了一罐蓝色的，也没看是什么。庄慕接到手里，皱眉塞回去：“换一个。”

含了酒精。

严书龙倾身，干脆把整个托盘都端过来。齐欢自己挑了一罐粉色的，其他人也纷纷伸手。

就陈让没动。

齐欢拿了罐给他：“喏。”

“不喝。”

她换了一个。

“不要。”

顿了顿，齐欢第三次更换，递到他面前。

陈让眼皮微抬，说：“不喝这个。”

齐欢还没说话，庄慕沉着脸，夺了她手里的饮料放回托盘：“他自己长了手。”

气氛一时有些尴尬。左俊昊和季冰对视一眼，还有严书龙，都不知道该不该说话。陈让懒散地靠着椅背，视线移到齐欢脸上：“我不想喝甜的饮料。”

齐欢动唇，正要开口，又听他道：“你那杯奶茶太甜了，我现在嗓子不舒服。”

在座的几个同时愣了。

庄慕最先回过神来，脸色一暗。纪茉收了怔怔停在齐欢脸上的视线，敛眸。其余三个你看我我看你。五花八门的反应尽收眼底。

陈让一派平静，悠悠收了视线。

“季冰。”

“啊？”

“该你了。”

季冰反应过来，连忙继续游戏。经过刚才的打岔，一群人纵使回过神来，一局内却没人再开口。玩了一会儿，气氛总算回温，只是大家都心照不宣，没人提刚刚那事。

小吃陆续上桌，游戏暂停。陈让没点吃的，起身去厕所。

齐欢跟过去，敲三下门，进去：“……你不上厕所吧？”

陈让就在镜子对面，他倚着墙站，侧头瞥她：“干什么？”

齐欢反手把门关上。她没走太近，站在那儿，看了他半天。

“刚才那杯奶茶太甜了？”

“嗯。”

“那你还喝完了？”

他一顿，眯了眯眼。见他被噎到一回，齐欢心里总算是痛快了。没等陈让说什么，门把手一拧，门被人从外面推开。齐欢让了两步，差点被门撞到。

左俊昊一抬眼，有点怔：“你们在这儿干吗？”

“没事，你们聊。”齐欢咳了声，马上出去。

左俊昊想喊她没喊住。

陈让瞥他，一言未发，也跟着出去了。

一帮人坐着边吃边聊。严书龙忽地说：“哎哟，贴吧里吵起来了啊！”

“什么贴吧？”

从厕所回来的左俊昊一听，下意识瞄了齐欢一眼。

“我们敏学和你们一中学校的贴吧，两拨人互相发帖子，吵起来了。”

庄慕皱眉：“吵什么？”

“不知道，好像是有什么纠纷吧。”

看了会儿，他道：“这么多人围观！见过的没见过的ID都来了……哟，职高吧十级、三中吧九级、十二中十一级……这么多外校的都来凑热闹。”

齐欢伸手：“我看看。”

严书龙把手机给她。

齐欢看了几眼，皱起的眉头慢慢放下。还以为什么大事，比想象中好多了，都是打嘴仗，无关痛痒，也没有太过火。不过是两所学校这个学期做邻居离得太近，彼此又太看不上眼，现实中你不搭理我我不搭理你，憋着的不服全攒到网络上了。

“现在这些人，个个都是只敢在网上瞎说。”齐欢把手机还给他。

一中的学生里，常玩贴吧的，都是比较不那么“书呆子”的人。况且还有艺术生。严书龙隔一分钟刷新一次，看热闹。

“哎哟，这一中的哥们儿开新帖，说——你们敏学的人这么厉害，敢不敢来一中操场喊敏学最牛、一中全是垃圾。”他念了遍，抬头问对面几个活的一中人，“要是真去你们学校操场喊这句话，会怎么样？”

左俊昊笑说：“反正我肯定是不动手打你，看在齐欢的面子上，是吧？”

严书龙啧了两声，他专注看帖，其他人闲聊。没多久，他正端起杯子喝饮料，忽地一口全都喷了出来，遭殃的庄慕猛地蹦开。

“哈哈哈哈哈哈——”严书龙抽纸抹嘴，笑得上气不接下气，“这帖……”

他把手机扔到桌上，给众人看。

一中的人去敏学吧开帖后，敏学的同学也不甘示弱，去一中发了一个类似的帖——“你们一中的人这么厉害，敢不敢来敏学操场喊‘齐欢是个傻子’？”

“……”

一帮人，除了陈让，全都看向齐欢。

齐欢脸一红，咬牙：“这哪个没脑子的？跑到别人学校贴吧嘚瑟个什么劲啊！”

严书龙笑得停不下来。

齐欢问：“那帖子是谁发的？”怎么这么缺心眼。

“我看看……”严书龙瞧了眼，发现是认识的，“高二（6）班的郑啸。”

齐欢一听，忍不住想翻白眼。郑啸和张友玉一个班，这俩人都喜欢给她找事，十足十的活宝。尤其郑啸，每次齐欢守校门，他都要给齐欢增添工作量。

一听发帖的是他，齐欢真是连气都懒得生了。

“又是郑啸，他能不能不捣乱？”齐欢摆手赶紧让严书龙打电话给他。

左俊昊乐滋滋地说：“别啊，那帖子挺不错的，留着威慑威慑他们也好……”话音刚落，感受到一道视线，他一滞。

以为是陈让，看过去，人压根连个余光都没给他。

——是纪茉。

视线对上，她先移开了。

齐欢发话了，严书龙当即给郑啸发消息：“兄弟，你可别再作了，当心值日队打明儿起只守你一个人。”

怎么看怎么幸灾乐祸。

贴吧的事暂时跳过，几个人聊起别的话题。

吵吵闹闹玩了半晚上，外边天黑，星星开始冒头。

陈让去阳台吹风，齐欢坐着无聊，出去找他说话。

她胡乱扯话题，他随口应，有一搭没一搭地说着。聊着聊着，她突然话锋一转说起贴吧。

“刚刚那帖子大战，挺逗的。”

陈让说：“你倒是一点都不觉得不自在。”

“没什么好不自在的。”她道，“不过，有一点让我很不爽。”

“比如？”

“其实吧，以前我根本不知道你。”齐欢没答，反倒突然扯起无关的话题，“虽然你成绩比我厉害，而且去年，高一下学期全城统考还赢了我。”

在敏学搬到他们学校旁边之前，高一一整年，她根本不知道陈让是谁。

她问：“你知道为什么吗？”

“不知道。”陈让应得平淡，听她说。

“我虽然死皮赖脸，很厚脸皮吧，天天在你面前晃，我自己也知道。但是啊，我这种人……”她顿了下，笑说，“我根本不在意别人优不优秀，我从来只要确定，知道自己很优秀就够了。一直都是这样。我觉得自己超棒的。”她说，“所以哪怕你比我厉害，以前我是真的对你一点了解都没有，从来没有关注过。”

同在禾城，中学圈子其实就那么大，小学毕业升初中，初中毕业升高中，人流转来转去，兜兜转转或多或少都认识。她齐欢，天生骄傲，不是谁都能看进眼里。

这个学期是个意外。

而陈让，是个例外。

“你说这么多，跟贴吧有什么关系？”陈让出声。

“当然有关啊。”齐欢说，“就像我对别人优不优秀没兴趣，别人怎么看我，怎么说我，我同样没兴趣知道。但是——那些人讲，我是受不了你不给我面子才整天出现在你面前给你添堵，这一点我就不能忍了。”

陈让皱了下眉：“你看帖，就只记得这些？”

齐欢反问：“不然还要记得什么？”

她忽然无比认真地叮嘱道：“你记住了哦，我才没那么死要面子，也没那么无聊。她们就会说自己比我真诚，都是假的。”

有一点点焦灼的较真语气，这种别人都不会放在心上的无关紧要的闲话，她反而很认真地计较起来。

“要是有人说自己比我真诚，你可千万不能信。”她靠近一点，一脸认真地抬头看着他。

陈让皱眉，没有回应。

“要记住，记住。”

“你很啰唆。”陈让别开头，看向别处。

下一秒，他撇了下嘴角，说：“……知道了。”

她一怔。

齐欢顿了好久。而后，那双眼睛里，盛满的皎白月光、丝缕喜悦，因他简简单单的这三个字，就那么一下子，全都欣然荡开。

周四傍晚，晚自习之前的空当，齐欢去一中广播室找陈让。陈让在桌后看书，齐欢扯了把椅子，在他旁边坐下。

“你又来干什么？”他翻页，没抬眼。

“无聊嘛。他们都出去吃饭了还没回来，我一个人在教室写作业……我还想你会不会不在，没想到雷打不动啊。”

他没吭声。

齐欢从口袋掏出一张折叠的卷子，指着一道题目给他看：“这题我解得怎么样，刚刚做的。”

他看完，三个字：“一般吧。”

“这还一般？解得很好了。”她不服。

停了停，她问：“我给你发消息了，你为什么不回啊？”

“我没看。”

陈让说着，拿出手机，有一条未读的消息，是二十分钟前她发来的。

“那家意乐面包店的东西你吃过没有？”

“没吃过。”他当场答，“问这个干什么？”

“就是，我想告诉你，它家的东西好难吃，你千万别吃。我晚上吃了它家的面包，差点吐了。”

陈让：“……”

“你干吗不说话？”

“我要说什么？”

“好吧。”齐欢无奈，“我就是跟你说一下，别嫌我烦。”

吃到难吃的东西，想告诉他；解了一道了不起的题目，想讲给他听。一点点小事，都要拿来跟他说，跟他分享，她好像总是这样。

陈让看着书里整齐排列的字，持着纸页边缘，手指不自觉用力捏了捏。

齐欢碎碎叨叨扯闲话，陈让慢慢敛了神思，目光落到她嘴上。

“……你喝了油？”

“什么跟什么，这是唇膏！”齐欢瞪眼，强调，“怎么会是油？完全不一样好不好？”

他“哦”了一声，收回目光。

外边突然传来脚步声，齐欢一愣，之前的阴影浮上来，下意识猛地蹲下，往桌底缩。

“有人在？”推门而入的是两个值日生。

一看陈让坐在桌后，两个值日生反应不同，他们都认识陈让，但其中一个明显是高一的，没什么经验。

“这位同学，离广播站开播还有十五分钟，你是广播站的也不能坐在这里……”

陈让转着笔：“你去问问教导主任，我能不能坐在这儿。”

另一个值日生是高二的，从开门之后，急得只想快点走。

陈让常年稳坐第一宝座，每到各个学校较量的时候，他就是一中的招牌，拎出来是力压各兄弟学校顶尖学生的存在，给校长脸上添了多少光彩。使用广播室的权利，毋庸置疑，当然是有的。

高一的学弟还想和陈让说什么，那位“老油条”绷着背，走进来随便绕了一圈打算走完过场，赶紧撤。不想，要出来时蓦地瞥见桌底蹲着一团人影……

陈让一个眼神扫来，黑漆漆的眼睛，让人背脊发凉。“老油条”一个战栗，快步出去，使出喝奶的劲扯学弟。

“走、走吧！没什么问题，不用看了，我都检查过了！”

高一学弟被同组的值日生拽着走得飞快，走过拐角，走出好远，才挣开他的手。

“你拉我干什么？还没检查完……”

“老油条”憋了一肚子气：“你脑子有坑啊！陈让待在广播室就待，老师都不管，你说那么多干吗！”

学弟微愣：“可以这样？”

“你别说没听过陈让的名字？”

“听过，但是我不知道……”

“老油条”皱眉：“反正就记住，他的事别去管就是了，他们那些人都不是好惹的。”

学弟似懂非懂。

“老油条”斜他一眼：“而且，你知道刚才广播室里还有谁？”

“还有别人？”

“隔壁学校那个齐欢在里面！”“老油条”白他一眼，气得叹了声。

“齐欢……”学弟有点蒙，“我听过一点。但是她不是隔壁的吗？为什么会在咱们学校？”

“鬼知道！”老油条扯他，“小声点儿……”

从不消停的傍晚开始，有关齐欢和陈让在一中广播室待了半小时的小道消息不知从何而起，传遍了各个年级。

当晚晚自习第二堂课间，严书龙拿着手机来找齐欢，给她看两校贴吧里传的消息时，毫无根据的八卦已经越来越离谱了。

齐欢看到贴吧里的那些消息，脸都绿了。

一中的人散播小道消息，敏学的也不让她省心，一个个跟帖起哄。

除了严书龙，还有一堆人胆子特别肥，跑到她面前问。她好不容易把他们赶跑，躲到厕所给陈让发消息。

“你看到了吗？”

“什么？”

“就贴吧里的……”

“嗯。”

“怎么办……”

“什么怎么办？”

“就这样让它……”

“不然你还想怎么样？”

齐欢纠结几秒，问：“真的不用解释一下？”

他的语气还是一如既往的不在意：“你想怎么解释，拿喇叭广播？”

确实，不太可能。特意跑去发帖子的话，只会让人觉得此地无银三百两。

齐欢惆怅，发了句：“搞成这样，要被人议论好久了。”

没再等他回，她板着脸回教室，一路上收获了一大堆注视。

一中，高二（8）班。

陈让身边情况还好，议论的人只敢在私下议论，到他面前一个个都成了没嘴的葫芦，但也还有敢于送死的，比如左俊昊和季冰。他俩围在左俊昊课桌边，状似聊天，每一句都把话往那上面引，故意说给陈让听。

左俊昊起了个头：“哎，好无聊啊，每天晚自习之前的时间，都不知道干什么。”

季冰很上道，当即接话：“就是啊，吃完饭剩下的时间不长不短，也就半个小时左右，安排什么都不合适。”

左俊昊转头，状似无意地问：“陈让，你每天晚自习前空闲的时间都干什么？”

“有话就说，少拐弯抹角。”陈让把笔一搁，抬眸，视线从练习册移到他们脸上。

季冰和左俊昊对视，彼此都读懂了对方眼里的深意。

“就是吧，那个……”

陈让冷冷地扫他一眼。

左俊昊咳了声，干脆道：“听说你跟齐欢在广播室待了半个小时？”

季冰发表意见：“打架应该不可能。”

“我也觉得，但是……”

两个人互递眼神，最后齐齐对准陈让。

季冰问：“你们关系不是一般吗？”

本以为陈让不会回答，左俊昊正准备开口接上。忽见他合上书，起身离开座位之前，扔下一句：“关系好不好，关你们什么事？”

他没直接回答，却也没否认什么。

第六章

信任的魅力

在别人的八卦议论中，日子飞快过去。秋天一路向着初冬狂奔，第三次月考来临之际，齐欢开始琢磨怎么才能比较自然地以复习的名义把陈让叫出来。

前两次月考，两校考的是两套不同的卷子，一中高二阶段的第一名是陈让无疑，齐欢也依旧蝉联敏学高二榜首宝座。要是做同一套，就不知道谁的分数会更高了。

在心里打了数遍腹稿，确定理由没问题，齐欢先打电话，找左俊昊旁敲侧击打听了一下他们有没有活动。

左俊昊一听，说：“这周啊，陈让请了三天假，要到周日下午才回来。”

“请假？”

“是啊，周五开始请。”

“他请假干什么？”齐欢一点都不知道，有点蒙。

左俊昊说：“去他爷爷那儿。在瑞城，待三天吧。”

瑞城是省会，在省北部，禾城在省内西南位置，到瑞城要坐四个小时的大巴。

“他爷爷？”齐欢忍不住想问更多，但又不知道怎么开口，最后变成叹气，“我都没听他说过……”

左俊昊道：“他也很少跟我们提这些，只是高一的时候偶尔会请假去他爷爷那儿，当时问过几句，他随便答的，其实我们知道的也不多。”

齐欢问：“你见过他爷爷吗？”

左俊昊说：“没有。我和季冰都没见过他家里人，就只知道他们家，好像他爷爷奶奶一直住在省会，他小学的时候，他爸爸帮他爷爷打理工厂还是什么到这里来的，后来就一直在这儿。”

齐欢听得发愣，再问更多，左俊昊也不知道，齐欢道过谢后把电话挂了。

半个小时后她给陈让发消息：“这周末你有时间吗？去图书馆或者安静的地方，马上月考了，一起复习？”

发完，一直盯着手机。

三分钟过去，他回消息：“这周我没空。”

意料之中的回答。有一点失落，但也还好。齐欢捧着手机，过会儿回他：“好，那算啦。”

把手机撂到一边，她正要去倒杯水喝，桌上的手机又振了振。过去一看，多了一条来自陈让的新消息。

“周日下午，三点半，地方你定。”

原本说去图书馆，但齐欢想了想，觉得自己和陈让待在一起，肯定忍不住不说话。吵到别的看书的人不太好，于是三点半在城中心广场和陈让见面，去旁边街上奶茶店要了一个楼顶的小包间。

面对面分坐包间卡座两边，齐欢把资料书和练习册摆出来，铺了半张桌子。

陈让等她把背包掏空，才说：“第一本、第三本、第六本，做了也没多大用处，可以卖废纸。”

“好！明天就卖掉。”齐欢连半个字都没有质疑，直接把那几本挑出来，搁到旁边。

两人安静无言写题目。

齐欢一手横枕在桌上，写着写着，人就趴到了桌上，眼睛离书本近到不行。

屋里只有唰唰的笔声。

额头突然被戳了一下，她一顿，停了奋笔疾书的手。陈让用笔的顶端抵在她的头上，低下视线，黑沉沉的眼里满是不赞同。

“坐直。”

下一秒，他收了笔继续写。

“哦……”她缓缓直起腰，被他突然的举动弄得怔愣好半天，才提笔接上前面的解题思路。

五点过半，复习得差不多。齐欢点单，照旧喝奶茶，还要了些吃的，陈让只要了一杯加柠檬的白水。合上书本，等东西上桌的空当，她邀陈让玩游戏，被他拒绝。

“玩啦。”

“不玩。”

“玩嘛。”

“不玩。”

她兴冲冲：“来比赛啊，单挑一对一。”

陈让诘道：“跟你？”

她说：“你别看不起我，这段时间我玩了很多把，已经不是菜鸟了。”

陈让不想点评她的自信。

齐欢已经打开手机登录游戏，点开好友列表，还批评他：“你这个名字怎么看怎么不舒服。”

他的 ID 大概是他随手打的，一串没什么意义的英文字母。

陈让反击："你也没好到哪去。"

她的 ID 是一串"hhhhhhh"。

"来一把，输的人让赢的人改名字，想改什么都可以。"齐欢说，"正好我昨天买了一堆改名卡还没用。"

陈让未置可否，把笔夹在书页中间，合上书。

齐欢见他拿出手机，不多时传来登录的音效，笑了下。她从座位跑到他身旁的座位，雀跃地催："快，快！"

进入一对一单挑模式，她向陈让发出挑战。

两人并排，中间隔着点距离，但随着游戏里两个角色开打，齐欢捧着手机眉头紧拧，被打一下就眉头猛跳往他身边靠一点，挨的拳头越多，靠他越近，距离越来越小。

十分钟不到，被 KO 的声音响起，齐欢看着自己的人物倒下，牙疼般"嗞"了声。

陈让放下手机，侧头。齐欢对上他的视线，头稍稍扬起一点："你赢了。"

"我知道，但问题是……"他说，视线落在她和他中间的空当，"你离得太近了。"

齐欢低头一看，"哦"了一声，乖乖往旁边挪。她把手机给他："愿赌服输，改名卡在背包里，你自己找。"

回到对面位子，她枕着手臂趴在桌上。陈让看了她几眼，把她的手机推回去。

"不改？"

陈让说："没兴趣。"

齐欢嘀咕："小老头真无趣。"

忽地，他摁亮手机屏幕，轻轻扔到她面前。

"干吗？"

"改吧。"

"啊？"

陈让抿唇："不改就算了。"

他伸手要拿回手机，齐欢反应过来，手疾眼快地把他的手机夺过来。界面是在游戏里，还没退出。

"那我真的改了？"她试探地问。

"废话那么多。"

她瞥他，见他是真的没在开玩笑，立刻用自己的角色送了张改名卡给他，二话不说倒腾起来。

齐欢改完把他的游戏退了，才把手机还给他，叮嘱：“你先别看，回去再看！”

晚上，左俊昊和季冰呼朋引伴，邀了一帮人打游戏，正聊着怎么分组，“叮咚”一声，好友上线提醒，齐欢加入了队伍。

超级无敌霹雳欢：“嗨。”

左俊昊打招呼：“哟，改 ID 了，不错，很霸气。”

她发了个笑的表情。其他人回了几句，正聊着，又是一声“叮咚”。

“噗——”坐在床上的左俊昊端着杯子正喝水，猛地一下把水喷在棉被上，他边咳边手忙脚乱地拿抽纸擦。

队内公屏里，死一般的沉寂。

那个一向安静、话少、风格冷淡但操作精准，和账号主人如出一辙的角色，备注“陈让”之后的括弧里，ID 名称变成了——“超级霹雳无敌让。”

第三次月考，齐欢依旧发挥稳定，不出所料，名字出现在之后公布的红榜榜首：年段第一。在她分数的衬托对比下，高一和高三第一的成绩看起来就没那么亮眼。到重点学校，或许只能勉强搭上优秀的末班车。

成绩出来后，各科老师挨个找她，结尾不外乎都提前谈了谈高二学年还没到来的全城统考。

齐欢被叮嘱一番，虚心受教。只是从办公楼出来，刚过小道，脸上的正经模样一收，拐道就绕到了红榜前。

别的不说，先拍一张给陈让。

她在照片后，跟着发了条消息，毫不害臊地自夸：“齐欢真厉害！”

消息发出去，没想他马上回复，毕竟还在上课时间，齐欢收了手机回教室。

严书龙跑来，闲聊两句，目光一转：“庄慕呢？”

“不在？”齐欢闻声回头看斜后角，庄慕的位子上没人。

“可能出去了吧。”她说，没太放在心上。

严书龙摸了下后脑勺：“他最近老一个人独来独往。”

“一个人？”齐欢抬头。

“是啊。我们出去玩，喊他，他都推了好几次了。”严书龙搞不懂，啧声，“可能是学你，你不也老不来吗？”

一到周末，或是不用上课的空当，十次找她玩，半数她不出门，半数就是去找陈让。

确实挺久没和他们一块玩，但平时在学校见面，课间凑到一块儿，中午或晚上也常常一起吃饭，不仔细想感觉不太明显。

“有问他吗？是不是有什么事？”她问。

“不知道。”严书龙说，“反正每次叫他玩，他就说没心情不想去。”正说着，庄慕从前门进来，齐欢和严书龙朝他看去。

“去哪儿了？”严书龙问。

“小卖部。”庄慕看起来有些沉闷。

齐欢觉得他心情不好：“你怎么了？”

他看了她一眼，三秒钟，最后只是把手里没拆盖的矿泉水放到她桌上。

“没事。”

陈让又在看短信。

左俊昊瞄了一眼，大着胆子打趣：“齐欢发的？”

他没应，算是默认。

左俊昊一边翻书，哼歌的节奏中夹杂几句啧声，却见陈让收了手机没回。

“不回人家短信？不好吧。”

陈让侧眸。

“好好好，当我没说，你爱什么时候回就什么时候回。”他赶紧求饶。

他可不敢再说什么出格的话，那天玩游戏，陈让那个让人眼睛疼的ID，他可还记忆犹新。不只他，包括季冰，还有其他所有一起玩的兄弟，统统受惊不小。

左俊昊心里嘀咕着，听陈让口袋里嗡嗡振了两声。他们的座位同在最后一排，中间隔着走道，听得还算清楚。本想着又是齐欢，正默默吐槽这妹妹真是一刻也不得闲，瞥见陈让的脸色，顿了一下。

不知道是什么内容，但陈让眉间极短地蹙了一刹，尽管很快展平，左俊昊还是看到他眼里闪过的暗沉。

“什么东西，有情况？”左俊昊想过去。

没等他伸头瞧，陈让一脸平平，把手机放回口袋。

“没什么。”

中午放学，三人一块走，左俊昊扯着季冰放慢脚步，特意落在陈让后边。

“干吗？”季冰问。

“陈让可能心情不是很好。”左俊昊很仗义地拍他肩膀，“注意点儿。”

话才刚说完，两人走了几步就见陈让停下，似是在等他们，心里登时咯噔一跳。

左俊昊咽了一下喉咙，心还没提起来，陈让道："你们先走。"

他一愣："啊？你干吗？"

"落了点东西在教室。"

学校里的人走得差不多了，操场上稀稀拉拉没几个人影，并不毒辣的太阳正当头。

被左俊昊大惊小怪叮嘱过的季冰松了口气："那我们在外面等你。"

陈让点头。

两个人你推我搡，边斗嘴边出了校门。路过正门口的花坛，红榜就立在花坛前。左俊昊指了指，感叹道："你看，陈让那名字真是招眼，又是第一。"

季冰笑："他不第一才奇怪了。"

"是啊。但就陈让那脾气，捉摸不透。换别人多多少少都会有点高兴吧？好歹是第一呢，还是在一中。他倒好，哪回发红榜都没正眼瞧过。"和红榜木板错身而过，左俊昊摇了下头，"我就没见他在红榜前站过，这人，太嚣张。"

左俊昊和季冰的身影在校门外远去。陈让在操场上站了会儿，却没回教学楼。他提步，走向红榜，站定。

只等了几分钟，在小卖部闲坐的左俊昊和季冰就等到了陈让。

"你落什么了？"季冰问。

陈让随意道："在兜里。"

没多说，三人一起出了小卖部。

在外半个月的齐参终于回家，中午让司机去敏学附近路口接齐欢。齐欢进家门，鞋甩得毫无章法，跑得飞快。

父女俩在客厅说话。齐欢盘腿坐在沙发上，一边拆包装盒，一边跟他念叨。他忙，忙得总是不着家，齐欢对此习惯了，但又不免失落。但每逢他归家，多余的话又说不出来了，除了记挂担心，再无其他。

"你又瘦了！在外面吃的什么啊都？

"看看，脸色这么差，让你别抽烟你不听吧。

"爸，你看你的眼袋，怎么这么重？不行不行，我得给你买男士护肤品……"

齐欢一个劲地抱怨，横看竖看都不满意，包装盒拆到一半就丢开了手。齐参笑呵呵一一应了，抬手摸她的头顶。

“我不在家，你跟妈妈没有闹别扭吧？”

一句话，咋呼的齐欢瞬间安静下来，抿唇不语。

他老生常谈：“你妈妈就是那个脾气，你让着她点儿，有什么事跟爸说，别老是和她当面吵，她怀你的时候很辛苦……”

“知道了知道了。”齐欢拿开他的手，板着脸起身走人，“我回房间了，你在这儿等她吧！”

把房门关了，齐欢往床上一躺。扯过枕头蒙在脸上，心烦。

手机嗡嗡响起，屏幕上显示的时间比平时到家早。她今天坐家里的车，没有和严书龙他们一起，按照平时，这时候大概才到半路。

是陈让发的消息。齐欢顿了一下，不知道他这个时候突然给她发消息会是什么事。

点开一看，是两条内容。头一张是照片，她放大看，红彤彤的，是他们一中的百名红榜。

第一的名字，陈让。

图片之后，跟着一句他发的消息：“陈让真厉害。”

齐欢眨眼，半晌才回神。

上午给他发的消息，他一直没回，她以为他没放在心上，也不会再理会。

谁知道。

先前烦乱的情绪刹那被冲淡。

“嘁……”她嘀咕，“真幼稚。”一点都没有这句话同样是在说她自己的觉悟。

方秋蘅回来，齐欢听到她进门后和齐参的说话声，但完全没有要理会的意思，直到邹婶来敲门喊她吃饭。

餐厅长桌边，三人落座。齐参不坐主位，和方秋蘅一起，坐在齐欢对面。全程只有齐参和方秋蘅说话，偶尔齐欢被齐参点到，嗯哦两句，应付完就不吭声了。

上学前，齐欢去找齐参，问：“这回在家住几天？过完生日才走吧？”

齐参说是，乐呵呵问她：“想要什么生日礼物？”

“你过生日又不是我过。”齐欢撇嘴，“不跟你说那么多了，我去上学。”跑到玄关，换鞋的时候回头加了句，“我晚上不回来吃饭了，不用等我。”

不用上晚自习，下午最后一堂课下课前，齐欢给陈让发消息：“晚上有点事想找你帮忙，你有没有空？收到请回答！”

半分钟，陈让回过来：“说。”

她发：“我想买点东西，但是不会选，你是男生应该比较清楚。”

“哦。”

“哦是什么意思？”

她纠结了几十秒，那边传来三个字：“知道了。”

六点多，齐欢和陈让在城中心见面。那边可逛的地方多，她想给她爸买礼物，比较有选择的余地。

开始逛之前，齐欢见广场附近的岔口小道上有卖钵仔糕的流动小摊，扯着陈让就过去坐下。

“钵仔糕，两人份！”

陈让坐下归坐下，不吃：“我不要。”

齐欢看了他一眼，抬指冲老板比了个一：“老板，一份。”

都是蒸好罩在笼屉里的，很快就上了一份。齐欢边动筷边说：“我饿了一下午，你不饿啊？”

他说不饿，齐欢也就不再废话，专注吃，好节省时间赶紧去买东西。很快，她把垫肚子的那一小份钵仔糕吃完，抽纸巾擦嘴。

陈让从头至尾都是端正坐着的姿势，脸上却是相反的随意模样。

“吃完了？”

她点头：“嗯。”

还没站起来，陈让忽然把亮着的手机放到她面前：“看看。”

齐欢一怔。他的手机里是短信息列表，最先入目的是张照片。照片里的字条皱皱巴巴的，还沾着些泥。

齐欢不会不认识，图片里的字条，是她的笔迹。

上面写着：

陈让垃圾，齐欢最棒。

和图一起在他短消息列表里的，还有发消息的人发在后面的一句话：“你当真了吗？”

上午齐欢给他发的照片之后，他收到的另外的消息，就是面前这个。她的笔迹他认识。

“我不是很懂这个意思。”陈让看着齐欢，一如既往的平静。

嘴里钵仔糕的甜味还没散，齐欢开始慌了，有那么一点着急，蔓延开来。

“这个……”她喉头发紧。

当时趁着单薄的酒意随手写下的玩笑字条，埋在河堤边那棵奇形怪状的树下时，她没想那么多。

其实也很好解释，毕竟纸上内容并无大问题，坏的是下面那句话。发那句话给陈让的人，分明是在对陈让说——齐欢做的一切，你不会当真了吧？误导性太强。

齐欢端起桌上还剩一半的白开水喝了一大口，实事求是地说：“是我写的，当时觉得你太嚣张了，随手写着玩的。”

“没了？”

“没了。”

她忐忑着等他的反应。陈让却没什么反应，“哦”了一声，收回手机起身。

她赶忙跟上，试探：“你生气了？”

“没有。”陈让说，“有什么好生气的？”

他的表情确实没有异样，齐欢有点拿不准。

“你……”没想到他这么好打发，她有点怔，“那你特意拿来问我……”

“你写的。”

她顿了顿：“我解释的，你信了？”

陈让瞥她，反诘：“我应该不信？”

“信信，当然要信。”她回神，强调，“我写那个就是开玩笑，没别的意思，你千万别多想。”

“哦。”他撇嘴，加了句点评，“你真的很无聊。”

齐欢没得反驳。

陈让率先提步：“走吧。要买东西的也是你，磨蹭。”

齐欢“哦”了声，和他并排前行。走到路口，两人等在斑马线尽头。

周围喧闹，两个人却都安静了好久。

“齐欢。”

“嗯？”

陈让望着对面红色的人行灯，在这车水马龙的路边，突然开口。

“你解释了，我就信。”

没有犹疑，声音平静而沉稳。

朝商业街一路走，齐欢觉得不是滋味。

“庄慕他干吗要把字条挖出来，还拍照发给你说这样的话？”她低头想了一会儿。

陈让用余光睨她。走了几步，她蓦地抬头，脸色微凝：“是我不好。”

“哦？”他低着嗓音，面上不动分毫。

“我最近太冷落他们，有点过分了。以前都是我们一群人凑作一堆。

严书龙才和我说，我老不出去玩，搞得庄慕也不跟他们一起……他可能很不爽吧。”齐欢叹了口气，“这段时间我老跟你还有你们一中的在一块儿，他们邀我一起活动，我几乎都推了。”

陈让视线向前：“你的意思是怪我了？”

她抬头：“我没这么说。”扯了扯头发，齐欢又头疼，“可是他也不能这样啊，有什么话跟我说不就完了，他为什么要找你……”

陈让默了十几秒，只有脚步声。

“庄慕跟你什么关系？”他突然出声。

齐欢一怔：“啊？”

“朋友？”

她顿了下，点头：“对。”

“朋友，有矛盾很正常。”他道，“他只是暂时失落，自己习惯就好了。”他的话里，隐隐约约有东西牵着齐欢走。

齐欢听着觉得有道理，又觉得哪里不对劲，但陈让面色很正常。她拧眉：“……是这样吗？”

“嗯。”陈让一本正经地说，“左俊昊和季冰，有段时间左俊昊和一个学妹走得近，也整天不和季冰一起，季冰那段时间吃不好睡不好，看到左俊昊就跟他吵架。”

齐欢觉得这个比喻有点神奇。

“这应该不太一样……”她纠结，“左俊昊和学妹走得近，季冰也搞破坏？”

“在学妹面前让左俊昊丢脸算不算？”

“算。”

“搞破坏了。”

齐欢：“……”

“庄慕对你，大概就是季冰对左俊昊这种心情。”陈让拍板。

齐欢琢磨半晌，他说的话似乎有道理。

“没什么好头疼的，解释清楚就行了。”他最后总结这么一句。

她点头，不再说这个话题。

短短一番对话的工夫，庄慕发的这条非常不合适的信息，被定义为像“季冰不爽左俊昊和别人走得近冷落了自己”这般朋友间的小脾气。庄慕本人，也被死死钉在了友谊的十字架上。

相当牢固。

收了别的心思，齐欢专心给齐参挑生日礼物。先去了几家卖小东西的店，粉色的门店装饰，闪得陈让直接将抗拒写在脸上。

被齐欢强扯进门，他全程面无表情，不停在她忘形的时候泼冷水。

“带耳朵的发箍怎么样？”

“你猜你爸喜不喜欢？”

“这个白色耳环好看吗？”

“要看你爸肤色合不合适。”

“这双鞋好好看！糖果色撞色撞得超棒……”

“嗯，再大个十码，成年男人应该穿得下。”

齐欢被他噎了十几次，憋着劲，见旁边发夹架上有一个粉色蝴蝶结，抬手要去拿。手还没碰到，陈让悠悠开口：“怎么，要给你爸送蝴蝶结吗？”

她瞪他：“我就看一下。而且我问的是我用好不好看，是我！”

“不好看。”他下一秒就道。

“我——”

齐欢还没说话，陈让忽地从架上取下一个形状正好是数字“7”的发卡，夹在她头上。

“你手里那个难看死了。”他插兜，转身去店外面等。

齐欢怔了怔，侧头看旁边的镜子，那个小巧可爱别致的发卡“7”，静静地夹在她的发顶上。

逛来逛去，最后还是决定限制挑选范围。托陈让泼冷水的福，齐欢总算没忘记今晚出来是要买什么的。

两人拐道去男装店。在商业街尽头靠左的位置，一家三层的品牌男装店，招牌硕大，通了电的灯箱在夜色下发光。

一进门就有导购引路，齐欢说想看男装，环视一圈一层的陈列，并不满意，导购立马将他们带上了二楼。每个区域都归不同的店员负责，接引的导购脸上扬着得体的笑意，边走边和齐欢说话。

“想要哪种类型的男装？”

齐欢想了想：“不要太老气的。”

“好。”导购当即点头，“您跟我来。”

拐了个弯，却把他们带到了一片略显花哨的男装区域。齐欢站着不动，很是犹疑。导购拿来上下各一件，一件衣服和一条长裤，正好一套。

“这个颜色比较有朝气，很适合这个帅哥穿。”她冲陈让看了眼，笑说。

齐欢侧头去看陈让。

他平平道：“看我干吗？”

齐欢转回头去：“不是他穿，我买给我爸爸。”

导购一愣，立刻了然，边笑边略带歉意地说：“不好意思，我还以为是给这位帅哥买。这个帅哥长得蛮好看的，不过买你爸爸穿的男装，还是要找年龄大点的来挑，年龄段不一样审美也不一样……”

没等齐欢说什么，导购道：“那你再看看这件。”

换了个年龄段的男装，和先前跳脱的颜色相比，稳重又成熟。

齐欢不太会挑男人穿的衣服，左右手各拿一件，比来比去看不出有什么区别。

“陈让，你来一下。”她回头喊。

插兜站着的陈让走过来。

她持着衣架，把衣服抵在他身前，左右手轮换，歪头看了半天，抬头问他：“你觉得哪件好看？”

“你挡住镜子了。”

她“哦”了声，挪开。

陈让打量两眼，两件都看过，没表情：“都不好看。”

“都不好看？”

齐欢去换新的：“那这个呢？”

“太花。”

“这条裤子？”

“老气。”

“灰色的外套应该……”

“显旧。”

……

比来比去，就没一件他能入眼的。

导购有点尴尬：“都不喜欢的话，那边还有……”

“不用了。”齐欢懒得再试，“我再看看吧。”

出了店门，齐欢问陈让：“你是不是累了啊？不想逛的话就算了，先回去……”

“对面。”

“啊？”

陈让抬下巴指对面：“那边卖男装。”

齐欢微怔，他已经提步，走了两步回头：“站着干吗？”

“……哦哦，来了。”她赶紧小跑跟上。

对面的男装店也不小，同样三层，和他们去的第一家是对擂品牌。

导购员将他们领上楼，最靠外的区域是青少年服装，导购走到一个架前，摊手指着一件对齐欢说：“这个款式就很适合。”

“这个不太合适……”

“没关系的，可以让他先试试。”导购热情地笑道，目光落在陈让身上。

齐欢解释道：“我是帮我爸爸买衣服。”

“啊？”导购愣了下，很快调整好，笑容依旧无懈可击，“是这样啊，那是我搞错了。我看你们逛街，还以为你要给这个帅哥买。年纪大一些的话，我们去那边。”

瞥了眼陈让，导购一边带他们往另一区走一边调侃活跃气氛：“你朋友对你可真好，还愿意陪你逛街，现在的小男生都坐不住的，你朋友还有耐心陪着出来选衣服……”

导购连珠炮似的说话，齐欢连话都插不上，最后除了点头还是点头。

陈让慢步跟在后边，没吭声。

导购拿了几个款式的男装给齐欢看，齐欢拎着在镜前照了照，问陈让：“哪个好？”

他倒是没有不耐烦，垂眸仔细看了几遍，选了左边的。齐欢交给导购，让她先留下。又比对另外几件，都由陈让二选一做了决定。

挑到最后，留下的几件里，她选了两件外套，两条西装裤。

齐欢看着看着，皱了皱眉：“这些，跟我们在对面看的是不是同样的款式？”

陈让睇一眼：“有吗？”

“我怎么觉得是一样的……”她摸摸布料边角。

“心理作用。”

“是吗？”

“嗯。”

陈让已经走开到一旁坐下。齐欢对着衣服打量两眼，不再纠结，交给导购，结账。

他说不一样那应该就是不一样，齐欢觉得很对，肯定是她认不出男装的区别，心理作用。

给齐参的礼物买完，从男装店出来，已经快八点。

齐欢和陈让去吃饭，在街上挑了家本地菜馆，齐欢搁下东西就去洗手：“你点单，不用等我。”

陈让没多言。

菜点完她才回来，不多时陆续上桌。

一道两道还好，三菜一汤全上齐了，齐欢一看，都是她喜欢的。

她奇怪：“你知道我喜欢吃什么？”

陈让没承认：“随便点的。”

齐欢沉默了一会儿，说："可是，你不是喜欢吃清淡的吗？这些都不……"

他可以吃辣，但一般都吃味道淡的。和他吃过几次饭，她有了解。今天桌上这三道菜，都是辣菜里出了名的。

"你能不能专心吃饭？"陈让瞥她，并不想跟她聊这个。

"我就问一下嘛……"她撇嘴，没再追问。

齐欢安静下来，但也没安静多久。饭吃了小半碗，她喝水，一边夹着米粒，忽地道："你知道吧，我妈她连我喜欢吃什么都不记得。"

她想到什么，像是笑的样子，笑意却没有落到眼底。

"就……别人来我家吃饭，她很清楚地知道别人喜欢吃什么，却不知道那些菜都是我不吃的。"抬眸见陈让在看她，她笑了下，"干吗？我只是在吐槽，又不是讲什么悲惨故事，别用那种怪可怜的眼神看我。"

他敛眸："我没可怜你，你想多了。"

"没可怜我就好。"齐欢继续说，"唉，我都习惯了，这么多年过都过了，也没怎么样。她疼不疼我无所谓，反正当家做主的是我爸。"说到齐参，齐欢一下子兴趣大起，"我爸哦，超级超级疼我。"

陈让不知道说什么，"嗯"了声。

她吃一口米饭，吞咽下去，忽地怅然起来："不过我最搞不懂的就是我爸。我不懂我妈有什么好的，有什么值得他喜欢的。我爸那么好，她根本配不上。"

陈让没插嘴，静静听她说这些。

这么久了，似乎也是她第一次提起家里的事。唯一一回，她突然大晚上打电话给他，问能不能去找他。他没拒绝，她跑到篮球场，当时的状态一看就很颓然。但多问不是他的风格，从那至今，他都没有探究过一句。

"记得我喜欢吃什么的人，只有我爸，还有家里的阿姨。"齐欢说，"哦对，庄慕也知道。"提到这个名字，她又头疼，"唉，庄慕啊……"

"这个做得不错。"陈让忽然指了指面前的一道菜。

"欸，是吗？"齐欢还没尝，一听来了兴趣，当即动筷，转瞬就忘了前一秒还怅然的事。

话题一转，齐欢说起月考："我这次发挥还算稳定，正好我爸回家，可以跟他好好聊聊。"

没两句，又扯到她爸身上。

"我爸他啊，最喜欢跟人家讲些乱七八糟的，搞得从小到大每回家里来客人都点名要看我，说'哎呀，这就是你那个特别会读书的女儿'……

我就特别无奈，总觉得不好好念书的话，他以后出门没得炫耀了，那多无聊？压力超大。”

她看陈让：“说起来你也每回都考第一，为什么啊？”

陈让反问：“不能考？”

“当然可以。”她说，“我就问一下嘛。”

他给出答案：“我智商高。”

答案很欠揍，她小小嘁了声。单就成绩这件事，他的确很厉害。

齐欢刚要说什么，陈让忽地说：“我妈喜欢我考第一。”

她抬头：“你妈？”又扬唇笑道，“你是因为这个才要考第一？那你妈跟我爸一样啊……”

“不一样。”他的视线盘亘在面前，慢条斯理地夹菜，没有看她。

齐欢觉得有点不对劲，尽量放松但又有些小心地问：“你妈妈现在在哪儿工作啊？”

陈让执筷的动作顿了一瞬，很短的一瞬，若无其事地接上。

“不知道。”

“你妈妈……”

不等她问完，他便道：“搬走了。”

简短平静的三个字，没有多余回答。

她愣了：“那，上次在你家看到的那个人……”

“我爸。”同样答得很平静，但越是这样平静的陈让，越是让齐欢如同喉间哽住一般。

那个醉醺醺、赤红眼、和他动手的人，是他爸。

齐欢抿了抿唇，没再继续问。

“你吃完了没？”陈让放下筷子。

齐欢碗里还有一半米饭：“还没……”

“我去趟洗手间。”他没催，起身出去了。

他那张脸，神色平淡，一如他刚喝的白水。

隔天到校，第二节课后的大课间，齐欢没跟严书龙他们一起去外面的小卖部。她把庄慕叫到安静的地方，谈照片的事。

被单独点名的时候，庄慕就猜到她要说什么。

和他面对面站着，齐欢问：“字条是你挖出来拍给陈让的？”

庄慕没有半分掩藏，承认：“是。”他凝视着齐欢，从未有过的认真，“是我发给他的，我……”

话没说完，齐欢狠狠掐了一下庄慕的胳膊。

“唔呃——”

庄慕吃痛地抱着胳膊，齐欢咬牙说：“你是不是脑子抽风！啊？有事不能跟我讲吗？就算我最近很少跟你们一起出去，你不爽找我说啊，搞这些乱七八糟的，吃饱了撑的是不是！”

庄慕一愣。她看他的眼神，没有分毫变化。

“我发的短信……”他撑着地站起来。

还没往下说，被齐欢打断：“我知道，我还不知道你吗？你的心思我都知道。”他表情一凝，却听她说，“你不就怪我忽视你们了吗？”她抬指戳他，“你还真是行动派啊，有事光做，一句话都不说！你搞这些不比当面跟我谈费事……”

“齐欢。”庄慕打断她。

“干吗？”她翻白眼。

“我……”他凝视她，目光对接，她坦坦荡荡，眸光中澄澈干净，毫无杂质。

“说话啊。”她皱眉。

庄慕咽了咽口水，半晌，发出声响：“是啊，我就是……就是不高兴你……忽视我们。”

“你真的是！讲出来会怎样啊？装什么深沉啊？给谁看？”

他敛眸，眼睑低垂的刹那，遮住了眼中暗下去的神色。再抬眸，他扯了扯嘴角，照旧是从前插科打诨嬉笑的模样，只是笑意稍微少了些。

他抬手在她头上虚晃招呼一下，抱怨：“谁让你天天跟在陈让身边，你什么时候改属跟屁虫了？丢我的脸！”

两人假模假式过了几招，闹够了，齐欢叹了口气，说：“你以后有什么事就跟我说，不要憋在心里，这样多没意思。”

庄慕“嗯”了声。

“再这样，以后你结婚我份子钱都不包，还要一个人吃光你一桌酒席！”

他笑着反戗：“要你惦记，哥缺你那几个钱？你爱吃多少桌吃多少桌，我包个场给你吃，只要你吃得下。”

消停一会儿，齐欢说他：“你少嘚瑟了。”

庄慕嘁了声，没再说话。

短消息这一桩小插曲，像以往他们遇到的每件小事一样，就这么揭过翻篇。

又两节课后，中午放学，齐欢家里有车来接，先走了。

庄慕和严书龙一道，感觉他情绪不高，严书龙问：“怎么了，心情不好？”

“没有。”

“听说你和齐欢吵架了？她还把你叫出去谈话？”

“没。”

严书龙抠了下耳朵：“啧，话这么少干什么？你又不是那隔壁陈让。”

庄慕脸色变了变。

“慕哥？”严书龙觉得他不对。

“啊。”庄慕应了声。刹那又见他恢复神色，刚刚仿佛只是眼花。

“真没事？”

庄慕扯开嘴笑：“能有什么事？没事。”

不等严书龙再问，他插着兜，大步朝前。大课间，和齐欢在角落说话时，她问是不是他给陈让发的消息，对视的那几秒，他心跳快得要把腔室撞破。当时只觉得喉咙发涩，“友情可能到今天为止了”这个念头冒出来的瞬间，他心里说不后悔是假的。

然而比这个更让他难过的是，在对话之间，他有无数个空当可以打断她，告诉她，不是的，发消息给陈让，并不是气她忽视朋友。

但他没有开口。说不出，也不敢说。

第三次月考刚过去没多久，一中准备召开运动会。

齐欢不是一中的，顶多只能等运动会比赛的时候进去看看凑热闹，给陈让加个油什么的，对此并没过多关注。

严书龙却兴冲冲跑来找她：“你知不知道一中要开运动会的事？”

齐欢说：“知道啊，怎么了？”

“那你还这么淡定？”

“我为什么不能淡定？他们开运动会我应该要抓狂？”

严书龙看她：“你是真不知道还是假不知道？运动会前有文艺表演。”

“那很好啊。”

“要跳交谊舞。”

“活动不错。”

“文艺表演主持人要领舞。”

“然后呢？”

“主持人一男一女，男的是陈让。”

陈让的确是一中运动会赛前文艺表演拟定的主持人人选之一。放学后，齐欢到小卖部，从左俊昊和季冰那里确认了这个消息。

“陈让呢？”只有他们两个在，齐欢不免要问。

左俊昊瞅她脸色，说：“被负责的老师叫到音乐楼去了，说是准备一下。”

准备？准备主持还是准备跳舞？

左俊昊怕齐欢殃了他这汪池鱼，咳了声说：“你要不进去找他……”

“不了。”齐欢扭头就走，“我回去了，还要上课。”说罢真的转身出了店门，留下左俊昊和季冰面面相觑。

“要不要告诉陈让？”

“……你问我我问谁？”

庄慕和严书龙在教室聊天。他们懒得出去聚餐，打包晚饭的事交给了其他几个人。

严书龙一瞧，少了个人：“齐欢哪去了？”

“能去哪儿，一中呗。”说着，见齐欢从前门进来，庄慕抬下巴，“喏，回来了。”

严书龙回头匆匆看了一眼，没怎么看清，跟庄慕嘀咕：“回来得这么快？挺沉得住气啊，我以为怎么也该不爽个半天。”

庄慕抬眸看他，嗤笑：“你说笑呢吧？”

“什么说笑……”

下一秒，庄慕扬声喊：“齐欢。”斜前方的人回头，那表情，太精彩了。

庄慕非常不厚道地冲严书龙笑：“你看看，她气成气球了吧？”

一中的运动会筹备得如火如荼，一连几天下午上课都能听到他们操场传来的热闹动静。

齐欢三天没去找陈让，庄慕和严书龙瞧着，凑在一起啧啧感叹。左一句“这回很不错”，右一句“这么坚持得住啊”。齐欢听到了也只当没听到，闷头上课，理都不理。

挑的男装送出去了，齐参收到东西，嘴上乐呵心里更是熨帖，只是终究还是忙，没在家里待多久，过完生日又继续出去谈事情。齐参一走，方秋蘅又整天在外交际消遣，齐欢也懒得管她。

学校这边，庄慕和严书龙看她对即将要到来的交际舞场景持冷漠态度，反而感兴趣。严书龙只有课间才能来，庄慕和她一个班，借着地理便利，给她扔字条：

下午放学去一中转转。

齐欢回头看他。他单手撑桌，托着颊侧耳际，冲她挑眉。

她毫不客气回他一个嘴型：不去。

他又扔了一张字条：

真的不去啊？我很想看陈让跳舞，你不想看？

齐欢连滚都懒得说了，这次根本不转头。

自从前两天找庄慕说了他给陈让发消息的事情后，庄慕就像是打通什么穴道，一改提到陈让就横眉倒竖、面目扭曲的状态，时不时就拿陈让调侃她，别提多起劲。

她三天没找陈让，陈让也没找她。

张友玉课间带了酸奶给她，齐欢兴致缺缺地喝着，听张友玉和一帮女生围在她身边闲聊。说着说着，问她："你怎么这两天没去一中？他们要办运动会了，很热闹的。听说选了一些高一的准备开幕表演，每天下午最后一节课都在操场上训练。从那边那栋楼的电脑教室看过去，能看到一中操场。"

齐欢没兴趣聊这个，张友玉不会瞧眼色，小嘴啰啵啰啵说个不停，听得严书龙都有点慌。

"行了行了，聊点有意思的成不？"他主动叫停。最近几天刺激齐欢刺激得够多了，人得讲个见好就收，否则齐欢真炸了谁都没好日子过。

"没看她心情不好吗？"他道，"还在这说。"

"啊？为什么心情不好？等他们一中开运动会就能看陈让跳舞了，咱们都去啊！"

严书龙想找点东西堵她的嘴。

旁边一个女生咳了声，偷偷扯张友玉衣角："陈让跟别的女生跳。"

张友玉一愣，这才反应过来，刺溜一下把酸奶都喝了，忙不迭跟齐欢说："当我没说，当我没说。"顿了一下还是在说，"你就因为这个不高兴啊？"

严书龙插嘴："不然呢？那陈让架子真大，齐欢不去找他，他也没半点反应。"

"他没给齐欢打电话？"

"没有。"

"短信也没有？"

严书龙看了眼齐欢，说："也没有。"

张友玉炸了："怎么这样！"想说点安慰的话，到头还是叹息一声，学别人老成，手搭在齐欢的肩上，"想开一点，我估计他就是跳舞跳得太得劲儿，他们都这样。"

“啧——”严书龙差点咬到舌头，这安慰的叫什么话？

作为话题正主之一的齐欢却没心思和他们说七说八，把书一合，走了。

“你们吵死了。”

中午到校，本是午休时间，齐欢被庄慕和严书龙生拉硬拽去买东西。她本来不想动弹，结果还是去小卖部走了一遭。

一到常去的那家，老远就看到两个熟悉的身影在店里，只是没有陈让。三个人进去买喝的，和左俊昊两人打照面，严书龙跟庄慕都象征性地打了个招呼。

左俊昊看他们后头是齐欢，笑意中加了几分熟稔。

“齐……”

齐欢和他们擦肩而过。左俊昊话没说完，手还抬着。行至柜台前的齐欢拿了瓶水，扔下零钱给老板，一阵风一样转眼就走了出去。

“担待担待，她这两天脾气大。”严书龙笑呵呵地解释。

左俊昊和季冰面面相觑。下一秒，走到店门外的齐欢折返回来，左俊昊下意识往后退。

“帮忙转达一句话给陈让。”

“啊？”他微愣。

“交际舞挺有意思的。”齐欢板着脸，看得左俊昊喉咙一咽。

“以前初中我也跳过，跟男搭档合作得很顺利，有什么不会的欢迎他来请教。当然，他可能也不需要。”她说，“祝他跳得开心。”

来得莫名走得也莫名，留下左俊昊跟季冰站了半晌。

回到教室，离上课还早，季冰跟左俊昊一块去了高二（8）班。

陈让坐在位子上，面前是一张试卷，不是他们学校的常规卷，也不是禾城本地的。

左俊昊跟季冰没忘刚刚在小卖部的那一出，两个人用眼神推来推去，最后还是左俊昊开的口。

“陈让。”

“干吗？”陈让眼没抬，只专注做手里的事。

“刚刚我们在外面遇到齐欢了。”

陈让笔一顿，继续写：“然后呢？”

“齐欢让我们转达几句话。”

“说。”

左俊昊犹豫不决，季冰在桌下快把他的脚踩平了，他龇牙咧嘴，豁出去：“她说祝你跳舞跳得开心……”

话音落下，静了两秒。陈让彻底停了笔，转头看过来。

下午第一堂课上完，齐欢把书塞进桌肚，正要趴下缓神，口袋里手机振起来。她惺忪着眼掏出来，一看消息来信人，立马清醒了。

陈让给她发了消息。

没有马上看，过了将近半分钟她才点开。是张照片，拍的是一道题目，下一条内容三个字："解一下"。

齐欢皱眉。莫名其妙发个题目来让她做。

"你说做就做啊？"她嘀咕，回他，"不做。"

他说："解不来吗？"

她打字飞快："解得来也不做！不想做。"顿了顿，又加一句，"哪有心情做题？不想做题！"

那边没动静。齐欢正想把手机塞进桌肚，他又传来一张照片，是发的那道题的解答过程。

"……就你能。"齐欢盯着手机不爽。忽地提起笔，在草稿纸上用另一种方法解完，拍下发给他。

你来我往，加上做题的时间，离上课已经没多久了。

他来了一句："很费时间吧？"

齐欢想回他这题目有什么难的，谁不会做，字没打完，对话列表蓦地跳出来一条新消息。

陈让说："这几天都忙着做这些冲刺卷题目，没什么时间做别的。"

齐欢一怔。做试卷？

她的手指犹疑几下，想回复，但没想好要发什么，上课铃就响了。任课老师拿着书走进来，她只能收了手机。

后边课间，陈让没再给她发消息。对话列表最后一句是他发的，齐欢始终没想好要回什么。放学时她打算给陈让打个电话，号码点出来，却犹豫了，好半天没摁下拨通。

"吃饭去了！"张友玉今天跟他们一起，和严书龙几个一起等在外面，在他们班门口喊。庄慕也正好收拾完走到旁边，齐欢赶紧把手机收了："来了。"

也罢，晚自习前去趟一中，隔着电话终归有距离，怎么都比不上面对面。

第七章

甜透心扉

晚饭后兵分两路，齐欢和张友玉去买奶茶，跟男生不一道走。她们还在街上晃悠，严书龙突然打来电话。

齐欢不耐烦："干吗？马上过来了。"

"不是！"那一头开口就是无关话题，却像个小惊雷，炸得人一愣，"听说陈让他们出事了。"严书龙说，"他们今天放学好像被校外的人找碴儿了。我们刚刚碰到一中的，他们说陈让跟左俊昊去了附近诊所。"

张友玉还在喝奶茶，忽见齐欢拔腿就跑远。她都没反应过来，只隐约听见齐欢冲电话那边说："告诉我在哪儿——"

严书龙也不知道，齐欢挂了电话，直接打给陈让。陈让的手机打不通，又打左俊昊的。漫长的嘟音后，那边传来声响："喂。"

齐欢一句没多说，只问他们在哪儿，左俊昊把地址报给她。不是诊所也不是医院，而是在城中附近的一家饭馆里。齐欢打车赶过去，直奔楼上包间。

陈让、左俊昊和季冰，包间里就他们三个。

左俊昊见她气息不匀，还有心情开玩笑："你怎么跑这么急？饿得厉害啊……"

齐欢掠过他，连话都没听完就冲到陈让面前，左俊昊悻悻地摸了下鼻尖。

"你们被谁找碴儿了？"

陈让坐在小沙发上，放在身侧的手的手背指节破了好几个，渗着血丝。

"你……"她的视线落在他的手背上，挪不开。

"擦了红药水。"陈让说，"没事。"

"疼不疼？"

左俊昊摸着后脑勺，咳了两声，试图吸引注意力："陈让没事，他那一丁点小伤，我这才痛，虎口划了一条口子，流了老多血。"

齐欢看都没看他一眼。季冰挑眉，示意：让你上赶着丢人。

陈让抬眸："左俊昊。"

"干吗？"

"下楼帮我买瓶水。"

“啊？”左俊昊一愣。

陈让正正地看着他，他只能说好。左俊昊刚拉开门出去，季冰又听陈让叫他。

“季冰。”

“嗯？”

“想喝绿茶，忘记跟左俊昊说了。”

左俊昊刚走没两秒，随便嚷一嗓子他就能听得见。但这话季冰不敢说。

“好。”季冰也起身出去了。

齐欢没在意被差遣跑腿的两人，扯了张凳子在陈让对面坐下，与他隔着些微距离。

她盯着他的手，眉头拧着小结：“要不要再擦点药？”

“再擦也不会马上好。”他无所谓。

“你们跟谁起冲突了？”她追问。

“你不认识。”

齐欢想起来，严书龙还是庄慕，总之有人跟她讲过，陈让他们似乎得罪了人，经常有人找他们麻烦。她问：“是跟你们有过节吗？什么矛盾？”

陈让没答，唇线略平。

几秒对视，齐欢抿了下唇：“算了，你不想说也没关系……”

有很多东西，她都不了解。他如果不愿意说，她不勉强。

“以前的事。”陈让突然道。

她抬头。

“他弟弟被我送进了少管所。”陈让说，“他跟我有仇。”

齐欢顿了顿，很快理解。陈让话里的“他”指的大概是找他们麻烦的人。她动唇，还想再问，陈让已经跳过这个话题。

“你的祝福我收到了。”

齐欢没跟上他的节拍。

“你让左俊昊转达的话。”他勾了下唇，“祝我跳舞跳得愉快，我晓得了。”

齐欢的脸色沉下来，隐约浮现不悦，藏都藏不住。

她还没张口，就听陈让道：“可惜我只有两只手，试卷多得写不完，参加不了跳舞这么愉快的活动。”

“……试卷？”齐欢想到几个小时前他发给她做的题目。

他“嗯”了一声：“各省的模拟卷，班主任让我试着写一写。”

她沉默，过后问："你这几天都在写试卷？"

"是啊。"他挑眉，靠着小沙发背垫，"不像有的人，有大把时间回味初中跳舞的乐趣。"

齐欢被噎到，他就是在说她。

她把话摆到台面上："你们学校不是要开运动会？听说你被选作主持人。"

陈让点了下头，点完头就没后续了，他不接话，也不往下说。齐欢就像憋着股劲，难受得半死。好半晌，她到底还是忍不住："跟你一起跳舞的是谁？"

"你要干吗？"他饶有兴趣地反问。

齐欢想甩手走人了。

将想法付诸行动的前一秒，不等她站起来，陈让声音悠悠："你要是把她吓跑了，人家的舞伴得中途换搭档，多头疼。"

齐欢微怔。陈让歪歪地坐着，靠着沙发，懒散地动了下。

"我不主持，也没打算跳舞。"他说。

"你们老师不是叫你……"

"叫我去的那天我就推了。"陈让道，"今天又去了一遍，我说我的脚弄伤了。"

齐欢朝他的小腿看去。哪有问题？分明健康得很。她下意识脱口："你脚哪伤了？"

他今天心情似乎格外好，唇边微翘，眉头一挑，显出平时少见的无赖模样："伤在里面了啊，不能跳就是不能跳。"

他话音落下后，包间里静了几秒。

"为什么？"齐欢喉间动了动，她看向他，有点认真。

陈让脸上的笑慢慢收敛，疏淡眉眼，蒙上一层正经。

"你说。"他直视她。不是反问的语气，而是陈述。

陈让的回答让齐欢沉默了好久。

她以前用玩笑的口吻说过很多含糊的话，有没有得到过回应她不记得，但是这一次，这一句回答，她听得清清楚楚。

齐欢有点怔，怔得忘了移开视线。陈让倒是从头至尾没有挪动目光，坦然直视。

"陈让，绿茶买回来了……"无言间，门从外被推开，左俊昊没有敲门，说着话踏步进来。

屋里两人同时回头。感受到气氛有些不对，左俊昊脚步微顿："怎么，在说事情？要不我先出去……"他后头跟着进门的季冰，正巧听到这一句，也不明所以地停下脚步。

齐欢有些不好意思，陈让没接话，伸手。

左俊昊把买回来的绿茶交到陈让手里。陈让没让他们走，左俊昊便不客气，大大咧咧地在沙发另一侧坐下。

“累死了，跑上跑下。”

季冰落座在他身边，没言语，眼睛一直往陈让和齐欢那边瞄。

气氛有些古怪。

陈让也不在意他们打量的视线，拧开瓶盖，眸光转回来，就那么看着齐欢。最后，是齐欢先撑不住。当着左俊昊和季冰的面，她不可能接上之前的话继续讨论，陈让又大剌剌毫不避讳，她被他看得发毛，避开他的注视，扯着椅子往餐桌方向挪，坐到了桌边。

“叫上菜了吗？催一下。”陈让侧头，看左俊昊。后者道：“叫了，应该快来了。”

不多时，菜果真陆续上桌。

左俊昊拿碗筷递给各人，齐欢摆手说不用：“我吃过了。”

“没事。”左俊昊直接放了副碗筷摆在她面前，不给她拒绝的机会，“吃过了就再吃点。你跑得那么急，我看你刚刚进来的时候头上都带汗了，补充一下营养。”

这话也不知是体恤她还是调侃她。

齐欢稀里糊涂上了桌，稀里糊涂跟着吃饭。她胃口不大，实在吃不下那么多，盛了碗汤将就着喝。

边吃边聊，她问起他们这次的事：“你们怎么会被他们弄伤？”

提到这个左俊昊就来气：“纯粹是意外。”

“意外？”

他捏着筷子：“是啊。要不是我们不在，陈让哪可能吃这么大亏！”

齐欢执着汤匙问：“你们不在？”又看了看季冰和陈让，“到底什么情况？”

左俊昊话匣子大开，连珠炮似的：“我跟季冰他们先走了，陈让他一个人留在学校，后面才出来。本来约好了到这儿碰头吃饭，结果来的路上碰上了李明启那帮人。”他胃口都减了几分，“陈让一个人，那边好几个，我们赶过去，紧赶慢赶也还是迟了点……”

“然后呢？”齐欢的心跟眉头一起高悬，侧头去看陈让。

陈让表情淡淡：“没有然后。”

“是没有。”左俊昊接话，“好在那边人也不多，我们赶到的时候，他们也没占便宜。那帮人跑得快，要不然我可不会放过他们！”他骂了声，

“走之前还把我的手划伤了。”

左俊昊左手包着白布，应当是来吃饭之前去诊所看过了。

齐欢听得直皱眉：“还好伤的是左手，不然你写作业、吃饭什么的不都不方便。”

“没事没事。小伤而已，小伤。”难得被她关怀一句，左俊昊一下笑得眉飞色舞，又大气起来，仿佛刚才拿伤说事的不是他本人。

端起杯子抿了抿水润唇，左俊昊话锋一转抱怨陈让：“陈让也是，放学要是跟我们一起走哪有这些事？搞不懂为什么非要今天放学去找老师说什么不跳舞的事，拦都拦不……”

“你不说话没人当你是哑巴。”陈让沉声打断。

左俊昊止住话头。

那句话没说完，但齐欢听清楚了，她愣愣地看向陈让。

他没和左俊昊几个一起行动是因为他去找老师拒绝领舞这件事？因此才晚离校，因此才落单，才会遇上跟他有矛盾的那些人？

季冰看出左俊昊那句话说完齐欢的表情就不对了，虽然不太懂她和陈让的事，但也分辨得出好赖。当即抢在齐欢和陈让之前开口，缓和气氛：“赶紧吃赶紧吃，马上要上课了。”他一向和齐欢互动不多，却破天荒地搭话，“齐欢你尝尝这个，这个菜味道不错……”

左俊昊自知失言了，回神立马附和：“对，快吃快吃。”

齐欢本就是吃过了才来的，更别提后来没了胃口，一顿饭总共就只喝了一碗汤。

饭毕，一行人下楼。左俊昊和季冰走在前面，先行去结账。

齐欢忽然叫住了陈让，陈让先她两阶，停住回头。两个人站在楼梯上，一前一后，一高一矮。

“你放学……”

“左俊昊的话都是废话，没必要听。”陈让的声音和情绪一样平静，不等她说完就道，“你别多想。”似是安抚。

他看了她一会儿，见她没说话，转身便要继续往下。

“如果我非要多想呢？”

陈让脚步一顿。

齐欢站在比他高的楼梯上，不动。他让她不要多想，让她不要把责任往自己身上揽。

但如果她就是多想了呢？

她就是要想，想他晚离校找老师，想他找老师推拒跳舞的事。

想这些，都是为了谁。

陈让回头，脸上还是一如既往的平和沉稳。他眼睫微动，声音低低的。

“也可以。”

当晚，齐欢的个人贴吧又迎来新的内容。那栋楼里多了一句话——

我好像捡到了一颗糖果。

喝着水往房里走的左俊昊刷到贴吧里齐欢发表的新内容，“喀”的一声呛到，脚差点踢到门框上。他快步到书桌边把水杯放下，盯着屏幕内容看了好几遍，然后一个电话打给季冰。

那边有水声，雾气似乎都要透过听筒沁过来。左俊昊哪管那么多，直接嚷开：“大事！”

“废话少说。”被打断洗澡的对方明显很不爽。

“看帖子，快看齐欢的帖子！”

季冰那边安静了两秒，然后劈头就说：“左俊昊！我在洗澡，别打电话来废话！”

“啪”的一声，电话挂了。

左俊昊也不恼，琢磨半天，点开季冰的号码，发去一条消息：“这周你过生日，人还没叫，先叫上齐欢吧。”

发完过了半分钟，又追加一条：“还有那个‘茉莉花’小妹妹，两个女生好做伴，我帮你一块儿叫上。”说罢，真的拿起手机开始联系齐欢。

等左俊昊打完电话一看，大概已经洗完澡的季冰回了他消息，简单犀利：“你真是够了！”

季冰的生日不只齐欢一个人收到邀请，左俊昊帮忙转达的时候，也让她一同喊上敏学那几个，以及身在一中但跟左俊昊他们万分不熟的纪茉。

齐欢不能帮人做决定，挨个问过，严书龙有空，没多想就应了。庄慕稍稍犹豫，最后也同意，说：“我那天可能有点事，但没什么大问题，就是待不了多久，既然他开口了那就去坐坐意思一下。”

至于纪茉那边，她很少参加这种活动，犹豫得比较明显。齐欢本想说不想去的话不用勉强，纪茉看她两眼，却点头应允了。

周日晚上庆生，季冰在自己家开的饭店要了几个包间，人多得要命。来的都准备了礼物，齐欢几个自然不例外。

纪茉跟在她身边，也没空手来，只是东西还没到寿星公手里，就被左俊昊拿去。

“小纪同学眼光真不错，这包装颜色都比别人好看，我代他收了。”

纪茉没理他的嘚瑟，垂头避开他的视线。

人多热闹，一开始庄慕和严书龙还跟齐欢窝在一块，玩嗨了都跑去疯。来的不全是一中的，有些人他们也认识。纪茉待在角落，齐欢给她倒了饮料，拿了吃的，让她乖乖坐着别乱走。

“有事喊我。”

纪茉应好。齐欢在她脸上捏了把，去找陈让。

陈让在小包间里，齐欢坐到他身旁的椅子上。

“你在这儿干吗呀？”

他言简意赅：“没干吗。”

“难得，不玩手机啦？”

“信号不好。”

她“扑哧”一笑，问他：“一起玩桌游啊。”

“跟你？”他转头。

齐欢说：“是，跟我。”

“不玩。”他想也没想。

“为什么？”

“你打不赢我。”

齐欢嘁声：“真自信。”

有一句没一句地闲聊，齐欢发现他是真的什么活动都不参加。

恰好旁边玩游戏的缺人，问她来不来。虽然不认识对方，但此刻都是季冰的朋友，齐欢当即点头答应，还把陈让拉着一起加入。

输的要在脸上贴纸条，她手气不错，没怎么输，只意思意思贴了两张。

陈让玩了几把，中途被人叫出去。齐欢自己奋战，赢得直乐，玩的过程中笑笑闹闹，口渴，见旁边有颜色缤纷的饮料，她便拆了几瓶，喝下去不少。

等陈让回来，她已经累了，从游戏中脱身，暂时老老实实坐回沙发上。

几个包间里人员互相走动，其间左俊昊蹿到这边来了，齐欢没忘交代他：“你看到纪茉帮我照顾一下，她在 306，或者你问问她要不要过来这里找我。”

“没问题。”左俊昊冲她比 OK，就差拍着胸脯说包在自己身上。

唱歌的唱歌，玩游戏的玩游戏。

齐欢坐在陈让身边，包间里空气闷，脸莫名发热。她拍拍脸颊，安静地晃荡着腿。身旁陈让拿着手机玩起了游戏。

吵吵闹闹一片，有人推门进来："关思宇他们在那边玩游戏 PK，输了的要包整月的早餐！"

在座的人一听，呼啦啦几乎全跑去看热闹。

又过了会儿，出去的出去，唱歌的唱歌，都没再进来。邀齐欢玩游戏的女生跟另几个去补妆，刚回来落座，被推门探头的人招呼："去大厅看表演不？"

"楼下？好啊，走走走！"一群人二话不说动身。

进进出出，来来去去，小包间里转眼就空了。

齐欢顾不上别人的去留，只觉得有点热，眼前也有些花。她盘腿坐在沙发上，捂住发热的脸，睁眼都费力。

茶几上一片狼藉，大屏幕上字幕变幻，点的歌没人唱。她晕乎乎挪动，陈让注意到她的不对，顿了下暂停游戏，皱眉："你怎么了？"

齐欢甩脑袋："没、没事啊，就是有点晕，脸好热。"

陈让看着她明显不对劲的模样："你刚刚喝什么了？"

她朝桌上一指，手摇摇晃晃。后边他说什么，她听不进去，自己在说什么也弄不清。

陈让看着桌上的饮料，仔细看了看配料表，看到里面有让她过敏的成分，眉拧得更紧，收起手机，过来扶她。

齐欢头晕得厉害，还有点想睡。眼睛快要睁不开，迷蒙间有双手伸过来，她第一反应便是用力推开，而后撑着茶几试图站起来。

"严书龙……庄慕……送我回……"

下一秒，她便又跌坐回沙发上，眼皮重得睁不开。

齐欢浑浑噩噩，迷蒙中，只觉得瞬间被什么裹住，有熟悉的味道，她呢喃了两句，忍不住睡了过去。

齐欢窝在沙发上，手里攥着他披给她的外套，陈让目光沉沉："你就那么信他们？"

要切蛋糕了，人都聚到了 306 大包间。季冰见陈让不在，齐欢和左俊昊也不见踪影，让其他人先玩，出去找他们。

几个包间都暂时空了，没人影。快到最后一个小包间，过拐角时被拦住。

"……你吓我一跳！"季冰啧声，"你站在这儿干吗？"

左俊昊倚墙，站在盆栽边，手里拿着瓶可乐，冲着季冰眯了眯眼。他歪头指了指那边的小包间："别去。"

季冰一顿："什么？"

季冰没反应过来，左俊昊喝了口可乐说："陈让和齐欢在里面说话呢。"

听左俊昊这么说，季冰确实不好进包间打扰。他问："你就在这儿守着？"

左俊昊笑了笑。

季冰手机响，其他朋友找他。他得过去看着，只好先走，不忘叮嘱左俊昊："你等下抓紧把人喊出来，过来切蛋糕。"

"走吧你。"左俊昊站在那儿笑，"用你惦记？"

季冰走了，长廊再度安静。

左俊昊正无聊，一个人影从走廊那头朝这边走来。

"哎哟，小纪同学。"他吊儿郎当地笑开。

纪茉抬头，看清是他，蓦地在离他有些距离的地方停住。

"你找齐欢？"

她没答，只说："快要切蛋糕了。"

"没事儿，等等就来了，你回去坐着吧。"他边笑边打量她。

她脸上有点红晕，应该是被包间里的热气熏红的，那双眼清明干净，没有半点迷蒙之色，很清醒。

先前他受齐欢的托，怕她一个人在包间里不自在。过去一看，却见她一个人待在角落，安安分分，完全不需要人挂心。他问她要不要去找齐欢，她也说不，只在原地等齐欢回来。

"你回去等吧，过会儿我跟他们一起来。"左俊昊打发她。

纪茉稍作沉默，不理他的话，提步往小包间走。

左俊昊拦路："怎么呢？小纪同学，这么倔。放心吧，齐欢她丢不了，不用急。"

他挡在面前，纪茉不想离他太近，不得不往后退了两步。

他一脸受伤："哇，不用这样躲我吧？我又不会吃人。"

纪茉板着脸，终于有了点反应，抬眸瞪他，半天憋出一句："你才小鸡。"

左俊昊一愣，乐了："哎哟喂，这么可爱呢！"

纪茉不悦，轻轻点自己的太阳穴："你是不是这里有问题？"

季冰再次赶到的时候，就见左俊昊觍着张脸"欺负"那个内向的小姑娘。他管不上那么多，上前就是一脚，踢得左俊昊猛然跳开。

"还在这里废话，去找陈让，我打电话给他了。"季冰说，后半句只有他和左俊昊听得懂，"可以过去了。"

没了左俊昊挡路，纪茉提步就走。

三个人一前两后，推门时左俊昊和季冰还有些担心，进小包间一看，陈让好得很，安稳地坐在沙发上，容姿怡然，毫无不端。而齐欢趴在茶几上，盖着一件外套，睡得不省人事。

“她怎么了？”季冰问。

“不小心过敏了。”

纪茉没言语，去扶齐欢，门恰时从外被推开，玩了一晚上的庄慕和严书龙来找人，见齐欢趴在桌上睡，没什么事，都松了口气。

“我送她回去……”庄慕习惯性伸手。

纪茉搀着齐欢的胳膊不松手，也不让位，婉拒庄慕：“没事，我扶就好。”

庄慕一顿，最终还是收手没跟她争。纪茉是女生，按理来说确实比谁都合适。

纪茉搀着齐欢走了两步，庄慕瞥见齐欢酡红的脸，又看纪茉那瘦小身板，皱眉：“你扶得动吗？还是我来……”

“没事。”纪茉紧紧托着齐欢的胳膊，任她在自己身上借力。

季冰开口：“她这样坐车肯定不方便，这样吧，要不去楼上找个房间给她睡？”下一句是问纪茉，“你能陪她住一晚上吗？”

纪茉被几双眼睛盯着，略有些不自在，只犹豫了半秒时间，点头：“可以。我打个电话回家，就说在同学家过夜，我妈应该会准。”

“那行。”这是最好的方法，齐欢这样，不方便走动。庄慕拧着眉，但也没反对。

前三层是吃饭的地方，楼上第四层开始到第七层都是客房。很快，季冰拿了房卡回来。

乘电梯上去，季冰刷开房门，把卡插上，屋里灯一盏盏亮起，陈让把齐欢放到床上，顺手盖好被子。

她闭着眼，睡得沉沉的。

后面的活动纪茉不参加，待在房间里陪齐欢。庄慕和严书龙不好多留，跟着陈让几个一起下楼。房门关上，他们的脚步被隔绝在外，屋里灯光明亮，照在绵软地毯上，映得人眼发晕。

纪茉倒水，喂齐欢喝下小半杯。放下杯子，纪茉蹲在床前，正要起身，目光落在她的嘴唇上。

几个小时前齐欢问她那一唇粉嫩颜色好不好看，此刻唇上的颜色已经晕染化开了。

纪茉有些无奈，抽纸给齐欢擦嘴，声音轻轻的：“你真是，怎么能把自己的口红吃得这么糟糕……”

当晚，陈让和左俊昊、季冰也没回家，三人睡一间屋，房间就在齐欢她们隔壁。庄慕和严书龙干脆也留了下来，睡在了另外一边。

第二天要上课，纪茉早早把齐欢叫醒，其他两间房里的几个人也精神不济地睁眼。

他们去附近巷子里很有名的一家早点摊吃早饭，点的都是禾城当地的小吃。给碗里加佐料的去加佐料，端汤的去端汤，都在忙活。

齐欢一手用汤匙拌了拌碗里的东西，另一手摸着下唇："我嘴巴好痛啊，昨天晚上不知道撞到哪了，磕到什么东西把里面都磕破了。"

还在位子上的，除了她只有陈让。

"可能你自己不小心撞到了。"陈让端杯子喝水。

齐欢一脸不适，想半天也想不起来，郁闷地抬手用公用汤匙挖了勺辣椒酱。还没加到碗里，连汤匙带佐料杯，整个被陈让拿走了。

"嘴巴破了就别吃了。"他蹙眉，不赞同。

齐欢摸着嘴唇唉声叹气。

大课间，不知从哪儿开始刮起一股八卦风，越聊越热。

齐欢听了几耳朵，转头问后边正说话的几个男生："什么情况？哪所学校又出事了？几中啊？"

"不是我们这儿的。"拿着手机的男生回答，"是江城的学生，好多学校都开帖了。"

庄慕扯着椅子靠近听八卦，正好严书龙从班上过来，也跟着一块凑热闹。

是有关江城三中某一年级的几个女生的。

齐欢看视频看到一半脸色就变得难看。

庄慕和严书龙知道她瞧不过眼。在他们敏学，像这种一群人围着一个欺负的事，被她逮到都会处理得很严。她说过，不管有什么过节，都不应该使用暴力。

"拿远点。"齐欢把手机扔开，"脏眼睛。"

其他人识相地凑到一边去议论。

齐欢坐在位子上，越想越不得劲儿，拿出手机给陈让发消息："贴吧那个视频你看到了吗？"

他回："左俊昊看到了。"意思大概是从左俊昊那儿听说了。

她打了满屏的感叹号，又删除，只剩下几个："太气人了！"后边加上一句，"如果在我眼皮子底下，我肯定不会坐视不管。"她发了几个流泪的表情。或许是她的感情过于丰富，视频里的场景，真的让她很难受。

良久，陈让回了一个字：“嗯。”

齐欢看着那个简洁的回复，无从下手，一时不知该如何继续话题。没等她再打字，对话列表跳出一句新内容。

他说：“如果是我，我不会管。”

时间过得飞快，下午第一堂课上完，泛着困意的人纷纷起身活动。

齐欢坐在座位上盯着课本出神，严书龙几人聚在门外走廊，不时探头往里看一眼。

张友玉道：“就因为贴吧的事，她就跟陈让闹矛盾了？不至于吧？”

她有多拿陈让当朋友，他们都看在眼里，别说雷打不动，下刀子都阻止不了。就因为这么点无关紧要的事？

张友玉听庄慕说完，明显不信。

“没骗你。”严书龙抬指抵唇，“小声点儿，她现在心情不好。”

“中午放学在小卖部碰上陈让他们，齐欢一句话都没跟陈让说，当没看到就走了。”庄慕补充。

“真的假的？”张友玉愣了，“不至于吧。贴吧的事，就为贴吧……他们聊了什么啊？”

庄慕说：“我也不知道。我只看到他们在聊贴吧，没看清。后来齐欢就不对劲了。”

几个人说不出个头绪，弄不懂，上课铃响各自散开。

下午放学一起去吃饭，严书龙一群人都很识相地没在齐欢面前提陈让。

齐欢吃完回学校，想着这个时间陈让他们应该不在，便说去小卖部买点东西。结果谁知，迎头就跟陈让三人打了个照面。

走已经来不及，像是成心要避开他们似的，太明显。几个人悄悄看齐欢。她板着脸，没像往常一样直冲到陈让身边。

“要买东西就快买。”她不进去，站在门边。说要来小卖部的几人连忙应声，手脚利索地拿东西结账。

齐欢一手插在外套兜里，面对外边马路，静站着等，身边突然多了个人影。

“觉得我冷漠得可怕，连话都不想跟我说是吗？”熟悉的清冷嗓音。

她用余光瞥见，知道是陈让，鼻端闻到他身上淡淡的香味，很努力地克制着没转头。

他似是拎着什么东西，塞到她手里齐欢才看清——是杯奶茶，印着她最喜欢喝的那家店的 logo。

温热透过杯身传到她的掌心。

陈让把吸管一同塞到齐欢手里，并没有期待她有什么态度，也没有非要她开口。就那么短短两句话之后，他走出小卖部，和左俊昊几人回一中，背影和往常并无分别。

严书龙“噔”地凑到她身边：“怎么样，还气吗？”

“……”

齐欢微微用力捏了捏杯身，热意盈满手掌，没跟他们插科打诨说闲话，提步朝敏学走。

晚自习，老师把齐欢叫到办公室让她帮忙整理资料表。东西多又乱，工作量大，花了大把时间才处理好，当天的作业是在最后一节课上紧赶慢赶写完的。隔天课间，齐欢又被喊去当苦力，没了往一中跑的空当。到下午，好不容易喘口气，张友玉屁颠屁颠跑来问：“欢欢，晚上可不可以一起吃饭啊？”

“这两天不一直都在一起吃饭吗？”齐欢懒洋洋地翻书。

“不是，今天我不跟大家一块吃，我得回家。”张友玉说，“我堂弟来了。他在坝城念书，学校放月假，他爸妈出远门了，不放心，让他到我家来住几天。”她烦闷，“我爸妈很不负责，又说除了过年和祭祖很难跟家里亲戚走动，我弟难得来一次要好好招待，自己又跑出去！还非让我带上我堂弟一起吃饭，多大的人了，生怕他一个人在家会饿死……”

齐欢说：“那你找我跟你吃什么饭？”

“去我家陪我嘛，一个人回去好无聊的。”张友玉跨坐在齐欢前座的凳子上，面对她，“晚自习请一节课假，我们可以晚点来学校，不怕耽误时间。我们点外卖，你想吃什么都行！”

她用上恳求的语气，齐欢没辙，想想没什么事要忙，便应了：“行吧。”

放学，跟庄慕几个打过招呼，齐欢被雀跃万分的张友玉勾着胳膊一路拖，就差架起来走。

张友玉家比齐欢家远，着实费事。进门前张友玉就点好了外卖，换上拖鞋直直往里冲，翻腾冰箱找东西招待她。边翻边扬声喊：“张非墨，在不在家？”

“我在。”张非墨是她堂弟，长得白白净净，很斯文。他在沙发上看书，见张友玉回来，合上书起身迎了迎。齐欢听张友玉说他只比她小两个月，也在读高二。

张友玉翻出饮料端过来，三人在客厅坐下。齐欢跟他互相礼貌问候，瞥了眼他放在茶几上的书：“你们那边用的辅助教材是这个？”

“啊，是。”张非墨点头，“坝城用的都是这一套。”

“跟禾城这边的不一样。”

“是不一样，小学和初中的辅助教材也不同。”他说。

张友玉插话，指张非墨：“他以前也在禾城读书，后来搬家去那边了。”

“这样啊。”齐欢点点头。

张非墨话不多，和活泼过头的张友玉比，简直像两个极端。喝完半杯饮料，他拿起书坐到客厅床边的摇椅上继续看。齐欢和张友玉就放松多了，盘腿侧靠在沙发上，抱着抱枕扯闲天。

“你还在生陈让的气啊？”张友玉八卦，“你们到底因为贴吧的事聊了什么？他都给你买奶茶了，你还不消气，这么严重？”

齐欢垂了垂眸，还没说话，手机响，好巧不巧正是她们谈论的对象。

陈让发了张奶茶店的照片给她，三个字：“要喝吗？”

背后真的不能随便议论人。齐欢看了半晌，回他一串省略号。

张友玉探头过来，盯着屏幕，边笑边啧声：“你不喝啊？”她挑眉，“我想喝啊，你问问陈让我能喝吗？”

齐欢抬手推开她的额头。她抿着唇，编辑了一条短信发给他：“我晚上会晚点去学校，上课前到不了。”

上课前到不了学校，也就到不了小卖部，买了也拿不到。这句话带点婉拒的意思。

齐欢把手机摁到待机状态，十几秒的时间，黑屏亮起，陈让回的还是差不多的内容：“嗯，要喝吗？”

透过屏幕，甚至都能想象到他一贯的语气。

她用指腹划着屏幕，划了老半天。最后，还是点开对话框：“我要红枣味。”

张友玉窃笑声更大了。齐欢把手机收了，伸手挠她痒痒肉。

“别别别，我不笑了……哎……”她怕痒，不停求饶。

“你们说的……”角落突然响起一道声音。

齐欢和张友玉双双停住，回头看过去。张非墨咽了咽口水，脸色犹豫中带点不自然。

“……你们说的，是以前十四中的陈让吗？”

“怎么还没好？”

左俊昊坐在路边栏杆上，拧好饮料瓶，扬手一抛把空瓶抛进了不远处的垃圾桶。季冰侧头去看，斜前方奶茶店里，陈让还没出来。

“快了吧，买杯奶茶要多久？”

左俊昊晃着腿，啧声：“之前假模假样，还不是栽了？他就死要面子，装得好像什么事都没有。”

季冰笑："你心里嘀咕就算了，当着陈让的面说，小心他不给你好果子吃。"

左俊昊说："我会不知道？就他这性格，今天买奶茶，过了夜，明天照样端着架子，也就吃死了齐欢不会跟他计较。"

两人有一搭没一搭地调侃，直至陈让出来。

三人朝学校走，有段路施工，封了大半，各色轿车和摩托车、三轮车堵在一块，水泄不通。他们改道抄小路，绕了一段，沿着细长的小巷往外走。左俊昊蹦着越过一个接一个小水坑，偶有不慎踩到坑里，溅得季冰一裤脚水。

季冰拧眉啐他："你再跳个试试！"

"怎么说话呢？"左俊昊踩得更重，越发故意，瞄准水坑蹦上去，泥水溅起来。闹到巷口，左俊昊和季冰还在为水坑互相攻击，悠悠传来一声冷笑。

"哟，我当是谁，这不是一中的几位吗？"

左俊昊和季冰在看清说话的人时，表情登时一变，脸上浮现丝缕寒意，裹挟着平时少见的尖锐戾气。

巷口停了辆小车，车盖前坐着个穿黑色棉衣的人。旁边地上蹲了几个清一色的板寸头。

李明启从车盖前下来，两手揣着裤兜，冲陈让笑。

"又碰上了，缘分哪。"

陈让睇着他，面色沉沉。

客厅里一片沉寂。

齐欢坐在沙发上发怔，腿盘得发麻，不适感蔓延而上，她也全然不觉。

张非墨和她们两个面对面，隔着茶几，脸上隐有惶惶神色，先前看的那本书，此刻静静躺在窗台边。

"我是不是不该说这些？"他艰难地动了动喉头，又显得有些不安，"陈让……陈让他这两年还好吗？"

张友玉没有回答后一个问题，只是安抚他："没事没事。跟我说有什么？我是你姐，你又没有到处对别人乱讲。别想那么多。"

"友玉。"

"啊？"

齐欢微垂着头，双肩向下，出声："这件事以后不要跟别人提。"

"……好。"

静默几秒，张非墨又见齐欢朝自己看来："以后也不要再告诉别人了。”

“我没有……”张非墨唇瓣嗫嚅，怕她不信，“我从来没有跟别人说过。陈让告诉我的……我在办公室外听到的，统统都没有跟别人说过一个字。这一次……这一次……”他有些自责，也有些后悔，“这一次是意外……”

初中时期，他还没随父母搬到坝城，那时他们家在禾城南区，离十四中近，他就在十四中念的初中，陈让是他的同桌。

自从跟随父母搬家转学到坝城之后，这么久以来，今天是第一次提起陈让的名字。张友玉是他姐，是家人，血缘削弱了隔阂感。

而为什么会说给齐欢听？或许是因为她提到陈让时话里话外的熟稔，令他一时没控制住，才将那些旧事宣泄出口。

张友玉见齐欢脸色不好，担心：“要不要喝点水？”

齐欢摇头，脸颊的红润不知何时散了个干净。

突兀的铃声蓦地响起，像一道小惊雷，毫无防备地将人吓了一跳。齐欢指节有些使不上劲，费力握住。来电显示的位置，三个大字拼命闪烁：严书龙。

“你要不要也去医院，你的手……”

“等会儿，你看看他们几个有没有弄伤。”严书龙打发过来关切的朋友，拿出手机拨电话。听着一声声嘟音，眉头皱得死紧。

不仅是急，也有疼的原因，他手背上被划了一道口子，伤口不深，暂时用纸巾捂住了，但风一吹，实在是难受。

巷口略显吵嚷，那辆车和那帮人早就没影了。周围零星的几个商铺里，围过来一些中年人看热闹，指指点点，嘴里议论着他们这些小年轻。

会说什么，不用听都能猜到。

严书龙没管那些，等那边接电话等得心焦，只好在原地转。视线扫到石砖地上，巷壁角落一杯奶茶摔在地上，杯身破裂，奶制品淌了一地。他随意一扫，收回目光，走出巷子，有几个人也伤了，虽然是小伤，但也得处理。

他招呼敏学的人跟他走，恰好，电话终于通了。

齐欢的嗓音带点沙哑，严书龙顾不上别的，边拦车边说：“陈让和左俊昊进医院了！刚刚……”

一进医院，到处都弥漫着消毒水的味道和不知名的药味，护士和病人来来往往，地板泛着阵阵阴凉。

跑过急诊室，拐角后是一排临时病房。季冰坐在长廊椅凳上，眉头郁色深重。

“人呢？”齐欢冲到他面前。

“在里……”他站起来，话没说完，齐欢就已推开旁边那扇门。

左俊昊坐在椅子上，脸上有点青紫痕迹，眉角的伤被药水涂覆，掺着血泛黄。

“你来了……”左俊昊起身。

齐欢心口“怦怦”地跳，喉间干得发涩，视线落在床上显出的人影身上。

陈让靠在床头，和她对视，未言语，微倦的眉间略有疲惫。

她站在那儿没动，脸色实在说不上好。左俊昊打破沉默：“陈让左手手臂伤了，已经缝合，还要观察吊水……”

“你们出去一下。”她动唇。视线一瞬未移，眼里始终只有一个人。

左俊昊和季冰对视一眼：“你们聊。”他俩出去，把病房留给他们。

齐欢把门反锁了，陈让听到声音，抬了抬眸。她走到病床边，在左俊昊坐过的椅子上坐下。

“奶茶摔了。”陈让嗓音有些沙哑。

齐欢眼一酸。这是进屋以后，他对她说的第一句话。她低头，没应答。

陈让朝她看，她的刘海垂下来，挡住了脸。他一怔：“哭什么？”

“……对不起。”她瓮声说，“我什么都不懂，还在你伤口上撒盐。”她的声线好像浸在泪里，“对不起。”

陈让顿了一瞬，表情慢慢沉缓。

齐欢知道，他的私事本不该拿到他面前来说的，尤其是在未得到他允许的情况下。但眼下这个情况……她忍不住。有些东西堵在喉咙里，一开口就冲破限制汹涌而出。

第一次，她生出了一种浓重的自我厌恶。

陈让看着她，背靠床头，被单遮在他腰际。

“你知道了啊。”和往常无异的嗓音，语气甚至还要更平静。

聪颖如他，只看她的表现，听这几句话，不消多想便猜得到，她大概是知道了一些什么。不管从哪儿知道，怎么知道，反正就是……了解了。

第八章

世界以痛吻我，而我报之以歌

初中的陈让，成绩优异，安静乖巧，是所有老师眼中的楷模。他平时话很少，但自律严谨，对待学习一丝不苟，也从没有什么不良行为。

初二某个晚自习结束后，回家的陈让途经一个不知名的巷口，遇上一群小混混喝醉酒，把一个女生堵在小巷里。女生缩在角落哭哑了声音，呼救声断断续续。陈让犹豫的几秒，里面传出更大的动静。骂咧声、惊呼声，还有女生抓狂的喊叫声。

少年大抵都有纯净热血，尽管他沉闷又无趣。陈让报了警。

陈让救了一个不认识的女生，被救的女生是单亲家庭，父母离异多年，跟着父亲生活。

陈健戎一向以儿子为荣，不吝出力，也算给他撑腰。女孩父亲同样态度强硬，坚持追究。以李明光为首的主要人员，无一例外被逮捕。

这件事没多少人知道，张非墨是陈让的同桌，陈让只在他面前稍稍提过两句。

为表感谢，女孩的父亲几次上门，陈让的母亲也多次去医院看望那个女孩。

一来一往，时间渐久。

几个月后的某天，陈让跟父亲回省城去见爷爷，原本说在省城住几晚，临时决定提前回去。陈健戎还不忘买了套新的化妆品，带了陈让妈妈一直很喜欢，但禾城没有只有省城才能吃到的小吃。

到家时很晚很晚，快要凌晨，路口的角落停了一辆车，没人在意。

后来……

离婚手续办得很快，他妈妈跟那个男人和那个女孩组成新的家庭，迅速搬离禾城。她走的那天，在门口含泪摸了摸他的头。

他一动不动，没有表情，问她："那我呢？"

她尴尬地收起手，什么都没说。

从那个时候起，家里变得安静，一楼总是黑沉沉的不开灯，地板阴凉，再也没有暖过。

他爸开始酗酒，爷爷为此气得病了几次。他妈走了没多久，陈让升入初三。进少管所的李明光因为表现良好被提前假释，外出时却意外摔断了腿，彻底成了残疾人。

他哥李明启刚出狱不久，把这一切全怪到了陈让头上。

那天晚上，黑漆漆的巷子，天沉得连半颗星星都没有，和当初那个女生被围的时候很像。

陈让蜷缩在墙角，走的时候李明启抓了把沙，狠狠撒在他脸上，骂他。

夜色下一片死寂。

张非墨从不知哪个角落里冲出来，扶起他，问他有没有事。他撑着墙站起来，甩开张非墨的手，一身狼狈，一个人晃悠着走回家。

他知道张非墨从一开始就在后面，因为害怕不敢出来，他不怪他。

没有什么不对。

总好过他，救了一个陌生人，然后没有了妈妈，也没有了正常的爸爸。

那天晚上，天有多黑？

陈让彻底懂了。

是他多管闲事。

他活该。

活该。

齐欢垂头对着白棉被，一直没抬脸。

张非墨说，陈让父母离婚的事是他在老师办公室外听老师们闲聊听到的。之后看见他被堵在巷子里，因为不敢救他，一直耿耿于怀了很久。

初三下学期，张非墨转去坝城，转学之前，陈让已经变得独来独往。以前只是不爱说话，那会儿却连正常的表情都渐渐没了。又因为座位分开，他再没机会，也不好意思去找陈让。

而早从挨打后的第二天，陈让就没再跟他说过话，也没跟任何人说过话。

“我妈喜欢我考第一。”

“如果是我，我不会管。”

两句不同语境下毫无关联的话，一齐涌进齐欢脑海里，交缠着像针一样扎心。

她根本什么都不懂，只是因为他的一句“不管”就怪他冷漠，怪他不懂得同情，怪他毫无同理心。可他明明热血过，曾经内心柔软，为不平勇敢过。

他的善良却并没有得到应得的回报。

父亲酗酒，将事情怪在他头上，还有时不时骚扰他的流氓。两年多过去，时至今日，他还在为他的善良承担不该承担的一切。

齐欢在陈让面前红过眼，但真正哭出来的次数很少，像这次一样更是头一回。

她喉头滚烫，鼻尖都红了。

她用手指勾住他的被角，一点点握紧。

“陈让……”

她努力抑制抽噎，眼泪滴在泛药味的白被上。

“你疼不疼……”

齐欢哭得抽抽噎噎，仿佛伤的是她。

陈让无言，安静地听她哭了半天，从她掌心抽出被子。她怔了一下，眼泪没断，也没有再握紧拳头。她沉浸在难以自拔的情绪里，因他这个动作情绪又有加深的趋势。

“有什么好哭的？”

他似叹非叹，抬手将床边的纸巾递给她。

“……别哭了。”

陈让视线稍低，她趴在他的被子上，只能看到她一个后脑勺。

齐欢不动，呜咽声闷闷地传来。

他没办法：“你这样哭别人很容易误会。”

“我就是想哭嘛……”她收不住声。

陈让无奈：“你压到我的腿了，快抽筋了。”

声音一停，齐欢抬起头。

“不哭了？”他挑眉。

齐欢抹了把脸，顾不上别的，连忙起身：“抽筋了吗……”

“还好。”陈让动了动。视线移到她脸上，眼睛红得不成样子，眼皮都肿了。

他道：“他们进来之前你最好洗把脸。”

“我锁门了。”她好像哭得不尽兴，被打断还挺委屈。

时间不早，陈让提醒她：“你该去上课了。”他要在这吊水，今晚的自习去不了，这几天得请假。

齐欢眨着肿了的眼睛，没吭声。她低头，又把脸埋在被子上，但这回没继续哭。

她伏在那儿，棉被下依旧压着他的腿，良久才闷声开口：“陈让。”

“嗯？”

“你很好，很优秀，非常非常棒。”

陈让应得坦然：“我知道。”

她的声线低了，因棉被阻隔显得厚重：“你没做错什么。”

他停顿半秒：“……嗯。”

齐欢揪着被单，一动不动像闷死在了他的棉被中。或许是因为羞窘，这一天的情绪不同于以前，同样是对他的热情，却比以往任何时候都更真切。

“你的事，不是闲事。”

她的最后一句和前一句间隔得有些久。

病房里安静下来。

陈让看着那个深埋不动的后脑勺，眼尾弧度不觉放缓。

“……嗯，我知道。”

陈让受伤当晚，齐欢请假没去上晚自习，离开医院后直接回了家。严书龙和几个受轻伤的也没去，到诊所处理完伤口，各自回家。齐欢一一打电话，确定他们都没事才放心。

第二天，下午放学铃打响，一堆人像往常一样等在齐欢的班门口。严书龙最显眼，手上缠了一圈厚厚的白纱。

庄慕和张友玉围着看，啧啧有声。

“很英勇嘛。”

“行啊，还见义勇为……”

“那当然，我谁啊，你们都不知道当时那情况有多危险。”严书龙一脸嘚瑟，迎来几道嘘声。

过了一夜，齐欢来学校时眼睛还没全然消肿，但情绪不错，他们也没了顾忌，一个两个开玩笑调侃起来。说笑间，却见齐欢在收拾东西。

“你去哪儿？”他们凑上来问，平时吃饭都没见她背包。

“我去跟老师请假，晚自习晚点来。你们去吃吧，我今天不跟你们一起。”齐欢把包往肩上一甩，拨开他们，“别挡路。”

她走得快，转眼就没影了，几个人面面相觑。

“齐欢急着去干吗？”

“还能去哪儿，八成是去医院。”

齐欢跟老师请完假，没有直奔医院，而是回家。一进门，书包甩在客厅，趿着拖鞋就往厨房冲。

“姑娘哎，你要干吗？”邹嫜赶忙进去，“饿了吗？要吃什么跟我说，我给你做就好了嘛……”

“不用了邹嫜，我自己来。”齐欢搭着她的肩膀，推她出去让她去忙。

邹嫜站在餐厅，眼巴巴看着齐欢在厨房里转。齐欢从来都没干过家务，十指不沾阳春水，一时间手忙脚乱全是叮当响声。

“小心点！哎哟喂，那个不行……当心！当心啊——”邹嫜急得站不住，“你要做什么哇，跟我说……”

“煮粥。”齐欢忙活着，头都不抬。

邹婶实在想帮忙，但她不要，一个人陀螺般在厨房里连轴转。

从冰箱找出猪肉解冻，她切得费劲，干脆把切好的肉丝堆成一堆，在案板上猛剁。

邹婶看得胆战心惊：“小心点，别把手切了！”话音刚落，就听齐欢“啊”的一声，差点把刀扔了，手被划拉出一条口子。

邹婶一惊，比自己的手被切了还焦心，赶忙去找家用医药箱。等她拿着药和创可贴回来，齐欢已经伸指在凉水下冲了好久。

伤口不出血了，她连创可贴都懒得贴，再度把邹婶推出去，继续切肉。怕单调，她特意翻冰箱找出两个皮蛋，举着问邹婶：“皮蛋瘦肉粥？”

见邹婶点头，她安心地将皮蛋敲开，拿到案板上切成小块。

“你要去探病啊？”邹婶问。

齐欢说是。

有现成的米饭，虽然磕磕绊绊，但很快就煮好。齐欢用探望病人专用的铁质保温盒盛粥，装了满满三盒，看得邹婶直咋舌。

这生病的，怕是牛吧。

陈让已经转入普通病房，单独一间。推门前齐欢踮脚看了眼，左俊昊和季冰都不在，他手里拿着本书，安静地看。齐欢进去，兴冲冲到他病床边。

“我给你带了晚饭！”

他合上书：“你发消息给我，让我别吃晚饭，就是忙这个？”

她说是。

扯了把椅子坐下，齐欢打开饭盒，连同勺子一起递给他：“人家说生病要喝粥，你尝尝看。”

陈让接在手里，有点犹豫。

“我尝过了，味道没问题，真的。”她保证，催促道，“你吃啊。”

半晌，他缓慢地舀了勺。

“好吃吧？”她殷切地等待他评价。

“嗯。”他慢条斯理，一小勺一小勺吃着。吃了几口，他想到什么，停下：“你呢？”

“啊？”齐欢怔了怔。

“你吃的什么？”

“我……”她笑笑，“忘了，等会儿去吃。”

陈让默然，把饭盒盖上，掀开棉被下地。

“你干吗？”

他不语，拎起饭盒，示意她跟自己出去。

齐欢不明所以，一路跟他到一楼，拐过几条长廊，抬头一看，写着“食堂”两个字。

陈让带她到打菜窗口，要了几个辣的菜。食堂师傅给了分量很足的米饭，陈让单手接过铁盘，递给她：“自己拿，我这只手没力气。”

齐欢愣愣地照做。

在角落找了个位置面对面坐下，他继续喝粥，齐欢对着一盘晚餐有点怔，过后才动筷，小口小口地进食。

食堂的菜味道中规中矩，她边吃边盯着他喝粥，忍不住问：“好吃吧？”

他不抬头，拆台：“难吃。”

“……那你还吃那么多。”她不服。

“我不挑食。”

“哎哟。”她跟他杠上了，“那你还真是很好养嘛。”

“专心吃。”他瞥她的餐盘，不想跟她计较这个话题。

饭毕，两人回楼上病房。齐欢不满：“你都没吃完。”装的几层饭盒，他只吃完了一层。

陈让淡淡道：“你可能对我的饭量有误解。”

她理直气壮：“男生不都吃得多吗？”

“……你可能对男生的饭量也有误解。”那饭盒满得可以撑死一头牛。

齐欢不跟他争。

稍坐一会儿，窗外天黑，她收好饭盒去上后两节晚自习。

到电梯口，碰上左俊昊。

“哟，带饭啦？”

她大大方方：“是啊。”晃了晃手里的饭盒，“我做的哟。”

“牛！”左俊昊很给面子地捧场，还挺有闲心地好奇上了，“做的什么好吃的？什么菜？”

“皮蛋瘦肉粥。”齐欢挑眉，“厉害吧。”

左俊昊愣了一下：“他吃了？”

“是啊。”

齐欢没在意他的表情，挥手走人：“我去学校了，回头见。”

左俊昊站在那儿，回头看了半天，直至齐欢的身影消失在电梯里。

半个小时后，季冰来了，左俊昊跟他一块陪陈让聊了会儿便离开了。

回家的途中，左俊昊忽然来了句：“陈让没救了。”

“啊？”季冰的脸色猛地一变，“医生……”

左俊昊踢他：“医你个头，我说的不是这个。”

季冰放下心来，反踹回去：“吓我一跳，那你犯什么神经？”

“陈让晚上没去吃饭。”

“然后？”

“齐欢给他带了。”

季冰挑眉：“嗯哼？”

“皮蛋瘦肉粥。”

五个字，季冰沉默了。

陈让从来不吃皮蛋，他不喜欢那个味道。以前他们不知道，知道以后也没太放在心上。后来有一回一起吃饭，季冰和左俊昊两个人作死，趁陈让不注意偷偷往他的粥里放了凉拌皮蛋，就那么一块——

当天晚上打夜球，陈让的球三分之二都扔在了他们俩的脑袋上，之后整整一个月，他们在游戏里被陈让虐打了无数次。有段时间，简直是点开游戏就想吐。

“服吧？”

“……服。”季冰一脸戚戚。

这是真的没救了。

陈让在医院住了三天，他爸一次都没来。左俊昊和季冰只知道他们父子关系不好，具体并不了解，暗地里吐槽：“这当爹的，心忒狠。”

作为知情者的齐欢对此很平静，那天哭完后，再没当着陈让的面说以前的事，关于他的家庭和父母亲，更是一个字都不曾再提过。

从陈让住院第一天开始，三天里，齐欢一次都没缺席，每天中午和晚上亲自送饭，全是自己下厨做的。邹婶拦不住，只好提前给她预备食材，省得她放学回家火急火燎。

陈让出院前一天晚上，齐欢煮了汤，做了两个简单的小菜，外加一份皮蛋瘦肉粥。

她提前发过信息叫陈让别吃晚饭，到的时候有点晚，天黑透了，别的人家早就吃完饭，怕是洗碗水都已经沥干。想到陈让苦哈哈地在病房里挨饿，她一路着急小跑，楼梯都是两阶两阶跨着上。

到门前刚要推门，下意识停住，先透过玻璃瞧了眼。陈让闭眼靠着床头，书翻盖在手边。

齐欢忙慌的动作蓦地放柔，轻手轻脚推门进去，把饭盒轻轻放在床边桌上。

“就这样睡着了，真是……”

齐欢拿起床边桌上护士用来勾药水的笔，在已经没用的药单背后写：

别忘了吃饭，汤和粥都要吃完。

她把字条压在饭盒下，侧身视线落回陈让身上。他平日的冷淡和焦躁褪去，如画的眉目浅浅淡淡，只余纯粹的好看。

齐欢动了动脚尖，垂下眼。

室内无声。

她低低对他说：“好梦，陈让。”

像来时一样，她脚步轻轻，小声出去了。

病房门关上，声响渐远，混入走廊其他动静之中，只开一盏小灯的房间，被夜色掩映了大半。陈让缓缓睁开眼，沉稳眸中黑白分明，不见一丝惺忪。饭盒静静地立在桌上，压着的字条，黑色水笔墨迹新鲜。

空气里似乎残留着香味，是她身上总带着的，沁甜沁甜的柠檬香。

白色的灯光下，陈让坐直身，端着饭盒进食。

皮蛋瘦肉粥的分量比第一次少，但浓度增加，齐欢至少放了三个皮蛋。想到她跟他说“我头一回煮粥煮得这么好真有天赋”时，那一脸骄傲，他忍不住扯嘴角，带着些苦笑的意味。

这玩意儿，从来没有觉得好吃过。

他暗叹一声，还是一口又一口，转眼吃下去大半。

好不容易吃完，他端起汤喝了一口，瞥着空空如也的饭盒，如释重负。

还好，也不算太难吃。

只瞧了一眼玻璃，左俊昊就猛地刹车往后退了两步，跟在后边的季冰差点撞上他的背。

“干吗你？”

“等一下再进去。”

“哈？”

“陈让在吃皮蛋。”左俊昊一脸惊讶，“等他吃完我们再进去。”

季冰：“……”

两个来陪床的人，默然无言地在走廊长凳上坐下，像两只蒙圈的鹌鹑。

伤口没什么问题，该打的针都打了，陈让如期出院。

一中的人来接他，齐欢当然不会缺席。只是和张友玉他们约好一道去学校，吃过晚饭她就在饭店门口跟陈让他们分开。

时间充裕，左俊昊几个往奶茶店一坐，玩游戏消磨时间。陈让照旧在旁看手机。

玩了几局，低头的陈让不知看到什么，眉拧了拧，站起身就走。

“你去哪儿啊？”左俊昊微愣。

“有事。”他不多解释，拎起外套就出去。

左俊昊和季冰当即把牌一扔：“你们打，我们出去一下。”

他们以为出什么事儿了，追上陈让一问，才知道他只是出来买东西。

陈让没有要回奶茶店的意思，出都出来了，左俊昊和季冰便跟在他身后，权当饭后消食。

“你买什么呀？”左俊昊在后头问。

陈让不理，兀自走着。左俊昊嘴停不下来，一句接一句。

“要买什么你跟我说啊，说不定我知道。

“你到处转什么呢……”

烦得季冰都有点受不了了，忽见陈让拐进一家店。他俩蓦地停下，左俊昊昂头看：“药店？”

跟进去，陈让在柜台和药师说话。

左俊昊刚想问他“你伤口不舒服吗”，一瞥，发现陈让手里拿的是创可贴。

“还有别的吗？”陈让问。

药师把几个牌子的创可贴全都摆在玻璃柜上。

陈让一盒都没拿，出了药房，继续往前。左俊昊和季冰就那么跟着他，一路逛，进了四五家药房。

“他买创可贴干吗？”季冰不解，“哪样都不要，到底要什么样的？”

左俊昊闷头捣鼓手机没答，过了会儿，重重一拍他：“我就知道！”

季冰揉着胳膊：“你知道什么知道？”

左俊昊把手机递给他。

许久没看的贴吧，齐欢在帖子里更新内容：

> 我天，手指头被刀切到的地方泡水变白了，这一刀三四天了还没好……下回换把刀。

晚自习前，齐欢照旧去小卖部。

一进去就看到陈让站在桌柜边喝水，她眼一亮，跑过去。

“等下上课，你吃得消吗？”

他道：“有什么吃不消的？”

“你写字手疼怎么办？”她低头看他的胳膊，被厚外套裹着，什么都看不到。

“我伤的是左手。”陈让瞥她。

她耸肩：“右手带到左手嘛，万一呢。还是不要太累。”

陈让没接话，拧好瓶盖，从口袋拿出一个东西给她。

“什么东西……创可贴？”齐欢惊讶，“你怎么知道我手弄伤了？”

他抿抿唇：“手伤了也不处理，等着细菌感染？”

齐欢低头拆盒子，扯出来一看，是卡通图案的创可贴，脚跺了两下：“这个这个，我超喜欢！”

她倒腾创可贴，一时间也没在意他怎么会知道自己的手伤了。大概是他观察力比较好，看东西仔细，所以留意到。

“你怎么知道我喜欢这个图案？”她撕下一片拿在手里，生出新问题。

陈让说：“随便买的。”

左俊昊和季冰站在一边喝热饮，听见这话，耳朵难受。

装吧就，找了多少家店才找到有这种卡通图案的创可贴？左俊昊都懒得吐槽了，陈让八成早就知道齐欢喜欢什么卡通形象，不然费什么劲一家家找。

死要面子真是够了。

莫名地，左俊昊心里有点不爽，霎时间“恶从心起”，把热饮塞到季冰手里，走到他俩面前，突然插话：“没错没错，陈让他就是随便买的。要不是我提醒他你手弄伤了，买个创可贴表示表示，他根本都不知道这回事。”

陈让和齐欢双双顿住。

左俊昊说得有板有眼：“他吧，脾气又不好，你不是不知道，我拉他去药店买创可贴他还骂我！我就死拽——”回头指了下季冰，“我跟季冰两个人死拽他、生拖、哭着喊着求他，才把他拉进药店买的这一盒创可贴。”

齐欢听得一愣一愣的。

左俊昊：“陈让就是随便买的，主要还是我和季冰，你不用太感激我们。”

“……啊？”齐欢怔然。

季冰都傻眼了，听左俊昊胡扯那一堆，肝都在打战。抬眼去看陈让，果不其然，那脸沉得没法看。

“左……左俊……”季冰嗓子眼有点堵。

左俊昊冲他点头：“是吧，季冰？”

季冰有一种先走的冲动。

左俊昊功成身退，扔给陈让一个“让你嘴硬”的眼神，迤迤然回到季冰旁边——两个人怎么嘀咕，怎么互相攻击就是另外一回事了。

齐欢看看那边的左俊昊，再看看脸色古怪的季冰，最后看看陈让，她不傻，当然察觉出了不对。她没给左俊昊看过她的手，这几天碰面都是迎头打个招呼，最多说上两句话，左俊昊怎么可能知道她手伤了。

侧眸看陈让，顿了下，盯着盯着，齐欢突然一笑。

“你特意给我买的啊？”

陈让手插进兜里，提步：“我进去上课了。”

她追上去：“你害羞什么呀？”

“我没有。”他皱眉，“不知道你在说什么。”

“走这么快还说没害羞。”

陈让停下，瞥她。

齐欢早就不像之前那么怕他，笑嘻嘻地说：“你就承认一下是特意给我买的会怎么样，真是。”

陈让板着脸，伸出手：“还我。”

“想得美，我才不还。”齐欢嘚瑟，“我恨不得现在就拆一个贴在头上，用笔打个箭头在脸上写‘陈让送的’！”

“……你幼不幼稚？”

“你才幼稚。”她说，“给出去的东西还想要回来？不可能。”齐欢晃晃手里的东西，“给了我的创可贴就是我的。”

她和他对视几秒，缓缓弯眼笑。

给了她的东西，不管什么，都是她的了。

高二第一学期最后一次月考完毕，课程结束，一月下旬，为期二十四天的寒假开始。

在校最后一天，张友玉等人按捺不住，已经开始计划着要怎么玩。和她们相比，齐欢一点都不激动：“以前怎么玩今年也怎么玩呗，还特别计划什么，没手机啊你们。”

张友玉嘀咕一句破坏气氛，在她面前坐下，眼尾往窗外一扫，视线越过操场，瞥向另一边远处两墙之隔的教学楼。

“放假了，你还有陈让他们准备去哪儿玩啊？”

“陈让要去省城。”齐欢早就问过了，陈让得去见他爷爷，尤其春节前后那几天，不可能留在禾城。

“那你不是很沮丧？”张友玉试图在她脸上找到沮丧的表情。

齐欢比她以为的要想得开：“有什么好沮丧的？过完年就回来了。不过……寒假陈让要补过生日。”

张友玉兴冲冲问：“你准备给陈让什么惊喜？”

齐欢想了想，最后还是没告诉她：“保密。”

春节假期，在陈让去省城过年之前，左俊昊一群人张罗着给陈让补过生日。陈让十一月生日那会儿考试忙昏头了，他自己又不说，等回过神大家才发现已经过完了。

正好借着这个机会好好玩一玩，提前几天左俊昊就在私下嚷嚷，各自准备礼物，力求给陈让一个大惊喜把他感动到哭——当然，大家都知道这是不可能的。以前给他庆祝生日，他们费尽力气热闹，陈让反应平平，除了说谢谢时比以往多那么一丝丝表情，还是一张木板脸。

陈让不喜欢太过吵闹，左俊昊便只定了时间，大家伙聚在一起吃饭。放假的大好日子，敏学那帮人忙着放松，左俊昊只叫上了齐欢。

下午四点多人到齐，直奔饭店。包间里，一堆人吵吵闹闹，比在学校时更放得开。

陈让坐在角落，齐欢凑到他身边，把礼物递给他。她准备的礼物是一条领带，当场就叫他打开看看。

“这个？”

齐欢说：“这个图案不错吧，我选了很久。”

陈让拧了一下眉头：“用不上。”哪有要穿西装的场合？

“现在用不上以后就用得上啦，毕业那天可以穿西装打领带不是？”

“……谁高中毕业穿西装？”

“电视里都这么演。”

陈让无言。

齐欢笑说：“而且我在你们学校网上看到你去年代表一中参加省里比赛的照片，穿的就是西装啊，我一看就发现缺了一条领带！就算毕业不能戴，以后也能戴，对不对？”

她话太多，继续往下说，这个话题怕是她能扯到明天。陈让不再纠结，默然收好。

齐欢笑嘻嘻的，就见陈让放好纸袋，侧头瞥过来。

她一顿：“看什么？”

“礼物是这个？”

她微愣：“对啊。”

他眉心轻轻纠了一瞬：“就这个？”

齐欢噎了噎：“……你这个人很难伺候哎！”

说话间服务员敲门进来，通知到点上菜，一屋子人陆续落座。

饭毕，左俊昊张罗着放烟花。今年城内禁止燃放鞭炮，大型烟火也不行，左俊昊托他叔叔从省城带了两个，树墩子那么厚实，一个好几十响。在城内是没法放了，一群人分三辆车，转战城郊。

“快快快，看看……”

“真挺沉！”

到地方，大家兴冲冲地把两个大家伙搬出来。

陈让和齐欢没上前凑热闹，在后边站着看。他们在前面空地上围着点火，等了半天却没有动静。

“怎么回事？哑的？”

“不可能！”左俊昊不信，“我买的好的。”

季冰走过去，俯身研究，临了，一个白眼扔给左俊昊：“湿的。淋雨了是不是？全浸坏了。”

“啊！可能是前天下雨放在车库外忘记遮了……”

“就你这智商！”

“你以为我想啊……”

看他们吵吵嚷嚷，齐欢忍不住笑：“他们真逗。”

陈让手插在兜里，轻应：“嗯。”

钩月高悬，皎皎夜空下，夜风轻柔。烟花没放成，大家扫兴地沿路返回。时间还早，左俊昊躁动的心不肯安分，又提议去奶茶店坐坐。

寒假人多，常去的几家店都满客。他们绕城中心转了几圈，才在稍远些的第七小学附近找到了一家门可罗雀的小店。

老板和服务员在柜台里玩手机，店里一个客人都没有。他们干脆在一楼大厅角落坐下，懒得上楼开包间。

点了一桌东西，说是给陈让补过生日，左俊昊和季冰却自己玩嗨了。游戏里针锋相对，谁都不让谁。彩头是每一把赢的人可以在输的人脸上涂画，他俩不相上下，胜负各半。

又一局，左俊昊和季冰顶着两张花脸，剑拔弩张。

激烈厮杀到最后，左俊昊猛地跳起来：“就是这儿！”然后狂笑，“我赢了，哈哈哈——”

收声后，左俊昊很不客气地跟老板要了支加粗的马克笔，在众人的起哄下，摁着季冰就要在他脸上施展创作天赋。

陈让被他们吵得耳朵疼，起身去店外吹风。

车停在店门前，马路上异常安静，没有什么车辆来往，地面冻得干硬。

齐欢后脚也跟着出来，和他并排靠在车头前。

她道："今天晚上有星星。"

"嗯。"

"前面吃晚饭，吃蛋糕的时候你许愿了吗？"

他说没。

怕是真的生日那天都未必会许，答案在意料之中，齐欢叹了声，但很快略过这个话题，转头，伸手指天："有人放孔明灯！"

"……嗯。"

陈让仍旧随意应着，吹了会儿冷风，齐欢扯了扯他的袖子。

"我们也来玩。"

陈让兴致缺缺："玩什么？"

齐欢朝里看了一眼："双手猜拳？"

陈让没意见。

比画一局，陈让输了。齐欢跑进店里管老板要了一支马克笔，冲他挑眉："输了要认罚。"

他没说话，默然两秒，点头。

齐欢抬手，笔尖还没到他脸上，一顿，啧声："你蹲下来一点，我够不着。"

陈让没蹲，手懒散地插兜，微微弯腰。齐欢拿着笔，盯着他看，半天没动手。收到他略有些疑惑的目光，她比画说："你闭眼，我绕一大圈从下巴画到眼睛上。"

欠揍的话被她说得理直气壮。

陈让缓缓闭上眼。

空气里似乎有早晨落的白霜的味道，他的脚底动一动，沙砾咯咯作响。

齐欢看着他，马克笔夹在指间，却并不想落在他脸上。良久，她凑近，在他的眼睛下画了一朵小花。

马克笔微凉的触感令陈让睁眼。

她站在面前，人裹在厚外套里，脸颊被风吹得略白。

"没看到烟花真可惜。"她笑着对他说。

和一群人闹完，推开大门的刹那显得格外安静。陈让习以为常地换上鞋，关好门，慢步上楼。

从下午开始被左俊昊一群人拉着庆生，闹到这个点实在有些累，陈让推了推眉心，从衣柜拿出叠成方形的睡衣进浴室洗漱。洗完澡照旧靠在床头看书，不知不觉一个小时过去，十二点将到，陈让合上书正要休息，窗外忽然传来声响。

以为是风声，但又不似。那声音慢慢变得清晰，不是幻觉，窗外有人在叫他。细嫩的声音压着调，怕吵到人，又很着急。

陈让听出那道声音，起身的同时顺手拿起放在一旁的手机。一看，勿扰模式下果真有好多通未接电话——都是齐欢。

他打开窗，齐欢站在他家楼下，就在院墙外，见他露面，冲他招手。

陈让低下头，还没点进手机联系人，外面突然亮起光。

一道小火花燃着，在冬夜里冒着烟气，银光璀璨，于一片漆黑中，耀眼无比。

他一怔。齐欢站在楼下，高高举起手，那支烟花棒在她手里燃烧，手机屏幕蓦地亮了。

她发来短信——

十八岁的陈让，生日快乐。

烟花很快烧完，院外重新黑下去，齐欢的身影融入夜色。

脚步声渐远，不远处有别的女声迎上她，大概是被她叫出来陪她的朋友。全城禁止燃放烟火爆竹，今年的鞭炮店关了不少。这一支仙女棒，陈让不知道她找了多久。

他很多年没有放过烟花，小时候跟家人一起凑趣，大概很快乐，但他已经忘了那种感觉，也形容不出来。

只是这一晚，就在刚刚那一刻，他突然觉得，银光璀璨的烟花真的很美。热烈燃烧，一照亮，仿佛也能照亮他整个人生。

陈让在窗边站了很久。

书桌上的闹钟“嘀嗒”一响，指针走过十二点，他略微回神，握在手里的手机蓦地再度亮起，跳出一条齐欢的新消息。

她说：“下一次如果我考过你，答应我一个要求好不好？”

春节期间，他们几个都在家安分过节，只是忍耐了没多久，又按捺不住纷纷出来。齐欢倒是没怎么动弹，陈让去了省城，大大减少了她出门的兴趣，只和敏学的那帮人约了两次饭局，其余时间便一直待在家。

一年到头几乎全都在外奔忙的齐参难得有时间休息，却还是要接待络绎不绝上门拜年的客人。

齐参小时候家里条件一般，当初赶上了好时候，凭借着拼劲和运道，这么多年一路走到今天。齐欢的爷爷奶奶和姥姥姥爷早就去世，家里人口简单，没有亲戚，每年春节，上门的多是他的生意伙伴或是朋友。

齐欢一从房间出去，客厅里便总是坐着各色见过或没见过的叔叔阿姨，每每都笑得她脸僵，今年干脆躲在房里不露面。然而有些东西躲也躲不了，大年初一，头一个登门的客人恰好是齐欢最硌硬的。

石从儒带着石珊珊上门拜年，齐参和方秋蘅在厅里接待他们，还非要她也在场。

石珊珊穿一身粉色的新衣，头发绑成马尾，刘海斜斜地横在额前，一如既往的乖巧。齐欢踏进客厅时，就见方秋蘅在和石珊珊说着什么，边说笑边帮她捋了捋头发。

齐欢停住脚，下一秒，齐参看见她，招手："欢欢，来。"

齐参和方秋蘅中间空出了一个位置，齐欢当没看到，径直从他们腿边走过，在齐参旁边坐下，让他成了居中的。

和往年一样，齐欢对石家两位态度平平。石珊珊抿唇对她笑："新年快乐，欢欢。"

她眼也不眨："嗯。"

方秋蘅霎时又沉脸，想说什么，齐参笑呵呵地搭着齐欢的手问她前一晚睡得如何。父女俩自然又亲昵，教方秋蘅到嘴的话咽了回去。

石从儒一派从容，似是对齐欢的"骄纵"早就习惯，如常问了两句学业。齐欢不咸不淡地答过，之后便一直安静地听三个大人聊天。

石从儒的老婆，即石珊珊的妈妈，身体一直不大好，今年更是严重到长期住院。

"雪灵身体怎么样了？"齐参问。

"老样子。"石从儒眉头拧了拧，"吃药稍微能控制一些，只是还是不太好。原本我们一家三口要一起来，她没办法出门。"

齐参关切了几句，和他聊起吃药方面的事情。

齐欢听着听着，就靠在沙发上。和她相反，石珊珊的坐姿始终端正，手搭在腿上，背挺得笔直，仪态很是淑女。

大人从南聊到北，听得齐欢犯困，目光暗暗地落到石从儒脸上，停了三秒后移开，嘴角若有似无地轻撇。

是所有律师都这样，还是只有石从儒这样？

一本正经的，令人莫名反感。

午饭后，齐欢缩在书桌前的椅子上玩手机。房门被敲了两声，她没抬头，懒散应：“谁啊？”

外面没答，门把手被拧动，齐参推门进来。

“生气了？”

“生什么气？”齐欢闷头玩手机。

齐参在她床尾坐下：“他们走了，你石叔叔给的压岁钱你妈妈帮你收了。”

齐欢想也没想：“我不要。”

齐参看她板着脸，忍不住笑：“多大的人了，爸爸给个压岁钱意思一下，这也要生气？”

齐欢收了手机，抬头：“我什么时候说我是因为你给石珊珊压岁钱生气的？八百块钱而已，我还没小气到那个份上。”

吃年夜饭的时候齐参就给齐欢包了今年的压岁钱，都是现钞，用白条束起的崭新纸币。方秋蘅对此颇有微词，认为他给得太多，齐参却说：“下半年欢欢马上就要高三了，起个好彩头嘛。”

而对于石珊珊，齐参并未高看她，他给所有登门拜年的朋友家小孩都是一样的红包，中规中矩，一视同仁。

听齐欢这么说，齐参一脸笑意追问：“那你窝在房间干什么？”

“出去干什么？”

齐参知道她牙尖嘴利，无奈：“过来。”

“不。”

“头发乱成什么样了，拿梳子，爸爸帮你梳头。”

“不要，你梳得难看死了。”

“什么话，你爸手艺比以前好得多，不信你来试试。”

齐欢不乐意，跟他犟。齐参也不恼，没半点脾气。喊了几声，她到底还是从镜子前抓起梳子，盘腿坐到他腿前。

齐参给她梳头，动作轻柔，梳齿一下下划过她的发丝。

“以前我们读书的时候，你妈妈坐在我和你石叔叔前面，她那时候一头头发可漂亮了。我上课就总是走神想：‘哦哟，这个头发要是梳起来肯定很有意思’。”

他噙着笑，边梳边回忆过往。齐欢却不给面子打断：“你以前说过一遍了。”

“说过了吗？”齐参不尴尬，还是继续，“那会儿，你妈妈老是回头问作业。我成绩不如你石叔叔，你妈妈大多时候都问他。我就一直想，我也要好好读书，这样你妈妈说不定就会来问我。然后我就拼命地读啊读，结果还是读不好。”

以前的事，齐欢听他说过很多次。后来初中读完，方秋蘅和石从儒继续念高中，齐参离开学校出去打工，早早开始讨生活。

齐欢闷闷地听了一会儿，开口：“后来她还是嫁给了你。”

前桌的漂亮女同学和吃完苦中苦成为人上人的旧日不起眼的同窗，走到了一起。

齐参笑：“是啊，嫁给我了。现在我还有欢欢这么乖的小公主——”皮筋绕了最后一圈，他松手，“小公主转过来看看。”

齐欢板着脸转头。

“嗯……没绑好。”齐参把皮筋取下来，重新梳。齐欢背靠着他的腿，任他捣鼓她的头发。

他边梳边说：“我不会读书没关系，我们欢欢这么聪明，走出去谁都羡慕我，是不是？”

齐欢诘问：“那我要是不会读书你就不喜欢我了？”

“哪的话？”齐参更乐呵，“爸爸就希望你开开心心的，什么都不要烦。会读书当然好，要是不会读，那也没什么，大不了爸爸养你一辈子。”

“石珊珊成绩也不差，还听话。”

“那是你石叔叔该关心的事。”他说，“别人家的小孩怎么样我不管，我们欢欢只有一个。”

齐欢又说：“要是别人都觉得我不好呢？”

“你在学校遇上麻烦了？”齐参手一停，第一反应是她挨了欺负。齐欢连声说没有，他才缓和脸色，继续捞她的头发：“那肯定是别人的问题，是他们不懂。”把她的头发绑起，他翻转皮筋，说，“谁敢乱讲你不好，爸爸打烂他的嘴巴。”

齐欢被他不管不顾、一心护短的语气逗笑。

“谁敢说我？我爸爸这么凶——”

大年初五刚过，齐参又出远门。齐家霎时变得空落，邹婶回来帮工，依然驱不散那股冷清。

齐欢的寒假作业早就做完，陈让也从省城回来，她兴致勃勃，一连串发了十多条消息，当天下午就约他碰面。

见面地点定在一中和敏学附近，齐欢让司机送到路口，剩下两条街自己跑着过去。很多小商店都还没开门，没了往年的红鞭炮壳，干净的地上显得有些萧瑟。

大老远就瞧见陈让的身影，齐欢眼一亮，扯了扯包带。她今天出门带的东西不多，但装了点现金，打算给她爸爸买点东西，等他下次回家好给他。

齐欢加快步子朝陈让跑去，还差老远，忽见一群混混从陈让的另一边走来，注意到他后，朝他走了过去。那堆人站到陈让面前，不知在说什么，慢慢地把他围住。

齐欢慌忙冲过去。

“陈让！”

她冲进去，就这么突然出现在一堆人面前。

“……哟，这谁啊？”

李明启吊儿郎当地笑着，大冬天，他的头发反而剔得更短，板寸刺刺喇喇。

齐欢看向这个板寸头，才抬眸，就被陈让护在了身后，他眼沉沉的，表情不轻松。这不同于往常的严肃模样，不消多费思量，齐欢立马意识到面前的混混不是什么过路人心血来潮找碴儿。

一个春节没见，刚碰面就碰上这样的情况。

陈让还没说话，齐欢不退反进，往他身前一站。

“说吧，你们这些人怎样才肯走？”

“怎样？”李明启扯唇角，“我……”

“要钱是吧？”齐欢不耐烦打断他，翻了个白眼。

没给他们说话的机会，她把包里的现金通通拿出来，丢在他们面前。

“拿去。”

李明启一帮人顿住。

“你们跟陈让有矛盾？不管你们之间有什么矛盾，都不能妨碍我们逛街。”

李明启打量她一会儿，眯眼笑：“你真有意思。只是呢，我们……”

“废话少说。”齐欢就差用鼻孔看人，“陈让今天陪我逛街逛定了，我约了他这么多回，谁打搅我我跟谁没完。”

“这条街过去另一边就有监控。趁我现在还好说话，赶紧走开。”齐欢说话一点也不客气。

盛气凌人的傻样是装出来的，但齐欢说的话每一句都是真的。

她爸在家时，上门的访客什么来头没有？只要是禾城排得上号的，她都见过。

尽管齐欢没搬她爸爸的名号出来吓人，但眼见她如此有底气，被他们包围一点也不露怯，李明启心下有了计较。

他弯腰捡起那一卷钱，把钱揣进兜里，视线缓缓地在陈让脸上扫过，最后招呼身后的人：“走。”

等他们彻底离开视线，齐欢绷紧的双肩才终于放松。她转身看向陈让，就见他正死死地盯着自己。

“……怎么了？”齐欢褪了那副令人作呕的大小姐表情，脚下站稳。

陈让表情有点沉：“这样很危险。”

齐欢愣了下，笑：“没事。”她说，“我爸爸一直教我，能用最轻的损失解决的麻烦，就不要犹豫，立刻解决它。”

陈让并没有因为她的安慰而轻松，眉心像是烙上一个解不开的结，还是那句：“这样很危险。”

齐欢在说着什么，他仿佛在听，又仿佛没有。

刚刚她挡在他面前，以一种决绝又不退却的姿态。一刹那，他身体里有块儿地方像被破开刺中。

窝心，又后怕。

第九章

偷偷慢下的脚步

突然的插曲影响气氛，齐欢没了先前轻快的心情，和陈让随便逛了逛便打道回府。陈让陪她坐车回去，在离她家两条街之遥的路口停下。

她同车里的陈让挥手，走出去好远再回头，那辆车依旧停在原地。像很久前，他陪心情糟糕的她打篮球发泄，送她到家门口那次一样。

家里只有邹婶在，齐欢换鞋直奔房间，邹婶从厨房探头，疑惑她怎么回来这么早，又接着问：“等会儿想吃什么？我好准备起来。”

她没心情考虑这些，随口答：“随便弄。”

回了卧室，齐欢往书桌前一坐，拿出手机给齐参打电话。

齐参大概没在谈事情，拨号只嘟了两声，便响起他浑厚的嗓音：“喂？”

“爸——”齐欢开门见山，“我被抢了，有人抢我钱！”

寒假转眼结束，懒散了一个假期的学生们回归校园。头一天，骨头松泛过度，大都有些提不起劲。

齐欢却比放假前还更充满干劲，那不知倦的劲头，叫严书龙几个后进分子看得咋舌。

张友玉没忘上个学期的事，隔了近一个月当面追问后续：“陈让补过生日那天，你大半夜突然打电话把我叫出去陪你去买什么烟火，还去他家门口放。现在过完这么久了，之后什么计划？”

没什么好藏着掖着的，齐欢道：“那天我给他发消息，我说，下一次考试我要考赢他。”

张友玉沉默长达数秒，这件事齐欢当时没告诉她。

“……下一回考试考赢他？”

“嗯。”

“然后呢？”

“考赢之后他答应我一个要求。”

齐欢聊天也没闲着，手里在书上画着下一节课的重点。

给陈让补过生日那天，她发完那条消息就和张友玉相伴回家。等了很久他都没有动静，一度让她以为他要拒绝。

后来他回复她，在当晚一点钟之前，他还是一贯的简洁。

“好。”

简简单单一个字，多余的什么都没说。

齐欢低头看书本，张友玉好半晌才找到语言，拍她的肩膀：“我真搞不懂你到底在想什么。没见过这样给自己挖坑的，服了服了。”

开学头一周，犯懒的后进分子们在老师们的督促下，渐渐找到了发条被上紧的感觉。

齐欢状态很好，去一中的时间大大减少，转而用在跑办公室求教任课老师一事上。没哪个教书育人的会希望自己的菜地里种的全是烂白菜，在敏学这样学习氛围淡薄的地方，有齐欢这样的学生，犹如久旱逢甘霖，一腔学识有人如此愿意听，谁会不乐意。

齐欢开起了小灶，课业之外又是更多的课业。

有取有舍，算下来，一个礼拜她和陈让碰面的次数创下迄今最低纪录，总共三面，其中说上话的只有两回。

周日上午放学前，终于能喘口气的齐欢一手理书包，一手给陈让发消息：“有题目不会做。”

半分钟，他回复：“所以。”

“下午一起看书！”她还加了个夸张的笑颜表情包。

陈让没拒绝，当然也没说好。

齐欢早就习惯他这副死鸭子的模样，背上包，乐滋滋地和等在门口的一帮人一起离校。

下午一点，天突然阴沉刮起风，乌云层叠压顶，没多久，雨点噼里啪啦在地上砸开水花，下得又凶又急。

和陈让约了两点见面，齐欢趴在窗台边，眉头紧拧。

雨势不见停，虽有变小但没有要收的意思。两点一到，齐欢给书包套上防雨的遮挡，毅然撑伞出门。半路上，收到陈让的短信，问她出门没有。

她说：“出租车上。”

十几秒后，他道：“下雨很麻烦，你让司机开到我家。”

齐欢记得他家地址，没多想，抬头通知司机换目的地。

开到陈让家门口时雨仍然没停，齐欢提前发消息告诉他到了，在车上等了半天，没见他从里面出来。

她给他打电话：“你怎么还没下来？”

陈让顿了下：“……你没带伞？”

“我带了啊。”

“那我下去干吗？”他报出一串数字，说，“大门密码。”

齐欢愣了愣：“去，去你家啊？”

他无言：“都到我家门口了，你还想去哪儿？”

齐欢握着手机一下没说话，莫名有点紧张。

给司机师傅加了陪她傻等的钱，齐欢撑伞冲到陈让家门口，上楼前把伞搁在门边。

大雨天，陈让把二楼客厅的灯全打开，窗帘拉上，室内一片暖意。两个人盘腿在茶几边对坐，各自做习题，一写就是几个小时。

六点多，拉开窗帘一看，雨还是没停，一滴滴砸在窗沿，把玻璃砸得闷响。外边路上，地面被雨狠狠地冲刷，尘埃泥灰冲得干干净净，别说车，一个人都没有。

齐欢坐在地毯上，纠结：“怎么下得更大了……”

陈让没多言，放下窗帘：“该吃晚饭了。”言罢进了厨房。

下不下雨仿佛和他没关系，他洗手，慢条斯理地开始煮饭。

吃完饭快八点，雨还在下。

齐欢洗干净碗筷，坐在沙发上一脸茫然，活像是被撑傻了。天渐晚，她和陈让说了会儿话，越来越坐不住。

“我回去了。”外头还在下雨，齐欢没管，仍旧背上包和他告辞。

陈让没拦，老神在在地看书。

离开陈让家，齐欢撑伞站在他家院外等车。雨太大走不远，水汽蒙得眼前白茫茫一片，又是晚上，黑不愣登，怪吓人。一分钟、两分钟、五分钟……等了十多分钟，愣是没有一辆出租车，有车也是别家的私人轿车出入。

身上突然被披上了一件外套，齐欢扭头看向身旁：“你怎么下来了？”

陈让一脸淡漠：“看雨。”

齐欢：“……”

半个小时过后，他们终于等来了一辆出租车。

“陈让，那我回去啦。”

“嗯。”

陈让看着消失在雨幕中的出租车，转身上楼。糟糕的天气未有半点好转，寂静的夜里雨声汹汹，紧闭的窗和遮挡的窗帘依然挡不住。室内安静无声，陈让望着窗外，莫名心里有些烦躁。

其实已经烦了很久，从年前左俊昊他们给他补过生日那天开始，心里就乱糟糟的一团。

那一天齐欢在窗下院外点燃烟火，十二点过完，给他发了那条信息，他隔了一个小时才回。那一个小时里，他坐在床尾，出神待了很久。

从父母离婚以后，他一直希望自己无论什么时候都能保持冷静，始终克制。齐欢的存在却在摧毁这些。尤其是站在窗台边看到她高高举起燃烧的仙女棒，那一刹那，他突然有点害怕。有什么东西好像已经被蚕食，仿佛只要她伸出手指轻轻碰一碰，片刻就会轰然倒塌。

然而一个小时的纷乱思考，到最后，他却还是控制不住，鬼使神差地回复了她一个“好”字。

春节去省城回来后，和她见的第一面就碰上了李明启那群人。她毫不犹豫地冲出来挡在他面前的举动，既是意料之外，又在意料之中。她帮他赶跑那些人，他怔然找回神思后，拽住她的手时他是真的后怕。

如果当时李明启没有走，如果她被牵连发生什么，他不知道自己会干什么。有些可能和意外，想一想就觉得发冷。

不妙，真的不妙。

第一次月考结束后，各校放月假，齐欢那帮朋友里有人过生日，借着这个由头，齐欢带着敏学那一群人预备去放松一下。因为齐欢的关系，他们和一中陈让那帮人混得越来越熟。严书龙手机里就有他们好些人的号码——从这个方面看，他的人缘不是一般的好。

这次聚会，便叫上了不少一中的朋友。除了陈让三个是齐欢喊来的，其他全是严书龙的人情。

下午，两个中包里坐满了人，两边男生嘻嘻哈哈，没有半点隔阂。玩了没多久，左俊昊把陈让从包间里叫出去。

到走廊拐角，季冰早在那儿等着。左俊昊开门见山：“李明启他们被抓了，刚刚收到的消息。”

陈让脸色一凝。

季冰接话道：“前段时间他们就被悬赏了，我们没注意，关思宇他们说，之前就有听到消息，好像要逮李明启他们。昨天在凌城一家旅馆抓到他们的，今天城北那个警察局的通报栏贴了消息。”

左俊昊拿手机给陈让看，图里是关思宇发来的拍到的通报书。

“他们之前的案底都不大不小，一帮人到处流窜，抓起来很麻烦。”左俊昊说，“关思宇他们讲，这次貌似是有人资助，出善心悬赏，金额很大，禾城周边几个地方都贴了。李明启那帮人胆子很大，躲出去还不收敛，在凌城犯了抢劫案，被一次性处理了。”

“他们这回进去，别人不清楚，但李明启肯定是要蹲个两三年。”季冰的语气里有一丝轻松。李明启这个隐患，就像一颗定时炸弹，从高一开始，多少次麻烦都是因为他。现在他被关起来，对他们来说，绝对是一件好事。

陈让淡淡听完，平静道："我知道了。"除了这四个字，没有发表更多意见。说罢，他回包间，左俊昊和季冰见他走，想说什么，到底还是没拦。

走廊上光线暗得很，这里的下午场依然热闹，各个包间里不时传出吵闹的歌声。

陈让略出神，想起齐欢和他碰到李明启那天，她一点都不担心，他取钱要还给她也被她拒绝。这段时间她没跟他提一句和李明启有关的话，但他知道，这件事很大可能跟她，以及跟她爸爸脱不了关系。

闷头走着，回过神来不知走到了哪儿，陈让站了站，提步要回包间，前面拐角传来一群女生聊天的声音。夹杂在乱七八糟的调侃声中，只一瞬他就辨出齐欢的声音，转身动作一顿。

"到时候你过生日要怎么过啊？"

"对啊对啊，我们每年都花心思准备礼物，今年那个谁……那个陈让，是不是应该送点不一样的！"

"对哦，他到时候送什么，我好期待呀……"

起哄的女生你一句我一句围攻齐欢。

齐欢声音带笑，但很镇定："还早着呢，我生日得暑假快结束的时候了，现在说这些干什么？"

马上就有人笑："你们还问什么？我看什么都别要了，反正陈让给什么，齐欢肯定都好好好，棒棒棒。"

霎时响起一阵笑声。齐欢没好气地训她们，一群人嘻嘻哈哈地求饶，闹个不停。

陈让站着听了会儿，在被发现之前，先走一步。

回到包间，没多久齐欢也进来，看到他明显很高兴，跑过来往他身边一坐。

"你去哪儿了呀？我找了你好久。"

陈让没回答，睇她两秒，站起身："你跟我来一下。"

她愣愣的，才刚坐下，沙发都没坐热，又跟他到洗手间外的角落。

"李明启被抓了。"陈让说，"你知道吗？"

齐欢没想到他要说的是这个，但也没太意外："这不是迟早的吗？"

陈让看着她："这件事和你有关吗？"

"我？"齐欢一愣，笑了，"我哪能啊……"

他抿唇。

她敛了笑，说："好吧，我是告诉了我爸爸他抢我的钱。我说的是事实啊，虽然是我扔给他的，但他们不围着我们找碴儿，我也不必想这种办法脱身。而且他犯的那些案底是真的，拿了不该拿的钱也是真的，就凭他犯的那些事，小案子加起来罪也不轻了，抓他是迟早的事。"

陈让没说话。

"你干吗？不高兴了？"齐欢摸不准他的想法，抬手在他眼前挥了挥手。

"你没必要做这么多。"

齐欢一愣，然后笑了："什么没必要，很有必要。"她说，"你看，这世上有善有恶，恶人有恶果，虽然结果来得晚了一点，但终究还是来了。"

她笑着，很认真地告诉他："有些事情，你从来都没做错。"

陈让眼睫轻颤。她的眼里，倒映着头顶吊灯。灯光昏暗，她的双眼却澄澈、明亮、洁净。

吵闹的过道，包间里的他们在鬼哭狼嚎、声嘶力竭地唱，那些纷乱，这一刹那似乎都被隔绝。

他从来没有想过，有一天，有这么一刻，会有人用心抚慰他的坎坷，用万般温柔和耐心告诉他——

没有错。

你的善良，没有错。

左俊昊、季冰和严书龙几个玩嗨了，死死霸占着话筒不肯撒手，勾肩搭背在包间里大声串烧，关键是唱得还难听。

一群人抢话筒、扔东西、互相攻击，闹得不亦乐乎。

陈让和齐欢一个耳朵疼一个脑袋疼，不得不溜出包间到外面找清净。到最近的一个拐角，两人靠着墙站，齐欢用手扇风，驱散脸上的热意，总算没那么难受。

陈让见她脸发红，皱眉："脸怎么这么红？"

"没事。"齐欢解释，"可能是被闷的。"

窗户开了一条缝，外面的风吹进来一丝丝，和空调是不一样的感觉。

陈让忽然问："你生日在暑假？"

齐欢点头："是啊。"

"你刚刚说，想要什么生日礼物？"

她顿了下，一时没明白他这句话。过了好半晌才理解："你听到我们在走廊讲话？"

他默认。

“她们乱说的，你不用……”齐欢想解释，又不知道该解释哪一句。那帮碎嘴的，太八卦了！

“送什么都很高兴？”陈让看着她问。

他表情和平时不太一样，齐欢愣了一下，点了点头。

他没再说话，一时静下来。

风从窗外吹进来，天幕上的星星似乎也跟着晃。

齐欢瞅他两眼，出声：“其实不用多费心的礼物，没有也行，只要那天你来就很好了。”

他还是没说话。

见他不吭声，她立时紧张起来：“你不会真的不想来吧，不是吧，我过生日哎……”

他说：“不会不来的。”

一场下午聚会，结束得很圆满。一帮人闷了太久，开学后第一次出来放松，各个放飞自我。玩得专注，别人的事自然关心得少了，齐欢和陈让去了哪儿也没人注意，甚至在场的都没发现他们不在。

这一天像个插曲很快过去，没多久，新的礼拜到来，第一次月考的成绩出炉，一拿到成绩表，齐欢就在大课间时去了校外小卖部。

陈让他们都在，齐欢挪到陈让身边，小声问：“你考多少？”

他一门一门报出分数，最后报了个总分。排名不需要报，他们学校高二年段的第一，仍然是他。

齐欢也是敏学高二年段的第一，但听他说出总分，整个人像被扎破孔的气球，顿时泄气。

“我比你少。”她垂头，连成绩表都不想拿出来。

陈让眸光略沉，辨不出神色，朝她伸手，齐欢沮丧着把成绩表递到他手里。这回月考，考试结束后，卷子难不难大家都知道了。一中和敏学都是自出卷，齐欢从纪茉那借来看过，一中试卷的题目比敏学的要难上一些。

她哭丧着脸重复：“我比你少。”

按理说，她要考和他一样的分数其实不难——最早的约定是她考赢他，后来不知怎么，似乎是从他说“怕你输得太难看”开始，说着说着，最后变成了只要她和他分数相同，就算数。

然而她做着比他们学校容易的卷子，还是比他低了三分。

没看到敏学的试卷，陈让也不知道她丢分丢在哪儿，看着最后的成绩，一个个数字印在眼里，半晌无言。

齐欢垮着脸，那可怜兮兮的模样，让陈让到嘴的训斥不得不咽回去，卡在喉咙不上不下。

“……你笨死算了。”

良久，陈让把成绩表还给她，沉着脸快步走出了小卖部。

齐欢郁闷半天，愁得想揪头发，苦着脸回学校，脚步重得一步一个印儿。

左俊昊和季冰在旁目睹一切，没有追在陈让身后回去，并排靠在一起议论。

“陈让这回的成绩挺有意思。以前他和后面的人一直保持碾压性差距，这次和第二名之间就差一分。”左俊昊笑得颇为内涵。

季冰看了眼齐欢离开的方向，想说什么，话到嘴边摇了摇头，最后只“嗨”了声，半调侃半玩笑道：

“学霸的世界，我们不懂。”

齐欢被月考成绩打击得像挨过霜的茄子，消沉一天，沉淀下来后自我鼓励，决定冲击下一回月考。为着考试的事，从开学到现在，除了去陈让家做题目以及考完后的聚会，大多时间她都用在学习上，而今成绩出来，虽然遭遇滑铁卢，但也有了喘息的空隙——拿完成绩表，第二天她又开始往一中跑。

陈让依旧如此，齐欢来找他，没见他多主动多热情，但也称不上冷淡，毕竟，拉着陈让废话大半天还能叫陈让捺着性子配合的，除了她没别人。

月考成绩出来后的几天，齐欢有时午休来看他们打篮球，有时下午放学来找陈让吃饭，左俊昊和季冰都习惯了，然而习惯之后，她突然不准时，反倒让他们两个不自在。

“现在几点了？人差不多都快走完了，她今天不吃晚饭？”说话的是左俊昊，话里说的自然是齐欢。

季冰靠住栏杆，和左俊昊一起等教室里慢腾腾收东西的陈让：“不知道，她中午午休不也没来？那可能今天有事不过来了。”说完停顿，自己都嫌弃自己的八卦，立马把气撒在左俊昊身上，“……她来不来我们操心什么？你老带我聊这些有的没的，八不八婆！”

左俊昊唾弃他的假正经，转头往楼下操场看了眼。

“哎？”一看就看到了个熟悉的身影，他拍季冰，“说曹操曹操到，齐欢在楼下……”

季冰回头顺势看去，左俊昊皱眉：“那谁啊？她在跟谁说话？”

操场上有群人在打篮球，有个高个男生抱着球站在齐欢面前，不知在跟她说什么。

“高二（2）班的？”

“高二（2）班有这号人？我怎么没见过？”

季冰说：“上个礼拜刚转来的，你不在楼下不知道。”高二（2）班和季冰所在的班在同一层楼，打照面的次数多，见过很正常。

越看左俊昊越不爽：“哎哟，那人干什么——”

那个高二（2）班抱着篮球的男生不知道缠着齐欢说什么，齐欢几次绕过他要走，都被他挡在面前拦住。

左俊昊当然不是因为自己，他是为陈让不爽。

恰好这时，陈让理好东西从教室后门走出来。左俊昊听到他说“走”，回头看他一眼，指了指操场：“齐欢在楼下。”他撑在栏杆上往下探头看，边看边骂，“那人是不是有毛病？他不怕齐欢收拾他……”

听到齐欢的名字，陈让脚步一顿，走到他们旁边。

左俊昊瞅他脸色，解释说：“齐欢应该是要上来找你，那家伙碍事……”话没说完，就见陈让的脸色似是变了一刹，极短极快的瞬间。若不是他正好面对陈让，怕是都难捕捉到这丝细微表情。

陈让抿着唇，一言不发，闷声走了。

左俊昊愕然，回头往下一瞥，就见齐欢不知在对那个男生说什么。男生手里的球不知何时到了她的手中，而她脸上，挂着明晃晃、毫不加以掩饰的灿烂的笑意。

从操场穿过，陈让快步走在前，左俊昊和季冰跟在后，两个人心下莫名紧张。

齐欢看见他们，提步跑过来：“陈让……”然而陈让脚步未停，直直朝前。

齐欢愣了一愣，赶上他：“你干吗走这么急……”

陈让停住，低眸瞥她，眼角余光扫了站在不远处的那个男生一眼，目无波澜，淡淡道：“篮球挺有意思，看来下回考试十拿九稳了，你继续打。”

说完，他头也不回地走了。

左俊昊和季冰大气不敢出，尴尬地冲齐欢笑笑，没能走开，被回神的齐欢拦住。

“陈让怎么了？”

还能怎么，心里不爽呗。左俊昊嘴上却不敢说，搪塞：“我也不清楚，要不你自己问他？”

齐欢沉吟两秒，很快做了决定："你俩自己走吧，今天他不跟你们一块儿。"她挥手拜拜，提步去追陈让。

季冰和左俊昊面面相觑："现在怎么办？"

"什么怎么办？去吃饭啊。不跟陈让一起你饭都不会吃了？"

季冰踹他。

两个人过了几招，旁边那个高二（2）班的男生一直在看他们。他们收了玩闹的脸色，冲对方扔去一个冷眼。

不知道哪儿冒出来的，净给人添乱。

陈让走得特别快，齐欢追了半天才追上，扯了下他的袖子让他站住。"你干吗？好端端的生什么气？"

他不理，连看都不看她。

齐欢着急，也有些气："有话不能好好说吗？你这样一声不吭……"

"说什么？"陈让侧目看她。

"你……"

她动唇，还没说话，他扭头又走了。

这下没辙了，齐欢愣住，猛地蹲下，埋头在膝盖和手臂之间。闷重的哭声传来，走开几步的陈让僵住。她在背后哭得一点都不矜持。

陈让站了几秒，回身走回她面前，居高临下，只能看到她一个头顶。

"……别哭了。"

齐欢闷声哭道："你好凶。"

他抿唇："我没有。"

"你在生我的气。"

"没有。"他板着脸否认。

齐欢蹲着不动，哭声断断续续。

"真的没有。"有一丝束手无策的头疼，陈让的语气不自觉放柔，僵硬又别扭，"你先起来。"

"那你先保证不生我的气了……"

他无奈："我保证。"

哭声终于停了，齐欢抬头，从指缝中露出一点点脸。那张脸上干干净净，哪有一点泪痕。她还知道心虚，只敢从指缝里偷瞄他。

"你装哭？"陈让皱眉。

"是你不肯听我说话，我没办法才……"她声音渐小。

一个站着，一个蹲着，无言相对。良久，陈让转身。

齐欢见他踢步走开，一刹变得沮丧，真的沮丧。要低头时，前方走了几步的人忽地停下，回头看来："你还蹲着干吗？"

她微愣。

陈让微撇唇角：“你不走我走了。”说是这么说，可脚下却一动不动。

齐欢眼亮起来，一下子枯木逢春，生机焕发。

他继续提步，人高腿长，迈开的一步顶她两步。

她一边话痨一边碎步跟着他。

陈让手插着兜，板着张脸似听非听，脚下的步子却不知不觉随着她，放慢了节奏。

走到路口，陈让忽然问：“他刚刚跟你说什么？”

“谁？”齐欢慢半拍才反应过来，“哦，操场那个人啊？他很奇怪，莫名其妙拦住我还说要跟我认识……”

他没表情，只是脸上的眉头紧了些。齐欢没注意，继续说：“一开始我没理他，但是他老拦我的路，我只能停下跟他浪费时间。”

“而且他很讨厌。”齐欢一脸不高兴，“竟然讲你的坏话！说你没什么了不起的，还说有时间可以约着比一比。我都懒得理了，他突然把球塞到我怀里，问我会不会投篮，要不要坐下聊聊什么的。”

“以后遇到这件事不要理。”

“可是他说你坏话。”

“随便，不用理。”

齐欢“哦”了声，点头。

站在路口等红绿灯，面前车水马龙，齐欢问：“我们去吃什么？吃小火锅好吗？”

陈让想也没想：“不吃。”

“我知道有家店的红汤汤底味道超好。”

说着，红灯变绿，齐欢刚要抬脚过马路，陈让却往另一个方向走了。

她踉跄站住：“哎呀，你去哪儿？”

陈让回头，眸色沉沉，盯得她心虚。

“上火还想吃火锅？”昨天发消息抱怨喉咙疼的人仿佛不是她。

他的视线压力太大，齐欢张唇，说不出话，只能跟他朝另一个方向走。

“去哪儿啊？”

陈让头也不回：“喝炖罐。”

左俊昊和季冰一起吃晚饭，吃得比较随意，在学校附近找了家小店，填饱肚子就算完。四处逛了一圈，没什么有意思的，便早早回学校。

季冰班上有事，老师在，左俊昊不好和他黏在一块儿，又不想回教室，手插裤兜里，在学校四处乱逛。

从乒乓球石桌区域往后绕，教学楼背后有片小树林，他找了块大石头坐下，刚想拿出手机，里边传来窸窸窣窣的声音。

左俊昊挑起眉头，往里去，还没走多近，一道受惊声响起："谁——"他也被吓得一顿。

定睛一看，地上蹲着个女生，在落叶堆里翻得手上全是泥。

"哟。"左俊昊乐了，冲女生笑，"小纪同学，这么巧，蹲地上找什么呢？"

纪茉见是左俊昊，松了口气，不过几秒后，脸上又隐约浮现一层抵触。之前许多次打交道，这个人给她的印象实在算不得好。吊儿郎当、油嘴滑舌、全无半点正经，如果不是因为齐欢，她连一个字都不想跟他讲。

当下左俊昊笑嘻嘻地走近，纪茉垂头，掩了掩皱眉的表情。

"你怎么不说话？"左俊昊毫无自己被嫌弃的自觉，到她面前蹲下，伸手在她眼前虚晃一圈。

纪茉绷着肩往后挪了些许，左俊昊没在意，视线落到她手上，原本白到能透出血管的手，沾满了泥灰。

"脏不脏？"他说。

纪茉一句话没答，抿着唇，低头继续翻找。

左俊昊看不过去："喂喂，脏啊。捡破烂呢你，地上有金子还是怎么着？"

"我找东西……"纪茉的声音细若蚊鸣。

"你大声点儿。"左俊昊往前凑，"找什么东西？"

纪茉说："手链。"

他笑，瞥她的手腕："你还戴手链？我还以为你不喜欢这些花里胡哨的东西。"

"……齐欢送的。"她垂着头，并不看他。

今天轮到她值日，这片小树林是他们班的打扫区域，她扫着扫着却发现手链不知道什么时候没了。

左俊昊问清，皱眉："你不会一直在这儿找吧？"打扫卫生是下午放学后的事，现在都已经到了快上晚自习的时间。

纪茉没说话。

左俊昊无语："行了，我来找，你去吃饭。"

她站着不动。

他翻白眼："干吗？怕我找到了藏起来？"

"不是。"纪茉否认，脚下一动不动，就是不肯走。

“随便你，晚上饿到胃疼别哭。”左俊昊撇嘴。语毕，撸起袖子开始找东西。

扫把和撮箕倒在地上没人理，他俩弯着腰各找一边，只有脚踩在地上的沙沙轻响。

左俊昊视力不错，没多久，在排水沟里发现了那条银色的手链。他蹲下，把袖子撸到手肘以上，伸手探到底，从水沟里捞起手链。

纪茉找回手链，表情总算轻松了。抬头一看，左俊昊用纸擦手指，低眉敛目细致地一根根擦干净，难得安静。

“谢谢。”纪茉略别扭地开口。

他“嗯”了声，忙活手上的事，没抬头。

擦完手，把纸扔进她带来的垃圾桶里，左俊昊见她不走，奇怪：“你还在这儿干吗？”

“还有一些没扫干净。”纪茉说，拿起扫把继续之前的工作。

左俊昊摇头，觉得她真是死脑筋到没救了。这个树林，这样的环境，哪里能真的扫得干净？就算有点没弄好，其实也不打紧。

可能是无聊，他没走，干脆坐下，在石阶上看她扫地。左俊昊安静了没一会儿，说笑话逗她。头一个笑话，纪茉听得顿了顿，但没理他。而后那些废话，她更是彻底没了反应。

扫到他面前，左俊昊踩了踩纪茉手中的扫把：“说话呀。”

纪茉抿唇看了他几秒，那表情复杂到难以形容。她抓起扫把，拎着撮箕和垃圾桶，头也不回地走了。

第二次月考没来，敏学原校区修缮完成的消息却先来了。在一中隔壁的旧学校待了一个多学期，终于到了要搬回自己学校的时候，敏学的学生没谁不高兴，毕竟他们学校无论是装修环境还是设备，都比暂居的这所旧师范要好得多。

齐欢稍稍有些沮丧，搬回学校，和陈让见面就没那么方便了。她高一一年没有听过陈让的名字，一是因为不关心陌生人的事，二是因为两校隔得太远，没什么交集。

得到通知的当天下午，齐欢借吃晚饭的时候跟陈让告了个别，还保证：“我听我们老师说第二次月考估计是统一卷，到时候全城统考排名，我一定会好好考！”

饭桌上陈让没有流露多少情绪，但回了学校，左俊昊和季冰却发现他整晚沉着张脸，像是被欠了巨款。

敏学的行动力一流，说搬来就搬来，说搬走，不过三天就搬得干干净净。

白天没法和陈让见面，对于在一中旁边上了一个学期课的齐欢来说也挺不习惯的，只能课间偶尔给他发发消息，晚上回家以后再打电话。

是夜，齐欢做完作业窝在被窝里翻来覆去，一会儿平躺一会儿趴着，从作业聊到考试，把白天在校的所有八卦所有事情都拿出来讲了一通。

陈让很耐心地听着，直到齐欢撑不住犯困，合眼睡着。

均匀的呼吸在静悄悄的夜里格外明显，陈让听出她睡着，却没挂电话，任通话保持着。

夜下万籁俱寂，陈让听得清自己的心跳。

有些话一时说不出口，但有些东西，并不代表不存在。

统考前一天，齐欢突然出现在一中校门口，把左俊昊等人吓了一跳。

“我来看看你们。”齐欢说。

和以往一样，跟左俊昊你一句我一句插科打诨，季冰偶尔接两句话，吐槽得精准无比。气氛融洽毫无隔阂，并没有因为一段时间不见就变得生疏。

陈让一脸波澜不兴，齐欢跟他讲话，他的回答依旧简短。

齐欢一口气说了一大堆，他反应平平，她忍不住抱怨：“你真冷淡。”

陈让无奈：“这个八卦，你昨天电话里说过了。”不是他不想理，实在是……不知道说什么好。

齐欢不管：“可是昨天是电话里说的，现在是当面说。跟我讲话很没意思吗？那我以后不跟你讲了……”

“没有。”陈让没辙，“很有意思，你讲。”

齐欢也不客气，把已经讲过一遍的八卦，再次复述。陈让听了三遍，还要装着第一次听，强憋着点评道：“嗯……确实……挺过分的……”

左俊昊和季冰在后边暗暗偷笑，不敢出声，闷笑得差点咬到舌头。

陈让和齐欢去吃晚饭，见面不比以前方便，左俊昊和季冰便很识趣地没有打扰。

吃完逛到广场，在凉亭里坐着闲聊，齐欢一勺勺挖着草莓味的冰激凌吃得起劲，还剩一半的时候，她问陈让：“草莓味很好吃，尝一下？”

他皱眉：“……不尝。”

“为什么？”

“太甜。”

“哦。”

齐欢又注意到对面：“哇，斜对面新开了一家电影院，不晓得有没有什么好看的电影，要是你晚上不上课就好了。”瞥见对面闪亮的招牌，齐欢觉得可惜，昂头远眺，“最近新上了一部电影，叫什么什么逃杀，你看了吗？”

陈让抿唇，说：“没看，有时间可以去看。”

“好！”

齐欢请了假，陈让没请，上晚自习前，她把他送到一中门口。

陈让说：“明天要好好考。”

她用力点头，连连保证。陈让没进去，站在门口亲眼看着她上出租车。

车开出好远，齐欢在后座回头，还能看到他穿着蓝白校服站在门口，随意却挺拔得像是白杨的身影。

车在家附近停下，齐欢付了车费，一路哼歌。轻快的心情在快到门前时戛然而止，她不由得停住脚，心下突然有点不安。

天黑得早，夜色沉沉，家门外停了好多车。她莫名心慌，跑上门前台阶，把钥匙插进锁孔。推开大门的瞬间，她愣在门口。

家里，灯火通明。

第十章

夏至未至，青春已没

第二次月考当天，陈让起了个大早，吃完早饭后到校进入考场考试，出来的第一件事就是给齐欢打电话。奇怪的是联系不上，几乎手机不离身的她很少错过消息和电话。他打了三个，却始终没有人接。

左俊昊见陈让拧眉，对他的担心很是无语："齐欢都那么大的人了，还能丢了不成？再说你们不是昨天刚见过？"

陈让没言语，回家的一路默不作声，没开口说一个字。

下午考完，陈让又给齐欢打电话，还是打不通。这回左俊昊也觉得有点不对，但见一向冷静沉稳的陈让心浮气躁，安慰他："说不定是有事呢，齐欢忙的时候也有两三天没联系你啊，可能她有什么事忙不过来。"话说得自己都不太信，齐欢以往忙归忙，但从来不会联系不上。

陈让不知在想什么，左俊昊好劝歹劝，才拦住他没让他去敏学。心下暗暗祈祷，希望齐欢赶紧回个电话，不然陈让这两天考试不要想好好考了。

一夜倏然过去，第二天，还是联系不上齐欢。这回左俊昊不拦了，考完出来决定陪陈让去敏学，哪想还没走出楼梯拐角，他们班的班主任突然出现，叫住他："陈让，你跟我到办公室来。"

"老师，有什么事明天说行吗？"陈让站着不动，眉头拧起。

左俊昊也想帮着说话，但老师哪知道他们急什么，一个劲招手："明天？今天的事今天说，你过来，我和主任跟你聊聊……"

左俊昊头都大了，陈让被叫走，他在外边干等，生怕陈让按捺不住说什么不该说的话。

眼见着天都黑了，陈让终于从里面出来。出了校门，陈让朝平时回家的反方向走，左俊昊问："你去哪儿？"他不答，左俊昊上前拉住他，"现在这个点，敏学的人考完都回家了，去了也没用。"不等陈让说什么，左俊昊主动道，"我有严书龙的电话，我帮你打过去问，行不行？"

在空无一人的校门口，左俊昊顶着夜色拨打严书龙的号码。漫长的嘟声，是他这辈子听过最磨人的声音。

一接通，左俊昊开门见山："我问你个事，齐欢人呢？她电话为什么打不通？"

严书龙道："我也不清楚，齐欢请假了，这两天没来考试。"

左俊昊一愣："请假没考试？"

"嗯。"

"你联系得上她吗？"

"我们都打不通她的电话，只有庄慕跟她家里比较熟。"

"那庄慕……"

不等左俊昊说完，严书龙便道："庄慕早就请假了。他外祖父过大寿，全家都去了，人不在禾城，比齐欢请假还早。"顿了下，严书龙又道，"不过庄慕明天就回来了，可以问问他。"

什么有用的讯息都没得到，通话结束，陈让站不住，提步就要走。左俊昊忙扯住他："你去哪儿？"

"她家。"

"敏学的人都找不到她，你去她家有什么用？"左俊昊急了，"明天庄慕就回来了，问问庄慕说不定会有消息。你再稳一晚，就一晚，明天要是也没头绪，哪怕天涯海角我都任你去，行不行？"

这一刻的沉默，大概是左俊昊这辈子经历过最压抑的时刻。陈让的脸色比晦暗的夜色，还要沉重。

联系不上齐欢的第三天，没等陈让他们先打电话，庄慕那边已经先行联系他们。

左俊昊的手机接到严书龙的来电，电话那头是庄慕的声音，他说了句等一等，直接将手机递给陈让。

庄慕简言概之："齐欢家里出事了，具体的还没确定，情况不太好。"

陈让一顿："齐欢呢？"

"她现在估计也焦头烂额。"

"我去找她。"

"没用的，不要白费力气，她不在家。"庄慕说，"她家主宅被封了进不去，进去也没用，里面没人，她家在禾城不止一处房产。"庄慕叹了声气，劝他，"有什么事我会第一时间通知你，真的，我们也很急。"

尽管不待见陈让，但对齐欢的关切，不论陈让也好，他们这些敏学的也好，都是一样的。

庄慕的这通电话打完，事情没有好转，反而朝着更坏的方向发展。陈让整个人都变得阴沉冷硬，周身凝结着一股"不要近身"的气场。

之后一连挨了五天，左俊昊和季冰每天都是掰着手指强撑过去的。就在左俊昊觉得陈让快要爆发的时候，庄慕来电话了。

"我们见到齐欢了，你们要不要过来？"

不用问，陈让直奔庄慕报的地址。

在一家奶茶店的顶层包间里，他们见到了齐欢。敏学的人围着齐欢坐，气氛凝重，她的脸色糟糕得像是病中之人。来的路上左俊昊他们陆续问清了事情——齐欢家出事，不仅主宅被封，她爸也被带走了。

一群人围坐着，庄慕问了很多话，齐欢都摇头。

“不知道。

“我不知道……

“我真的不清楚。”

她脸上满是疲惫，颓然得像是没有半点力气。什么都说不出，一问三不知。

十几岁的年纪，离成人世界几步之遥，然而这个距离却是一道长河，他们根本难以触碰，也无能为力。

沉默间，陈让忽地开口：“你们能不能出去一下？”

一群人互相对视，你看看我，我看看你。由严书龙带头，陆续离座，把空间让出来。

顶楼的包间有阳台，光透过玻璃门照进来，很亮，和她的脸色是两个极端。

陈让问：“要不要去阳台吹吹风？”

齐欢点头。

他们到阳台上，并排站在栏杆前。

齐欢说：“我爸爸没有做坏事。”她红了眼睛，眼泪突然像断线的珠子掉下来，“他初中毕业去打拼的时候，石珊珊爸爸借给他一个月生活费，他都能记这么多年，他怎么可能会害别人……”

喉头滚烫的热气仿佛会把自己灼伤，她哽咽，鼻尖泛红。

她先是啜泣，低低压着声音，越来越忍不住，最后还是痛哭出声。

哭到发颤、抽搐、接不上气。

“七年，七年过完他就老了……他们怎么可以这样……就算没有半点感情，她怎么可以这样对我爸……”

她断断续续地说，语无伦次，叙述不清。陈让没有问，只让她痛快地哭。

齐欢觉得心在发抖，又痛又闷。

回家那一晚，打开门，家里全是人。她亲眼看着齐参被拷起带走，一刹那僵滞，胸闷得喘不过气。方秋蘅在，石从儒也在，还有好多好多人，都在。

这些天她抓狂、崩溃、吃不下、睡不着，像行尸走肉，和方秋蘅吵架，把手机摔坏，没有人肯带她去看她爸爸，她不知道该怎样才能和他见面。

没有人主动告诉她发生了什么，她只能自己去听、去猜、去串联。

她和方秋蘅之间爆发了有史以来最大的争执。

她们搬到禾城的另一处房产，几天里她一直没怎么进食，只勉强塞了点东西下肚，维持力气。当方秋蘅把石从儒和石珊珊带回来的时候，她彻底忍不住。

她听到他们在谈财产、以后、户名……每一句话都像是在扎她的心。

她冲出去质问："都是我爸爸的钱！那些都是我爸爸的财产！什么转移，什么你的名下，你们到底想干什么——"

方秋蘅站起来怒斥她："什么你爸爸的钱，家都封了，公司也封了，你还在做什么梦！"

齐欢死死瞪着她，一寸不让："你以为我什么都不知道是不是？我爸爸有多少资产你们真的以为我心里一点数都没有？查封？封掉的那些有多少，你告诉我啊，有三分之一吗？剩下的三分之二呢？你告诉我我爸剩下的三分之二财产去哪儿了？"

吵着吵着，她们动起手来。方秋蘅扇了她一巴掌，她撞到茶几，却还是忍住痛发狠站起来扑倒方秋蘅。

当时一片慌乱，石从儒父女过来拉开她们，将她远远地甩到地上。

她在自己的家里，狼狈得像个疯子。她挥手摔碎花瓶，那瓷片碎裂飞溅，不如她的声音决绝。

"我不会放过你们！你们害我爸爸，我不会放过你们的——！"

她回房，听到心有余悸的方秋蘅在背后大叫："让她滚！让她滚得越远越好！"

那一晚她好几次差点失去理智想要冲出去跟他们同归于尽。可是每当她拧下门把手的时候，眼前都浮现她爸爸的脸。

他总是用怀念又感慨的语气和她说以前，说他念书的时候老是出糗，别人都嫌弃他，只有她妈妈正眼看过他，帮过他好多回。而他初中毕业离开学校出去打拼的时候，石从儒从自己攒的钱里拿出一部分，给他，那时候的钱不多，但却是石从儒一个月的生活费……

她不知道在门边哭倒了几次，匍匐在地上，既心酸又痛苦。

齐欢哭得喘不过气来。

"他们的一点点好、一点点恩情，我爸爸都记得……记了这么多年……他们却要毁了他的后半辈子，为什么……为什么啊……"

在她上小学的时候，她就察觉到她妈妈并不喜欢她爸爸。一年一年，越长大她越讨厌她妈妈，两个人的关系也越来越差。可是她爸爸，永远都甘之如饴。外人看他精明至极，齐欢却觉得他傻得过分，明知道自己的感情连百分之一的回报都没有，还是不变，始终不变。

她一直觉得，她妈妈配不上她爸爸，有时候甚至想，她宁愿自己没有出生，她爸爸的妻子不是她妈妈，或许她爸爸会过得更好。

“他每次出门最长只有三个月……七年……我想他了怎么办……”

那些人说，她爸爸大概要被判七年。对一个中年人来说，能有几个七年？

齐欢哭得快要站不稳，她声音沙哑，带着一股绝望的语调。

“陈让，我该怎么办……”

至今十多年的人生中，第一次绝望，是在父亲背后看到母亲同别人苟合的那瞬间。

而第二次，就是现在。

当齐欢在他面前哭到快要昏厥，当她面临残酷时……他发现他无能为力，除了听她哭，什么都做不了。

陈让和齐欢在包间里待了很久，阳台上风大，吹得齐欢脸上泪痕干了又湿，湿了又干。敏学和一中的几个人在楼下大厅的角落坐着，半个小时的时间，谁都没说一句话。

而后，陈让和齐欢两人从楼上下来。齐欢的眼睛明显哭过，肿得不成样子。

众人挪出位置，让他们坐下。庄慕问：“现在怎么办？”

齐欢摇头，声音闷重：“我也不知道……”

庄慕着急：“可是那也不能就这样让她把你送走。”

“送走？”左俊昊不解，“什么送走？”

庄慕脸色难看：“齐欢她妈妈——”顿了一瞬，改口，“那个女的，要把齐欢赶出去。”

“赶出去？”

一向神经大条的张友玉也脸色糟糕，报了个稀奇古怪的名字：“这个学校你们听过吗？”

左俊昊和季冰面面相觑：“没听过。”

“在澳洲。”张友玉说，“是个野鸡学校，垃圾到不能再垃圾。那个女的，她连野鸡大学都安排好了，欢姐去了，就是白白浪费几年时间。”

“那不去不就完了……”

“没有用的。”这回是齐欢开口，“我的监护权还在她手里。”她还没满十八岁，她的生日在暑假，要到高三开学前，才满十八岁。

“敏学她是不会让我读了。”齐欢说，“她给我半个月时间让我去省城考试，考过了去澳洲。如果没通过，我的学籍就不要想留了。”

方秋蘅说得出做得到，齐欢想笑，然而扯不动嘴角：“我们学校校长说了，我的学费可以全免，被她直接拒绝。她就是不想我好，对外却还要跟那些朋友说她对我多好多好，准备送我去留学。”

事实呢？野鸡高中、野鸡大学，方秋蘅和石从儒一手安排好，只要花点小钱，就可以把她扔到遥远的澳洲，每个月装模作样地给点生活费，任她自生自灭。

她留在国内，明明可以考到很好的大学，但方秋蘅就是不给她这个机会，宁愿把她送得远远的，眼不见为净。

被通知这件事的时候，齐欢的心如坠寒窟，最后一丝希望也没了。

她想起高一暑假，石珊珊来她家玩。当时石珊珊和她套近乎聊成绩聊将来的志愿，她一点都不想跟石珊珊讲话，一句话堵得石珊珊接不上话，她说：“我想考哪儿考哪儿，填了志愿我就能考到，你先担心担心你自己。”

当时石珊珊的脸色就变了，而几天前方秋蘅告诉她让她准备出国考试后，她在房间里呆坐，石珊珊推门进来，站在门边，像每一次对她笑的那样弯起嘴角，面容柔和，眼里的盛光却再也忍不住，也终于不用忍。

“想考哪里就考哪里？”她的脸一半隐在阴影里，一字一顿，“希望你在澳洲，也能像以前一样有底气。”

齐欢听到他们在讨论买新房子，或许买完就搬，或许等石珊珊高考完才走，总之，那些事情都没有她的份，再与她无关。

他们有这么多这么多的时间，可方秋蘅连去看齐参一眼也不肯，也不愿让她去。

她还会有什么期望吗？

没了。

从她亲眼看着她爸被拷走的那一刻开始，从其后种种开始，她跟那个女人，这辈子只可能是仇人。

一桌人全都沉默下来，谁都没有办法。

安静了很久，他们还要说什么，陈让站起身：“走吧。”

齐欢站起来，跟过去。

“你们去哪儿？”左俊昊问。

“我们去吃饭。”陈让说，“你们回去吧。”

庄慕想说什么，张了张口，还是没说。

一桌人都看着他们俩，陈让和齐欢却没再说什么，也不多留。

两人并肩走出店门，一起迈入门外的光影里。

他俩走人，剩下的人还坐着，大约有些怔愣。季冰愤愤地说：“听得真气人，什么玩意儿，真想带人冲到她家去狠狠揍那对狗男女一顿！”

左俊昊道：“揍了又能怎么样？揍完，齐欢呢？你能负责她以后的生活吗？能把她带回家，给她学费开销，支持她的生活吗？你能说服家里人，能做这个主吗？不能的话说什么都是屁话。”

季冰道：“你撑我干什么，我气气还不行啊！”

“我不是撑你。”左俊昊难得深沉，脸上有化不开的哀愁，“我只是替齐欢难受……”

身为高中生的他们，胡天胡地什么都不怕，可是距离真正的成人世界，太远了。

远到很多事情，无法抉择，亦无法保护。

齐欢和陈让去吃晚饭，满满一桌，陈让点的都是她喜欢的。他给她夹菜，自己没动几筷子。齐欢苦中作乐，开玩笑：“你不会担心我没饭吃吧？放心好了，她还不至于饿死我。”

“没有。”陈让还是往她碗里夹。

吃着吃着，齐欢掉眼泪。

“我爸爸也喜欢吃这个，我们的口味特别像，我喜欢吃的东西他都喜欢。就算不喜欢，他也会全都吃下去，就为了陪我吃。”

陈让默默看她哭。

筷子从她手里掉下，她有点失控，抬手捂住脸，嘴里的菜吞不下去，味同嚼蜡。

“他总是说我是他的小公主，我要什么他就给我什么。我要娃娃，要漂亮衣服，他从来没有不答应。

“我都是骗人的，我说我很优秀，我很棒，说超级喜欢自己，都是假的，假的……我有什么了不起，全都是因为我爸爸，我所有的底气都是因为我是他的女儿。什么小公主，什么……没了他，我一点都……一点都……”

她的眼泪淌到下巴，一滴滴落到桌上。

陈让坐在她身旁，他的声音很轻，很耐心，一遍一遍地告诉她：“你很优秀，你很好，你非常棒。”

她控制不住自己的眼泪。在家哭了很多天，然而，还是抑制不住。

“我真没用，什么都做不了……”

“你很好。”

他一遍又一遍不厌其烦，就像她当初在他病床边，一边哭一边说的那样。

她很好。

“你是小公主。永远都是。”

这天晚上，齐欢做了一个决定，陈让知道。

她哭完以后，很安静地接受了现实——她决定回家向方秋蘅低头，同意去留学这件事。留在国内是学籍被弄没，去澳洲是读烂学校，这两者都可能会使自己的前途尽毁。

两害取其轻。

那顿饭没有吃完，但是陈让永远不会忘记，齐欢最后在他面前再度哭肿眼睛，沙哑着声音跟他说：“再糟糕也不会比现在更糟糕了，对不对？

“她想要我去，想要我滚远，大不了就去。

“没什么熬不过去的，还有希望，是不是……”

他说是，很认真地告诉她，这不是终点，也不是结局。不过是个坎，迈过去，还有很多很多以后。

她边笑边哭，不停地点头，说：“对，没什么过不去，没什么。我会好好的，我会努力，等我爸爸回来，我……就当他只是去出远门了……”

这一次的远门，比以往要久。没了爸爸看护，她得学会一个人照顾自己，学会往前，学会面对该面对的和不该面对的一切。

然后……

“等他回来，换我养他。”

齐欢留在禾城的最后半个月，陈让每天放学后都是和她一起过的。两个人一起吃饭，一起逛街。

好几次，左俊昊和季冰在街上看到他们，两个人并排前行，像往常一样走在一起。说着一些只属于彼此的话题。

他们只是远远站着，从没有过去打扰。对于那两个人来说，时间过一天少一天，等齐欢一走，漫长的分别，不知道要持续多久。

时间过得很快，齐欢的爸爸彻底倒台，禾城好多经商的都在议论这件事。判决下来，不多不少正好七年。齐欢终于见到他，回来之后，在陈让面前哭了好久。那天过去，她就没再哭了。平静地去省城考试，平静地倒数。

日子掰着手指头过，该来的还是来了。

走之前的最后一天，陈让和齐欢一起，如常吃饭、逛街，一起走过大半个禾城，以前一起去过的和没去过的，都走了个遍。

九点多钟，陈让陪齐欢步行到家门口。不远处有个公交站牌，再过去就是她现在住的小区正门。停在路口，齐欢让他就送到这里。

“我自己进去了。”

“嗯。”

他们面对面站着，他比她高很多。

“我第一次见你的时候，你好凶的。”她说，“你以后会不会跟别的女孩子关系这么好呀？那可不行，你对我这么凶……”她在笑，但没有泪的眼里，分明已经在哭。

“不会。”他说。

齐欢勾唇，掩盖唇角的抽搐，努力保持笑的状态：“我开玩笑啦。我希望你开开心心，我不想这么自私。只要你高兴，不管怎么样都好，以后要是遇到相处得来的人……”

“我不喜欢你说这些。”他说，“以前凶过你的，我等你以后还给我。”

齐欢愣愣地看着他，忍了一路，眼泪就这样唰地流下来。

“好。”

黑夜沉沉，齐欢转身，一步一步朝小区走，陈让一直站在路口未曾离开。

快到门前的时候，她停住，缓缓蹲下，抱住膝盖闷头大哭。她知道陈让在后面，她知道他没有走。

可她没有勇气回头。

这夜多黑，黎明久久不至，压抑得让人无法喘息。有些东西，对齐欢来说，注定难忘。

十七岁这年，她的父亲被她的母亲送进监狱，她失去了所有倚仗，也不得不放弃在意的一切。

她喜欢的夏天还没来，可她的青春，已经结束了。

齐欢走的那天，没有私家车送，她自己拎着箱子到车站坐大巴，去省城赶飞机。陈让没有送她，左俊昊和季冰自然也就没去。听闻敏学的那帮人全都到场，除了庄慕、严书龙和张友玉几个本身就跟齐欢关系好的，还有如郑啸等没那么相熟的，也去了好些。

大巴十点半发车，一中正在上第三节课。那一天左俊昊格外注意陈让，他坐在教室里，一个上午不曾动过。

和所有学习日都无甚两样，但就是从那个明明并未有几多特别，但却被赋予了特殊含义的日子开始，陈让变得一天比一天沉默，或者说是，他恢复了左俊昊最初认识他时的状态，只是程度更甚以往而已。

明面上，陈让看起来什么都正常——认真地听课，认真地学习，一丝不苟地生活着。但左俊昊总觉得别扭，总觉得不应该是这样。

去国外的齐欢和敏学的人保有联系，然而隔着遥远的距离，空间和时差都是阻碍，一开始一周一通电话，到后来变成半个月一通，而后又变成一个月一通。

让人不解的是，她和陈让从未联系过。季冰不懂，理解不了，直至有一回，左俊昊说："大概是害怕吧。他们都害怕。"

那时候季冰一下子忽然懂了。若无其事地生活，比歇斯底里、不管不顾要难得多，也要辛苦得多。他们俩都不敢，也不能打破这个平衡。

日子一天天过，禾城城建百年庆典，全城所有中学都被安排抽调人手表演节目。一中高二年段抽中了三个班，陈让所在的高二（8）班就是其中之一。

之前一中校内运动会时表演过的节目被直接拿来用，在舞蹈老师的指导下，经过半个月的复习排练，表演的学生们正式登台。在一个烈日炎炎的下午，参与的学生在城中心体育馆集合，陈让和左俊昊他们作为台下看客，给班级助威。

体育馆四楼坐满了，季冰所在的班级并未被抽中，因左俊昊和陈让在这儿，他下午请了假没去上课，混进队伍里。

表演开始前，左俊昊和季冰去买水，体育馆周围一圈都是小超市。他俩手插兜，被大太阳晒得眯眼，到最近的一个小超市门前，见有许多人围着，进去一看，是一帮私立学校的围着他们一中的学生。

私立的那帮人没穿校服，换成别的学校他们或许认不出，但好巧不巧，大多是熟面孔。庄慕、严书龙、张友玉以及一些相比之下令人面生的，全是敏学的人。

被围着的——准确来说应该是被一排人挡着的女生面色糟糕，正是石珊珊。

左俊昊和季冰想起齐欢，想起那天她在奶茶店说的那些话，霎时心里都不大舒服。周围很多一中的学生在看，不敢上前，对敏学的人心存忌惮。看情况，似乎是石珊珊被找碴儿了。

当下，张友玉就当着一众人的面，把手里喝完的空瓶扔到地上，狠狠一踢。石珊珊被吓得"啊"了声，不禁往后缩，她身旁陪着她的女生们都敢怒不敢言。

张友玉毫不掩饰敌意，一笑："大房子住得还舒服吗，这位飞上枝头变凤凰的野麻雀？"她说得很大声，在场的人全都听得一清二楚。

庄慕没说话，一向戾气不重的他，这一次持放任态度。

他爸爸和齐欢的爸爸是朋友，在生意场上相识多年。齐欢爸爸出事后，他在家里长吁短叹，饭都吃得少了。他听到家里来访的客人提起这件事，都是一种隐秘又古怪的语气。

更让人糟心的是齐家的事，庄慕他爸爸几次提起齐欢，气得头发都白了几根，喝醉了酒在客厅里跟他妈妈唠叨、咒骂，万般痛心疾首。一会儿说“我早就跟他讲过，那种女人要不得”，一会儿说“好好的孩子轮得到她来糟践！也就是我们没法……也就是……”

他爸醉得絮絮叨叨，满嘴胡话。他站在走廊阴影下听，除了听，什么都做不了。齐家被封以后，没有朋友敢上门，人人避之不及。那几天，他爸爸仿佛老了好几岁，一边是为了保全自家的无奈选择，一边又因此自我唾弃。

当下，石珊珊被张友玉刺得变了脸色。严书龙却讽刺得还更直接：“听说你爸吃软饭很有一套，以你爸为荣吗？”

石珊珊的脸色越发难看，想反驳，张嘴却说不出什么。这些敏学的人，人多，惹急了，讨不到好。

“你们不要乱说，欺负女生算什么本事……”石珊珊旁边的女生壮着胆子开口。

话没说完，满脸不耐烦的郑啸当场开骂：“闭嘴吧你，傻子。”他瞪眼，“怎么着？事儿是她们家做的，还怕我们说不成？”

他一脚踹翻一张红色的塑料凳，石珊珊脸色发白，吓得不敢动。郑啸一脸的戾气凶相，表情太吓人，敏学其他人的骇人之感，还不及他三分之一。

郑啸脾气向来大，要说性格彪，庄慕他们真的彪不过他。放眼整个敏学，能治得住他的人，唯有齐欢。

齐欢跟郑啸的交情不如跟庄慕几人深，但也颇有渊源，至少郑啸是打心底认可她的。

很早以前他也不服过，觉得齐欢就是靠着有个了不起的爸爸才能横行，别人怕她不过是怕她爸爸而已。由于交际圈不同，他们没有来往，从没打过交道，便也没起过冲突。

后来，郑啸因为翘课太多，惹事太多，被齐欢盯上。

那回齐欢拦住他，跟他比成绩，把所有科目试卷放在他面前，说：“我让你半个小时，你哪门分数比我高，只要高一分，以后你把学校拆了我也不多说半个字。”

结果当然是他惨败。但他还是不服，全校都知道齐欢会读书，输给她是正常的。

直到后来某天，他被别人找碴儿，齐欢一群人路过，庄慕跟严书龙帮着搭了把手。欠了人情，于是他跟齐欢说：“你们帮了我，算我欠你们的。少给学校惹麻烦是吧？可以，就当我跟你们一起，我给你们面子。”

哪想齐欢却说：“别，你可别跟我们一起，要惹事就惹事吧，爱怎么着怎么着。”

他问为什么，她一点都不客气，直白地告诉他：“我这个人歧视智商低的人。”

那天齐欢蹲在他面前，一字一句说得无比清楚。她说：“你觉得你跟我是一样的，甚至看不起我，觉得我没什么了不起，对不对？那真的挺不好意思，我们差很多。你吊儿郎当，我也吊儿郎当，但是除了这个，我会做的，能做到的事情很多，你呢？就你这样的，哪怕是扫厕所，我也能扫得比你好一百倍。”

因为她的这句话，他憋了一口气，从那时起准点到校，有时候脾气上来了，控制不住，还是惹事，但惹的少了，开始听课读书，做烦死人的作业，就为了考出个能看的成绩，铆着劲要让她看得起。

后来一天又一天，等他再想起最开始的事情，他已经不知道从什么时候起开始习惯跟着张友玉围在齐欢身边了。

郑啸越想越不爽，踹完凳子，脸色反而更阴沉扭曲，一个忍不住当场就要冲过去。几个女生吓得往后退，严书龙拉住郑啸，没让他动手。

石珊珊身边的女生握着她的手，唇瓣嗫嚅，久久没有出声。石珊珊扯着她的衣袖，极低极低地说：“算了……”

张友玉看在眼里，更觉得恶心。齐欢跟她说过，这个石珊珊，在跟她爸爸鸠占鹊巢之后，乖巧下潜藏的恶意终于忍不住，齐欢她妈妈送齐欢出国读野鸡学校的主意，也是石珊珊起的头。

她只恨不得当场撕烂面前这张脸。

左俊昊和季冰做了一会儿的围观群众，漫步走进人群。左俊昊笑吟吟出声：“哟，这是怎么了？”

一中的学生看见他俩，莫名有一丝期待。一中的都知道他们厉害，眼下这场景，似乎误以为他们是来帮忙的。

就连石珊珊几个人脸上也浮现了不合时宜的期待。

然而左俊昊和季冰没有半点要施以援手的同校情谊，反倒和庄慕几人打招呼：“好久不见，最近怎么样？”

“还成，就那样。”话是严书龙答的。

左俊昊笑着，意有所指：“别为了不值当的人生气。”说着看向张友玉，“张友玉同学你说得很对啊，野麻雀嘛，上了枝头又能怎么，就看她能蹦趾到什么时候了。”

石珊珊脸色僵了，不说她，就连周围的人都听出来，左俊昊是在讽刺她，开始议论起敏学的人说的八卦。

左俊昊跟季冰同敏学的几人聊了会儿，进小超市买好水，回体育馆。全程没有理石珊珊，看都没有看她。

左俊昊拧开水瓶，边走边喝。旁边季冰嘀咕了声：“真恶心。”说的是谁，他俩心里都清楚。左俊昊勾起唇，笑得有点讽刺。

英雄救美？

呸。

石珊珊被敏学的人好一番刁难，体育馆表演结束，晚上还要回学校继续上晚自习。石珊珊被敏学的人气得不行，当着他们的面却不敢表现出来，憋着一肚子火回班上。

因为左俊昊的那番话，年级里开始传出风言风语。石珊珊又急又气，但又无可奈何。晚上，老师上课，一进教室便点她的名。

“你为什么不交练习册？”

石珊珊站着发愣：“我交了。”

“课代表？”这位老师脾气一向不好，当即皱眉，把课代表喊起来，“她交了，练习册呢？”

课代表眼神闪了一瞬，坚持说：“她没交，我没有收到她的。”

石珊珊讶异：“你补收练习册的时候我明明交了……”

“你交给谁了？我没收到。”课代表不松口，然而心里实则忐忑。因为石珊珊一个人拖，害得他没能及时把作业收上去，最后匆忙单独收她一个人的，随身装着，谁知道下午带去体育馆后，找不到了。

石珊珊要争辩，老师不想听他们争吵，生气地拍讲桌：“吵什么吵！”

石珊珊忽然想起：“有人看到了！”她说，“我交练习册的时候，班上有同学在。”

“谁看到了？”

石珊珊往角落一指，所有人的视线齐刷刷集中在纪茉身上。

纪茉被叫起来，老师问她：“你看到了吗？”

纪茉默了几秒，轻声说：“我不知道，没看到，不清楚。”

石珊珊满脸震惊，连带心下猛跳的课代表也暗暗惊讶，又不自觉松了一口气。

“她撒谎，她明明看到了……”

老师再拍讲桌，打断石珊珊：“够了，我不想听你浪费时间！明天买一本新的补上，再把练习册昨天那一节内容的所有题目全部手抄一遍解答。后天交上来。”

石珊珊没办法，低头说是。

课间，纪茉去洗手间，回来的途中被石珊珊堵在拐角。

石珊珊质问她：“你为什么撒谎害我？”

纪茉说：“我不知道你在说什么，麻烦让一让。”

石珊珊不让：“纪茉同学，我和你无冤无仇，你为什么……”

“你知不知道你咄咄逼人的样子很丑。”纪茉面无表情打断她。石珊珊一愣，纪茉黑白分明的眼睛直直地看着她，眼睫轻动：“霸占别人的家，抢别人的东西，也很丑，恶心到让人想吐。”

蓦地，石珊珊被她看得背后发凉。像是看到了齐欢的脸，耳旁交织着那些风言风语，以前总被齐欢压一头的痛苦，刹那间涌了出来。她一时没忍住，魔怔了一般扬手就甩了纪茉一巴掌。

恰好有同班同学路过，吓了一跳，忙冲过来：“石珊珊你干什么！你干什么打人！”

石珊珊自己也有些愣：“我……”

同学拉起纪茉：“没事吧，纪茉？”

纪茉的脸上浮起一个清晰的五指印，眼泪都被打出来了。

“没事。”她说。

纪茉眼里仿佛有无尽寒意，直直地冲向她，包围她。那张白得过分的脸在石珊珊瞳孔里放大，她听到她说——

“你一定不会有好下场的，石珊珊。”

左俊昊知道纪茉被石珊珊打了，忍不住想去找石珊珊算账。纪茉拦住他，没让他去。两人坐在无人的拐角楼梯上，纪茉腿上铺展着一本书，垂着头，许久未说话。

一向聒噪的左俊昊，就这么陪着她沉默。

左俊昊动唇要说什么，忽见一滴晶莹透明的水珠掉下来，落在她的书本上，把工整的印刷字体晕皱。

“你没事吧……”

“没事。”

左俊昊稍作沉吟：“你难过，是因为齐欢走了吗？没事的，等以后还是会有机会见面……”

“你不懂。”纪茉闭眼，头垂得更低。

左俊昊看见她抬臂，左手摸上右手手腕，将衣袖撩开一些些，底下藏着的一根手链绕在她手腕上。

是齐欢送的，他知道。他记得那次撞见她弄丢，她晚饭也不吃，一直在小树林里找。

纪茉摸着手链，一点一点握住自己的手腕，很用力很用力。

她好像，好像一直只对齐欢的事有兴趣，别的全无所谓。

脑海里似乎闪过什么，左俊昊僵了下："你……"

"齐欢是我最好的朋友。"纪茉哭得没有声音，每一根神经都在死死压抑着，头低得快要看不见，书本上的水珠却不停在增加。

"我们都是女孩子，我知道……我都知道。"

角落响起虫鸣，除此之外，一切都很安静，连她的哭声都是平而沉的，没有半点波涛的形式。

日子平缓如溪流，不管是期待还是害怕，高三还是如期而至。连跳脱的左俊昊他们也没了搞事的时间，比从前安分许多。

唯一让人耿耿于怀的就是陈让，经过高二这些乱七八糟的事，他比之前还要冷硬，一天里难见他张三次口，越发惜字如金。原因出在哪里，身边的朋友心知肚明。

一开始，齐欢每周都会跟张友玉联系，后来频率慢慢递减，不知从什么时候，彻底断了联络。

齐欢不在，左俊昊他们最先也有些不习惯，后来逐渐习惯了，若不是有时会在街上碰到敏学的人，他们甚至都要生出错觉，仿佛只是做梦，其实这个人从来没出现过。

但错觉终究只是错觉，谁都无法抹杀齐欢的存在。

陈让开始喝甜的东西，每天一杯，有时是下午，有时是晚自习，塑料杯身透出粉嫩嫩的颜色，静静地立在他的桌角。他不一定每回都喝完，或剩一半，或剩三分之一，但不管喝完没喝完，隔天照旧雷打不动，还是会买。

季冰私下叹气说："陈让不喜欢甜的，何必勉强自己。就算是……"每每说到这里停住，听得左俊昊也跟着感慨，然后便接着说："大概……他心里太苦了吧，需要一点东西压住。"

甜的东西是一个方面，更明显的一点是，有时候走到一个地方，陈让会下意识呆一瞬。他像是从某个时刻开始，沉浸在自己的世界里，对外更加安静，更加沉默。

每当那种时候，他们都无法，也不忍心打扰。

而贴吧里，一中和敏学两校曾经掐架的帖子，搜索关键词翻一翻也还能找到。帖子里的字句和陈让改变的习惯，每一样都证明着齐欢的存在。

陈让的成绩越来越好，比以前还要好，他像是在跟自己较劲，铆足了劲不停地想要往前。左俊昊听老师们讨论说过，以陈让这样的状态，如果保持到高考，只要发挥不出问题，绝对会有傲人的成绩。

最后的一年里，别的事情对陈让来说都成了旁枝末叶、无关紧要的东西。唯独让他分出了一丝丝注意力的，大概要属石珊珊在高三上学期转校离开禾城的事。

和齐欢有关的痕迹越来越少，每一丝线索关联都显得尤为可贵。左俊昊知道，陈让手机里还存了敏学那帮人所有人的联系方式。为了什么，不言而喻。

一年的辛苦，在高考之后全见分晓。那个暑假，一中成了禾城中学里最大的赢家。陈让拿下省状元，给自己在一中的三年交出了一份满意的成绩单，也让学校大大地长脸。

左俊昊和季冰当然为他高兴，然而当事人却没有多少喜悦。成绩出来那天，左俊昊和季冰找了陈让好久，往常去的地方全找遍，最后跑进一中隔壁空荡荡的师范旧校园，才找到他。

陈让坐在操场前的花坛边，以前敏学在此暂居的时候，那里是放红榜木板的地方，晚自习前他们从门口走过，看到过很多次。

左俊昊和季冰远远地站着，不知道该不该叫他。

陈让坐着发呆，似乎在想什么事。师范校园里空荡荡的，他眼里也空荡荡的。就那一瞬间，身为近距离的旁观者，左俊昊心里突然涌上一种说不清的难过。

如果齐欢也在……

如果她也在，陈让不会坐在那里，不会孤身一人。

当晚，左俊昊和季冰把陈让拉出去喝酒，谁都没醉，他俩却一个劲插科打诨逗乐。晚上回去，左俊昊死缠烂打赖着要去陈让家住。他没什么反应，只说了两个字——随便。

陈让的家，高中三年里，左俊昊来过，但没有留宿过。头一回过夜就霸占他的床，趴在他床上不走，死活不肯睡沙发。

陈让还是沉默，不生气，无喜无怒。

睡到半夜，左俊昊恍然睁眼，睡眼蒙胧间发现身边空无一人。他坐起身，手撑着床，看见陈让静静待在阳台上。他愣了愣，趿着拖鞋出去，站在陈让旁边。

“吹风？”

“……我梦到她哭了。”

答非所问的一句话，是陈让当天主动说的第一句。万籁俱寂，远处的灯光闪烁明灭。

不记得后来是几点睡的，也不记得那晚聊了什么，左俊昊唯一有印象的，就是陈让说那句话时脸上的表情。

第二天醒来，陈让一切如常。左俊昊第一次吃到他做的早饭，知道他会下厨，但没想到他的厨艺竟然这么好。

吃早餐的时候，陈让说：“我要去省城，你吃完自己回去。”

左俊昊问：“去省城干吗？”

“见我爷爷。”

“什么时候回来？”

“不知道，可能直接待到大学开学。”陈让喝了一勺粥，说，“等入学以后，我要开始帮我爷爷的忙。”

左俊昊一愣。

一顿早饭的时间，不仅头一次品尝到陈让的厨艺，同样也头一次知道他家里确切的情况。

高三一年里，左俊昊见过陈让的爸爸，那个醉醺醺的模样让人印象深刻。但他不知道，陈让的爷爷其实才是家里的一把手。他们家是经商的，省内知名品牌“华运”就是他家的产业。陈让还有个姑姑，一直在帮他爷爷，是个单身女强人，没有结婚，没有小孩。陈让的爸爸让他爷爷失望以后，很多事情就交给了他姑姑处理。

他爸爸不中用，他爷爷和他姑姑自然都把希望寄托在他身上。

左俊昊回神：“可是你要读大学……”

华运在省内，陈让的志愿不在省内。左俊昊和他的志愿相同，考之前就打算好了，如果考不上，第二志愿也是同一个地方的学校，这样就不用分开。

“视频。”陈让说，“先学。”

远程参与，也是参与。

左俊昊忘了吃东西，舔唇：“你吃不消吧？”一边读书一边开始帮他爷爷的忙？光是想想都累。

陈让很平静，只有三个字：“吃得消。”

碗里的粥喝得干净，他放下调羹：“吃完把碗放着，你回去吧。”他进房间换衣服。

左俊昊坐在桌边，半天反应不过来。

吃得消，怎么会吃得消……可是再吃不消，他也决定去做了。

或许高二那一年，真的给他留下了太深的阴影，那道乌云，过去几百个日夜，仍旧停在他心上，消散不去。

左俊昊知道，陈让已经受够了。他在急着长大，急着向成人世界进发，急着成为一个可以担当一切的大人。

——为了不再无能为力。

离开陈让家，左俊昊把季冰约出来，两个人四处闲逛打发时间。晚上吃过饭，左俊昊不想回去，跟季冰去了他家，在他那儿过夜。

季冰洗完澡，出来见左俊昊坐在凳子上玩手机，过去踹了他一脚。左俊昊没反应，他刚张嘴要说话，左俊昊抬头，表情沉沉。

“怎么了？”他一愣。

左俊昊把手机翻转对着他，他低眸一看，是贴吧界面——正是齐欢的那个“我超喜欢”贴吧。

这个自齐欢离开以后再没有更新过的贴吧，在时隔一年多以后的现在，多了一条新内容。

有一个没有头像，ID 名是一串无规则符号的人，在帖子最后，回复了一句话。

外头的说话声和谈笑声仍未停止，隔着老远，隐隐约约能听见些许模糊的声响。

陈让躺在房间的床上，一动不动面对天花板。

爷爷给他办了一场庆祝宴，爷爷的好友和生意伙伴，全都来了，吃完饭后几个相熟的旧交被爷爷请回家，他们在外面客厅聊得停不下来，每五句话里就有一句在夸他。

今天他是主角，姑姑笑得见牙不见眼，同爷爷一起，整晚周旋于宾客之间。甚至他爸爸，今天也流露出和以往不同的神色——喝了酒没有变得癫狂，反而红了眼睛，在角落独自沉默许久。

他也喝了点酒，脸泛红，他爷爷让他回房先休息。

没有开灯，屋里黑漆漆一片，陈让把手机放在脸上，不多时，屏幕也变热。他转头，动了动，手机掉落在床上。

窗外月明星稀，有蝉虫在鸣。

落在被单上的手机，屏幕是黑的，摁亮打开后，便是蓝的。

也许是因为酒精，也许是因为这一年多来积压得太久，陈让今夜像是着了魔，把所有她发的短信统统看了一遍。最后，又点进了那个许久不去的贴吧，从头看至尾。

他注册了一个账号，头一回使用这些，连名字都是乱摁的。

在那个早已无人更新的帖子里，他眯着醉眼，隔着长长的几百天时光，给那时候的她回了一句。可惜太迟，她留下那么多汹涌的心事，他却只在这时候，才迟迟留下一条。

有些话早就该说的。

就像她记录在帖子里的一样。

她说着第一次见面的矛盾，说给他补过生日的热闹，说开心不开心的那些场景。

所有相处时的琐碎点滴，她都愿意用十万分的赤诚认真珍藏。

如果来得及该多好，再来一次，回复在帖子里的那句话，他一定会亲口告诉她——

“好巧，我也是。”

第十一章

我的梦里只有你

飞机穿行，机尾划破云层留下长痕，滚轮滑过跑道，最后稳稳地停在停机坪上。机场大厅内，航班到达的通知女声机械而平稳。作为全省最大的机场，这里客流量大，来往都是匆匆的旅客。

齐欢下飞机后，在出口等了不到十分钟，一辆车缓缓停在面前。

她略显犹豫，下意识地脚下不自觉僵了两秒。车窗降下来，里面那张熟悉的脸稍有改变，但更多的，还是留有记忆里的痕迹。

距离离开的那年，已经过去了五年多。

“上来啊，还愣着干什么？”庄慕挑眉。

他的声音更厚重了些，齐欢回神，扬唇浅笑，拉开副驾驶座的门坐进车内。她系好安全带，车驶动，开离机场。

庄慕边开车边递给她一瓶水，齐欢接过，拧开喝。

“你怎么瘦成这样？”他瞥了眼，吐槽。

“瘦吗？”齐欢没觉得，“我感觉还好。”

他问：“在外面吃不惯？”

齐欢说：“有点。不过我会去亚洲超市买食材，后来都是自己做饭吃。”

庄慕“嗯”了声，说起其他人：“本来张友玉他们都要来的，临时有事抽不开身，等都有空了必须出来好好聚一回。你不知道，他们听说你回来一个个有多激动，张友玉那疯婆子在电话那头叫得快把我耳膜刺破了。”

他的叙述很有画面感，闭上眼想想，仿佛还能想到张友玉夸张的模样。齐欢问：“她还好吗？”顿了顿，“……你们都还好吧？”

一别数年，这些年月里，除了她最开始出去的那一年，后来她和这帮朋友彻底断了联系。这次回来，还是她费劲找到敏学的校园官网，联系上还没退休的在任老师，翻当年的毕业档案，才辗转找到了他们的号码。

齐欢打给了庄慕，在电话里不太方便久聊，没能说多少，但听到她说要回国，庄慕二话没有，直接问了日期便揽下来接她的任务。正巧庄慕最近回老家有事，就在省内。

庄慕道：“我们都还好，就那样吧。我今年在我爸爸公司实习，可烦了。”

齐欢说：“烦不烦的，庄叔叔都是为你好。”

他笑笑没多说。接着这个话题往下聊，势必要戳她心窝。他们认识多年，父辈也是好友，他爸爸时不时打电话训斥他，偶尔回家还揪着他跟他较劲，齐欢却连父亲的面都好久没见。他再抱怨，显得矫情。

庄慕给她介绍其他几个人的情况："张友玉天天挨家里的骂，不想回家里帮忙，天天混日子。她爸爸天天催，让她回去相亲，把她吓得跟耗子似的，一看到家里来的电话就抱头鼠窜。"

"严书龙自己在创业，从大二就开始折腾，已经开到第三家店了，他爸说他这次要是再赔了，就让他滚到街上去要饭。"齐欢听得发笑，庄慕继续道，"郑啸那家伙挺出人意料，高考的时候竟然考得还不错，那个暑假，他爸乐得摆了三天酒席。现在也在给他爸打下手。"

说了这么多，庄慕问起她，无法避免还是谈到那个话题："你这么多年没见齐叔叔，想他吧？"

"嗯，挺想他。"齐欢比他想象中坚强，当初哭得惨兮兮的样子，早成了过眼云烟，她说，"我有打越洋电话，但是不太方便，总共就几次。"

旁的没多说，庄慕也不好追问他们父女的私事，而后略犹豫地开口："那个女人……"

"我离开大学之前和她通过电话，没讲几句。她知道我退学，后来就没有再给我汇过钱，我和她也没联系过。"

"他们很早就从禾城搬走了。"庄慕说。他高三那年，方秋蘅就和那对父女离开了禾城，原先齐家的房产，除了被封的，其他两处则被转售，至于别的东西，就只有他爸爸那些大人才知道。

不过没走很远，他爸爸做生意四处奔波，还曾碰上过两次，回来说起来又是一通骂骂咧咧，翻来覆去地唾骂："姓石的也会做生意？呸！老齐攒下的家当都快被他们败光了，狗男女，天打雷劈……"

"嗯。"齐欢面色平平，听到这个意料之中的消息，并未有多余情绪。

车开着，气氛莫名僵滞，庄慕只好换话题："等会儿齐叔叔看到你，肯定会很高兴。"

他们正在往城郊监狱去，齐欢回国的第一站是省城，但第一面，想见的并不是庄慕，而是她爸爸。

齐欢脸上柔和下来，眼里也有期待。

聊了一会儿，庄慕不再说话，放音乐打发时间。

到了目的地，他们父女俩见面，庄慕没跟进去凑热闹。等齐欢出来，眼睛微红，明显哭过。再经历世事，终究有触动心底的东西。如今的她褪去莽撞，然而沉稳归沉稳，面对久别的亲人，还是忍不住。

庄慕很体贴地没有提齐参，驱车返程。路上，他问齐欢要吃什么，说起省城有名的餐厅。聊着聊着，忽然一顿："你……打算什么时候见陈让？”

齐欢滞了一瞬，神色变得没那么轻松。车里安静下来，许久，她低头，微微弯唇：“最近可能没时间，今天晚上我就得赶去平市。”

“平市？”

“嗯，这回是接了工作回来的，很重要的项目。”齐欢晃晃手机，“光这一路，我就收到二十多条消息催我。”

庄慕这才想起来问：“你读的什么专业？现在的工作是？”

齐欢说：“我没读完大学，大学第二年我就离开了那所学校。”野鸡学校，拿到了文凭也毫无用处。

出去了才知道生活有多不容易，方秋蘅每个月只给她基本的生活费，多的一分没有。刚到外面第一年，她最怕的就是生病，一旦生病，看病吃药，口袋里每个子儿都得掏完。

为了生计，她只能一边读书一边出去打工挣钱，时间一份掰成十份来用，忙得脚不沾地，连喘气的空当都没有。

原本和张友玉保持着联系，后来手机被偷，所有东西丢干净，她又忙着奔波过日子，这才断了通信。

大二那年，齐欢遇上如今带她的老师，没有多少挣扎，毅然决然选择离开学校。

“大二？”

她说：“是的，学业没修完，我中途去学了拟声。”

“拟声？”庄慕更愣。

她点头：“就是给电影配声音。”

好的拟声师，放眼全球数量也不多，这是一个正在逐渐壮大的新兴行业，未来也许会规范化。这次回来，国内有部片子花大价钱请她，是部文艺片，在资本雄厚的娱乐业，算不上多大投资，但请她的价钱，却是实打实的诚意满满。

现在不过刚立项开机，整个组才到拍摄地，演员都没就位，片方那边就一直不停催她，要她早早开始全程跟组。拿钱办事，各行各业都是这么个规矩，她当然得配合。

庄慕消化了信息，车开到吃饭的地方，落座后继续问：“那你忙完之后去国外，还是……”

“以后留在国内。”她说。

庄慕问：“那你打算什么时候见陈让？”

她沉吟几秒，说：“等到了工作的地方，确定下来，我会去找他。”

她没问陈让在哪儿，也没问他现在在干什么，只是一句。

我会去找他。

庄慕原本以为她说等忙完工作再找陈让是托词，这么看来，她却是真的有在考虑这件事，也是真的，真的想见他。

吃完饭，齐欢去赶飞机，行李就在庄慕车的后备厢里，一直没拿出来。到机场，临走前庄慕递了张字条给她："这是陈让的电话。"

齐欢接过，握在掌心里，对他笑："谢谢。"

经过一番短途飞行，很快到达平市。剧组方面招待周到，有人来机场外接应，齐欢上车，直奔入住的酒店。拍摄场地比较偏，整个组都住在稍远的地方，方便取景。

到的时候已经是晚上十点钟，齐欢刚进房间放下东西，有人来敲门。开门一看，是剧组的负责人员。

"……有什么事吗？"

戴着工作牌的工作人员说："制片人他们在楼上606开会，齐小姐准备一下，过去吧。"

"我也要去？"齐欢一愣。

门外的人点头："对。"

她无奈："稍等，我马上来。"

回房稍稍整理仪容，戴上下车时发给她的工牌，搭乘电梯到楼上606号房。敲门后，一个穿正装的工作人员给她开门，带着她往里走。

偌大一间豪华套房，中间置了张长桌，桌边已经坐着几个人。她向在座的几位点头致意，到放着自己名字立牌的位子坐下。

对面那位大概是编剧之一，看了眼齐欢脖子上挂的牌子，用英文和她说话。

她笑答："我是国人，和我说中文就行。"

编剧一听也笑了："我还以为齐小姐是生在国外的华人。"而后，和齐欢聊起拟声配音的事。

齐欢和她说着，端杯子喝水时手不小心碰到旁边的透明立牌，慌忙扶起，摆正后顺手拿着看了看。

"华……"

一个"华"字，后面是个潦草的字母，对面的编剧替她接上："华运。"

"华运？"齐欢想起进酒店的时候，门上的标志和这个透明立牌上的一模一样。

"华运就是我们的投资方。"那位编剧说，"俞省出来的品牌，这几年做大的……扩张得快呀。"

“俞省？”齐欢抬眸，“我就是俞省人。”

编剧道：“是吗？那很巧，是齐小姐家乡的品牌。”

齐欢拿着看了会儿，无言放下。

等了很久，人陆续来齐，主座的位子却一直空着。有人推门进来，和接待的人不知说了什么，接待的那位转告在座的所有人：“投资方那边要慢一点，来的路上耽搁了，各位再稍等。”

一帮人只能继续等。

时间渐晚，又坐得太久，众人不知不觉都有些松散，各自聊起天。齐欢和对面的编剧说了会儿话就独自沉默，发呆许久，百无聊赖地从口袋里掏出白天庄慕给她的那张写有电话号码的字条。

把纸摊平用手指摁在桌上，她盯着看。

出神间，门突然打开，一桌人齐刷刷地看向门口，齐欢也随之抬头。

一行人走进来，看清的刹那，她蓦地呆住，手怔然离开桌面稍许。下一秒，旁边一声轻呼，伴随着淋到腿上的凉意，她猛地往后缩。旁边坐的女士连说对不起，齐欢放在桌上那张写有电话号码的纸，被她不小心打翻杯子泼出的水冲到地上。

齐欢低头刚要去捡，旁边多了一双鞋。

身姿挺拔、气宇轩昂的男人停在她的椅子旁，俯身捡起那张半湿的字条，略略看了眼，冷淡的眉间没有多少情绪。

齐欢的脸莫名发热，手心开始沁汗。他把纸递还给她，那双眼睛深如墨潭：“如果是重要的东西，记得要收好。”

语毕，他往主座走去，呼啦啦跟着一堆人。和在座一干负责人相比，那张脸显得格外年轻，眼角眉梢有一种中年人没有的凌厉锐气。

齐欢愣了几秒，纸片湿答答地躺在她的手心，桌上陆续上茶，她才回神。

人到齐，所有人都在，研讨会正式开始。

工作人员端来最后一杯热茶，置于主座面前，同时放上一个立牌。

没有多余的内容，简洁的金黄色铁牌上，“华运总经理”后，刻着两个字：

陈让。

等到深更夜半的会议，不到一个小时就结束。一桌与会人员陆续离开，几个身负要务的留下和陈让谈了一会儿，没多久也告辞。

工作人员把长桌上的茶水收拾理净，门关上，套房内陷入宁静。

玻璃墙外的夜幕不见星子，黑沉沉一片。陈让在客厅沙发上坐着。这几天连轴转，尤其为了这通会议飞行几个小时，刚到便立刻乘车赶来，他的脸上却不见一丝疲倦。

左俊昊从小吧台端来两杯冲好的热饮，在他对面坐下。陈让喝了一口，皱眉："什么味道？"

"大晚上就别喝咖啡了，这都几点了，再喝你晚上还睡不睡？"左俊昊借着杯沿遮掩，暗暗白他一眼。

陈让没多言，但也没听他的，将只喝了一口的热饮放回茶几上。该睡觉的时间，陈让没有半点要休息的意思，坐到桌后看起了文件。

左俊昊道："你不休息啊？"桌后的人看都不看他，他又道，"明天不打算去找齐欢？"

简单的一句，令那个面容沉静的人一刹停顿。

左俊昊心里冷哼，小样，还治不了你了？认识这么多年，陈让的命门落在哪儿，没有人比他更清楚。

换作早些时候，左俊昊是绝对不敢拿这个说事儿的，但今时不同往日。

"你费这么老大的劲打听她的去向，又兜兜转转绕大圈子请她回来，不好好休养生息，明天用最帅的状态见她，熬夜上进什么？缺你这会儿工夫？"左俊昊终于能敞开了吐槽，别提有多痛快。

陈让从文件里抬眸，淡淡瞥他："实习生闭嘴。"

左俊昊不服："我转正了好吧！"

陈让扯扯嘴角，意味不明。

读大学的时候，陈让就开始给他爷爷搭手，算起来已经四个年头。练手这么多年，到了就业的时候直接往内部一戳，一步到位。

左俊昊跟这个异于常人的当然不能比。今年实习，本着肥水不流外人田的精神，毫不客气地往陈让身边凑，一来就当上了总经理助理——虽然这名头后还有"之一"两个字。

左俊昊当然不指着这个过活，将来也是要去忙活自己的事业，但在实习阶段，这简直就是躺着吃经验，履历表轻轻松松就能平添一笔亮眼的资历，不要太爽。

"行了行了，我劝你，真的，赶紧把文件收了吧！什么时候不能看啊？你折腾出这么个莫名其妙的项目，还跑来负责，别人不知道我还不知道你？都几点了上进什么，赶紧睡个养颜觉才是真，不然，你觍着张劳累过度皱巴巴的脸，看齐欢还理你不？"

左俊昊好久没有这么放飞，一说就停不下来。

陈让嫌他聒噪，直接下逐客令：“你还有事没？没事就出去。”

左俊昊往沙发上一歪，赖着不走。

“欸，你明天打算什么时候去找她？等明儿见了面，我可得好好跟她说道说道，刚刚她都没正眼看我，太不念旧情了。”

这番无异于废话，要是季冰在，铁定得吐槽，看见了陈让，齐欢哪儿还有心思看他？

陈让迫人无形的视线落到他身上：“我们的事，关你什么事？”

左俊昊嘀咕：“聊两句也不行。”清清嗓子，他没话找话，“你刚刚帮她捡的，就那个掉地上的是什么？”

“门在那边，你可以出去了。”

“别介！说实话，你是不是很紧张？开心吗？”

左俊昊本是想开玩笑调侃两句，谁知等了半天也没等到陈让回答。

陈让坐在办公桌后，忽地没了反应，眼睛看着文件，目光却没有焦点。

气氛随着点滴时间沉淀下来，左俊昊唇边的笑意渐渐收了。

陈让仍旧看着文件，过了十几秒，脸上终于有了表情。那双眉头微拧，和抿紧的唇角一样，莫名深重。

紧张吗？开心吗？

他以寂然相对，无声默认。

到剧组的第一天，第一场会议就让齐欢失了神。齐欢也不知道自己是怎么开完那场会议的，散会时和一众将要工作几个月的同事离开606套房，怔然发蒙，脚下好似踩着绵软的云团。

陈让和她在同一个酒店，就在她楼上的豪华套房里住着。弄湿的字条待在她的口袋里，当晚，她仰躺对着天花板，拿着那张纸看了很久。

第二天七点钟她就醒了，说不清道不明，就是睡不着。洗漱后叫早餐吃，吃完便出去熟悉环境。

人多的地方就有八卦，更何况是从事娱乐业的人。十一点多时，齐欢在休息间待着，听到外边凑在一起的工作人员聊八卦，陈让的名字不消分辨，接二连三传进她的耳中。

听起来是一帮女工作人员，年纪稍微轻一些的，不由得对陈让的外貌和条件进行点评，言语中不乏心动之意，年长的不由出言规劝。

“看归看，可别真起什么心思。这是工作的场合，你以为是拍电视呢，千万别一时上头真跑去做什么，那个陈总年纪这么轻，满打满算今年不过刚毕业，华运这几年的进步都是他的手笔，能做到这个程度，可不是什么简单的人物。”

旁边人附和："是了，以华运的规模，他现在的身家可不是随便攀得上的，这种又有家世又有手腕的人，多得是人想往上凑，咱们千万别掺和。"

这话也是对几个长得还行且颇有自信的女员工说的。

"我听说之前的一个项目，有个小明星打陈总的主意，几次试图约陈总都被拒绝，还不死心，最后陈总嫌她烦，项目直接换人了……"

"真的假的……陈总这么不留情面？哪个明星啊？眼光这么高，你们说陈总到底看得上哪种类型的……"

几人越聊越兴奋，议论不止。

一个上午，大概是陈让昨晚刚到的原因，齐欢从好些地方听到了有关他的八卦，拼凑起来，大概能得知个模糊境况。

吃过午饭，齐欢收了别的心思，随一起工作的人去了工作间。

配音属于后期的一部分，拍摄期间，尤其是像如今这样的拍摄准备阶段，其实根本没他们什么事，很是清闲。片方准备的这个工作间，说是给她练手用，让她跟组期间可以多注意摄制环境，边练边准备着。

工作间隔绝了外界噪音，分外安静，两旁靠墙的架子上摆满了白色塑料盒，放着各式各样意想不到且毫无关联的道具，有的单拎出来根本就是破烂。

今天调取出来练手的几个影片片段比较简单，齐欢坐着操作，盯着屏幕专注而认真。不大的工作间里，只有她手中道具发出的声响。

玻璃后的剪辑师操作仪器，将声音录下保存，一段配完，便当场合成，和齐欢分据在工作间里外，检查最终效果。就像以往千百次练习一样，成品很好。

齐欢配了三段，正在为第四段视频准备道具时，门响了。她在里面，不留神是听不到的，当下正专注准备道具，便没注意到剪辑师离座去开门。

齐欢把东西准备齐全，回头要向剪辑师示意开始，谁知一转头，一个人站在后面，猝不及防被吓了一跳，倒吸一口气。

"你——"

陈让定定地看着她。对视两秒后，不客气地在她的长凳上坐下。齐欢回头看玻璃后，剪辑师一脸戚戚，笑得尴尬又僵硬，而后低头假装并不知道面前的情况。

刚刚开门看到身后跟着一堆人的陈让站在外面，剪辑师差点被吓死。随行的工作人员说，这位投资的陈总来巡视各组的工作进展——他们配音是后期，片子都还没拍，有他们什么事？怎么想也想不通为什么会跑到他们这儿来。但这话，他哪好说出口。

眼下，那位投资方把工作人员都打发了，进到前面配音的地儿也不知想干什么，这诡异的情况，他除了假装没看到，实在也不知道该怎么办才好。

“站着干什么？”陈让朝齐欢发问。

齐欢看他那一脸理所当然，才是真的想问他要干什么。话没出口，后面剪辑师已经开始播放视频。陈让动唇似是要说话，屏幕内容开始变幻，同一瞬，齐欢以手抵唇示意他噤声。

工作习惯造就的下意识反应，比思维更迅速。

做完动作，齐欢自己顿了一瞬，陈让倒是没作他想，很配合地闭嘴。

当下，也顾不上别的，齐欢坐到位子上，视线回到屏幕，陆续拿起摆在地上的几样道具，制造出影片内容所需的声音。

齐欢投入工作，态度专业，技术更专业。陈让静静地看着，注视屏幕，更多的是在注意她。

屏幕里的光影似乎投射到她眼里，那细微的一团坚毅明晰。和从前比，她变得更沉稳，更成熟，是个经历过考验后成长起来的大人，但有些东西，从来没变，也没消失。就像很久以前，她看什么都是灿烂带笑的模样，而那时候的光，此刻仍然蕴存在她的眼里。

陈让用余光瞥见和她之间的距离，他们坐着同一张长凳，相隔不算远，但也不近。

齐欢配完一段声音，陈让说话了：“刚刚那个脚踩在雪上的声音，是用这个弄出来的？”他看着她手里特制的小道具。

“……嗯。”齐欢轻点了点头。

“用这个，所有的脚步声都可以配吗？”

“不能，得看画面内容。不同的场景，不同的天气，甚至踩的泥不一样，声音也都是不同的。根据这些因素，要制造的声音也会有所不同。”

“是这样？那……”

莫名地，两个人你一句我一句，聊起了齐欢的工作。

谈话间有人送来一袋沙子，东西太重，齐欢搬不动，剪辑师帮忙拎进来，倒进用木板临时搭的小圆池里。

才倒了一点，齐欢叫停：“这个不能用。”

剪辑师抬头：“不行吗？”

“不行。”她摇头，在小圆池边蹲下，手里捻起一撮沙，皱眉，“这个太细了，不是那个声音。”

“差一点点应该不打紧……”

“不一样。”齐欢坚持，“不用倒了，让他们拿回去吧。今天要是没有颗粒稍微大一点的沙子也没关系，可以先配道具充足的。”好在只是练手，并不是正式工作。

剪辑师没多言，把沙袋重新拎出去。

整个过程，陈让坐在凳子上没动，看她和剪辑师讨论道具，讨论效果，看她为了自己的工作忙碌。

就在这个小工作间里，就在他面前。

齐欢心里其实是紧张的，从前一晚看到陈让开始，直至今天这一刻，她都没能真正平静。

怎么可能平静得了？

然而工作时间，她不能没有职业道德，同时也想借着专注其他事来平复不安的脉搏，能让自己稍稍平静一些。

齐欢继续后面的配音，她和陈让相隔半肩的距离坐着，尽可能板着脸，视线规规矩矩盯住屏幕，丝毫不往他那儿看。

正好配到一部爱情电影的经典片段，画面里两位金发碧眼的主人公说完台词，在月色下相拥亲吻。

齐欢把握节奏，制造出亲吻的音效，唇角微抿。

漫长的拥吻还没结束，在她配音过程中一直很安静不曾发出任何声响干扰她的陈让，忽然说：“这个爱情片——”

齐欢不防他出声，一怔。

“是爱情吗？”他说，“我觉得不像。”

齐欢没反应过来，下一秒，一只大掌扣住她的后脑，陈让突然侧身亲上她的唇。轻碰一瞬，很快变成炙热的深吻。

全身血液一瞬涌向头顶，怔住的齐欢脸唰地烧起来，脸上的皮肤灼热得甚至有些痛，她的腰被他揽住，被属于他身上的男士味道侵袭包围，她背脊僵直，头皮也发麻。

玻璃后的剪辑师头低得快趴在桌上了，从没有如此痛恨过自己——为什么这么热爱工作？为什么这么敬业守岗？要是今天晚起旷工该有多好……

许久，陈让结束亲吻，却不曾松开钳制她腰身的手，那双眼睛长睫低敛，沉沉盯着她。

“这才是。”

曾经他们在电影院看的那场电影，她也狡黠地点评说：“根本都不是爱情。”

如今，陈让用行动认真回应——

电影不是爱情，我们才是。

那一年的齐欢一往无前。

彼时他沉闷厌世，她教他什么是爱情，他听了信了，从那时一直信到现在。

今后，也将永远相信。

陈让放开齐欢，一脸淡定，和她猝不及防将呆怔写在脸上的样子截然相反。

一个小工作间里，两个在这儿工作的人都被吓到，反观陈让这个打搅别人工作的不速之客，倒是很沉得住气。

齐欢抿住嘴唇，无言憋红了脸。剪辑师就在玻璃后面，之后一段时间他们得天天共事，经这么一出，又多了麻烦，想想都觉得尴尬。

齐欢瞅着他，忍不住质问：“你进来干吗了？”脉搏慌乱没有章法，心怦怦乱跳，久违的感觉。屏幕上的影片放到哪儿了，她也全无头绪。

好不容易佯装平静，就这么被他破坏。他总是这样，总是能轻而易举就叫她失态。

陈让答得半点不脸红：“我来看看你们怎么工作。”

这一脸冠冕堂皇，是怎么好意思说出口的？

他视线微微下移，齐欢见他盯着自己的嘴唇看，警惕起来：“你不要再在这……”

恰时手机铃声响，她噤声。陈让瞥了她一眼，接起电话。

大概是公事，他和那边说了几句，收起手机：“我有点事，开完会来找你。”说罢忽地凑近，在她唇上啄了一口。

他挺拔的背影潇洒地离去，徒留齐欢在凳子上闷坐。许久，感受到玻璃后剪辑师投递而来的探寻的视线，她尴尬地别开脸。

因陈让这个插曲，午后短短几个小时，对配音工作间里的两人来说，过得可谓是意外的丰富多彩。

好不容易撇开其他，齐欢忙到四点多，和剪辑师互相放过，各自去休息。她找了个安静无人的休息间待着，喝完水，接到张友玉的电话。

张友玉还是和以前一样咋呼，大喇喇的嗓门，声线未变，语气和音调都和旧时无异，丝毫没有生疏感。齐欢心里那一丝丝因为阔别而产生的陌生，几句话下来就被冲淡。

熟悉的人依旧熟悉，改变的，仿佛只有时间。

齐欢今天已然收工，没有事情要忙，优哉地和她闲谈。张友玉说了一通自己的现状，又问清齐欢的状况，直说到口干舌燥。

对于齐欢现在的职业，张友玉反应比庄慕更大些，颇感兴趣地问了好多问题。相同的是，最后兜兜转转，还是和庄慕一样，问到了陈让身上。

“你和陈让打算怎么办？”

和庄慕吃饭的时候，齐欢想着安定下来就找时间联系他，这当头她笑得无奈：“我本来想找他，但是现在好像不用了。”

张友玉夸张地吸了口气，以为自己听到了什么了不得的事情。齐欢阐明当下情况，才叫她平静下来。

“你们也太有缘了吧？这都能遇上！”张友玉感慨。

“我也不知道……”齐欢笑，不晓得说什么才好。当然，方才工作间的那件事，她没告诉张友玉。

“那你打算怎么办？”张友玉在那头问，“陈让和你离得这么近，你和他……你打算怎么办？”

齐欢默了默。

那边追问：“你还喜欢他吗？或者，你还想不想和他继续？”

齐欢略有怅然，下意识复述道：“还想不想和陈让继续啊……”

左俊昊一直打量着陈让的脸色，试图从他的脸上看出什么。然而陈让一如既往，面色沉和。他离门边只有三步之遥，迈过门槛，齐欢就在里面。左俊昊比他更后一点，三步半。

齐欢没发现他们在外面，专注聊着电话。

方才开了个小会，短暂的工作处理完，陈让就马不停蹄地跑来找齐欢。路上遇到这个组里的人，似乎是齐欢的同事，看到他们时虽然表情奇怪，但还是给他们指路，告知了齐欢的去向。

原本要进去的，但是听到里面传来说话的声音，他们便停住脚站在了这儿。

齐欢那句“还想不想和陈让继续”，隔着未关的门，他们听得一清二楚，那怅然的语气中，若有似无地带着一丝自我质问。

静默间，左俊昊的心都吊了起来。可惜没能听到后面的，没等齐欢再说什么，就听她“啊”地惊叫了声。

“这飞虫……”

而后里头传来闹腾的动静，似是卷了叠报纸手忙脚乱地拍虫子。待虫子解决，话题也换了一个，先前那个问题，并没能听到她回答。

齐欢收到陈让消息的时候，已是傍晚，她准备去吃晚饭，看清消息内容，稍犹豫，最后还是依短信里所言，到酒店大门处等他。

陈让开车停在路边，降下车窗：“上来。”

她问："去哪儿？"

他没答，反诘："怕我卖了你？"

齐欢默默拉开车门，坐进副驾驶座。

车一路往市区开，或许是太累，和他二人单独于车里相处的情况，气氛本该紧张，但她竟不知不觉睡了过去。

车停在一家颇有格调的餐厅前，全程小憩的齐欢迷蒙睁眼："吃饭？"

陈让点头。

她道："组里有饭吃……"

"不喜欢。"

她奇怪："不难吃啊。"

陈让说："不够辣。"

"你不是不喜欢吃辣？"

他看向她："现在喜欢了。"

进去坐下，侍应生引路将他们带到二楼的包间。齐欢落座后不甚自在，陈让瞧着她不安分的姿态，淡淡蹙眉："你干吗？"

"那什么……"她说不出所以然来。

陈让注视她几秒："怕我？"

齐欢顿了顿，和他对视："……没有。"

"那就好好坐着，好好吃。"他敛眸，没有更多言语。

菜陆续上桌，饭毕，陈让带齐欢出去，却没直接回去，开车到距离餐厅二十分钟的广场。停好车，徒步往广场中心走。

两人坐在广场上的石凳上，夜幕垂垂，穹顶暗色最浓，星点和月钩的光芒也最盛。那夜色蔓延到天际，颜色就淡了许多。

这样的场合，很适合谈话，正好原本也打算要电话联系他的。齐欢稍作酝酿，起了个头："你有没有什么话要对我说？"

"没有。"陈让回答得很干脆。

齐欢侧目："没什么要问的？"

"这个倒有。"

"嫌我凶吗？"他突然问。

齐欢愣了一下。

陈让平和的眸光，像是在引导着她，带她回忆："嫌我凶的话，你也可以凶回来。"

就像事情只发生在昨天，那个午夜街道，她哭着说会记得。

倏而五年，前一瞬他们分开，这一刻，并排坐在同一个位置上，须臾的时光快如奔腾的长河，拍马也难及。

眼前是行人络绎的广场，前一个节日的装饰还挂在路灯灯柱和树上，彩灯亮着，离得远些看起来颇有银花火树之意。

陈让的声音就着夜风：“别的东西我不问，你别胡思乱想，也别随便做决定。”他对上齐欢的眼睛，“我知道你心里有我。”

齐欢怔了怔，回过神微低头：“这么自恋……”

他似是勾了勾唇，很短暂的一瞬：“你是没写在脸上，但都写在眼睛里。”言毕，陈让站起身，“走吧。”往前走了几步，他回头，朝她伸手。

齐欢没动，他挑眉：“要不然我找张纸巾包起手，你再握？”

时间变幻，场景改变，人还是一样的人，只是位置变了。曾经主动的是她，要赖蹲在地上不肯走。如今，他开始尝试着，去做从前没做过的那些事。

五年改变了很多东西，回到禾城，城建翻新，一大半都和他们读书时不一样，但就算如此，也并不足以将所有东西都变得面目全非。

分开会有陌生感，一时难以适应，这很正常。五年很长，但也不算太长，现在他们都在。

不远处升起孔明灯，橙黄盏盏，缓缓飞向天际，和家长手牵手的小孩们看见，雀跃起来。

齐欢握住陈让的手，没有让他等太久。陈让拉她站起后就收手，被她拽住。夜色下，齐欢一本正经叫他的名字：“陈让。”

“……嗯？”

“五年很长，对吧？”她语调平平，眉目笼着一层浅黄灯影，“在外面的日子，一开始我每天都是掰着手指过的。”

他因她的话，面色慢慢沉下来。

“那时候觉得难熬，现在站在这里，回头想想就也还好。”齐欢的声音轻淡，但沉稳有力，她抬眸直视他，“别的不多说，我只告诉你，从回来的那天起，我就没打算要躲你什么的。”

掌心和他相握的热意似乎更甚了些。

“这个项目需要小几个月，我不胡思乱想，也不随便做什么决定。”她说，“那个时候我走得太仓促，现在有足够的时间，感情这件事，我们好好谈。”

回了酒店，陈让一路跟着齐欢到她的房门口，她输密码时见他还不走，不由一怔：“你干吗？”

“喝杯茶。”

“我房间没茶，这么晚了，你……”她一边说，门“嘀”的一声开了，陈让没给她聒噪的机会。

门在背后被甩上，齐欢踉跄两步，背抵着墙刚站稳，他炽热的呼吸就覆下来，她被圈在墙边动弹不得，脑后被他的大掌扣着，被动仰头，承受着他的亲吻。

从门后直至沙发上，亲吻长达五分钟，陈让嫌领带碍事，单手拆了扔在地上，途中亦没有放过她。

好不容易结束，齐欢仰躺着，背后是软绵的沙发，视野里一片天花板的白色，喘息急促难平。陈让拿开她挡在他胸膛前的手："欠你的生日礼物，补给你。"

齐欢满脸绯红，佯怒瞪他："谁要你亲几分钟当生日礼……"话没说完，他再次俯首，她的不满湮没在唇齿间。

这一回还更久，断断续续亲了二十分钟。

陈让淡然地看着齐欢一本正经道："四乘五，二十分钟正好。"

不用看扔在茶几上的手机，他算的时间应当不会错。五年五个生日，一次五分钟，总共二十五分钟……他怎么不掐个表计时！

齐欢怒目："我今年生日还没过！"

"哦。"陈让很镇定，"提前送你，不用客气。"

他一副"你捡了大便宜"的表情，气得齐欢想打人。

齐欢鼓着劲把陈让推开，起身盘腿坐好，和他面对面。手里扯好凌乱的衣襟，她道："你进也进来了，坐也坐了，我房间里没茶，该回去了吧？"

她脸上那一丝丝别扭，陈让直接忽略，往沙发背一靠，稳当自如，还反问："不留我？"

留你干吗？齐欢心下暗暗吐槽。对他如此外放的转变，她一时有些习惯不来。

"你脸好红。"

"还不是你——"

陈让睨她："亲一下，反应这么大？"

陈让眉眼懒散："你第一天认识我？"

他还是那样清淡无谓的表情，还是那样浅淡自如的气质，但一开口，说的每个字都叫她哑然无言。这几年里，别的他长没长进不知道，气死人这方面，他倒是日渐精益，进步得肉眼可见。

齐欢说不过他，好一通体验憋屈的滋味。她盯着陈让看了一会儿，蓦地突然扳起他的脸，捧着就俯首亲了下去。

齐欢对他的嚣张很是不服，脸闷红，不等他反应便飞快离开沙发往里走："我要洗脸了，你回去吧。"

她快步冲进浴室，头也不回。

陈让盯着她的背影，勾唇散漫一笑。噙笑垂首，面容中有自己都察觉不到的无奈和纵容。

上一次开怀已然记不清，他已经许久没有像这样轻松过。数日以来的疲惫，甚至这些年的奔忙，这刹那都有了价值。

俗话说得好，一人得道鸡犬升天。左俊昊跟在陈让身边，虽说做助理是为了履历，但他也毫不客气，从实习起就没亏待过自己。好比现在，陈让住的套房条件是最好的，他的房间环境次些，同样不差。

用季冰的话来形容，那必定只有一句——狗东西，脸皮比城墙还厚。

这句话又被迎头抛来，左俊昊当面被骂，不爽："差不多得了你，这么嫌弃我还赖在我这儿干什么？滚滚滚，自己去楼下开房间。"

季冰躲过他踹来的脚，在沙发上懒洋洋环视四周，表情满满不齿："也就陈让，换我，老早就让你有多远滚多远了。"

"嫉妒你就直说。"左俊昊嗤他，"好歹也是将来的医生，你能不能注意一下个人素质？你这样我以后怎么放心让你看病？"

"谁要给你看病？"季冰甩给他一个大大的白眼。

两人坐在左俊昊所住套房的客厅中，开着空调，温度宜人。

左俊昊喝了两口自己泡的咖啡，称赞："还真别说，我的手艺越来越好了，都是陈让给我磨的。"对他的自夸，季冰回以冷笑。

喝着喝着，左俊昊踢季冰脚尖："你这次来干吗？"

"我不能散心？"

"能啊，但是你放着课业不好好努力，跑东跑西的多不合适。"

季冰是学医的，左俊昊他们毕业了，他还得继续深造。

"不是听说齐欢回来了吗？"

左俊昊挑眉："哦，所以你就来凑热闹？"

季冰懒得理他，问："现在什么情况？齐欢人呢？"

"你当都是我呢，睡得比狗晚，起得比鸡早，一天到晚兢兢业业。"左俊昊看时间，才八点多，"陈让估计在房里吃早餐看文件，齐欢等会儿差不多也该工作了。十点的时候我带你去转转。"说着觉得气，骂他，"你来这么早干什么？扰人清梦！"

"我飞机就这个点。"

"那你在机场多待一会儿不行吗？"

季冰无言，默了默，狠狠踹他："……狗东西！"

左俊昊没能嘚瑟太久，季冰挑他的弱点下手，问："对了，纪茉最近怎么样了？你们有联系吗？"

刚刚还嚣张的左俊昊气焰一下跌落："我们……"

"没联系对吧？她最近忙着交研究报告，喝水的时间都没有。"

左俊昊一顿，瞪他："你老关注她干吗？"

"给你添堵呀。"季冰很诚实。

左俊昊被气得不行，然而没办法。他们几个大学和纪茉所读的大学不在同一个地方，但是离得不远。本以为纪茉就算性子冷淡，他在她面前多少还是有些优势的，毕竟不要脸是门学问。

谁知道，就因为他一时大意，某次纪茉找他解决课业上的问题，他拜托给季冰，一来二去，他俩反倒混熟了。很多纪茉的事，他都不知道，季冰却知道。

虽然季冰和纪茉只是纯粹的普通朋友关系，想起这遭左俊昊还是不爽："你真烦。"说着，他顺手给纪茉打电话。

纪茉的态度如常，不算太冷淡但也称不上热情。左俊昊和她扯了几句闲话，她大概有事情要忙，不是很想聊："没什么事了吧？没事的话我先挂电话——"

"等等——"左俊昊叫住她，顿了一下，说，"你知不知道齐欢最近回来了？"

那头默了两秒，她说："我知道。"补了句，"季冰告诉我的。"

左俊昊抬眸瞪了季冰一眼，又对电话那头道："是，不过不只是回来，我还知道她在哪儿。"

"……在哪儿？"

"就在我这儿。你什么时候有空，我帮你联系她？"

说有事要忙的纪茉全然把挂电话这事抛到了脑后。而左俊昊拿着手机，边聊边往里间去。

季冰安然地坐着，看他为了多说几句费尽心思、绞尽脑汁的样子，忍不住感慨摇头——人哪，果然不能造太多孽。

齐欢接到纪茉电话时，先是意外，然后便是惊喜。她回来得太急，没能完全准备好，连庄慕他们的电话都是兜兜转转费了好大力气才弄到的，有些朋友至今还没联系上，纪茉就是其中之一。

纪茉比从前开朗许多，电话里听起来精神劲很足，比以前干练，虽然认识时间短，齐欢和她不如跟敏学几个感情深，但也是真心为她高兴。

彼时齐欢吃完早饭正准备去工作间，不方便和纪茉说太多，只好简单交流彼此近况，互相保存了联系方式，打算过后再细说。

拜陈让所赐，齐欢和共事的搭档一碰面，尴尬的气氛就迅速蔓延。她倒还好，剪辑师明显难以消化，对她的态度仍随和，却不免有些微妙。

这种事情不好解释，齐欢无法，只能硬着头皮专注做自己该做的。

不到十点，有人来敲工作室的门。是剧组的员工，说导演等人要见齐欢。

齐欢诧异不明，满面疑惑地跟着去。到了才知道，是另一部电影的摄制组来同个城市取景，在平城另一边郊区的山上。听说她在这儿，特意过来请人。

齐欢本身没有那么大的名气，人家主要还是奔着她老师的名头而来。

这一行不够兴盛，从业人数不多，佼佼者就更少。齐欢的老师在业内颇负盛名，多年下来，年龄阅历都摆在那儿。当然，他有名也不仅仅因为他是老资历，他个人对拟声的创意和天赋很多时候都走在别人前面。齐欢的机缘巧合是一种运气，她在国外那段时间跟着团队学习，像她一样近几年才被带入行的不少。

这位派人来请的导演名头不小，齐欢今后要在国内工作，自然得卖人家的面子。没多说，一行人搭剧组的车去探班，开了三个小时才开到摄制地，午饭在车上简易解决。

这个剧组到平城，只来了一个小组。山上环境不错，住人的房车和装道具的中型卡车停在周围，各色帐篷搭建起来，到处都有人在忙碌。

齐欢见有些小帐篷不似休息用的，边走边问：“他们搭帐篷干什么？”这里离郊区酒店不远，收工后往回赶肯定来得及。

领路的人给她解答：“晚上三点半之后有好几场戏。”意思是要通宵工作，这么多人在这儿扎帐篷，是为了方便轮班。如此，齐欢点头，没再问。

见了导演，依次握手寒暄，一群人往开工现场去。导演和齐欢聊起前年的一部法国电影。

“那年戛纳电影节的时候，在‘一种关注’单元，给我们很多人留下了很深的印象。它的美术和声音都做得特别好，后来才知道，是伯柯伦先生和他的团队操刀……”

前年正好是齐欢刚加入伯柯伦团队的时候，那时她还是个菜鸟，正在摸索学习中，那个在戛纳“一种关注”单元令人眼前一亮的片子，为那位导演打开了一条光明大道。当时她并未参与拟声制作，但团队的辛苦和努力，她都看在眼里，说起有关话题，也不磕绊。

不是所有镜头都要导演本人掌镜，眼下正在拍的几场，便由别人负责。

到达摄制的树林旁，齐欢见到了这个剧组的拟声师。野外环境自然不是让他来配音的，为的是亲眼看着拍摄现场，能对周围环境有所了解，拟声时更好发挥。

身为同行，两人站在旁边看，交流工作经验。他们聊得开心，专业范畴的内容听得几位片场助理一头雾水。

天黑下来，剧组开始放饭，其他人和导演还有事要说，齐欢独自回到帐篷驻扎地，老远便见一个熟悉的身影。

陈让站在那儿等她。她停了停，提步过去。

“你怎么来了？”

“过来看看。”

“有什么好看的……”

陈让盯着她，道：“就是好看。”

齐欢撇嘴。

“这里环境不错。”陈让说，“走动走动，去转一转？”

齐欢想说自己刚刚走了很久，累得不行，然而对上他的眼睛，拒绝的话说不出口，最后还是点头。

陈让带的助理不是左俊昊，那位小哥谨守工作本分，陈让让他留在原地，他便一步也不敢跟。

脚下青草松软，两人在忙碌的剧组里，悠闲散步。然而齐欢实在累，走了几分钟就停下休息。陈让没强求，陪她在小草坡上站住。

她靠着剧组放置在那儿的长桌，不肯站直：“好累。”

陈让看她发懒，没说话。

夜风吹得怡人，突然一声巨响，头顶天幕炸开烟花。齐欢吓了一跳，和陈让一起抬头。

不远处，剧组的人在放烟花，火焰花纹非常大，大概是拍摄内容需要，一直有人在喊着什么做指挥。他们所在的小草坡位置好，正正好方便欣赏。

齐欢小小叹了声，仰着头看。

“漂亮吗？”站着的陈让突然出声。

齐欢瞥他一眼，而后抬头再去看烟花，回答：“漂亮。”

他却道：“不够漂亮。”

齐欢嫌他扫兴，正要吐槽，他凝着一朵接一朵绽开的火焰，忽地说：“不如你给我放的烟花漂亮。”

齐欢一怔。

陈让眸光浅淡，却莫名专注，像是透过面前的场景，在看另外的东西。

剧组准备的烟花很多，毕竟不缺这点道具钱。烟花接二连三，绽得满天幕都是。可看在他眼中，这漫天烟花，却比不上十八岁时齐欢手中高高举起的那支仙女棒。

“我见过最好看的，就是我过生日，你点的那支。”陈让侧头，淡淡地看着齐欢。

这些年，他跟爷爷学，跟姑姑学，不停地去学能够让他立足的本事。四处奔忙之中，见识过太多太多。就像烟花，比眼前这场盛大的不知有多少，更遑论曾经小小的禾城，他在窗角一隅看到的那微弱一束。

但就是那一束火花，胜过他后来所见千万。

这世上，很多东西都很好。唯独和她有关的，格外好。

——于他而言，最最好。

齐欢安静许久，烟火在头顶一朵接一朵，热热闹闹的动静，结束后给空气里添了几丝硝烟味。犯懒的齐欢被陈让叫起来继续走，不过不是往前，而是倒回帐篷集中安置的那一块。

恰好导演让工作人员来喊齐欢吃饭，跑腿的人绕了一圈没找到她，正要走时她就回来了，当下原话转达。

陈让和她一块到大帐篷里，来探班的都在，两个剧组的人凑了一屋。陈让作为投资方，自然不会被冷待，齐欢在旁看着，他们又是一通寒暄。

饭毕，导演招手叫齐欢到身边吃甜点，开口留她在这儿多待些时候。他们剧组只在平城停留几天，取完周边的景就要回主摄制地，这个小组届时会全部撤走。

趁着在的时候，导演希望齐欢能和他们组里的拟声师多交流交流。尤其今天拍摄完毕的几个片段，想让她和拟声师看看，一起讨论讨论，研究研究。

不过是熬一夜牺牲睡眠的事，齐欢当然不会不同意卖这个人情，当即应下。

陈让得知，眉头几不可察地皱起：“要在这儿过夜？”

齐欢说：“是的。你等会儿先回去吧，我今晚留在这儿。”

“你睡哪儿？”

“有帐篷，请工作人员帮我搭一顶。这边说不定会弄到很晚，通宵也未必。”

陈让抿唇，说：“知道了。”

他们站在吃饭的帐篷帘外，齐欢听他没头没脑的回答，不解：“你知道什么？”没等陈让说话，里面叫她，她只能先进去。

再出来，外边没了陈让的踪影。

齐欢跟导演一行人去正在赶工的摄制地，原以为走了的陈让过会儿又回来了，休息时，齐欢见他在一旁的椅子上静候，诧异：“你怎么还在这儿？”

“看你工作。”

“有什么好看的……”齐欢实在理解不了。

拍摄地很吵，人们来来去去都在忙活，他脸上略有倦色，齐欢顿了顿：“你很累？”

“还好，昨天休息得比较晚。”陈让说，“你去忙，我没事。”

她道：“你要不要稍微歇一歇？”

陈让没拒绝，轻点头，只说：“你忙完叫我。”言毕合上眼休息。

齐欢回到监视器后和拟声师边看拍摄边聊了半天。口袋里手机响，是张友玉的电话，她挂断用微信回过去：“现在不方便接。”

张友玉问：“你在干吗？”

齐欢简明地告诉她，张友玉听完重点却不在剧组上，反而对陈让更感兴趣。

“你跟陈让在一块啊？”

“是，怎么了？”

张友玉道：“好久没见过他了，他现在长什么样？这么多年长好看了还是长残了？”

齐欢无语：“他又没去整容……”

“岁月是把杀猪刀嘛。”张友玉振振有词，最后说，“你发张照片我看看，帮你参谋参谋，要是劣化了，咱就再考虑考虑。”

齐欢忍不住发语音斥她：“说什么乱七八糟的鬼话。”

张友玉也改为语音撒娇：“拍嘛拍嘛，给我看看昔日一中第一现在什么样。”

齐欢想拒绝，然而不知怎么，大概是张友玉的粗神经气息太传染人，一时没绷住，也跟着玩闹心起。拟声师走开去和别人说话，周围其余人都在忙，她左右瞧了瞧，小碎步跑回休息处，在陈让椅子前几米的地方，偷偷摸摸拍了一张他合眼小憩的照片。

夜色下略显朦胧，好在这边灯光尚算充足，画面虽模糊，但不影响他的五官。

屏幕上对话列表里，张友玉最新的一句看起来颇为欠打：“怎么这么久没动静？欢姐？”

齐欢莫名生出一股不爽，手指飞快输入文字要回她，太过着急，一不小心从对话界面点出去。

“齐欢——”前头在叫她过去，她手忙脚乱再次点进去，把照片甩给那边，仰头应声：“来了！”

然后给张友玉回语音：“才没有！陈让一直都这么好看！”

没怎么看清，松手发了消息，她便收起手机跑回监视器前。

一直忙了四十多分钟。

齐欢终于解脱，往回走，朝椅凳那边瞥一眼，见小憩的陈让醒了，拿着手机在倒腾什么。她不着急，漫步走着，点开微信。

张友玉那有一堆未读消息，齐欢吓了一跳，点进去一看，却见满屏都是咆哮：

“欢姐你人呢？

“欢姐？？

“你为什么还不给我发照片？

“欢姐！！

“欢姐你吱声啊……”

齐欢一愣，忙把屏幕往上拉，来来回回好几遍，上下都确认过——没有照片，没有她发的那几句话。

她停下脚步，就听前方传来窸窣声响，是脚踩在草地上的声音。陈让不知何时过来，站在她面前。

齐欢顾不上检查消息发哪儿去了，忙把手机收起：“你醒了？”

“嗯。”

“那走吧……”

陈让没动，低眸随意一瞥，盯着她看了很久，才不急不缓开口：“我很好奇——”

“什么……”她莫名忐忑。

他两手插在兜里，细细凝着她，蓦地勾唇，俯身凑近：“在你眼里，我到底有多好看？”

她的耳朵唰地发热。

陈让噙着笑站直，把他自己的手机竖在面前，指纹摁上解锁的地方，屏幕亮起，正是微信界面。对话的另一端，赫然是她的头像。

他们昨天刚加的微信，还没用上。干净的屏幕中，只有她发的照片和那一句话。时间显示是四十多分钟前。

齐欢把陈让的照片发给陈让，还有那句维护他颜值的话。

“你……”

“我什么？”他诘道。

齐欢语塞。他有多好看？那当然是很好看。然而这当头她哪可能说出口。发错消息被抓包，要多尴尬有多尴尬。

陈让欣赏够了她的窘迫，话锋忽然一转："今晚你留在这儿？"

她顿了顿，点头："是。"吃完饭时就说过的事。

他没多言，就一句："我也留在这儿。"

"你？"齐欢抬头，"你留在这儿干吗，为什么不回去？"

"你能不能少问两句？"陈让啧声，"聒噪。"

他还不耐烦了，齐欢不爽。

陈让将手缓缓插回兜里，说："我让人安排好了。风大，住房车比较好。"

齐欢还没开口，他道："晚上你跟我住房车。"

她僵住："我不要——"

"不然你要睡哪儿？"

"我睡帐篷！"

齐欢甩下这句，提脚往夜宿的地方走，莫名着急，脚下每踩一步，都给人一种落荒而逃的感觉。

齐欢作为外援，帐篷有人帮忙准备好。

帐篷和帐篷之间隔得比较远，她睡的那顶稍微偏一些，但周围都是摄制组，晚上彻夜作业，安全问题不必担心。

齐欢钻进篷内，脱下外套，坐在被垫上松了口气。她正发呆，还没拉上拉链的帐篷入口被撩开，骨节分明的修长五指握起门帘，而后，陈让屈身进来。

齐欢道："你干吗？"

陈让在她面前盘腿坐下，略作环视，说："我住隔壁。"

齐欢飞快爬到帘子口，探头出去一看，帐篷旁边不知什么时候停了一辆房车。她返身回里面，看着陈让那张脸，有种无可奈何的感觉。

夜宿野外，这还带串门的。

齐欢说："我这里很窄。"

"我那宽敞。"

没等她动唇，陈让忽然伸手将她拉到怀里。齐欢下意识竖起两臂挡在身前——只是因为没有预兆的亲热举动受惊，并非抗拒。

她缩在他怀里，动弹不得，闷声憋出一句："你以前不是这样的。"

陈让喉间微动，下一秒，他埋首在她肩窝，气息撩得她脖间发痒："人是会变的。"他又道，"我以前很讨厌，对吧？"那沉沉的声音在她耳际，"我好像总是坐享其成，等着你来主动，你来努力。"

突然之间心里像是被堵住，齐欢也跟着低落，轻声说："没有，我从没觉得讨厌……"

"自己试过才知道，只不过被你拒绝这么几次，我就已经难受得不行。"

齐欢慢慢放松紧绷的肩膀，去适应他灼热的体温。

"我没有拒绝你，我只是……"

"那你跟我一起住房车。"他瞬间抬头。

齐欢刚酝酿的情绪就这么猛然被打断，一口气哽住，忍不住想翻白眼。她推他："出去出去，回你的房车里睡觉。"

白浪费她的心情，亏她还真情实感了那么一会儿。

陈让喉咙里发出低笑，一下打破低沉气氛。他不松手，揽着她躺下，冠冕堂皇："试试你被窝冷不冷。"长臂扯来叠得整齐的被子，将自己和她裹成一团。

齐欢挣不开，以被他从背后抱着的姿势，蜷在被窝里。

陈让的怀里很暖，坚实的胸膛令她有所可依，只是这个姿势太过磨人，她本来就窘迫，没一会儿，他的呼吸轻轻洒在她脖颈，更教她肌肤战栗。细密的亲吻落在她颈后，一寸一寸，齐欢整个人僵硬起来，好在只是一会儿便停了。

陈让低声说："读大学的时候，我跟着我爷爷学习生意上的事，每天都很忙。

"事情特别多，明明累得不行，有时候还是会梦到你，或者干脆一开始就睡不着。

"我只能点根烟，靠在床头自己打发时间，一折腾就是小半宿。"

陈让低头轻轻吻了一下齐欢，抱着齐欢的胳膊又缩进了些，脑袋埋进齐欢的肩膀，声音沙哑：

"——就像这样，我梦到过很多次。"

第十二章

爱不释手的眷恋

心跳的速度飞快，节点汹涌得像是在擂鼓，而那鼓面已经快要被擂破。

齐欢难受得不行，将要撑不住的时候，陈让终于停了。他沉重的身体热意迫人，齐欢面朝底下，被圈禁在他怀里，背后相触的他的胸膛，滚烫得像熔岩炼炉。

随着衣物摩擦的窸窣声响，陈让慢慢松开她，俯首将脸埋在她肩后。安静的小帐篷里，只听心跳喧嚣良久，他和她的脉搏都燥然难平。

陈让平复下来，但体温没能消减，翻了个身，从她背后离开。重压挪开，齐欢顿感一轻，脸闷在被垫中，呼着气把衣物扯好，缓慢转身。

两人并排，肩并着肩躺着，显得有些逼仄。

齐欢侧眸看他，他闭了闭眼，说:“睡吧。”

齐欢脸上的绯红没能全部消退，声音低低的:“你在这……”

“我等下出去。”陈让睁眼，转头和她对视，眸光还是略沉，暗光此起彼伏，尽可能压抑着，“你别这样看我。”

齐欢霎时噤声，移开视线。

过了会儿，陈让起身:“我出去抽根烟，外面风大，你别出来。”不等齐欢说什么，他掀开被子，钻出帐篷。

稍作休整，齐欢将凌乱的衣襟理好，确认仪容没有不端，也出了帐篷。到旁边去看了看，房车里似乎没人，她在附近转悠几圈，没看到陈让。

各处立着木柱，黄色的灯错落地挂在顶端。有的人已经拉上帐篷睡觉，有的人还在忙活，又安静，又吵闹。

齐欢逛了逛，碰上导演身边的工作人员，见她还没睡，把她带到拍摄地。

被陈让那么一闹，齐欢一时半会儿睡不着，便跟着一起去了。剧组的拟声师尚在工作，高高兴兴和她打招呼，就着晚饭前的话题跟她继续聊。

聊着聊着，陈让打来电话，问她在哪儿。

齐欢道:“我在拍摄场地这边。”

陈让没多问，只说:“注意一些，早点休息，我在车里。”他不多言，叮嘱几句便挂了电话。

齐欢和拟声师站在监视器后看拍摄，进展顺利，没怎么卡，一口气就拍完了两条。久站太累，她和导演等人告辞，揉着脖子回去休息。

“齐老师。”走出去几步，拟声师叫住她。

齐欢闻声停下：“什么事？”

拟声师说：“我这边有几个我之前配的片段，齐老师能不能帮我看一下？”当然不是这个剧组拍摄的内容，而是他自己私下的练习作。剧组还在拍摄中，成片没出来，他也拿不到。

齐欢没怎么考虑，答应了，但觉得时间不早不太方便，拟声师马上道：“我拷贝好了，你等一会儿就行，我给你弄台电脑。”

拟声师真的去找工作人员借来一台电脑，连同一个 U 盘，一起交给她。齐欢接过，应承下来，婉拒了他送自己回帐篷的提议。

回到小帐篷中，齐欢插上耳机盘腿点开视频，看了三分之一，手机振动。

陈让给她发来消息：“还在忙？”

她说：“回帐篷了，在看东西。”

“还不睡。”

“帮别人的忙。”

回过去后好久没动静，齐欢把手机撂到一边，渐渐看得投入。

手机振动又打搅她。陈让发来四个字：“你在干吗？”

齐欢无语，回复：“我在看东西啊。”前几句明明都说了。

两秒后，那边回过来语音，点开一听，他道：“我知道。”紧接着又是一句，“我是问你为什么不理我？”

齐欢不知说什么好，只好对着手机发语音：“你快点睡觉。”无奈的语气，像是在哄一个得不到关注便过分闹腾引起别人注意的毛头少年。

陈让偏不安分：“好冷。”

“你车里没暖气啊？”齐欢想翻白眼。

“我是怕你冷，帐篷里没暖气，冻着怎么办？”他一副为她着想的口吻。

齐欢的视频看得断断续续，因为他，看几秒就要暂停。一来一回，干脆把电脑搁到一边。

她轻斥：“你别吵我。”

陈让回：“我没吵。”

两个人你来我往，语音发得不亦乐乎。

“那就睡觉。”

“我怕你一个人不太好。”

“有什么不好的？”

“太想我，情绪失控。”

齐欢连白眼都懒得翻，噼啪摁着屏幕，发了一连串表情包。

陈让还在一句接一句和她废话，齐欢回着回着，发起呆来。

“我感觉有点不舒服。”又是一条语音，齐欢点开听清，蓦地一愣，当即回神。

“你干吗？怎么了？”回完消息，她微愣，不知要不要过去看看。

那边没让她等很久，他道：“我一个人。”

齐欢没理解，发了个文字：“啊？”

不多时，见他发来念经一样的几个字：“我一个人。”

齐欢被他闹得头都大了。良久，干脆豁出去，合上电脑抱在手里，穿好外套钻出帐篷。

房车就在隔壁，她到门前，抬手叩了两下。

车门从里面打开，陈让见她，表情并未惊诧，反倒带着一丝预料之中的意味，还有一丝无耻的“我就知道”，轻轻挑眉：“想我了？”

齐欢瞪他。他侧身让路，齐欢没接他的话，进了车内。

暖意扑面而来，车门被拉上，彻底隔绝寒气。

房车内的空间比帐篷大多了，但和一般的房间比起来，虽然格局仿似，面积差得远，还是略显狭窄。两人在座榻左右各自坐下，中间隔着一张矮几。

齐欢盘腿，把电脑放在桌上。她看视频，陈让看她。

陈让不说话，无言盯着她，盯了许久。他的眼神极具侵略性，一句话没说，却让齐欢头皮发麻，好多次差点走神，注意力根本集中不了。

好不容易强忍着看完一整段视频，最后她实在绷不住，对他道：“你一直看着我干什么？”

“不能看？”陈让懒散地靠着车壁，眉眼缱逸，视线仍旧在她脸上流连。

齐欢想说他的视线太干扰她，忍着没说出口。

就这么相对沉默，齐欢是故意不理他，陈让还算有点人性，让她先把视频看完。中途去小厨房切了一盘水果，待盘里空了，齐欢的几段视频看完，时间也不早了。

陈让这才开口：“看完了？”

她点头：“嗯。”

“那睡觉吧。”

齐欢微顿，合上电脑要走。陈让没动，静静地看她折腾。

“门怎么打不开？”齐欢掰了半天门把手，毫无动静。

陈让淡淡道：“不知道，可能坏了。”

齐欢扭头看陈让，他老神在在，冲她摊手。齐欢站在门边，不知是不是被暖气热的，被熏红了脸。无言对峙许久，陈让歪了下头，表情松散，微勾的唇边似是带着笑意。

“别闹了，再不睡明天起不来。”

不到六点，天蒙蒙亮，齐欢起床洗漱穿衣，将房车的门小小开了条缝，小心翼翼地探头出去，外边没人。没有立刻下车，她被扑面而来的冷空气冻得躲回车里，关上门，把外套裹得更紧。

眼睛有点睁不开，眼圈下乌青痕迹淡淡。到这个点，拢共睡了不过几个小时，她怕起晚了工作人员都开工，到时她从陈让的车里出去，被人看见不太好。

陈让靠床头坐着，刚睡醒稍稍有些起床气，疏淡的眉眼间浮着些许不耐烦——并不是对齐欢或是对某样东西，仅仅只是一种单纯的不爽。

他脸上那股冷淡的微戾像极了以前念书他心情不好时看人的表情，熟悉又许久未见的模样，教齐欢蓦地出神愣了好几秒。

陈让闭眼拧眉，舒缓几秒清醒过来，掀被子去洗漱，看样子是要陪她一起下车。

齐欢忙拒绝：“你不用起来，再睡一会儿，我没什么要紧的事，我自己出去就行了。”

陈让站在洗手池边，侧眸睨来，齐欢不等他说话，转身打开车门下去。清晨的冷空气陡然侵袭，她缩着脖子溜回帐篷，欲盖弥彰地在帐篷里待了几分钟，然后才出去。

导演等人也是后半夜才睡的，只休息几个小时，清晨有安排，早早都醒了。齐欢和工作人员一起吃早饭，剧组发放的工作餐，味道一般，但分量很足。饭毕，她捧着杯热咖啡跟去看拍摄。

组里的拟声师比她起得晚，吃过早饭后来找她，问她对昨天那段视频的效果有何见解。齐欢照实说了，缺点优点样样不落，意见给得很中肯。一直待到快要吃午饭，她才告辞。

同行的人决定吃过中饭再走，齐欢却说不用，婉拒了众人的好意。一上午，陈让打了十多个电话给她，她一个都没接，只回了条消息，说：“在忙。”

到帐篷驻扎的地方，房车和她的帐篷都在原地，趁周围人不多，没谁注意，齐欢做贼似的绕到车后面，敲门。

门一开，高个颀长的陈让站在车内小阶上，居高临下看着她。齐欢昂着脖子，比平时还费力。

“回来了？”他岿然而站，倚着门框，稍作抱臂之姿。

齐欢小声应：“嗯。”

“忙完了？”他又问，还是没让开路。

齐欢察觉他眉间隐隐不爽，那黑沉的眼眸之中，像是有碎冰在漂浮，视线凝得她动弹不得。

下一秒，他道：“为什么不接我电话？”

“我在忙……”

“所以不接我电话？”

本来挺正当一件事，被他这么问，她莫名觉得自己理亏，一嗓子话堵着，说不出口。

齐欢觉得别扭，往后退了一小步：“你干吗这样……”

陈让默然凝视她，几秒后，朝她伸手：“上来。”

齐欢犹豫，不知道该不该握。良久，缓缓把手递到他掌心。陈让一扯，将她拉上去。

两人一同站在狭窄得只能站下一个人的车阶上。齐欢的脚根本没有安置的地方，但腰被他搂住，下不去，站又站不稳，只好拽着他的衣襟，死死贴在他怀里才勉强稳住。

陈让低眸，凉凉的视线落在她脸上。

齐欢眼神松动：“我刚刚在忙正事，你干吗这样……”

回来之后，如今的陈让越发令她难以面对。最初时，他温情脉脉得让人惊讶，而今不过才几天，表现出的占有欲和比从前更让人头皮发麻的气场，每每都教她无力招架。

人都是这么复杂的吗？

从前她只知道他冷淡、凉薄，对什么都无所谓、不在乎。后来知道他也是可以被焐热的，那颗硬邦邦的心，厚冰之下也有热血。阔别几年再见，他对他们曾经的回忆，一桩桩，一件件，记忆犹新，分毫都不曾忘，也总是从一些细枝末节上去提醒她，告诉她，带着她一起找过去的感觉。

而现在……

他锐利的一面开始昭显，控制欲、主导欲，强硬得让人无处可逃。

齐欢垂着眼，想叹气，下巴忽然被捏住。

陈让迫使她抬头看自己：“怕我？”

“……没有。”

本以为他会说句安抚的话，至少给她一点缓冲的时间来习惯他如今的变化。然而陈让却根本没有这种想法。

“怕也没用。”他眉头轻挑，眼中亮光些微，语气危险，“是你先招惹我的。”

去别人的剧组帮忙，一待就是半天加一个晚上，好不容易回了自己工作的地方，齐欢累得不行，加上前一夜没有休息好，她先回酒店洗澡换衣，之后才赶去片场。

到片场，四处逛了逛，见着两个熟面孔。左俊昊和季冰一人一张躺椅，在服化组后面的空地上晒太阳。他们跟齐欢打招呼，扬手喊她过去。

齐欢走近，不解：“你们躺在这儿干什么？”

左俊昊说：“晒太阳。老爽了，你要不要也来？”

她笑着摇头，看向季冰：“你什么时候来的？”刚到剧组的第一天晚上，开会的时候她只看到了左俊昊，只是那时心思全放在陈让身上，没有和他打招呼。季冰却是没看到的。

“我昨天就来了。”季冰说，“不是听说你回来了嘛，打算来叙叙旧。原本昨天就想找你，结果我和左俊昊从酒店赶来片场，他们说你出去了。”

“怎么样，晚上一起吃饭？”季冰提议道，“就让左俊昊请客，他现在收入不低，死皮赖脸跟着陈让，富得都快流油了。”

“滚！”左俊昊踢他，“你就想着敲诈我。”转头对齐欢说，“你可千万别听他瞎说。”见齐欢笑得开心，他顿了顿，话题一转，“差点忘了，你有和纪茉联系吗？我给她打电话，跟她说了你回来的事。”

齐欢说：“有，昨天我们通过电话。”

“那行。”左俊昊的表情像是高兴，但又不似高兴。

聊了几句，左俊昊四处找凳子搬给齐欢坐，凳子没找到，工作人员先来叫齐欢。

“我那边有事，先走了，晚点再聊。”齐欢还要工作，不比这两个闲人。走之前笑道：“这里风大，你们小心起风。”

两个心大的懒人冲她挥手，今朝有酒今朝醉，舒服一刻算一刻。

左俊昊和季冰这一躺就是半个小时，太阳渐小，风渐起，气温降下来，两人决定离开。抬头见熟悉的身影朝这边来，左俊昊嘿了声，抬手：“陈让！这里，来——”

陈让没应，不急不缓地走到他们面前。

左俊昊问：“怎么就你一个？其他人呢？”除了他，还有几个助理。

“我让他们自己去忙。”陈让瞥他们，“你们在这儿干什么？”

“晒太阳。”季冰话音一落，穿堂风从交汇口刮来，卷起落叶，凉得人肩膀发抖。

季冰咳了声，默默受下陈让看傻子般的眼神。左俊昊和季冰从椅子上起来，问他：“你干什么来了？”

“齐欢呢？”陈让不废话，“道具组的说看到她来这边。”

敢情还是为了齐欢。左俊昊和季冰互换眼神，都不知该怎么说他才好。

“她被叫走了，好像在那边，我们跟你一块过去。”

三人一起往先前齐欢离开的方向去。闲着没事干，边走边聊，陈让惜字如金，主要还是左俊昊和季冰扯皮。他俩从天说到地，由南讲到北，什么都能扯出来说上两句。

聊到刚刚从他们躺椅前走过的一个配角女演员，左俊昊感慨：“看来混娱乐圈的都有两把刷子，哪怕十八线吧，那脸和身材都是不错的。”

季冰对他的审美嗤之以鼻：“哪里好了？我看一般得很。”

“就你眼光高，多大的年纪了能不能别老成天做梦！”左俊昊反戗，“说得好像你天天大街上能见着漂亮姑娘似的。”

季冰“哼”了声：“是天天见不着，但也没你说的那么夸张。就说身材，不就是正常水准？我看齐欢都比她好。”

“齐欢？”左俊昊一愣。

“国外是不是吃得和我们不一样，感觉她这次回来，比以前还更……”季冰说着，就见左俊昊拼命冲自己使眼色。他蓦地住口，朝陈让的方向瞟。陈让走在他们前面看不见此刻的表情。

季冰忙换了个话题：“对了，我之前和你去吃的那家日料店你还记不记得……”

到拍摄的地方，还没近前，就见地上一堆黑色的电线，搬着工具、扛着设备的人来来去去，齐欢的身影在导演等人旁边。

左俊昊和季冰跟在陈让身后，停住脚。

陈让看了两秒，回头：“我自己过去，你们该干吗干吗。”

“啊？”

下一秒，陈让的视线落到季冰脸上：“晚上剧组要拍夜戏，听说人手不够，你既然来了就别白来一场，订好的酒店房间我让人先给你退了，你帮忙搭把手，我让人给你在片场扎帐篷。”说完，陈让迤迤然朝场中走去。

季冰傻眼了，左俊昊又是幸灾乐祸又是无奈，拍他的肩膀：“让你嘴贱……”

陈让陪齐欢在片场待了两个小时，有事先回酒店，处理完，不知不觉临近傍晚。他便留在房里，没再过去。

翻阅完几份文件，窗外的天黑得透彻。

“几点了？”

助理道：“七点半。”

“片场那边收工了吗？”

“收工了。”

陈让眉一皱，手机忽响，左俊昊打来电话，咋咋呼呼：“我听说剧组的人收工去 KTV 了，有两个友情客串的演员今天刚到，说是去庆祝。你去吗？”

陈让没答，略作停顿，却是问：“齐欢也去了？”

“去了。”

她那个酒量，几杯果酒下肚，连路都认不清。导演要是开点贵的洋酒，她喝一口怕是就要撒疯。

剧组订的 KTV 在市中心，走最近的直道，车程需一个小时二十分钟左右。左俊昊和季冰一整天都泡在片场没回酒店，晚饭也是在片场吃的工作餐，直接乘剧组的车一起过去。

陈让接到左俊昊的电话，到那儿的时候，已经八点多钟。走廊上各间包间的门不时露开缝，玩闹声和音乐声断续传出来，不算太吵但也并不清净。

整层就八个包间，其中六个是剧组包下的，从 601 到 606，占了一层楼的四分之三。601 在走廊最尽头，还没到最近的 606，陈让就在走廊拐角看到了要找的人。

齐欢靠墙站着，正低头玩手机，另一只手作扇挥着给自己扇风。她脸颊微红，似乎是被 KTV 闷热的空气熏的。脚步声和面前突然笼罩的阴影令她抬头。

“陈让？”见他来了，齐欢略有诧异。

陈让低头瞥她的手机：“你在这儿干什么？”

齐欢收起手机，说：“吹风，里面有点热。”

他盯她的脸：“喝酒了？”

“没有。”她摇头，又问，“你怎么来了？”

“剧组都在。”他作为投资方，参加这种活动很正常。

“这样啊……”齐欢扯扯嘴角，“那，你进去吧，我再待一会儿。”

陈让正欲说话，一个穿西装的中年男人突然过来。中年男人的个子不高，比陈让矮一大截，体态臃肿，满肚肥肠。

“哎哟哎哟，这不是陈总吗？”中年男人冲上来就要跟陈让握手。

陈让没动，视线沉沉，在他的眼神下，中年男人悻悻收手，马上又扬起笑：“自我介绍一下，我叫管波，是仲盛娱乐的执行总监。”

陈让的眉头几不可察地皱了一瞬，无言颔首。

管波看向齐欢，笑吟吟地跟她点头打了个招呼：“陈总这是在谈事？我没有打扰你们吧？”

陈让没言语，齐欢对这人的印象也不太好——市侩气息浓重，让人觉得不舒服。

这个叫管波的一点都不觉得冷场尴尬，陈让明显不想和他聊，他还是一副盛情满满的样子：“陈总来了，怎么不去里面包间？导演他们都在，我们喝两杯？”

陈让的眉头拧得更明显了些，齐欢知道他这样就是要拒绝，然而没等陈让开口，又一道声音插进来：“陈总！您在这儿啊——”

挂着工作牌的剧组人员似乎是被安排来接应的，快步跑到他们面前，道：“导演说您过来了，让我来领路。”

连续被人打扰，陈让想要单独和齐欢说话是不可能了。见眼前这架势，齐欢不爱凑热闹，便往后挪了一小步：“你们去吧，我在这里站会儿。”

陈让唇线紧抿，其他两人对他不了解，看不出来，齐欢却能感觉到他的不爽。

“你在这儿等我。”陈让侧头对齐欢如此道，之后才跟他们去包间。

人一走，重新清净，齐欢松了口气。不过没能偷闲很久，几个近来和她处得不错的剧组员工从一楼买东西回来，经过拐角，看她一个人躲在那儿，生拉硬拽把她扯进605。

605里只有工作人员，导演等人都在前头包间，没有大人物镇着，大家都很放得开。

“来来来——”

众人唱歌唱得正嗨，灯突然被打开，一群人停下，抱怨：

“搞什么……”

“谁开的灯？”

门边开灯的那位手里拿着瓶酒，道：“601刚刚开了几瓶酒，导演让每间包间送一瓶，都来喝都来喝！”

如此，唱歌的也不唱了，一群人拿起杯子过去分酒。

齐欢的酒量这么多年没有半点长进，她知道自己喝醉了会坏事，在国外的日子，一向滴酒不沾，就连有时团队聚会，她也是能避就避。

眼下，几个女工作人员“好心”帮她倒了一杯，她尴尬推拒，实在为难。

“我不会喝……”

“没事儿，我的酒量也一般！”

“就是，尝一点而已，你不过敏吧？不过敏怕什么，这么一杯能有多大反应！”

“来来来，干杯干杯，大家都喝你一个人不喝怎么成……”

面前好几只手，齐欢挡都挡不住，一杯掺了佐饮的高纯度洋酒就这么被半喂着灌下了肚。

齐欢从605跑出来，躲到先前待着的拐角处醒神。一杯酒以后，又连着被她们灌了好几杯，脸烫得吓人，脑袋里跟炸开了似的，嗡嗡乱叫。靠墙站不住，她难受地捂脸，缓缓蹲下。

不知过了多久，等陈让找到她的时候，她蹲着蹲着膝盖都快着地。陈让沉着脸，二话不说，一把将她抱起，径直朝电梯走去。

还好，她还是分得清好歹，知道自己醉了，迷蒙难受间给他打电话。虽然什么有用的都没说，拨通他的号码，断断续续翻来覆去呢哝两个字——

“陈……让……”

电梯下降，红色数字不停变化，齐欢窝在他怀里一动不动。陈让低头睇了眼她酡红的脸，眉头轻拧，很快又放平。

关键时刻，她会想起他，知道可以信的人是他，不算太傻。

从KTV出来的时间不早，但没有什么要紧事，陈让便不急不缓开车回剧组住的市郊酒店。放低了副驾驶座给齐欢睡，她一路不甚安稳，头一会儿偏向左，一会儿偏向右。

回到住处，偌大的房间里弥漫着一股淡淡的清香。陈让不喜欢太过浓重的味道，屋里用的熏香味道一直比较轻。

窗外黑沉沉的天幕里，星点两三，不时闪烁。

醉醺醺的齐欢蹲着窝在沙发角落，很不安分。

陈让在吧台倒了杯热水喝，光脚踩在绵软细腻的地毯上，走到沙发前，背靠着茶几坐下。他支起一条腿，胳膊搭在膝盖上，眼灼灼地盯着沙发上歪头晃脑、神志不清的齐欢，单手扯了领带，随意扔在一边。衬衫纽扣揭开两个，露出精致的锁骨，他没喝酒，在包间里却沾染了一身烟酒味。

醉醺醺的齐欢将下巴搁在膝头，眼里蒙胧不清，像是在看他，瞳孔之中却没有清楚的影像。她像陈让看她一样，无声地盯着他。良久，头一歪，脸贴在膝头，冲他笑。

“陈让……”

两颊酡红，喝醉了，笑起来傻憨憨的。

陈让伸手：“过来。”

她犹豫好久，似是不知道该不该听他的话。半分钟后倾身朝他走去，身子晃悠不稳，从沙发边缘跌下，半摔投进他的怀中。

笑着笑着，她忽然板起脸，手点上他的鼻尖，皱眉：“你是谁……”

“我？”他懒散地靠着茶几，掐着她的腰肢，“陈让。”

“陈让？”

“嗯。”

齐欢歪头想了一会儿，忽地扬唇：“陈让！”下一秒，两手捧上他的脸颊，低头就对着他的嘴唇亲了下去。

陈让哭笑不得，反应却一点都不迟钝，手搂上她的腰加深这个吻。

良久，齐欢挣开他，盯了他半晌，眉又皱起，开始低头扒拉自己的裙摆。

她穿的是一件长裙，全堆在他身上，她边捞裙子边呢喃抱怨：“这裙子怎么这么麻烦……”

陈让眼沉沉：“别乱动。”

齐欢试着挣扎，被陈让摁到怀里，动弹不得。

好半天，她终于老实了。他松开桎梏，让她坐直身。她低头玩自己的手指，像做错了事的小孩。

陈让捏住她的下巴，让她抬头。

“我是谁？”

她眨巴眼：“陈让。”

“你是谁？”

“齐欢……”

他挑眉：“你很聪明对不对？”

她顿了顿，点头：“对。”

“我比你更聪明，对不对？”

她思考几秒，再次点头：“对。”

他又道：“那你是不是要听我的？”

她想了想，迟疑着点头：“是……”

“很好。”陈让眼里闪过笑意，将她搂得更近了些。

“跟我说。”他引导她，“最喜欢陈让。”

齐欢愣了半晌，在他紧凝的视线下，开口：“最喜欢陈让。”

“欢欢真可爱——”

哪里都可爱。

爱不释手。

月升月落，星起星降。

齐欢这一觉不甚安稳，待天光亮透许久，她昏昏沉沉睁眼，头脑慢慢清醒。

走出卧室，在门边看到客厅中端坐着喝咖啡的陈让，她若无其事地走近，佯装自然。

有一点没着落的漂浮感，轻飘飘的，不真实。

回来后的这一切，全都那么地让人害怕，怕一睁眼就只是个梦。

齐欢思绪跑远，没注意脚下一绊，忙回神，扶着墙边桌柜站住。

“醒了？”陈让闻声抬头，放下咖啡，手里的报纸翻了一页，“去洗漱，等下过来吃早饭。”

齐欢扶着桌柜：“你……”一出声，喉咙沙哑。她恍然以为是别人的声音，吓了一跳。

她站着不动，看他：“我……”

“你什么？我什么？”陈让睇她。

齐欢觉得喉咙发干，心虚说：“昨天晚上……”

“说到这个，正好我也要跟你谈。”陈让把报纸折叠放至一旁，视线完全集中在她身上，“昨晚你喝醉了，有印象吗？”

齐欢点头：“……有。”

“你打电话给我，记不记得？”

“记得。”

他淡淡睨她，接着道：“我睡得好好的，大半夜你突然出现，赶都赶不走。”

齐欢傻了：“我……我？”她哑然，顿了顿问，“然后呢……”

“然后？”陈让面容清冷，干干净净的眉眼间，天生氲着一丝凉意。

他端起咖啡喝了口，眼睑低下，声线稍沉：“然后就是你看到的这样。”

“不可能……”齐欢憋了半天，闷红了脸。

“不可能？”陈让饶有兴趣，“你就确定你干不出来这种事？”

他若有所指。

“还不去洗脸，站着不累？”陈让不想纠结这个话题。

齐欢犹豫着，没有动。

“你想探讨这个问题，之后我们可以慢慢研究，现在先吃饭。”陈让蹙了蹙眉，“去洗脸，然后过来。”

齐欢沉默片刻，正要提步，攥在手里的手机响了。

庄慕非常不巧地打来电话。

齐欢接通，沙哑地“喂”了一声，捏着喉咙轻咳。庄慕以为她病了，关切几句，听她说没事才放心。

“你打电话来有什么事吗？”齐欢不敢太大声，陈让就在那儿坐着，视线难以忽略。

“是这样。”庄慕说，“我陪我爸爸出差到平城，我跟他说了你也在这儿，他想见你。你有没有时间？我们出来见面，吃个饭。”

庄慕的父亲庄景，和齐欢的爸爸齐参是旧交，以前在禾城，他们一有时间就约着一起吃饭打牌，无论什么消遣活动必定叫上对方，就算是光喝茶聊天，也能坐着对谈一下午，是齐参所有朋友里交情最深最多的一个。

齐参出事后，庄景出于多方考量选择明哲保身，眼睁睁地看着多年老友落得吃牢饭的下场，却无能为力，也不敢伸出援手，心中苦闷。

齐欢被方秋蘅扔到国外，说得好听是送她留学读书，像庄景他们这些老油条如何会看不出，那不过是方秋蘅想要撒手不管的借口。她吞了齐参的家产，又把齐参唯一的女儿扔到国外自生自灭，庄景别提有多厌恶她，每次喝醉了酒，必定痛骂半个小时。

庄慕上大学后，庄景怎么想心里怎么不得劲儿，原本考虑过联系齐欢，让她回国来，自己替好友照看她。只是那时齐欢已经和庄慕等一干旧同学断了联系，后来庄景去探视齐参，从齐参口中得知齐欢有跟他联系，虽然一年只有一两次，但据她自己说，她在国外已经日趋稳定，适应了生活，也开始在学东西，后来才作罢。

时隔几年没见，看着亭亭玉立，长成大姑娘模样的齐欢站在面前，庄景差点失态。她还小的时候，他也是抱过她、逗过她的。每年春节，给庄慕的红包是第一大，第二便是她。

庄景拍着齐欢的肩膀，哽了半天，除了“好”，话都说不出来。

庄慕甚少见他这种状态，略觉尴尬，跑到包间门边，拉开门探头叫上菜。

“你以前就乖，不像庄慕，皮得我看到就想抽他。”凉菜上桌，庄景拉着齐欢坐下，筷子没动，只一个劲说话，“我那时太羡慕老齐了，有个这么乖的闺女多好。”又指着庄慕翻白眼，“生他不如生个包子！”

齐欢轻笑：“庄叔你夸张了。”

“夸什么张，说的都是实话！你这些年在外面还好吧？”不等她回答，他自问自答埋怨，“人是精神了，落落大方看着也好，只是怎么瘦成这样？不行不行……”

庄慕暗暗翻白眼，他毕业那阵子天天熬夜瘦了五六斤也没见他爹注意到。听他爹又开始夸齐欢有多乖，骂他有多不听话，庄慕摇头，干脆拿起筷子闷头吃自己的。

他们俩人的爸爸认识得早，但他们初中以前其实不熟，不怎么玩在一起。初中一起念敏学，最开始互相看对方不顺眼，闹过好多次矛盾。最严重的一次，差点动手打起来。那时他没有让着女生的概念，齐欢也彪悍。闹到最后，他们双双被请家长。

从校长那儿听了一通苦口婆心的话出来，庄景和齐参领着他们俩去吃饭，两个人在桌上推杯换盏，而他和齐欢被罚站在旁边。站着站着两个人又起了口角，庄景扮黑脸，怒斥他们：“两个兔崽子到外面去站！滚出去丢人现眼！”

那天想想真的挺凄惨的，他和齐欢饿得半死，走廊到处弥漫着香味，包间里两个大人吃得高兴，却让他们傻站着干瞪眼。路过的服务员不时偷笑，对于好面子的男生来说，杀伤力简直高达百分之两百。

大概是因为无聊，他跟齐欢搭话，说的第一句话是：“你挺厉害的。”

后来他们就玩在了一起。

而那天酒楼罚站的后续是，齐参回家就给齐欢买了一整套她想要的最新电子游戏机，以作补偿。

他羡慕得不行，同样都是惹事，临了齐欢得到新款游戏机，他想来想去觉得自己也不能白被罚，跑去找他爸吵吵，结果却被揍了一顿，还扣了半个月零花钱。

庄景说着，也提起庄慕想到的这段，齐欢失笑连连，眼眸盈起柔光，不知是因为以前毛毛躁躁的自己，还是因为别的。

给齐欢碗里夹了一筷子菜，庄景让她多吃点，而后道：“上一回我去看老齐，他很精神，再两年——不对，两年不到，他就能出来了。”他撑在腿上的左手稍稍用力，“等他出来，我们一定要好好喝一场，到时候摆几桌，我们两家好好吃一顿！”

齐欢点头，笑着“嗯”了声。

庄景顿了顿，脸上柔意敛净，又道：“姓方的那女人……你回来后见过她没有？”

“没有。”齐欢表情冷淡，语调平平。

庄景哧了一声，很是不屑：“你爸爸半辈子挣下的家产，都叫他们败光了，那两个蠢材。”齐欢看着他，他道，“这几年，姓石的学人家做生意，投什么亏什么，先后开了几家工厂，全倒了。去年还拖欠工厂工人的工资，闹得差点上当地报纸。”

齐欢眉头蹙了蹙：“石从儒的老婆，死了吗？”

“早就去世了。”庄景说，“你爸出事后，那对狗男女就搅和在一起，趁乱占了老齐那么多家产。他们从禾城搬走那年，姓石的老婆就死在医院，没抢救过来。姓石的到医院签了个字，连火葬场都没去，下葬的事全是请人办的。”

同床共枕多年的丈夫，一夕出事，方秋蘅首先想的不是别的，而是如何捞家产，事后连看都不去看丈夫一眼，转头就把女儿扔到国外自生自灭，就冲她这种行径，她和石从儒两人做出什么来，齐欢都不会再觉得惊讶。

“……是我没用。”齐欢垂下眼睑，唇边苦笑，“什么都做不了，没办法帮我爸爸出气，只能看他们逍遥。”

“说的这是什么话？这世上的事哪有那么简单。”庄景也觉得憋屈，但还是拍了拍齐欢的肩膀，宽解她，“要是所有的事都像话本里写的那么简单，还活着干什么？”

“这几年，他们做生意磕磕绊绊也吃了不少亏，不知道还能折腾多久。”庄景叹气，“前段时间听说他们认识了人，扒上了好项目，不知道是真是假。要是真的……”

想想还在铁窗里苦熬的齐参，他心里就哽着气，难以舒坦。

“好了好了，吃饭。”庄慕岔开话题，“菜都凉了，你们越说越起劲，我都快饿死了！”

庄景回神，忙笑道：“不说那些硌硬的，吃菜，欢欢多吃点……”

齐欢点头说好。庄景转着圆盘，恨不得把所有好吃的全转到她面前。可苦了庄慕，庄慕的筷子刚伸到盘里，还没夹到菜就被庄景转走。十次八次，庄慕急了：“爸，你干吗啊？我不吃啊？”

“嚷嚷什么？”庄景中气十足，“你看看你那样，净吃些不健康的东西，胆固醇想赶上我？”瞪完他，转头又换了副笑脸对齐欢，“欢欢吃这个，这个好吃……”

庄慕低头看自己，全身上下没有一丝赘肉，被他爸爸睁眼说瞎话气得无语凝噎。

饭毕，齐欢准备直接回剧组酒店，被庄慕叫住。

“难得见一面，那么着急走干什么？我爸要去忙我不用，来来，一起去喝杯下午茶。”

刚吃完饭就喝下午茶，齐欢听着就觉得撑，然而拗不过他，被他拽着胳膊走。

庄慕边走边道：“你不忙的时候回禾城待几天，住我们家，我爸把房间都给你准备好了，你好久没回去，去看看也好……”

齐欢张口，还未答，手机响。

“等等，我接个电话——”她看了眼来电，是陈让，拿着手机就要走开。

“谁啊？陈让？”庄慕拽着她不松手，“别走啊，就在这儿接，你俩有什么我不知道，避什么避？”

齐欢无奈，就地接通电话。才说了两句，陈让问她在哪儿，庄慕突然凑过来捣乱，嗓门大得生怕那边听不见：“陈让吗？不好意思啊，你晚点再打电话，齐欢要跟我去喝下午茶，没什么事你就别打扰了，赶紧挂吧挂吧——”

庄慕乐不可支地笑起来，还冲她挤眼。齐欢哭笑不得，下一秒，电话那端传来陈让不甚愉快的低沉声音：“……打扰？”

庄慕这个看热闹不嫌事大的，听陈让回话了，不仅没有住嘴，反而更来劲，不停啰嗦，像是故意跟电话那头的陈让较劲似的，一连声回话：“对啊，我们忙着呢，你别打扰了，该干吗干吗去！”状似跟齐欢说话，实则还是在讲给陈让听，“别跟他聊了，咱们找地方坐下，美美地喝下午茶多好。”

齐欢被庄慕闹得头都大了，侧了个身对电话那边道：“我刚见完庄叔叔，现在还在外面，你怎么了？”这是问他打电话来有什么事。

陈让语调低沉：“你在哪儿？”

齐欢沉吟两秒，如实地把地址告诉他。她和庄慕在市中心最大的三家商场中的其中一座，吃完饭后，庄景自己驱车去忙，庄慕拉她到二楼，说是要喝下午茶，这一层咖啡馆和西餐厅比较多。

庄慕在旁一直催促，齐欢只得对陈让道：“我先挂了，有什么事等会儿再说。”陈让没应答，她等了几秒，没听见声音，便挂断电话。

庄慕领着她往一家休闲吧去，边走边吐槽：“陈让查岗呢这是？你去哪儿都要跟他报备，太霸道了吧。”

齐欢轻勾嘴角，不知说什么才好。手理了理领子，高领贴合脖颈，一寸不漏。

庄慕这才注意到她的装扮，皱眉："你怎么穿这么多？这两天回温，而且商场这些地方到处都开空调，你不热啊？"

"我比较怕冷。"齐欢随口扯个理由，尴尬地遮掩过去。

闲话间到了休闲吧，店里环境雅致，轻音乐舒缓流淌，合着空气里淡淡的香甜味道，叫人不自禁忘了烦忧，彻底放松。

齐欢点了一杯常喝的咖啡，味道偏苦，庄慕一看又忍不住皱眉："你以前不是喜欢甜的吗？"

"国外的甜食甜得太过，待久了反而不喜欢吃甜的。而且咖啡嘛，苦一点我觉得更好喝。"齐欢喝得面不改色，舒畅的表情，明显很喜欢。

庄慕又点了几道点心，菜单交给服务生后，问她："你有没有和张友玉他们联系？"

齐欢说："有，友玉每天都给我发消息。"

他道："过段时间等大家都有空了，一起聚聚见个面。回禾城也行，来平城也行，他们都很想你。"

齐欢没意见，温声说好。

旧事聊完不免说起近况，庄慕询问她近来的生活，桩桩件件问得极其细致。齐欢一一答了，庄慕又问起她和陈让："你们现在什么情况？"

吃饭前，齐欢将先前对张友玉说的那番话对庄慕也说了一遍，庄慕已经知晓她和陈让如今同在一个工作场合朝夕相处的现状。

"就那样。"齐欢简略地说了两句，没有细谈——主要是她也不知道该怎么形容。

"打扰一下——"

他们正聊天，旁边桌过来一对情侣，略拘谨地问："要不要一起玩桌游？"两个人玩不起来。

庄慕征询齐欢的意思，虽然兴趣不大，见那对情侣满脸期许，齐欢倒没拒绝。于是四个人围坐到一起，拆了盒新的桌游套装，四个人各自为营，玩着玩着渐渐有了乐趣。

转眼就过了一个多小时，四人都玩累了，一场厮杀后才鸣金收兵。齐欢和庄慕回自己的位子，起身前正跟那对小情侣说话，店里突然响起"叮咚"一声。

"各位客人请注意，现在播送一则通知，现在播送一则通知——"

四个人面面相觑，给旁边桌上了份柠檬茶的服务员歉意地笑着向他们弯腰，解释："这是商场里配备的广播，每家店都有，平时不怎么开，今天可能有什么事吧，打扰各位了不好意思。"

几人都笑笑，摇头表示无碍。

齐欢和庄慕回位子上，在重复了好几遍“现在播送一则通知”的女声中落座。齐欢对广播不感兴趣，刚端起咖啡，就听广播接着道：

“身高165厘米，今天穿高领出门的齐欢小姐请注意，您的男朋友陈让先生正在广播室等候。

“身高165厘米，今天穿高领出门的齐欢小姐请注意，您的男朋友和您走散，十分着急，听到广播请速来广播室，您的男朋友陈让先生正在等候。

“如有顾客遇上，欢迎拨打广播室联系电话，400××××。”

庄慕一愣，浮起一脸见鬼的表情，齐欢也怔住。

头顶的店内天花板音响设备一遍又一遍喊她的名字，好在店里的人不认识她，她脸上也没写着“齐欢”两个大字，不然她可能会想找个地方躲起来。

店里有人笑，有人议论，翻来覆去的通知听得齐欢耳根发热。

“陈让他……”庄慕一时找不到形容词。

“他搞什么鬼！”齐欢愤愤啐了句。

庄慕回神后“咯咯咯”笑得喘不过气。

齐欢收拾包：“我先走了，下回再见。”再待下去，还不知道要出什么幺蛾子，那位祖宗怕是要把整座商场拆了。

庄慕看她手忙脚乱地收拾，笑够了，悠悠道：“真是风水轮流转。”

“什么？”

“我说你们俩啊，真的是风水轮流转。”

齐欢动作停顿，看他。庄慕噙着笑：“以前你被他捉弄，他把广播开给全一中的人听——现在，轮到他自己给自己开广播了。”庄慕说着，品味一番，颇觉有趣，然笑意却不甚轻松，言辞中带上些许怅然感慨，“过去的都过去了，人活着，要好好把握现在。别因为在别的事上吃了苦受了难，就给自己留下新的遗憾。”

和庄慕告别，齐欢从商场保安那儿问清去广播室的路，搭电动扶梯到达三楼，走了几步蓦地却不想再往上了。她转身又乘电梯下去，直达一层。

找地方站定，她拿出手机，点进手机联系人里，拨通一个号码。那边清朗稳重的男人声线才刚说一个字，被她打断。

“你女朋友在一楼露天小花坛休息凳旁边，给你五分钟，不来就走了。”

出门时乘出租车，回程有陈让在，自然不需要齐欢费心思。他的座驾后座不止一排，空间充足，齐欢窝在靠右边门的角落，和自从上车后就死死盯着她的陈让拉开距离。

“你看什么……”她略有防备。

陈让坐姿随意，眼睑半垂，不言语，只斜睨着她。

齐欢被看得发毛，从商场出来后他就是这个状态。好半晌，他终于悠悠开口：“你躲什么？”缓缓伸手，“过来。”

齐欢闷声无言，犹豫两秒，把手放进他的掌心。

一下就被他拽到身边：“你和庄慕聊这么久，聊了什么？”

这个话题相对正常，齐欢适应和他的距离，道：“没什么特别的，就一些琐事。他说之后找个时间和友玉他们聚一聚。”

“庄慕他爸呢？”

“庄叔叔……”齐欢顿了顿，“聊了些和我爸有关的事。”

气氛陡然沉闷，陈让没往下问，话锋一转：“晚上吃什么？我让人送到房里来。”

“晚上吃……”齐欢顺着他的话思考，而后猛地反应过来，“你要跟我一起吃啊？”

他挑眉，示意：“不然呢？”

“可是我等会儿要去工作间，出来了应该会跟组里的人一起吃工作餐。”

“那我……”

“你别来！”他还没说完，齐欢就打断，“你一来多招眼，我明天还想好好上班。”

安静了好几秒的时间，没听到陈让回答，齐欢忍不住想瞧瞧他的脸色。不想，一转头正好和他大咧咧的目光对上。

“终于看我了？”陈让对吃晚饭的话题没有发表任何评价，“我还在想，你要闷多久才肯正眼看我。”

齐欢一怔，蓦地把头转开。

他声音幽幽：“你脸红什么？”

“……我没有。”

在商场一楼给他打了那个电话之后，不到五分钟他便出现在她面前。但和想象的不同，没有半丝焦躁或急切，怡然姿态仿佛散步。

齐欢当场吐槽：“你这么轻松，一点都不紧张的啊？”

他一脸平平：“紧张什么？内部电梯从顶楼到一楼，一分钟不到。以我的腿长和脚程，从电梯口走到这里，再怎么走也不至于走四分钟。”

齐欢被他噎得没话说，面对他这种遇事胸有成竹的镇定，她毫无办法。

陈让安排人广播的那通讯息，说得很明显，齐欢给陈让打的那个电话，既是回应，意思也很明显。

已经表态，可真到面对面时，他那张俊秀不逊往日，但增添许多成熟和锐意的脸，一出现在她面前，她就有点招架不住。

上车后，别说和他对视，连看他一眼她都紧张。车里莫名升腾起热意，不知是整个空间气温变高，还是只有她如此。

陈让修长的手指屈起，微凉的指节碰上她的脸，齐欢受惊般猛地往旁边避了避。

“你的脸好烫。”

齐欢嘴硬：“车里热。”

“我怎么不热？”

“……你皮厚。”

陈让不置可否。话题又绕回晚饭上，他收了手指：“为什么不跟我一起吃？”

“我得工作。”

“不接受这个理由。”

齐欢瞥他，眼神微烁：“我说真的，你别闹……”

陈让不语，眼睫轻眨。

寂静之间，仿佛能听到车座底下车轮飞速滚过地面的声音，带着细微的碾过沙砾的轻响。

齐欢脸上的热意稍稍降下去，沉默间，不知为何又重新攀升。

良久，像是豁出去一般——

“是了是了。我就是很容易被影响。”她撑不住，终于不硬抗，往和他相反的方向别开眼，“……你在我旁边我就脑子里一团乱麻什么都做不了。”脸颊下的毛细血管突突地跳着。

微凉的指尖突然戳过来，齐欢一怔，陈让在她脸侧戳出一个小窝，点着玩：“诚实是美德，很好。”

齐欢被他长臂一伸揽到怀里。

“喜欢我就说——”

陈让胸腔轻震，声音怅然放柔：“这么久了，我又不会笑你。”

回到剧组，齐欢换了身衣服就投入工作。

和剪辑师打过招呼，两人各自在自己的领地忙活起来。好说歹说，陈让终于答应不来干扰她工作，疲累之余总算教齐欢松了口气。

然而她还是高兴得太早，陈让不来，却隔十分钟一条消息。

齐欢在忙，不好中途暂停，毕竟不是她一个人在操作，只能在每段录完的空隙，把攒着的消息一次性回复。

吃过晚饭，齐欢仍旧待在工作间。下午三点才开始工作，白天缺的时间她想尽量补全。

陈让依然隔一会儿发一条消息给她，齐欢发语音告诉他："我今天要在工作间待到十点多，你别吵了，早点睡。"

半分钟不到，他回过来："我等你。"

"不用等我。"

"怕你记错密码。"

"我自己房间的密码我记得很清楚。"

"我房间的。"

齐欢看着那四个字，仿佛能想象到他一脸冷淡实则无赖至极的模样。

她盯着手机屏幕看了好半晌，狠心回了句："我不去，你早点睡。"

消息送达，等了一分多钟也没见他再发什么，正好玻璃后剪辑师示意可以继续录音，她应声，收起手机。

一转眼就是十点，齐欢再拿起手机一看，有两条新消息，几分钟前陈让发来的，第一条是——"夜宵吃什么？红豆汤圆或者牛肉粉。"后一条则是——"要么我两样都煮。"

他的房间有吧台，也有厨具，可以自己下厨。这口吻，分明是一副她一定会去的语气。

齐欢无言，只得叹气，而后回复："知道了，忙完我就来。"带着些许无奈和认命。

读完齐欢发来的消息，陈让没再回，起身朝里间走。助理见他离开客厅，抬头："总经理？"

"我眯一会儿，你忙。"他头也不回。

助理没多话，陈让走了几步，想起什么，停住回头："等会儿可能会有人来，要是输错密码，你给她开门。"

有些需要助理处理的文件还没弄完，还要花上点时间。助理听陈让如此吩咐，忙应："好的总经理，我知道了。"

陈让进了里间，助理敛神，专心看文件。将近半个小时，桌面一堆东西全部处理完，小憩的陈让醒了，进浴室冲澡。助理听到动静，没过问，把文件一份份理好，准备走人。

总经理说有人来，结果到他忙完也没听见输入密码或是敲门的动静，大概是总经理等的人还没到。助理想想没往心上去，揉了揉脖子，朝门走去。

门刚打开，助理便和门外的人打了个照面。

第十三章

你是我永恒不变的守候

豪华包间和普通房间，不论面积还是装潢都不在一个量级，每间酒店都是如此。在客厅里转了一圈，内里有动静，诗淇靠近，隐约听到水声，猜测那位陈总应该是在洗澡。

这次来自己是带着公司的项目来的，本来打算早上和陈总商讨，但是白天一直被公司琐事缠身，实在抽不开身，这才晚上过来叨扰，当然，也带着自己的一点儿私心。

陈让年少有为，长得又很帅气，自然吸引了不少崇拜者和暗恋者，这里面便包括诗淇。

在客厅静坐，诗淇暗暗想着等那位陈总出来后要如何开口，如何表现，她也只是在一些大型的企业会议上见过陈让，心下略觉紧张。正入神，忽听门边似乎传来动静。

她一怔，细细听去，好像有人在输密码。一阵“嘀”声后，响起“嘀嘟嘀哩”的音效，密码错误，门没开。安静两秒，门铃被摁响，诗淇走向门口。

“你……”

外面的人在看到她的瞬间，才出口一个字声音就戛然而止。诗淇见对方是一个女生，想到陈总平日最烦这种穷追不舍的类型，便想着帮他解决这个“麻烦”。

“不好意思，陈总在洗澡，有什么事明天再说。”说罢，她马上就要关门。

门被挡住，外面的女人抬手撑在门上，眉头微拧：“让开，我找陈让。”

“我说了，陈总在洗澡，这么晚了不方便打扰，有什么事还请明天再来。”

诗淇升起一丝不悦，语气略僵硬了些。这个女人搞什么鬼？一副了不起的语气，听了就生厌。

诗淇要关门，对方不让，和她僵持。

拉锯十几秒，诗淇渐渐没了耐心，往门外女人撑在门板上的手一拍，对方痛得下意识缩手，诗淇趁势把门关上。

门关了，外头还不安生，不停地摁门铃。诗淇又气又急，见门边有触摸屏，把门铃声音调至静音，再把密码锁调至休眠状态。

诗淇松了口气，安心往回走。回客厅坐下，一分钟不到，陈让从浴室走出来，她站起身，陈让抬眸，视线触及她的瞬间，顿了半秒，而后霎然变冷。

“我……”

她只说了一个字，门外便传来一阵响亮的敲门声——或者称为踹门声更确切。同一时间，茶几上的手机嗡嗡振动，男人无言过去，拿起一看，脸色低沉。

来电显示闪烁，诗淇隐约间只看到一个数字“7”。

他朝门口去，诗淇慌忙拦路：“陈总，我……”

“让开。”

他脸上毫无表情，连眼里都没有半点温度。

陈让开门的瞬间，外头提脚的齐欢没控制住力度，惯性前倾，一头扎进了他的怀里，被他伸臂揽住。她一抬眸，陈让手疾眼快地握住她的手腕：“别打。”

齐欢问：“她是谁？”

“我也不知道。”陈让一脸无奈。

陈让手臂用力，揽得更紧了些，拦住要过去的齐欢：“别动手。”

“我下次不来了。”齐欢胸口起伏不平，眼圈都红了。

然而这番生气的话听在呆怔的诗淇耳中，满是撒娇意味。如非真正关系亲密，不可能会是这种语气。尤其刚刚面色冷得吓死人的陈让，竟然没有半点不悦，只说：“我来。”还轻拍她的背哄着，“好了，不气。”

诗淇站在距离他们不远的地方，心里忐忑，不好的预感已然升腾将她包围。齐欢的眼神像是要把她生吞活剥一般，看得她直发毛。然而她一句话都说不出来，刚刚关门打手的气势一泻千里，不复存在。

她现在半个字音都发不出来，喉咙像是被堵住，哽得慌。

陈让注意到了齐欢的手：“你的手怎么红了？”

齐欢抓着他的胳膊，手背泛红一片，一览无余。齐欢说：“刚刚敲门的时候被她打的。”指的是谁毫无疑问。

没有添油加醋，也没有特意隐瞒——没什么好隐瞒的，她没有好心到那种程度，对一个大晚上出现在她男朋友房间里还试图将她挡在门外的女生客气——她只实话实说。

陈让一听，脸登时一变，眸色微沉。他握住她的手，揉捏手背：“疼不疼？”

齐欢撇嘴：“打你一下试试？”

陈让唇线紧抿：“我知道了。”说罢，一通电话打给助理。

几分钟时间，助理匆匆赶来，来了两个，还有一众酒店保安紧随其后。

诗淇僵在原地，她不知道为什么会闹得这么大，有些害怕，颤颤巍巍地解释了自己来这里的原因，解释清楚后，陈让倒也没为难她，直接让她走了，一起走的还有她带来的项目。至于放人进来的助理，由于太过马虎，陈让扣了他一个月奖金，调他去负责别的工作，换了个跟在身边理事的人。

一场闹剧到此结束，闹哄哄折腾了半晚上，闲杂人等一应散去，房里就剩齐欢和陈让。

两人面对面站着，陈让抬手想摸她的头顶，被齐欢一巴掌打开。齐欢瞪眼看他，还没消气，仍旧一副气鼓鼓的模样。

“你……”陈让再次抬手，想抱她，她忽地蹲下。哭声突如其来，陈让怔了一瞬。不是假装，她蹲在地上，两手捂脸，呜咽痛哭。

陈让蹲到她身前，揽住她的肩头，将她揽进怀里：“哭什么？”

眼泪淌了满脸，齐欢哭得停不下来，抽噎道：“我的红豆……汤圆呢……”

“在冰箱里还没解冻。”

“牛肉粉……”

“都在，还没下锅。”陈让轻拍她的后背。

她呜咽不停，边哭边道：“别人吃了吗……”

“当然没有。”

陈让将齐欢抱紧，正要轻声说些什么，一只手忽然抓紧他的衣襟。

“烦死了……我烦死你了……”齐欢的肩膀抽搐，声线被眼泪浸润得仿佛带上了湿意，她紧紧抓着陈让的衣服，“凭什么……凭什么我这么喜欢你……”哭腔断续，湮没在他怀中。

敲门的时候，开门的陌生女人以主人的口吻自居，她的心就像被人揪紧，一瞬被捏碎。那瞬间才发现，无论过去多久，不管她经历了多少事情，陈让对她的重要程度，根本没有因为年龄的增加而改变。

从来未变。

一想到他和别人有牵扯，一想到别的女人在他身边，哪怕心知他不是那种人，可心里还是像有东西，藤蔓一样生根发芽遍布她的四肢五骸，扎根吸血，紧紧缠着她，让她无法呼吸。难过得要命，就算只是不可能的假设，光是想想就足以让她失态。

陈让是她的命门，很久很久以前是，如今还是。

轻轻一碰，就能叫她溃不成军。

“……这样不是很好吗？”

陈让的掌心抚上她的脑后，她的额头抵住他的肩膀。他俯首埋在她的脖颈，声音沉而温柔。

“因为我也一样。”

先煮牛肉粉，再煮红豆汤圆，咸甜两种味道，各有各的美妙。房间里都是食物的香味，齐欢半张脸埋在碗里，每样只一份，陈让坐在对面静静地看她吃。

“你盯着我干什么？”晚上的误会太闹心，哭完的情绪刚刚才平复下来，齐欢说话时口吻有些凶。

陈让道：“我没见过别人眼睛肿得像核桃，多看两眼不行？”

齐欢气鼓鼓，低头继续吃。

“你的脸像包子。”

“不要你说。”

陈让扯扯唇角，换了个姿势，继续盯着她。

吃完回到客厅，陈让伸手，齐欢不理，盘腿坐在沙发旁，用手机放视频，假装在忙不搭理他。陈让不恼，也不吵她——只作无声干扰。一会儿去吧台倒水，一会儿去拿文件，一会儿去开冰箱，一会儿去窗边看夜景……来来回回，不时从齐欢面前经过。

齐欢本来就是借视频转移注意力，被他一闹，根本集中不了精神。

点击暂停，齐欢不悦道：“你别老是在我面前晃晃晃，很烦！”

“哦？你刚刚可不是这么说的。”陈让懒散地靠在沙发上喝水，“变心变得真快。”

陈让再次伸手：“来。”

“你哄狗呢？”齐欢嘴上不满，脚下却很顺从地朝他走去。

窝进他怀里，两个人一起赖在沙发角落。陈让摸她的头发，五指插进柔顺的发丝之中：“你刚刚没有走掉。”

齐欢顿了顿，明白他说的刚刚是指敲门被关在外面然后踹门的事。

她“哼”了声，鼻尖在他胸膛蹭了蹭。

“那算什么，说你在洗澡让我走人，怎么可能？”

陈让失笑。

在沙发上玩闹一会儿，时间不早，陈让拍她的头：“该睡了，去洗澡。”

齐欢一顿：“可是我没带衣服……”

这个根本不是问题，陈让早就准备好了，崭新的女装，从里到外一整套。

齐欢的大脑一时短路，瞪他：“你房间里放女装干什么？”

陈让看傻子一般看她："给你准备的，你以为我有异装癖？"

当然不是质疑这个，只是刚刚的阴影还没全部散去，她一下子想多了。

洗完澡，齐欢换好衣服，便枕着陈让的手臂安稳地躺在他怀里，慢慢泛起睡意。

半个小时不到，齐欢入眠，大概是之前哭过，疲意浓重。陈让不怎么困，一直没能睡着，听她呼吸均匀，缓缓睁眼。

他凝视她的睡颜，面容不禁柔和。

低下头，在她还没消肿的眼皮上轻轻一吻，合上眼睛。

隔天，一大早齐欢就醒了。陈让比她起得还更早，她洗漱完，穿着浴袍、趿着拖鞋走进客厅，陈让已经在准备早餐。

齐欢没睡够，昏昏沉沉，眼睛都睁不开。陈让和她说话，三句里她只能听得见半句。

陈让去倒咖啡，齐欢靠墙站，头歪歪地抵住墙试图醒神。门铃突然响了，一声声吵个不停。齐欢揉头发，烦躁又疲惫，下意识过去开门。

"陈总……"

外头站着的，是两个有事要来沟通汇报的剧组工作人员。开口那位话没说完就傻在原地，同行的也傻了，原因自然是因为开门的齐欢。

齐欢昏沉半晌，被她们诧异的视线打量，慢慢回过神来。

"齐……齐小姐……"

女同事这一声压抑着惊讶的称呼，彻底让齐欢清醒。

齐欢怔住，蓦然睁眼。顺着两位女同事尴尬的视线往后看，同样穿着白色浴袍的陈让倚着玄关尽头的墙壁而站，手持一杯咖啡浅酌，满眼无奈，眼里只有一句话——

"是你自己开的门"。

"轰"的一声，齐欢脑子里有什么瞬间炸开。

昨天从商场回来的路上，她还叮嘱陈让在公开场合别跟她走太近，以免造成什么不好的影响，现在……

完了。

工作和生活，齐欢一向分得很清楚。她不想陈让在公开场合和她走得太近，也是因为不希望工作受到影响。但人总是事与愿违，她昏昏沉沉开了门，大清早被人看到出现在陈让的房间，还和他穿着一样的浴袍，剧组的工作人员是谁？都是些常年混娱乐圈的人，联想力一旦活跃起来，可不是随便叫停就能轻易刹得了车的。

从开门的意外开始，小道消息飓风一般在剧组工作人员之中流传开，被议论的对象自然是齐欢和陈让。

窝在休息间小憩的时候，齐欢就听到好几波议论。

中午，好不容易合眼眯了一会儿，没几分钟她又听外边传来说话的动静。尽管不想听，内容还是传入耳中，齐欢缓缓睁眼，满心无奈。

齐欢坐着，靠墙发呆，等外边的人陆续走了，她又待了好一会儿，确定再无动静才走出去。

直至晚上剧组放饭时，随同导演拍摄在旁观看的齐欢领了片场工作餐，到饭棚角落的位子坐下安静进食。刚动筷子，陈让端着饭盒突然出现。

搭给工作人员吃饭用的饭棚里霎时寂静，鸦雀无声，连咀嚼声都停了。

引起无声骚动的陈让似毫无察觉，径直走到齐欢对面坐下。

视线集中在身上的感觉非常不好，明面上没人看他们，实际都在暗地打量。齐欢不自在极了，小声抱怨几句，陈让对她的微词不以为然。

齐欢的注意力很快被他的便当吸引："为什么你的菜和我的不一样？"她看看自己的盒饭，再看他的，菜色明显不是一个等级。

陈让的回答很有说服力："因为我是老板。"

齐欢小声嘀咕："了不起哦。"

"是了不起。"

只是再了不起，也没她厉害。陈让说着，把菜一样样夹到她碗里，全是她喜欢吃的。

看在旁人眼里，思量更多。想起那些传言，每个人表情都很微妙。

正吃着，导演助理进来找陈让，见状尴尬地开口："陈总，您要不要去导演的休息棚里？吃完饭晚上可以去参观拍摄进度……"

"不用了。"陈让回绝，"我在这儿就行。"

导演助理踌躇几秒，没再说，点头："好的，那我帮您转达给导演。"说话时视线在他和齐欢身上绕了一圈，同样别有意味。

导演助理告辞，被陈让叫住。

"陈总还有事？"

"能不能麻烦你帮我取一份水果，我忘记拿了。"

助理导演顿了一顿，当即说："好的。陈总喜欢偏甜偏酸？"水果组里有供应，各色搭配不同。这位助理是跟着导演很久的人，做事妥帖周到，所以会有此一问。

陈让说："偏甜的吧。"

助理缓和气氛，笑道："原来陈总喜欢吃甜的啊……"

"我不怎么喜欢，她喜欢甜的。"这句话，自然指的是齐欢。陈让偏头问齐欢："还是一样，不要橙子？"不等她回答，又转头向助理叮嘱，"她不吃橙子，有橙子的不要。谢谢。"

导演助理愣了愣，一时没反应过来。

陈让淡淡道："怎么，谈恋爱很稀奇吗？"

"啊……不是不是。"助理意识到失态，赶忙回神道歉，胸口一阵怦怦跳。这位陈总的意思，是正式承认和拟声老师交往了吗？

不只助理惊讶，其他在棚内吃饭的人同样竖起耳朵听了一桩八卦，一个个埋头加快吃饭速度，巴不得赶紧出去跟别人好好分享交流一番。

齐欢和陈让是最后吃完的，其他人陆续出去，其间导演助理帮忙拿来一份没有橙子的水果拼盘，最后整个饭棚只剩他们两人。

齐欢边吃水果边质问他："你干吗突然跑来？还……"

"还什么？"陈让说，"这样不好吗？"

他用牙签戳了块火龙果递到她嘴边，她一口咬住，皱着眉咀嚼，他慢条斯理又戳下一块，道："正大光明谈恋爱，谁都没什么好说的。"

如陈让所说，饭棚里那一出传出去之后，私下非议的声音渐渐减小。陈让自己都盖章承认了他们是在"谈恋爱"，说"玩玩而已"以及用"搞在一起"这种负面形容词来揣测的人，纷纷闭上了嘴。

谈恋爱这件事搬到明面上，组里同事对齐欢的态度稍有改变。一开始有些不适，但过了一个礼拜，大家也渐渐习惯。齐欢并未作威作福，依然安分上下班，处理好自己分内的工作。

只是她到的地方，见到投资方大佬的概率高达百分之九十，叫许多底层工作人员不得不打起精神。

事情结束，没几天，齐欢又开始愁眉苦脸。一连三天，陈让坐在桌后看文件，一抬头，总是见她窝在沙发上出神，不知在想什么。

陈让终是忍不住问出口："你在愁什么？说来我听听。"

被问及，齐欢沉吟，犹犹豫豫开口："我在想……"她叹气，"过段时间我要去见我爸爸，我在想，要不要带你一起去。"

原来是为这件事烦忧。陈让停下手里工作，到她身旁坐下："你怎么想？"

她苦着张脸："我也不知道……"

陈让轻抚她的长发："没什么好头疼的。你要去的话，我肯定得陪你去，平城过去不近。"

“我又不会迷路……”

“谁知道，有人连我房间密码都能记错。”

齐欢撇嘴，无法反驳。

“反正早见晚见一样都是要见，去看看岳父也好。”

齐欢叹气，觉得他说得也不无道理，反正迟早是要见的，不如……滞顿几秒猛然回神，瞪他：“你乱叫什么？谁是你岳父？！”

“谁的女儿追我追得死去活来谁就是了。”

“……你这样我爸听了可不会高兴。”

“事实。”

一个礼拜后，探视齐参一事，齐欢最后还是带上了陈让。探视时间有限，齐参对陈让似是很有兴趣，支开齐欢，两人单独聊了会儿。

回程车上，齐欢问陈让：“我爸爸和你说什么？”

陈让道：“没什么。岳父只是让我对你好一点。”

齐欢追问：“就这些？”

他点头，反诘：“不然？”

齐欢没继续问，她爸爸是个很好相处的人，想来以他们俩的性格，也起不了什么冲突。

车一路往省城市区开，陈让调好车内温度，座椅也调整至合适高度，齐欢头一歪，闭眼小憩。一觉睡醒，已经在市区内。

“你说订好的那家餐厅在……”她揉搓眼发问。陈让正欲答，手机铃响，不知是什么事，但一般他处理公事时，她都会自觉噤声以免打扰他。

电话那头不知在说什么，陈让的表情少见的凝重。齐欢瞅着他不说话，他“嗯”了两声，最后一句“知道了”，便挂断电话。

“怎么了，有什么事情吗？”她略担心。

“没事。”陈让平稳地打着方向盘，缓缓开至餐厅停车位。车停好，他没有下车，先是转头看向齐欢。

齐欢解安全带的动作一顿：“怎么了……”

“你想见方秋蘅吗？”陈让说，“晚上我可以带你去见她。”

车开上立交桥，夜色下光影斑驳，两旁飞速后退的大厦粼粼泛着光。司机平稳地开着车，车身没有半丝颠簸。

陈让和齐欢坐在后座，见她搭在膝头的手微微攥紧，陈让覆掌在她手背：“别怕。”

“嗯。”她轻轻动喉，“我不怕。”

路灯在窗外飞快掠过，齐欢缓了缓，道：“所以，方秋蘅现在没有钱了，是吗？”

陈让“嗯”了声，先前已经给她讲过一遍，再次复述大致意思。

做生意这种事，不够精明，头脑不够灵活，就容易踩到坑。

这么几年来，方秋蘅和石从儒一直磕磕绊绊，手里那些钱，不仅没有翻倍大赚，反而断断续续搭出去，如今所剩无几，这些足够证明他们不是这块料。然而那两人却像是魔怔了一般，非要在这条道上死磕。或许，心里都存着一口气想要较劲，较劲的对象自然是那个他们看不上眼，但偏偏做生意做得风生水起的齐参。

陈让道：“方秋蘅的公司申请破产保护试图资金重组，没能成功。”

齐欢动唇，想说话，到底什么都没说。想想也是，怎么可能会让他们重组成功——既然是挖了坑等着，就绝不会给他们从坑里爬出来的机会。

“你刚刚说……”齐欢小声道，“和他们谈合作的，是你姑姑的朋友？”

“是。”

她垂头，良久无言。

“怎么，害怕？”

“……怎么可能？”齐欢瞪他，而后气势消退，“我只是……只是……”她微哽，鼻尖发酸，“我的运气……也太好了吧……”

以前有齐参护着，什么都不怕。现在……

“别掉眼泪。”陈让悠悠道，“我车上的坐垫是真皮的，很贵。”

齐欢的情绪瞬间被他破坏气氛的话噎回去，抬手掐他手臂。

陈让长臂一揽，顺势将她圈到怀里。齐欢埋头在他胸膛前，蹭了蹭发热的眼睛。

“我跟你说过，有些坎只是一时的，它不可能阻碍你一辈子。”

他胸腔轻震，齐欢闷声“嗯”了句，又听他道：“只是，把岳父的钱全折腾没了，不知道他会不会生气。”

“才不会生气。”

“要是生气怎么办？”

“那我就不跟他好，吃饭的时候不和他聊天！”

陈让抬手轻拍她的后脑，失笑：“这么凶。”

齐欢闷闷“哼”了声，抬头，下巴戳在他胸膛上：“姑姑知道这件事吗？”

“知道。”陈让说，“一开始很生气，她觉得我在胡闹。”

“然后呢？”

“然后就同意了。”

齐欢狐疑地盯着他，他低头：“她差点把我的额头戳破。”

尽管将华运的事务处理得很好，但他还是年纪太轻，有些事情不是想做就能做的。他没日没夜地工作，折换成一个他姑姑有能力做到的要求。骂归骂，训斥归训斥，最后还是成了。

陈让记得很清楚，他对姑姑说出这件事时，那一通劈头盖脸的骂，从出生后还是头一次。姑姑气得不轻，指着他当场就训：“你是不是觉得华运现在很了不起，觉得这份了不起有你的功劳，翅膀硬了，一点分寸都没了？有这些乱七八糟的心思，你不如想想明天的会议，想想下一个季度的战略，满脑子歪门邪道想着要坑一家小企业，你是觉得自己多有本事！”

他一声不吭，任姑姑骂了半个小时。最后，姑姑对他不到黄河不死心的执拗无计可施，勉强答应，却还是怒不可遏：“你沉着张脸给谁看！这件事我姑且答应你，但是我告诉你，绝对没有下一次，如果再有，你自己滚到你爷爷面前去听听你爷爷怎么说！”

她是真的很生气，当时直接把文件砸到他身上，还说：“我对你很失望，你今天就收拾东西去州城把上回的项目监督完。你既然这么闲，有时间想七想八，同期报表和下季度战略书明天交给我，做不完，什么要求都免谈！听清楚了就马上滚蛋，别杵在我面前，看到你就来气！”

多余的没告诉齐欢，陈让只随口概述两句。他说得云淡风轻，齐欢却觉得没有那么简单。

“姑姑，她很凶吗……”

陈让想了想，道：“不凶，只是比较严肃。”

齐欢抬指触摸他的额心：“疼不疼？”

“不疼。”

她趴在他怀里，盯着他看，眼睫轻眨。良久，她直起身，唇瓣轻轻在他额心一吻。

夜色渐浓，车没有开进哪个小区，而是开到一条商业街。方秋蘅的公司在三楼，规模一般，只租了一层作办公室，可以想见，她手里那些钱，不过五年时间已然缩水到什么程度。

上楼时，齐欢问：“这个时间有人吗？”

“有。”陈让道，“清点资产的人这个时候应该还没走。”

“我们上去……”

“我姑姑朋友的人，我提前打过招呼，已经安排好了。”

如此，齐欢不再担心。

电梯不大，除了他们俩，还有陈让的助理和三个保镖，他们乘坐另一辆车，路上一直跟在他们车后。

电梯门“叮”的一声打开，玻璃门开着半扇，灯火明亮。不知是不是因为知晓它气数已尽，看着总觉得门里透出一股萧瑟。

踏出电梯时，陈让牵住齐欢的手。

一行人入内，债权方有人前来接待，将他们领到会客室。

“您里面请。”领路人将门打开，敞亮的室内坐着的几人齐齐转头看来。

棕红色的办公桌桌角放着一小盆结有橙黄果实的盆栽，那是金钱橘，以前在齐参的办公室里，不管装潢如何变，这个永远不变。

债权方负责人最先反应过来，站起身和陈让打招呼：“陈先生。”

陈让颔首示意。而他身旁的齐欢，从开门的刹那，视线便停在一个人的脸上。

时间留下了痕迹，曾经衣食无忧、万事不愁的美貌太太，眼角也多了皱纹。

才五年。

想必这一千多个日日夜夜，为了生意奔波没有少吃苦头。

齐欢一直知道她妈妈很漂亮，从小到大，别人看到她，总是说：“这女娃娃长得像妈妈，真俊。”也常有齐参的朋友开玩笑，说他就是被那张脸迷昏了头。她觉得不是，但又说不出她爸爸到底喜欢她妈妈什么。

如今那张脸开始老去，再追究这些也都没有意义了。

齐欢轻轻扯了扯嘴角，口吻如同对待一个陌生人。

“好久不见，方女士。”

会客室内气氛凝结，方秋蘅的脸色由诧异转为愤怒，继而转为惊讶，最后变为像死灰一般的晦暗，沉沉地凝结成一团，在她脸上消不散，化不开。

债权方一干人等很识趣地把空间让出：“陈先生您请坐，我们去外面确切核对一遍账目。”

不多时他们从会客室撤离，留下方秋蘅以及她身边一个负责打点的助理。门在身后关上，“咔嗒”一声轻响，而后室内一阵寂静弥漫。

齐欢和陈让在沙发一端坐下，正对方秋蘅。目光在她身上稍作打量，注意到她下颌处似乎有伤痕，齐欢幽幽道：“以前我爸可舍不得动手碰你一下。”

方秋蘅猛地捂住那处，脸色变了几变：“只是不小心撞伤……”

“那还真厉害。”齐欢道，“你自己信吗？”

方秋蘅表情难堪，她身后站着的助理弄不清情况，大气都不敢出。咬牙几秒，方秋蘅瞪向齐欢：“你什么时候回来的？”

“你猜？”

“我没跟你开玩……”

齐欢打断：“和你有关吗？”

方秋蘅暗恨，压抑怒气道：“那你来干什么？”

齐欢淡淡打量她：“一把年纪了，还是这么容易生气。你这辈子的好脾气，都留给石家那对父女了吧。”

提到那两个人，方秋蘅的脸上瞬息万变，十分精彩。

来的路上，陈让就跟齐欢说了他们三人如今的情形。一起算计别人的时候同心协力，矛头一致。一旦蛇鼠凑到一窝，没有利益纠纷最好，有了利益纠纷，怕是要斗个你死我活。

就拿石珊珊来说，高中最后一年，方秋蘅帮她办理转学，转入当时所在地最好的高中，课余请的补习老师，一节课就大几百花费。她的大学虽然不是国内顶尖的一线学府，但也是省重点。

然而或许是过了几年好日子，真把自己当成大小姐，要的东西越来越多。从念大学第一天起，她住的就是学校附近月租金五千以上的公寓，第一个学期没过完，就哄着方秋蘅给她买了一辆代步车。每个月的生活开销，花在化妆品、包包和衣服上的钱，更是数不胜数。

那时方秋蘅和石从儒处于摸索着做生意，磕磕绊绊的状态，虽然赔了钱，但还是尽力满足她的一应要求。后来一次又一次投资失败，资产连番缩水，渐渐负担不起，而石珊珊更是开口想要一套自己名下的房子，两层半带小花园的别墅，挑的还是省城不便宜的地段。

原本因为经商不顺再加上杂七杂八的事情，方秋蘅就和石珊珊吵过几架，只是每次吵完，隔几天石珊珊便会买些东西回去，窝在她身边撒娇认错，倒也相安无事。然而买房的事却引发了前所未有的矛盾，方秋蘅本就赔钱赔得气不顺，他们三个人，开销大到难以想象。石从儒在生活的开销上还好些，对于投资一事却有些执拗，总是固执己见地决定投一些他认为有收益前景的项目，快则三个月，慢则一年，别说赚，每次都赔得连钱打水漂的声响都听不见。

那种情况下，石珊珊还要方秋蘅给她买房，说是为将来毕业以后结婚做准备，石从儒竟然也支持，把方秋蘅气得不行。她发了好大一场脾气，直冲他们两父女咆哮："这几年赔了多少钱？我们还剩多少钱？之后还要不要周转？要不要过日子？两层半带花园的别墅，市中心那个地段，我去哪里掏钱？我会变钱是吗！"

最后的结果便是三人吵作一团，他们父女一边，一人一句说得她差点一口气哽住。那之后，石珊珊好长一段时间没有回去，再回家，对她也不如从前亲热。似是买房的事不松口，便不低头。

一向乖巧的石珊珊竟然为了房子的事那般作态，叫方秋蘅难过得心都发颤。

如今这个境况，方秋蘅的公司已然走到秋风扫落叶的境地，她名下最后的一些钱要用来偿还债务，房和车尽数都要拿出来拍卖，那父女俩，岂会再和她亲亲热热一家人。

石从儒可是连病床上的发妻都可以不顾的人，没什么是他做不出来的。

齐欢听陈让说了，这一桩生意失败，就是压倒他们一窝蛇鼠的最后一根稻草。石从儒和方秋蘅见天争吵，互相推卸责任。方秋蘅为公司债务焦头烂额四处奔波，石从儒自暴自弃在家酗酒，喝醉了，便和回家的方秋蘅吵架，还有几次动起手来，体力上的差距悬殊，输赢毫无争议。

债权方来清点资产，只有方秋蘅自己坐镇，想来她和石从儒这五年多的情分，差不多也到头了。

被齐欢这样明白地指出来，方秋蘅脸上火辣辣地泛起疼，莫名有一种凌空被人掌掴的感觉。

"今天这种情况，他们也没人陪你来？"齐欢丝毫不留情面。

方秋蘅道："来不来都与你无关。"

"也是。"齐欢轻扯嘴角，"反正我只是个看热闹的。你们谁演这出戏都一样……一样的惨。"

她把来意说得这么正大光明，方秋蘅气极，却又无可奈何。

"你得意什么？"方秋蘅道，"你爸……"

"你也配提我爸？"齐欢的眼神霎时冷下来，那一抹阴恻，教方秋蘅怔住。不过瞬息，齐欢很快恢复平常模样："不过还好，我爸很快就要出来了。你知道吗？我今天去看他，他告诉我，他表现良好，即将迎来减刑，再有一年不到他就能提前出来。等他出来以后，我会养他，让他什么都不用操心。"

"比起你，下半辈子不知道要靠什么为生，或许还会背负一堆还不清的债务，想一想，他也算是过上安稳晚年了吧？"

不管是说她心胸狭窄也好，说她恶毒想看仇人不得善终也罢，齐欢都认了，她就是不想对方秋蘅和石家父女有善意。他们在她爸出事的时候落井下石，霸占她爸辛苦半生挣来的家财，为非作歹，小人嘴脸尽显。

如果不是靠着陈让，她的确没有本事出这口气，她就是狐假虎威，不管用什么来形容都好，她全都认下。

她唯一想做的，就是让这些人尝尝当年他们加诸在别人身上的痛苦。

以德报怨，何以报德。

她爸是好人，不卑不亢，不怨不恨，以一颗平常心接受生命的所有波澜。她敬重她爸，但她做不成这样的好人。刻薄的嘴脸留给她，让她来落井下石，让她来痛打落水狗。她只想讨回当年的一切，哪怕做一个没有福报，不得上天喜爱的坏人也无所谓。

齐欢对方秋蘅扬起嘴角："看看你现在的样子，真可怜。"

怨吗？恨吗？

当然，她真的很怨，也很恨。

在国外的那几年，艰难到她甚至不愿回想。

她没有钱，只能住贫民区。穷人聚集的街道，治安乱、安保差，天黑后，街上就会出现各色各样奇怪的人。高大的男人身影尾随在后，你不知道他要干什么，只能惴惴不安，提心吊胆。

她几乎没有朋友。听闻哪里发生了抢劫案，害怕得不行，还是要照常去便利店打工，半夜有可能会被突然冲进来的人拿枪抵头，要你把收银机里的钱全部交出去。

对门住的外国人的花臂夸张得吓人，有时候门大开着烟雾缭绕，而他忽然变得神志不清。穿连帽衣的一帮朋友个个人高马大，每次擦肩而过，总是被他们不怀好意的视线打量得头皮发麻。好几次半夜听到门锁传来动静，她爬上窗台，忐忑地盘算着如果被人破门而入，跳下去落在草坪上，会几级骨折。

不敢生病，因为没有国外的医保；发高烧不敢去医院，只能想办法给自己物理降温；躺在床上难受到眼花耳鸣，闭上眼仿佛就再没有明天；穷到口袋里只有硬币的时候，和一帮流浪汉抢便利店扔出来的过期食物；交不上房租，闭门紧锁不敢被房东碰见，出入翻窗台、爬水管，磕得手肘、膝盖一身疤……

太多太多，最绝望的时候，甚至一度想要放弃，就那么算了，一了百了。

她恨方秋蘅，永远永远不会原谅。

方秋蘅被激怒："你现在在我面前趾高气扬什么！你有什么了不起……"

一道冷凝的视线直直扫来，睇得她噤声。方秋蘅顺着视线来源看去，是那个坐在齐欢身边的年轻男人。他的手一直和齐欢的握在一起，从进门起便以一种保护的姿态陪在她旁边。想到刚才债权方那群人对他温和的态度，方秋蘅的脸色要多难看有多难看。

"我确实很了不起啊。"齐欢说，"我有那么好的爸爸，即使他被你占了半辈子积蓄，可现在我们马上就要迎来柳暗花明的新一村了。你呢？我还有机会回来，回来亲眼看你的下场，光凭这份运气，我就很了不起，不是吗？"

方秋蘅说不出话来。齐欢没有讲错，她已经穷途末路，这最后一跤，耗尽了她所有气血。

没有希望了。

但齐欢和齐参有，他们将来还会有安稳的人生，还会有许许多多阳光明媚的早晨。

方秋蘅有些坐不稳："你……你就是来看我笑话的？"

"不然你以为？"齐欢挑眉，"给你加油吗？"

"你……"

"你当初做的那些，如今自己感受一遍，什么滋味？"

方秋蘅咒道："你别得意！风水轮流转，就算我没有好下场，你又知道将来你不会有这一天……"

"我不做亏心事，我不怕。"齐欢笑，"风水轮流转，说得很好。"

方秋蘅指着她，气到说不出话。

"后天开始，房子也不能住了吧？"齐欢偏要哪壶不开提哪壶，"你那个乖乖女儿石珊珊呢？你猜，你要是露宿街头，她会不会管你？也很难说……毕竟她亲妈去世，她都能不闻不问，你这个后来的更说不准。"

齐欢就是来气人的，方秋蘅感觉出来了，一字一句被狠狠戳中，全是她在意的点。喉咙像堵了一口老血，无法反驳。

"你……你……"

齐欢悠悠道："听说石从儒前几天去喝酒，回家路上遇到混混，被揍了。啧，走夜路可要小心点啊。"

方秋蘅一怔，双目圆瞪："你——"她和石从儒已至撕破脸皮的地步，自然不会是为他心疼，只是听齐欢说起这个，难免觉得恐慌。

"我什么？我只是好心关心你们一下。"齐欢笑得滴水不漏，眼里闪过一丝亮光，"你也要注意点，一大把年纪了，可别……"话没说完，拖长的尾音极其引人遐想。

方秋蘅又惊又怒:“你想干什么!”

“什么都不干，放宽心。”齐欢懒散道，语气中的恶劣，有几分陈让的真传。

聊了这么半天，齐欢累了，抬眸冲陈让示意，他询问:“累了?”

她点头，陈让便牵着她起身:“那走吧。”

从沙发前出来，走了两步，齐欢停下，回头看猛拍胸口咳嗽的方秋蘅。方才出气时的丰富情绪全都收敛，多了几分过尽千帆的成熟。

“那年最后一次出远门前，我爸告诉我，谈完那笔生意他会早些回家，结婚周年纪念的礼物，他买了一片大马士革玫瑰花园，准备给你惊喜。”

齐欢的声音平静无波，恢复到一进门时的那般，仿佛对待陌生人的状态。

“我去看我爸，他说，他不恨你，但他不会再原谅你了。”

方秋蘅一怔。

不知是齐欢先前的那一番话戳到了她的痛点，还是这些年的不顺加上和石家父女的决裂，情绪到达爆发的临界点，方秋蘅蓦地一下，突然大哭。

她身后的助理听了这一番对话，本就吓得不行，此刻更是傻站着忘了动。方秋蘅两手捂脸，坐在沙发上痛哭出声。

齐欢两人提步朝门走。

“我没有——”方秋蘅在背后出声，“他出事，不是我害的，我真的没有想要害他……”

齐欢脚步微顿，用力握住陈让的手。陈让任她紧捏，不出声打搅她。

几秒后，齐欢敛好神色，手上力度放轻，和陈让一道出了门。

没有回头。

回程一路，陈让稍犹豫，还是将传来的资料拿给齐欢看。一堆照片里，有一张面熟的脸孔——石珊珊。

“她新找的那个男人，年纪有点大，有家室了。昨天，原配闹到她住的公寓，惊动了保安。”说起这些在旁人听来无疑是劲爆八卦的内容，陈让的口吻却似背书一般了无趣味，“那位原配性格比较强势，这件事怕是不会轻易解决。”

一句话，不需过多言语，陈让的意思已经很明白。

齐欢看着那一张张石珊珊和女人厮打在一起的照片，脸上未见半点表情。

“她实习刚刚转正，工作的地方已经开始接到电话，之后……”

“好了。”齐欢把那些东西扔到一边，打断陈让的话，往他怀里一靠。

陈让见她不想听，轻拍她的背：“那就不说了。”

默然几秒，闷在他怀里的齐欢哭了。

陈让一顿：“哭什么？”

齐欢不肯把脸露出来，紧紧抱住他的腰身，在他怀里哽咽道：“我想我爸了……”

他将她圈得更紧：“很快就能看到他了。”

她是齐参的女儿，是他陈让将来的妻子。

不论齐参，还是他，他们都会护着她。

“你是小公主，永远都是。”陈让俯首，唇瓣贴着她的发顶。

见过方秋蘅以后，齐欢虽然嘴上没有说，但陈让看得出来，她比刚回来那段时间放松了很多，无形的积压在心里的东西一扫而空。

每天陈让忙公事，齐欢分内的工作做完便在旁相陪。一开始安分贴心，不出声打扰他，自己看书或玩电子游戏打发时间，到后头总是把手里东西一扔，趴在沙发靠背上枕着手臂看他。也不说话，就那么含笑盯着他，无声干扰。

直盯得陈让唇线紧绷，越发加紧处理手头事情，工作效率迫不得已提升了好几个档次。每回合上文件朝她扔去佯斥的眼神，她不仅不怵，还扒着沙发咯咯发笑。

工作时一派正经、端庄稳重、落落大方，面对旁人亦是。只有和陈让单独相处，齐欢身上久违的玩闹心性才会显露。

剧组拍摄周期所剩时间还余一半，项目结束，陈让得继续接手别的工作。至于齐欢，他一句话说得够明白：“打包带走。”

齐欢对此不甚愉悦，泄愤地将他肩膀挠出几道痕。

陈让经常出差，而齐欢的职业弹性大，一年里分阶段工作，不是时时都在忙。两相协调，待在一起的时间挺多。

拍摄进入如火如荼的阶段，天气大好，常去现场旁观的齐欢头一回被抓了壮丁。背景里需要穿校服的高中学生，调度出错导致群众演员不够，凑来凑去人数还是不够，导演当场发了通脾气。

齐欢被工作人员抓着胳膊，请求她“救救场”，狠不下心推拒，只好临时上阵，当了一次群演。虽然只需要露背影，但连同她在内，几个顶包的女工作人员都长得年轻，如此看着倒比招的群演还贴合年纪。

换上高中校服，齐欢硬着头皮上场。她们几人在画面角落，连个正脸也没有，却要一直坐在石凳上闲聊。拍了半个多小时，不知听了多少声“卡”，齐欢几人聊得口干舌燥，终于被叫到一旁休息。

过会儿还需要她们入镜，暂时不能走。忙里偷闲玩手机，正好陈让发消息来问她在哪儿，齐欢想想，自拍一张发给他，附言：“小姑娘真俊。”

没几分钟，陈让打来电话。

“……你那是弄什么？”

“片场缺人，被拉来作背景板了。”被认为长得年轻，当然是件高兴的事，齐欢忍不住嘚瑟，“高中生哟。”

陈让却说：“不像。”

突然被泼冷水，齐欢不高兴：“哪不像了？你几个意思啊？”

那边道：“身材这么好的高中生？”“好”字被特意强调。

陈让在那头轻笑，她咬牙叫他名字，尖声就快爹毛，他忙止了笑意：“行行行。”

好一通哄，齐欢才不跟他计较。

挂电话前，陈让叮嘱道：“早点回房间，等你吃饭。”她应好，又听他道，“校服别换了，穿回来我看看。”

很快，收了手机再度上场。待到傍晚，终于没有群演的戏份，齐欢没留在片场吃晚饭，连校服都没还就直接往酒店赶——走之前和服化组说了，衣服的钱她另外单给。

一进房间，蹬掉累人的高跟鞋，齐欢光着脚往客厅蹦，一头栽倒在沙发上。

“我要喝水——”

不多时，面前茶几上多了一杯温水，宽厚的手掌放下一双干净的拖鞋。

陈让坐到旁边，齐欢将脚伸到他腿上。

他转头，细细打量，看得平躺的齐欢收起手臂，缩着微微蜷身，防贼一样防他：“干什么？”

陈让面色淡淡：“好看。”

齐欢的脚在他手里，力道适中地被揉捏着，微微动了动，歪头：“我好看还是校服好看？”

“——你穿好看。”

一个倾身，覆下沉重的身躯。

少年时的陈让，冷淡低戾、清冷压抑、沉默又张扬，集矛盾与和谐于一身。于是她越深究越沉迷，越靠近越贪恋，执迷不悟。如今他砥砺初成，清冷依旧，戾气不再，锐意锋利，但不过度不狂妄。

一切都刚刚好。

一番折腾，两人从沙发上起身吃晚饭，窗外已经天黑。

饭毕，陈让安排的人送来衣服，一件件挂在铁衣架上陈列展示。

“挑衣服？干吗？”齐欢微顿，“过几天庄慕他们是要来平城看我，但是穿这些会不会太隆重了？”

先前庄慕说的旧友聚会，回去后他就提上日程，问了各人的生活安排，协调出一个大家都方便的日期，算起来就在几天后。

陈让道：“是去发布会那天穿的。当然，你想穿这些去朋友聚会也行。”

“发布会？”

“导演没跟你说？”

齐欢稍稍回想，记起导演似乎的确有提过。过不久，剧组将召开第一次发布会，陈让作为投资方代表，当然得到场。

“我也去啊？”

陈让点头，彻底断了她偷懒的念头。

齐欢对逛街买衣服的热情早不如十几岁时，陈让令人给她准备的衣服，她费了好半天劲才选出一件。

无奈的是出发当天刚换上，她甚至没穿足五分钟，一个失手将果酱打翻沾到自己身上。

陈让要让人送新礼服来，齐欢懒得浪费时间，摆手说算了，干脆穿回自己平时的衣服。她本来就不喜欢繁重的礼服裙，穿起来累得不行。陈让见她高兴，只好遂她的意。

正式的场合，人多，事情也多。齐欢帮不上什么忙，除了最开始同全剧组亮相，其他附加环节进行时，一直待在后台。

中场休息，媒体朋友们被招待去喝茶水吃点心，陈让也从前面回来。

齐欢吃着小饼干，忙着处理手上的碎屑，只抬头看了他一眼：“回来啦？”

“等会儿再露个面就行了。”陈让说，“你累吗？”

“不累。”她吃吃喝喝坐着看电视，清闲得很。又往嘴里塞了一块饼干，突然良心发现，想起他进门连水都没喝上，她起身屁颠屁颠去给他倒水。

端着杯子刚转身，迎面就见一个美女进来。

“陈先生您好。”气质婉约，人长得也美，进来的似乎是受邀来参加活动的某位女明星，不算红，但也常在电视上露面。她在陈让对面坐下：

“刚才碰到工作人员，说让我帮忙把这个拿到休息室。”

后一句话解释她进来的原因，至于有几分可信，就见仁见智了。

陈让没怎么应，礼貌颔首，过后对她的问话，皆以一个字音应付。

谈话不畅，女明星也尴尬，瞥见齐欢端着水，站在陈让身后几步远的位置一直没过去，笑了笑：“这位小姐怎么站着？”

齐欢感受到陈让的视线，把杯子放到他面前，没言语，回先前坐的地方继续吃小饼干。

女明星似也不介意她的冷淡，以她为话题，对陈让弯唇：“她是陈先生的助理吗？没想到，陈先生的助理也这么有个性。”

齐欢拿饼干的手一顿，而后狠狠地往嘴里塞。

见陈让终于有了表情，女明星顺势往下道：“陈先生的助理长得好年轻啊，看起来像是在读书呢。”

齐欢闷头吃饼干，看都不看他们。

“谢孙小姐夸奖。”

这是进门后，陈让说的第一句超过一个字的话。女明星脸上笑意更深，然而下一秒又听他道：“我女朋友确实是长得比较年轻。”

女明星的笑意僵在脸上。

陈让只记得她刚刚自我介绍时说姓孙，名字忘了，端起齐欢给他倒的水，喝了口，道：“孙小姐还有事吗？这间休息室是我个人使用的，不对外开放，我女朋友她等会儿要午睡。”

杯子放下，送客意思明显。

“齐欢。”

“齐欢。”

“欢欢……”

“别吵！”齐欢嚼着小饼干，回头瞪他，“你老叫我干吗？”

陈让倚着沙发，无奈道：“人都走了。”

她“哼”了声，继续吃饼干。

陈让说：“我叫你穿礼服，打扮一下，你不肯。”

“你嫌我不好看啊？”齐欢怒了，就差拍案而起，“好啊，我穿得普通，嫌我打扮得不好看就算了，你去……”话没说完，陈让已至面前。被他抱在怀里，齐欢用膝盖踢他，不满：“我哪里不好看了？我这么好看！谁不好看？”

“是是是。”陈让讨饶，抱着她的力度半点未松，笑着用鼻尖轻蹭她的脸颊，“你最好看——”

曾经第一次一起吃饭，她也是，非常自信，毫不害羞地对他说：“我超好看的好不好！”

他那时不看她，嘴硬不承认。后来看着看着，真的发现，她超好看，特别好看。

直至今天，在他心里，比任何人都要好看。

庄慕把一帮旧朋友召集到平城，和齐欢见了一面。一帮人，隔了几年没见，长高的有，变成熟的有，一成不变的也有。

聚在一起嘻嘻哈哈，说笑玩闹，仿佛还是十几岁，无须烦忧的年岁。

纪茉也来了。庄慕和张友玉知道她这些年一直惦记齐欢，这回联系她，将她也一起叫上。

许久不见，纪茉长高了，还是那么白，安安静静的模样，添了几分可靠和稳重。过肩发留长，温柔地披在身后，看人的时候，黑亮的眼睛里奕奕有光。

齐欢被纪茉抱了个满怀，齐欢微怔，而后回抱住她。只是她抱得太久，整个人似是压抑，又似是释放着什么情绪，感觉有些不对劲。齐欢轻声问："你还好吗？"

纪茉没答，缓缓放开她，看了她许久。

"纪茉？"

纪茉长舒一气，没说什么，弯起唇，只道："没事，回来就好。"

齐欢再看，她脸上的神色分明正常得很。举手投足同当年有所改变，但还是那个认识的纪茉。

这个拥抱结束后，纪茉拉着她回到人群，和一帮敏学的人玩游戏，再无异状。

闹到太晚，赶不回酒店，难得和他们再聚，齐欢给陈让打电话，通知他不必来接，她和纪茉、张友玉一起在酒店楼上开了间房。

聚会结束，第二天早上陈让开车来接人。齐欢和众人告别，坐进副驾驶。系好安全带，车平稳上路，却不是往市郊酒店开。

"去哪？"

陈让说："带你去一个地方。"

齐欢猜测："新开的餐厅？"

"你脑子里除了吃还有没有别的？"

"也是，这个点吃饭好像不太对……"

"和吃的无关。"陈让打着方向盘，"到了你就知道了。"

卖关子的行为迎来齐欢的唾弃。懒得配合他表演，齐欢让他把座位调低，闭眼休息。

开了三十多分钟，来到市区的另一处，是个新的高档小区，一层一户。

陈让带齐欢到十七层，输入密码，门一开，室内墙面和地板已经装修好，初见雏形。

“看房子？”齐欢踏进室内，慢悠悠地转。

陈让倚在门边，没进去。

“你买新房子啦？”她回头，问陈让。

陈让没答，反问：“你喜欢吗？”

齐欢点头。环境、格局、初级装修，都是她喜欢的风格。绕了一圈，齐欢走到陈让面前，夸赞：“你的房子装修得不错哟。”

陈让微垂眼睑，淡淡睨她：“不是我，是我们。”

齐欢一怔。

“密码是你生日，住之前加上我们的指纹。”

齐欢发愣：“你……我……”

陈让斜靠着门框，眉眼懒散。良久，那平静的脸上慢慢氲起柔和的笑意。

“我们有家了。”

无须过多说明和解释，一句话意思就已足够。

齐欢傻愣半天，忽地鼻尖发酸。

“哭什么？”

“你不要讲这种话……”

齐欢捂着脸，挡住泛红的眼圈，抱怨：“烦死了，明知道我收不住眼泪。”

陈让伸臂，将她揽入怀中。闻着他身上清淡的香气，听着他的心跳声，齐欢忍不住，忽地一下哭出声。

陈让俯首，鼻尖和唇瓣轻蹭她鬓边发丝，和他一样的洗发乳香味淡而恒长。

“我们有家了，齐欢。”

十岁时，他晦暗阴沉，厌恶世界，觉得人生就像一条看得到头的直路，了无趣味。直到她的出现，让他懂得什么是感情，重新体会善良，在碌碌万象里找到了足以支撑下去的动力。

他们都一样，亲情缺失，没有一个属于自己的完整家庭。

从他决定为了她努力成长的那天开始，他就一直在向前奔驰，不曾停下。

现在终于可以歇一歇。

然后牵起她的手，从今往后，并肩前行。

他们将会有一个家。

属于他和她，以及将来共同缔造、凝融着他们血液的新生命。

窗外天光明亮，迎来的人生一片大好。

（正文完）

番外一

似此星辰非昨夜

齐欢回国的第二年，已经和陈让搬到一起住了很久。某天午后，她在陈让的书房抽屉里发现了一封邀请函。落款处是一枚她见过的标志——禾城一中的校徽，校委邀请他以荣誉校友的身份参加学校周年庆。

邀请函被塞在一堆东西里，被上面的纸张文件压得结结实实。如果不是齐欢找东西翻到那儿，轻易看不见。

收到有几天了，陈让却没跟她提起。齐欢觉得奇怪，还是左俊昊说了才知道，这不是他第一次收到一中的邀请。

“大学快毕业那会儿吧，一中就有联系过他，也是什么活动，问他有没有空回去参加。”左俊昊在电话那边说，“不止一次，据我所知就有三四回。陈让的照片一直挂在历届荣誉毕业生墙上，我们班主任还给他打过一回电话，不过他都拒绝了。”

齐欢：“为什么不去？”

左俊昊哪晓得那么多：“我也不清楚。”顿了下，不知道想起什么，又加一句，“他好像就是，不太想回到以前的地方。”

齐欢愣了下，突然沉默下来。本来是她起的话头，一下子反而没话说，几秒后才缓慢“哦”了声。

随后一直到挂电话，左俊昊再说了什么废话，她全都没太听清。

想了几天，齐欢最后还是在邀请日期前一周提起这件事。

两个人的饭桌上，三个都是她爱吃的菜。

齐欢如平时一样品尝着陈让的手艺，突然来了句：“一中的邀请函我看到了。”

陈让的动作微顿，半抬起眼皮，轻轻朝她一瞥。她没敢看他，低头吃着饭，速度莫名比平时快上几分，有股说不上来的心虚和那么一点点别扭。

陈让在桌对面，不动声色的视线扫过她，语气平常地接下去：“嗯，然后呢？”

“我们回去一趟吧。”齐欢说，又夹了一筷子米饭。细看其实没几颗，她抿着唇咀嚼，飞快地瞥他一眼，眼神随即半落在面前的桌上。

陈让不是爱凑热闹的性子，不去参加某些活动很正常。但齐欢知道，有一些却并不是。

就像这样。

一次又一次拒绝回到一中，拒绝回到禾城，他的举动分明是有一点躲避的意味。

陈让打量她一会儿，缓缓问："你憋了一晚上就是要跟我说这个？"

齐欢"啊"了一声，想说不是，对上他的眼神，自觉无所遁形，视线左右飘忽一会儿，只能老实点了点头。

陈让没立即说话，微垂下眼。他皮肤很白，往常在日光下像纸一样有点透明的颜色，此刻和大多数时候一样沉静，表情看不出什么。

齐欢偷瞄他。好一会儿，没听到他开口，她碗里先多了一筷子她爱吃的牛肉。

陈让的厨艺比她强得多，从高中的时候就是。这么多年过去她有了点长进，然而还是没能超过他。

收回筷子的陈让像是叹了口气："知道了。"他没说太多，淡淡的语气，一副可去可不去的态度，脸上却多了一丝不怎么明显的松软，"你想去我们就回去。"

齐欢眨巴眨巴眼，听他答应，"哦"了一声，嘴角微微上翘："好。"禁不住有点小高兴。

下一秒，碗里又多了一筷子菜，还是他夹的。齐欢嘴角弧度更盛，嘿嘿冲他笑。

这回陈让睇了她一眼："下次有话直接说，别支支吾吾。"

齐欢："嗯？"

他眼皮微微抬起："影响胃口。"

齐欢和陈让回了一趟禾城。

不过回去的时间在禾城一中周年庆典前几天，陈让依然没有应下校委会的邀请。他平时事情多，自己也不知道能在那儿待多久，便干脆拒绝了。

拒绝归拒绝，在逛遍禾城大大小小值得逛的地方后，陈让还是被齐欢拉回了一中。

一中还是在那个老地方，这些年校址没有变过，旁边靠得最近的那片老居民区拆了，多了几栋新教学楼纳入版图，倒是比以前大了不少。学校里有些楼年久失修，墙皮剥落严重，去年开始翻新，到现在还有一半没翻新完，放眼看过去一半新一半旧。旁边敏学私高曾经暂居过的师范，仍旧空着。

正是傍晚吃晚饭的时间，一中的学生们都抓紧时间填饱肚子去了。

墙上的通知写，食堂在整改，学生们大概都去了外面用餐，偌大的校园显得有点空荡。

几个年级各层走廊上几乎都没什么人，即使有，也是放弃了吃饭时间在教室里埋头用功的，并不出来走动。

齐欢牵着陈让的手，不紧不慢沿着校墙边走过，目光扫过宽阔的操场，几个男生正在打篮球。球砸在地上和鞋底摩擦地面的声音，在周围传开好远。

“我们那时候就没这么努力。”

齐欢看见前面某栋楼的某一层里，有高个子的学生拿着书一边走一边嘟囔背着什么，啧了声，不知是惭愧还是不好意思。

陈让看了一眼，毫不留情地拆台：“那是你们敏学，我们一中一直这样。”

齐欢侧过头瞥他，不服气：“你有吗？”

天天打球，没见他缺席。左俊昊和季冰带他出去玩，也没见他少去。

陈让面不改色，答得毫不脸红：“有。”

齐欢转头向另一边偷偷撇了下嘴，没让他看见自己“狰狞”的表情。

走了几步，陈让忽地问：“你为什么想来一中？”

“啊？”她愣了下。

“我说，”他侧眸看过来，“怎么不去敏学？”

她是敏学的，回顾高中岁月，更应该去那里才对。

齐欢眼神闪了闪，语气放低，含糊：“想来就来了嘛。”

陈让看着她，没再追究这个话题。

逛了一圈学校，半道上，遇到陈让高中的班主任。

拒绝周年邀请的原因他已经说过，校方并未勉强。突然间碰上，得知他们特地回学校看看，班主任又惊又喜，很是高兴。

拉着他们聊了好一会儿，班主任说到后面忽地想起来：“今天我们在改高三周考的卷子，以前我们班的几个任课老师刚好都在办公室还没走呢。校庆的时候你没时间，今天要不要过去见见？”

陈让沉默了一会儿没说话。高中时，班上的老师们虽然也会觉得他头疼，但是大多数时候，对他挺好。有几个老师见他在校外总是有麻烦，听说了一些他的事，还特地找他谈过心。只是十几岁的年纪，最不擅长接受外界的好意，他向来便只冷冰冰地回应。

班主任还在说着，盛情难却。身旁的齐欢好像轻轻碰了碰他的胳膊，陈让微微舒展眉头，到底还是应下，没有拒绝。

一起走到高三组办公楼，齐欢突然接到工作电话。她和陈让以及他班主任说了声，让他们先进去。陈让脚步迟疑，她冲他点了下头，他才提步。齐欢飞快走开到一旁去讲电话。

齐欢工作的事聊得并不久，几分钟就结束电话。她没急着去找人，先去了趟旁边楼的卫生间，再出来，收到陈让的消息。

我的小甜心儿:“老师说要去见见德育主任。”

我的小甜心儿:“……”

我的小甜心儿:“你人呢？”

看着手机上透出来的无奈语气，齐欢没忍住笑出了声。

陈让为人冷冰冰的，但是对长辈们其实很讲礼貌。校方邀请了他那么多次他都拒绝了，这次被班主任当面逮住人，热情难挡，他大概很难招架得了。

齐欢不知道他们在几层楼，这会儿懒得上去掺和他们荣誉校友和校领导的会面。

超级无敌霹雳欢:“我渴了，先出去买水。你去见吧。我在外面等你。”

我的小甜心儿:“……”

陈让被拉去和主任见了一面，不只主任，校长正好在主任办公室谈事，一并也见了。这一见就是好半天。

等他朝外走，天已经黑了许多，不少学生吃完饭回来。

他沿着校园小径朝外走，途中经过的学生们频频回头打量他。有几个胆子大的女生上前搭讪，红着脸磕绊地问：“学、学长……你是哪个大学的？可以加一下微信吗？”

陈让穿得休闲，上身是浅蓝色卫衣，涂鸦图案是白色的。他停在树荫边，一手插在黑色工装裤口袋里，懒散地站着。垂下眼看手机，睫毛似鸦羽微敛，一脸冷清。

正准备给齐欢打电话。

缓慢抬眸看了眼面前的几个小女生，嗓音清冽，一张脸长得像大学生，说话却没什么情绪：“不好意思，我结婚了。”

几个女生的脸唰地通红，问话的那个连忙说了句“对不起”，立刻尴尬地结伴跑开。跑远的时候，隐约还有几声。

“天哪……”

“居然结婚了！”

“他长得好像荣誉墙上的学长……”

刚刚“被结婚”的齐欢并不知情，陈让打她电话没人接，蹙了下眉，一边往外走，朋友圈里却看见了她几分钟前发的动态。

她发了一张陈让在荣誉校友墙上的照片。

贴在墙上的照片都是学生高三毕业时留下的，和现在的他相比，残留着几许年少时的青涩。

不知道什么时候拍的，大概是他在应付校领导的时候，她逛过去留念了一张。

配的文字很简洁，只有简简单单的一句话。

“禾城一中历年最帅荣誉校友。”后面跟着一个爱心。

左俊昊的两条评论在很前面：“你们回一中了？”

“那是我没在上面，要是我在上面……唉，忍痛把第一让给陈让吧。”

季冰一如既往地在下面撑他：“要脸吗？你先上去再说吧。”

左俊昊：“有你什么事？”

季冰：“抵制厚脸皮，人人有责。”

两个人像往常很多次一样，在别人家的评论区毫无顾忌地吵起来。

第三个人、第四个人……回复的越来越多，吵吵闹闹。

陈让走到校门外的时候，齐欢的电话也回了过来。

她说：“我在旁边这家奶茶店，你走过来就看得到我……”

校外的这些店搬了很多，基本都和学校签订协议，在校内开起了小卖部。以前一整排，现在只剩下两家。

陈让隔很远就看见了齐欢，她坐在树下巨大的路墩石头上，拿着两杯奶茶等他。看见他走近，她喝着一杯，拎起手里的另一杯，微微冲他笑。

“陈让，请你喝奶茶。”

周围好像刮起了一阵风。

陈让的脚步有瞬间的停顿，过后，缓慢地走到她面前停下，没立刻伸手。

齐欢催促：“喝呀。”

他没说话，温热的杯身握进手中，用吸管戳破封膜，在她昂头看来的眼神中喝了一口。

“怎么突然先出来了？”他问。声音有点低沉。

齐欢说：“不想打扰你们嘛。”

陈让垂了垂眼，薄唇上留着几许被奶茶浸湿后的润色。

路上的学生越来越多了，都是回来上晚课的。奶茶店门口也聚集着一些人在买东西，不时朝他们俩看一眼。

齐欢捧着奶茶，问陈让和老师们说了什么，问他见面的场景如何。说了好多话，有的听他回答，有的又没听他答，就继续往下说。不知说了多久，又不知是哪一刻，大概是被枝头落下的某片树叶惊扰，她笑着笑着，突然止了话，沉默下来。

陈让单手拿着一杯和她一样的奶茶，垂眼看她，有一会儿才出声："齐欢。"

她微敛眸，没抬头，对他的轻唤并未作答。只是缓缓地朝他靠近，额头抵住了他握着奶茶杯的手。

在很安静的风里，夹杂着一点灰尘的味道，他的手背触碰到她额头皮肤。陈让的眼睫颤了一下，手伸到她脑后，挪开被她抵着的那只手，轻轻将她摁向自己怀中。

什么都不用说，他看得出她在难过什么，或许还有一点说不清的自责。

无非就是错过的那些年。

但谁都不想的，这本来就不是她的错。

陈让的手触着她的头发："已经没关系了。"

她埋在他身前怀中的声音闷闷的，良久说："你等了我好久。"

从十八岁的恣意乖张，等到不愿意再踏回母校大门，等到物是人非，等到失去故地重游的勇气。

等到如今。

陈让有很久没说话。

对面的护城河新修了堤岸，比从前高出许多，贴满了故意做旧的灰色壁砖，像一道厚重低矮的城墙，带着各种宣传标语，延伸至这条街的尽头。太阳就在堤岸墙外，一点点落下，染红了天幕边际和河面。

这些年他确实不太愿意回到这里。带着一种躲避的心态，不愿意直面某些记忆。

和某一些，无法回首的瞬间。

他下意识地回避禾城，但这一次回来，却又觉得，好像根本没什么。

一中翻新了，老师退休了一批，以前带他们的都还在。学校的录取分数线变高，学生想考进来更难。校外的小卖部大多搬进了校内，大大节省了课余时间。一中和旁边空学校之间的围墙也要拆了，老师跟他说，那边将会纳入他们学校的范围。

最后在里面留下痕迹的，是曾经暂居过的敏学私高。那间旧校舍将带着当初那些学生残余的光影，成为一中的一部分。

什么都变了，又似乎什么都没变。

一届一届的学生来了又去，络绎不绝，蓬勃鲜活的故事还在继续。而当初站在他面前的人，如今依然在他面前。他们从起点分开，兜来转去，终究还是回到这里。

齐欢的脸贴着他卫衣的面料，像是随着很轻的“啪嗒”一声，陈让看见街边两旁的灯全都亮起。

这一年不是那一年。

此一刻并非彼一刻。

但这一刹那，十八岁后那一条长长的漆黑的路，却好像被照亮了。

他已经有勇气回头看。

看青春，躁动，炽热，全部的爱。

看最好的和最痛的。

他等了她很久吗？确实是，但又如何。

陈让揽着齐欢的脖颈微微用力，在这阵风里，他回过神来，不急不缓地回应她之前的那句话。

“——嗯，很值得。”

河堤外夕阳隐没，路灯撑开薄黄光芒。赶着上晚课的学生们骑着自行车疾驰，或是抓着书本零食奔跑往校门赶，向着同一个方向，汇聚成一道长长的人潮。

他们在这道人潮中，逆着向前。

少年永远十八岁。

永远璀璨，永远耀眼。

番外二

晓看天色暮看云

齐欢做了一个很奇怪的梦，梦见陈让变成了二十岁的陈让。

准确地来说，是二十岁的陈让，一睁眼就来到了如今陈让的身体里。

梦里什么都看不清，只有一道陌生的声音催眠般重复着一句：“他来见你了。”

早上一睁眼，就见旁边的陈让不知道什么时候醒了，眼也不眨地盯着她看。她原本没往心里去，拉他起床的时候他动作慢吞吞的，洗漱完快要出房门的时候他却突然开口说，他是从几年前来的。

很离奇，齐欢分不清到底现在是在梦境还是在现实。脑子里“叮”的一响，像被什么力量推了一下，她瞬间就相信了这个说辞。

为了保险起见，她还是联系了陈让的助理，安排了家庭医生上门。

检查结果显示各项指标都正常，没有问题。

此刻，和二十岁的陈让一同坐在桌边，面对着迟了好一会儿的早餐，齐欢久违地生出了一丝无所适从感。

还是那张冷峻的脸，清淡的眉眼，家常穿的休闲装中和了他身上的冷感，似乎和平时没什么两样，但细看却会发现，神情和气质有细微的不同。

运筹帷幄的成熟感不见了，取而代之的是带有一丝青涩的沉稳。

被华运打磨了好几年的他不是这样。

这是才步入二十岁，刚开始沉淀下来的，大一的陈让。

大概是察觉到她的不适应，沉默好久的陈让抬起微垂的眼，问她：“你还有话想对我说吗？”

齐欢动了动唇，她确实有很多想说的，然而听出他声音里细微的紧张，到嘴边的话不知怎么又咽了回去。

他很少这样，不论是高中那时还是重逢之后，他的态度难得这样紧绷。

或许是这场会面太过突如其来，毕竟对他来说，他们已经有几百天没见。

和他在同一时间线的她正在干什么呢？大概还在国外苦苦熬日子，丢失了和国内一众损友的联系，也和他分隔在世界的两头。

齐欢在心里叹了口气。

算了。

虽然不知道重逢后的陈让去哪儿了，但她脑海潜意识里那道声音告诉她，他只是短暂地消失，过不了多久就会回来。

和二十岁的陈让见面，也不失为一项难得的体验，齐欢轻轻舒气：“我们原本打算今天在家休息的。”

这天是他们都有空的休假日。

她调整好心情，露出和以往无异的笑容，神色很快明朗起来：“既然这样，今天我带你出去逛逛？”

陈让没回话，他盯着她看，待她视线对过来冲他挑眉，又很快移开，点了点头。

这座他们重逢后定居的城市对他来说还很新鲜，每年接待的游客亦不少，齐欢带着“返老还童”的陈让从上午逛到傍晚，去了很多地方，午饭也干脆在外吃了。

起先只是简短说几句，你一问我一答。直到她指着天空成群飞过的各种鸟类，抓着他的胳膊咋咋呼呼开始，气氛逐渐变得正常。

他们没有坐车，大部分时间都在走路，走过林荫道，走过热闹喧嚣的小巷，他比她腿长，但和重逢后的他自己一样，总在每个要超过她身段的瞬间放慢步子等她，再在下一秒和她对齐步调。

这一天相处下来，天擦黑时回到家，早晨的那股荒谬和无所适从已然消失。

然而晚餐前他们又发现了另一件事——陈让在这里的记忆无法留住。

原本齐欢正笑着说起下午在广场吃冰激凌看鸽子的事，问他今天玩得开心吗，一回头却见他定在原地，脸上有那么几秒的空白，随后缓缓皱起了眉。

“我不记得了。”他说。

白天发生过的事，他无法想起具体的内容。

即使正站在这里，心里知道和她出去玩了一天，也能想起他们交谈说过的话，可他脑海里没有真切的场景和画面。就像是有什么东西在他身后，他一边往前走，那东西一边在后面擦干净他留下的痕迹。

齐欢和陈让望着对方，默契地沉默下来。

他们一同意识到，这大概就是他来到这里的另一条规则。

他经历的、在此发生的所有事，会一点点慢慢淡忘，先是他这个意外来客忘记，然后是相关的其他人忘记，最后一切都会被抚平，回到什么都没发生过的状态。

见齐欢表情怔愣中带着一丝说不上来的低落，陈让的情绪反而平静下来。

“没事。”他放平眉头，声音也放轻，说，“我已经很高兴了。”

想不起白天的事情，心里却很充实。

很久没有过的感觉充盈着他身体的每一处。

他忘记了，但他知道他很满足。

这顿晚餐吃得略显沉默，饭后齐欢恢复精神，她有点倔，不信邪地拿起手机在朋友圈发了一条动态：“今天和陈让出门逛街好开心哦！”

紧接着，她拿他的手机发了一条类似的：“今天逛街很开心。”

新消息不断冒出来，先是张友玉再是左俊昊等人，他和她的那群共同好友在她的动态下酸完又去他的动态下酸，不外乎是吐槽他俩离谱至极，一点小事也要拿出来秀恩爱。

齐欢不管他们，问陈让：“晚上想去哪儿吗？”

他沉吟一秒：“想看电影。”

电影是在家里放的，他们没有出门，拉上客厅窗帘，关了灯，并排坐在沙发上，用屏幕投影播放一部有些年份的老电影。

看电影的过程中谁都没说话，一直到过了十二点，齐欢才转头看向陈让。

她的视线太直接，盯得他也侧头朝她看。

屏幕上的光影闪烁，齐欢一下笑开：“原来不是仙女教母的魔法啊。”

灰姑娘的水晶鞋没有消失，二十岁的他还在这里。

陈让静静地看着身旁的她，偏蓝的暗光将她的脸照得很柔和。很像十几岁时有过的场景，不一样的是地点，那时候是在电影院，而这里是重逢后的他们的家。

齐欢嘻嘻笑着，见他没回答也没在意，重新坐正了看电影。

陈让却沉浸在自己短暂又持续的思绪中，视线长久地停留在她的侧脸上，久到快要被她察觉到走神，才终于敛眸转回前方。

一场电影看完，他们那两条动态却都没有了，连带着朋友们的评论也消失。

齐欢不死心地给张友玉发消息。

超级无敌霹雳欢：“在？”

张友玉：“怎么了？”

超级无敌霹雳欢：“我几个小时前发的朋友圈你看到没？”

张友玉：“什么朋友圈？什么时候发的？我去看看。”

看见这句，齐欢知道已经不必再问。

二十岁的他在这里的一切，最后是真的都会消失得干干净净。

短暂安静几秒后，她没有继续纠结这件事，转而给工作室同事发消息说了声，请了几天假。

这两年她出来自己单干，成立了拟声工作室，规模和人员都在扩大，许多事已经不需要她亲力亲为。

她也让陈让跟助理们交代，这几天他不去公司，事情交给他们处理。

之后的几天，他们都在家待着。

一起出去买菜，一起煮饭，午后下棋对弈、联机玩游戏，又或是安静地各自看书，傍晚出门散步，有时会逛到附近的商圈，晚上就在客厅里看电影。

他们聊了很多事情，所幸虽然他晚上就会记不起白天经历的具体画面，但对彼此说过的话还留有印象，与画面相比，声音在他脑海里消失的速度要慢得多。

齐欢听他说他的大学校园生活，有些是他们重逢后这些年她听过的，但总没有当下正在大学阶段的他记得清楚。

齐欢也说了很多，说工作的事，工作室如何建立扩张，说他的公司搬去了新的大厦，她去参观过几次；说他爷爷和姑姑总是给她买很多东西；说她爸爸最近又和朋友去哪里旅游了，每次回来都要带一堆伴手礼，还总爱揪着他比厨艺，她夸谁多一句另一个就要不开心。

她几乎事无巨细，唯独在他问起她在国外那几年的生活时沉默。

最终齐欢还是没有回答，只讲："以后你就知道了。"

那几年的的确确不是什么愉快的时光，她自己回头都觉得，确实有点苦。

重逢后的陈让已经心疼过一遍了。

虽然告诉他，他也会忘记，但她不想他在这个当下再为她难过一次。

聊过以后各自安眠，他们每天都会对对方说晚安。

白天他们相处的时间很多，不过晚上睡觉时倒没有一起。

二十岁的陈让不熟悉齐欢不太安分的睡相，为了不那么别扭，住在离主卧最近的一间客房里。

假期般的生活在他出现的第五天晚上被打破。

齐欢接到工作室同事的电话，新项目的甲方要和他们面谈，对方难得安排出空档，这种情况作为负责人的她自然是最好能到场。

陈让没听见电话内容，看她纠结猜到大概情况，让她不用担心："你去吧，我一个人在家待着就行。"

同事那边催得急，齐欢只能应下。

这一天临睡前，他们又一起看了一部电影。

气氛仍旧安静，只是看到中途，齐欢不知想到什么，视线突然从屏幕转向他，接着拿出手机。

陈让问：“怎么了？”

她点开相机，朝他靠过去些许，镜头里照出他们并排而坐的身影，两张脸看起来跟青春期时没有太大分别。

她冲他笑了笑：“拍张照。”

“咔嚓”一声，将他们定格在图像里。

齐欢把这张照片发到了朋友圈，没有配文。

“留不住。”陈让定定地在旁提醒，“会消失的。”

她抬眸看向身旁坐着也比她高的他，说：“我知道。”那笑开的样子映衬着落到她脸上的荧幕光，有着十八岁的明朗和如今二十几岁的柔和，“就是想拍嘛。”

留不下也想拍，会消失也想拍。

只能存在限定的时间，依然想把这一刻记录下来。

朋友圈过后不会存在，但在这一分这一秒的他们心里，留有痕迹。

二十岁的陈让到这里的第六天，齐欢和工作室的同事一起去了距离不是很远的一座城市，高铁两个小时就可以抵达。

她的行程很满，入住星级酒店后，先和合作方开会，又去参观了一些和影片有关的重要设计，下午同主创团队要紧的几个关键人物见面，组了个沙龙局聊了很久。

聊完回到酒店房间已经是傍晚，齐欢还没吃晚饭，有点疲惫地躺在床上仰面放空了一会儿，突然收到陈让的微信消息。

“我可能要回去了。”

猝不及防的一句话让她滞缓了几秒才反应过来，瞬间坐起身，就见那边一连发来几条。

“突然很困很困，来之前就是这种感觉。”

“我在卧室床上躺下了，等睡一觉，你见到的应该就是重逢后的我。”

齐欢愣了愣回复：“那我现在回来。”

她慌忙起身收拾东西，行李带得不多，只一个很小的箱子，刚拿上包，陈让就打来电话。

“不用赶回来。”他说话声音有些疲倦和沙哑，听起来好像随时会睡着，“应该来不及。”

即使她坐最近的一趟车回家，路程加起来再快也要三个小时。

他应该在这儿停留不了那么长时间了。

“可……”齐欢张嘴要说什么，被那边打断。

“其实我知道为什么会突然来到这里。”

她一愣，就听陈让说：“来之前，我刚过完二十岁生日。”

安静得有些过分的夜里，只剩他的声音清晰。

“左俊昊他们想给我庆生，我拒绝了。

“我一整天都在上课，傍晚参与公司会议，开了几个小时会，晚上研究姑姑发来的项目资料到半夜。

“我不想让自己停下来，可还是没到十二点。

“最后一个小时，我点了一个小蛋糕。

“没想到真的在十二点前送到了。”

大概是知道时间有限，他的话突然变得很多，语速比平时快，但听起来偏偏格外的轻。

“我点了最长的那根蜡烛，许了一个愿。”他说，“我想见到你。”

醒来以后他就到了这里，或许，这是老天在满足他的生日愿望。

“这几天我很开心，真的。”

虽然很多事情不记得，现在已经开始遗忘更多内容，看过的电影和说过的话也在脑海里陆续被清除，但他真的很开心。

他呼吸轻浅，短暂的停顿后，适时把话题放下：“……就说到这里吧，再说下去电话挂不了了。”

“等等，陈让——”

僵住的齐欢迅速回神，却没来得及说更多，下一秒就听见电话被挂断的忙音。

她飞快抓起包，拉着迷你行李箱朝外冲，一边给同事发消息告诉他们自己有事先走，一边让酒店的车送她去车站。

给陈让打电话始终打不通，她一路催促司机开快点，在路过第三个红绿灯路口的时候，设置了特别关心的他的微信发来消息。

“好想和你一起再看一部电影。”

但是不能了。

二十岁的陈让没有机会了。

像是为了证明这一点，对话框里他发来的文字开始一点点消失。齐欢想要回复他，打字的手却不住发颤，一句话磕磕绊绊，赶不上那边内容一句句更新又不见的速度。

“你爱喝的那家奶茶其实也没那么甜。

“后来你们学校的第一名比你差了好远。

“我再没去过广播室了。

“我那件你披过的校服我一直没扔。

“我看了你的贴吧好多遍，还留了言。

“我们大学食堂里有道菜你一定会喜欢，很想带你尝尝。

“我给你的号码打了很多电话，每次都希望它会通。

……

“我没喜欢上别人。”

一句句出现，又一句句消失。

他把最想说的话说给她听。

齐欢的手指停在屏幕边，视线已经模糊。屏幕动静暂停了两秒，在上一句彻底消失的瞬间，他发来了最后两句：

“我会一直想你。

“我们天亮以后见。”

等到天亮以后，她回去就能和重逢后的陈让相见了。

二十岁的陈让却不能。

二十岁的陈让不知她何时回来，他只能守着一个不知何时才能实现的念想，走一条看不到尾的路。

但他还是这样说了。

把分别的那几年比作一个漫漫的长夜，心甘情愿等天亮。

齐欢知道已经赶不上见他，她眨了眨有点热的模糊的眼。

这是一个短暂绮丽的梦境，齐欢睁开充满泪水的双眼，望着身旁还在熟睡的陈让，轻声说了一声：

“—— 好。”

番外三

人间有味是清欢

萧瑟的气息裹挟席卷完大半个秋天，这个季节即将进入尾声之际，齐欢随陈让回了陈家。

齐欢去过陈让家，但准确地说，禾城那栋小别墅并不算陈家。陈让的父亲陈健戎当初被陈让的爷爷陈卫华下派管理工厂，去到禾城，那栋承载了陈让许多少年回忆的小别墅，才开始成为他们三口之家的居所。

家庭分崩离析的场景发生在那座房子里，尽管过去多年，陈让心里还是留有残影，念大学后便再没回去过。

高考后的暑假，爷爷陈卫华给他办了庆祝宴，一众亲朋好友全被邀请来参加宴席。不知是不是受了刺激，那晚陈健戎一个人窝在角落，在一片恭喜道贺声中沉默无言，嗜酒多年的他，手里端着一杯酒，喝了一晚都没喝净。

许是偏黄灯光的折射，陈让随爷爷同长辈们说话时瞥见一眼，陈健戎那双时常浑浊的眼睛，时隔许多年再一次清明，隐约沁着薄红涩意。

那年开始，陈健戎就戒了酒。陈让上大学离开省内，陈健戎搬回省城陈家，重新跟陈让的爷爷和姑姑一起生活。

几年过去，陈健戎被酒精损伤的身体虽不能恢复如初，状态也大不如前，不仅头疼是家常便饭，身上还伴有许多大大小小的毛病，但人活得比以前精神多了，再不见烂醉如泥、神志不清的酒鬼状态。

陈让和陈健戎见得不多，头几次从学校回家，父子间显得分外尴尬。曾经施加在陈让身上的伤害不是一朝一夕就能抹去的。不过比起以前，如今已是良好状态，两人碰上，也能说上几句话。

往省城陈家去的途中，齐欢在后座坐立不安，脸上少见地出现焦灼的神色。

陈让握住她的手，两指搓捏她的一根细指，安慰道：“不用怕。”

齐欢回握他的手掌，没说话，抿唇挤出笑。怕倒是不怕，但——

尽管陈让将他家里的情况详尽交代了一遍，齐欢还是无法避免地感到紧张，尤其是对陈让的父亲。陈让在禾城的“家”，很早之前齐欢去过很多次，印象深刻的不少，但最难忘的还是要数碰上他父亲的那次。

那一回醉醺醺的陈健戎带女人回家，陈让在客厅里和他大吵一架，开门后看到在陈让房间的她，神志不清地就要上前拉扯。

陈健戎当时的模样，齐欢现在仍然记得很清楚，一闭上眼就能想起来。

手掌忽地又被她抓紧，陈让侧目：“怎么了？”另一只手顺势自然地撩起她鬓边碎发，别到耳后。

齐欢转头和他对上眼，紧张和忐忑褪去，多了一层柔意：“辛苦你了。”

这么多年以来，在酗酒父亲的暴力下成长，一路吃了多少苦，数也数不尽。

陈让明白她是因他和陈健戎之间的关系有感，捏了捏她的手，示意无事。

早就过去了。

陈家的院子不算太大，中规中矩，倒是草坪打理得十分干净，给人一种一丝不苟的感觉。

从大门驱车进去，驶过两边油绿青草坪中辟出的长径，车停在大门台阶下，陈家人早已等候多时。

齐欢很紧张，除了陈让的爷爷陈卫华，他姑姑陈珍也在。陈让平时虽然甚少提起姑姑，寥寥言语中透露的信息却已经足够让人对她的强势印象深刻。

进门先打招呼，齐欢连鞠了几个躬，在客厅沙发落座后才抬头看清几位长辈的脸。

陈卫华老而矍铄，上了年纪但精神不减，说话时略微皱眉，更显出眼尾皱纹的褶痕。老人家语气温和，似乎是怕齐欢第一次上门过于拘谨。

陈健戎陪着坐了一会儿就起身去厨房看家里的阿姨将午饭处理得怎样。陈卫华和陈珍问一句齐欢答一句，陈让想握她的手让她镇定些，她没能注意到，手叠放在膝头，规规矩矩。

厨房里飘出香味，陈珍问得差不多，也离座去厨房。

客厅剩下三个人，陈卫华道：“陈让，去楼上帮我把眼镜取下来。”

“眼镜？”除了看书看报，陈让记得陈卫华平时是不戴眼镜的。

陈卫华点头：“去就是了。”

如此，陈让不好再言，走前安抚地拍了拍齐欢的手背。

陈让被支开，齐欢的唇线抿得更紧。陈卫华看在眼里，淡笑，从桌上果盆拿起一个橙黄发红的橘子，在手里掂了掂：“甜呢，吃吗？”

齐欢想拒绝，顿了一瞬，把话吞回去，双手接过：“好。”

橘子拿在手里却没剥皮，齐欢听见老人家问：“你们认识很久了？”

刚才问的都是些工作的事，如今轮到感情这厢。齐欢说：“从高中开始就认识。”

陈卫华颔首：“你家在禾城，陈让跟我说过。”

“……那是以前的事。”齐欢垂眼，扯扯唇角笑了下，“以后大概很少会回去了，也没有打算在禾城买房。”

陈卫华揭开茶杯盖，瞧一眼，用杯沿轻拨水面上漂浮的茶叶，重新盖上。他抬眸看向齐欢，眼神凝凝地打量，而后问：“你爸还好吗？”

齐欢滞了滞，手指攥紧，两秒后松开，回道：“挺好的。”

“听说很快要刑满释放？”

“是。”

“好几年了吧。”

“是。”

“应该受了不少苦。”

“还好。”

一番问答下来，陈卫华盯着齐欢，沉声道：“你爸这个事，不管当年到底是怎么样，无辜不无辜，结果都已成既定事实。那么，你觉得你这样和陈让在一起，合适吗？”

结为二姓之好这种事，换作一般人家，都自有一套标准，更何况如今蒸蒸日上的陈家。不说门当户对，单就齐欢父亲的情况，也不是随随便便碰得上。

陈卫华特地支开陈让说这些话是什么意思，齐欢猜不准，虽然老人家每说一个字，她的呼吸就灼烫一分，但她的背脊始终直挺挺地绷着。

客厅里沉寂弥漫，静得仿佛连挂钟走动的声音都听得见。

“我觉得……”

许久，齐欢深吸一口气，迎上陈卫华的视线。

“很合适。”她说，“没有什么不合适的。”

语气笃定，坚毅，毫不动摇。

无言间两人视线相汇，齐欢没有半点要退让的意思。陈卫华笑了，那股沉稳的锐意收起，又变回邻家老人的气质。

“这话我也问过陈让。”陈卫华说，“既然你们都觉得合适，那就合适吧。”他笑呵呵起身，“人老了，坐久了腿麻，我去转转。等会儿陈让下来，让他把眼镜放在茶几上。”

“是。”齐欢站起来，等他走出客厅才坐下。

齐欢吃完两个橘子陈让还没回来，左等右等不见人，便上楼找他。

还没见着陈让，在楼梯边先碰上陈健戎。

她往后倒退一步，意识到不礼貌赶忙站定。还好陈健戎没察觉她细微的步子，她笑了笑："叔叔。"

"嗯。"陈健戎扯扯唇角，气氛略尴尬。

齐欢微微弯腰，提步要从他旁边走过去，被叫住。

"啊？"齐欢转身看向他，有些怔。

陈健戎说："没什么。"指她的手，"沾到橘子汁了吧，往前走，洗手间在走廊尽头，把手洗洗。"

齐欢微怔，回神见陈健戎比她还不自在，目光甚至不敢和自己对视。她慢慢放松肩头，扬唇："好。"

"那，叔叔我就先过去了。"齐欢提步要走，陈健戎开口说了句话，她脚步顿住。

回头看去，他那张沧桑的脸上，尴尬与不合年纪的拘谨交织，掺杂着一种生硬的、对小辈的温和。

"谢谢你……陪着陈让。辛苦了。"

他重复第二遍，说完轻轻弯唇对齐欢点头，唇角的弧度代表的并非笑意而是此刻的认真，言毕转身朝客厅走去。

齐欢在原地站了半分钟之久，忍不住长长吐出一口气。

在禾城陈家见到陈健戎的那天留下的记忆真的非常不好。那个时候对陈让的心疼简直无从描述，心疼他在那样的家庭环境下长大，心疼他要承受父亲的暴力，一想到就心尖发颤。

时间过得太快，从没想过有一天，那个令她反感唾弃的人如今会向她这般表态。

大概……陈让成长过程中缺失的父爱，对陈健戎来说，也是一种遗憾。

一辈子都弥补不了，再也找不回的遗憾。

齐欢在二楼书房找到陈让，他站在陈卫华的书桌前，手里摆弄着一副眼镜。

"怎么了？"

陈让抬头见是她："你上来了？"手里捣鼓不停，说，"我把爷爷的眼镜弄坏了。"

齐欢好笑道："你怎么这么笨啊？"

"我笨？"陈让佯装不悦，抬手捏她耳垂。她歪头，笑着打他胳膊。

左边镜框里的镜片掉下来，陈让正试图嵌回去。齐欢皱眉："安不回去了吧？”

“试试。”

她两手撑着桌面，看了一会儿，忽地说：“我刚刚上楼的时候碰见叔叔了。”

陈让手一停，侧头：“然后呢？”

“然后聊了两句啊。”

“聊什么？”

“没什么。”齐欢笑嘻嘻地，见陈让神色微凝，啧了声，“真的没什么。叔叔他……嗯，跟我说了声谢谢。”

陈让眉头一挑。

“他说谢谢我陪着你。你跟你爸，这两年关系还行吧？”他对她说过很多以前的事，念书时他爸酗酒，喝醉了总是打他，他一次也没跟他爷爷说过。

“差不多。”陈让淡淡答过，低头继续手里的活计。

齐欢没再继续这个话题，有些伤疤和心结是要当事人自己去处理解决的，并且一时半会儿无法一蹴而就。

“好啦，不要再修了，装不回去了。”齐欢看了半天，实在受不了他的执拗，强行从他手里夺过镜片和残损一半的眼镜框。

陈让无法，只得道：“那就下楼吧，我去跟爷爷说一声。”

齐欢动唇，想说话，最后还是没有开口，笑着握住他的手，走出书房。

陈卫华对她说的那些，她不打算告诉陈让，因为她能感觉得出来，陈卫华其实并没有恶意。

吃完午饭，坐着喝茶聊了会儿天，陈卫华回房睡午觉，陈珍还有公事要处理，去了公司，陈健戎也去忙自己的事了。

头一次见家长就这么平淡收场，齐欢总算是把心放回肚子里，不再紧张。

临走前，陈让带齐欢去自己的房间，进门一看房里空荡荡的，除了一张光秃秃连枕头被子都没有的床，别无他物。

“这是……”齐欢发愣。

“爷爷说，我的房间重新装修一遍。”陈让给她解惑，“说问清你的喜好，照着你喜欢的样式来布置。”

齐欢愣愣地眨眼。陈让狠狠地揉她的头发：“发什么傻？”

齐欢傻站好几秒，顶着一头被摸乱的头发，猛地扑进了他的怀里。

齐参出狱的时候，是初春。一场新雨浇遍大地，雨后暖意从土壤里冒起，驱散弥漫了一整季的干冷寒气。

齐欢和陈让亲自去接他，齐参从门里走出来的那一刹，强忍许久的齐欢到底还是撑不住，唰地红了眼眶。闭眼把眼泪逼回去，齐欢眼角湿润，扬起笑扑进齐参怀里。

“爸——”

齐参轻抚她的头发，在她背上轻拍：“长这么大了。”

就这么一句话，把齐欢好不容易忍住的酸意又勾起来。她咬牙，唇角止不住地发颤，而后防线崩溃，决堤般呜咽出声。

“爸。”

“在呢。”

“爸……”

“哎。”

“我好想你……”齐欢揪着他的衣摆哭。

“没事了没事了。”齐参始终笑着，拍她的背柔声哄，“都过去了。”

齐欢哭了半天才止住眼泪，陈让上前和准岳父打招呼。

“爸……”一开口，齐欢当即抬腿踢了他一脚。

齐参倒是不扭捏，笑呵呵道：“不忙啊？”

“这段时间不忙。”陈让说着，招呼上车。齐欢高兴，一向都坐副驾驶的她，这回坐在后座陪齐参说话。

车一路经过几条城市主道，齐参看着窗外景色感慨：“这几年变化真大，以前我也经常来省城，现在却一点都认不出来了。”

他的无心之言，听得齐欢眼睛又泛红。齐参察觉，拍拍她的手背，还笑话她：“怎么老是哭啊，越活越小孩子气了。”

齐欢抹干净眼泪，不理他。

陈让给齐参准备了房子，但团圆的第一天，自然是要去他们的家。

齐参参观完主宅环境，很满意：“看得出来是用了心的，不错，好好过日子。”

“我就知道你喜欢这个装修风格。”在很多东西上，他们父女俩的审美都是一致的。齐欢说：“你住的地方也是按这个风格装修的，就在这个小区里，离得挺近。”

齐参一听他们小两口给他准备了房子，连忙摆手拒绝。齐欢哪容他说不：“买都买了，你不住放在那儿干吗？”

“这样花钱……”

“哎呀，你就别叽歪了，他娶我，孝敬你不是应该的？”

陈让接话：“欢欢说的是，都是一家人。”

齐参看看陈让，再看看齐欢，叹气，在她额头戳了一指：“你呀。”

齐欢这才满意，抱着他的胳膊带他去看自己前两天刚养的多肉盆栽。

怀孕四个月的时候，齐欢和陈让办了一场婚礼。一开始检查出怀孕就打算结婚办婚宴，但考虑到头三个月胎不稳，于是往后延期了一个月。

齐欢很不满，倒不是陈家有哪里亏待她，相反，上到陈卫华，下到女强人陈珍，各个都对她和颜悦色，就差把她供起来。

她不满的是怀着孕结婚，凶过陈让好几次：“有谁挺着个肚子结婚？难看死了！”

或许是因为孕期的关系，齐欢脾气暴躁，时常对陈让拳脚相向。陈让全都受了，惹得左俊昊和季冰嘲笑好几回，说：“看看看看，报应来了吧，这张冰块脸也有受气的一天。”

对于这些言论，陈让全都当耳旁风——谁受气了？并没有。乐在其中，旁人不懂。

婚礼当天，齐欢收到了来自朋友们送的新婚贺礼，纪茉送了一条亮闪闪的项链，价格不便宜。

她和纪茉一年见面的次数一只手都数得过来，全因陈让跟她说少和纪茉见面。最开始齐欢不理解，后来发现左俊昊似乎在追纪茉，琢磨一通得出结论，大概是陈让怕她占了纪茉的时间，影响左俊昊和纪茉的终身大事？她没仔细追问过，也没有真的就此刻意疏远，只是纪茉工作忙，她亦不清闲，见面的次数还是自然而然地减少了。

虽然见得少，感情却没有受影响，齐欢郑重其事地将项链放进化妆台下的抽屉里，好时刻亲眼见着这份友谊。不想，当晚就被陈让找了个收纳盒放起来，齐欢本来不乐意，想想项链不常戴，也怕自己马虎弄丢，便没说什么。

婚礼结束，齐欢继续养胎，陈让腾出大半时间在家陪她，齐参也每天定时过来陪他们说话聊天。

婚宴后第三天，齐参正和陈让下棋，接到一个陌生号码的来电。

“喂？”

齐参接通后，那边却一直不说话，连问了好几声都没动静。挂电话之际，那边开口：“齐参……”

齐欢见齐参脸上的笑意一下停滞，担心道：“怎么了？”

“齐参，是我……”

电话那头传来熟悉的声音，齐参一刹那便认出是谁的声音，握着手机的手微微用力。

“我是方秋……”

“不好意思。”齐参的脸色很快恢复正常，那股怅然的气息从喉管里了无痕迹地散去，声音平静而沉和，“我不认识你，你打错电话了。”

挂断通话，把手机往旁边一放，他将两只手的袖子撸高了些：“认真下啊，到关键的时候了，我可不会让你……”

陈让含蓄地笑：“当然。”

齐欢见齐参神色无异，也收了心思，继续看他们下棋。

下完棋，陈让亲自下厨做晚饭，齐欢坐在餐厅里和他说话。陈让怕厨房里的味道冲到她，边炒菜边赶她走，孕妇却岿然不动，赖在餐桌边坐着，无论如何都不肯动。

齐参坐在客厅中，手里拿刀削水果皮，时不时抬头朝那边看一眼。小两口你一句我一句的拌嘴声传进耳里，听得他发笑。

视线瞥到茶几上放着的手机，动作顿了一瞬。

也仅仅只是一瞬而已。

齐参将剩下的果皮削完，拿水果去给齐欢吃，再没有看手机一眼。

三个人都聚到餐厅，人不多，却热热闹闹，暖意融融。

那通电话，只是一个无关紧要的插曲。那个打电话的人，也早已是昨日云烟，不值得再去浪费一丝一毫的感情。

未来的日子还长，他们会越过越好，一家团圆，和和美美。

图书在版编目（CIP）数据

小清欢 / 云拿月著 . -- 南京 : 江苏凤凰文艺出版社 , 2023.4
ISBN 978-7-5594-7616-6

Ⅰ . ①小… Ⅱ . ①云… Ⅲ . ①长篇小说 - 中国 - 当代
Ⅳ . ① I247.5

中国国家版本馆 CIP 数据核字 (2023) 第 044369 号

小清欢

云拿月 著

责任编辑 曹 波
特约编辑 赵丽杰 张开远 刘玉瑶 宋艳薇
装帧设计 Laberay
责任印制 刘 巍
出版发行 江苏凤凰文艺出版社
南京市中央路 165 号，邮编：210009
网 址 http://www.jswenyi.com
印 刷 天津鑫旭阳印刷有限公司
开 本 880 毫米 ×1230 毫米 1/32
印 张 10
字 数 347 千字
版 次 2023 年 4 月第 1 版
印 次 2023 年 4 月第 1 次印刷
书 号 ISBN 978-7-5594-7616-6
定 价 42.80 元